樂 府

·

心里滿了，就从口中溢出

THE
CHINESE
ANCIENT NAVAL
ARCHITECTURE:

PRINCESS TAIPING *and* HER JUNKMEN

造舟记

XU LU

许路 ● 著

北京联合出版公司
Beijing United Publishing Co.,Ltd.

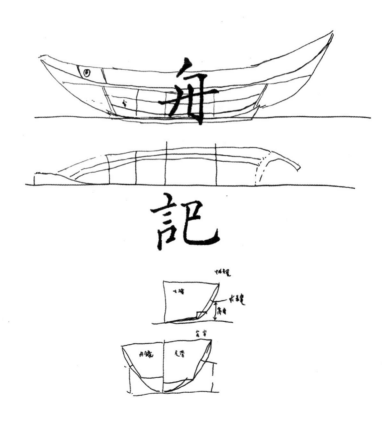

造舟記

序 言

很荣幸为这本书写一篇简短的序言，《造舟记》为我们了解中国过去的航海历史做出了杰出努力。这本书也是英国历史学家柯林伍德（R. G. Collingwood）所说的"民间社会"（civil society）概念的一个典型范例。在民间社会中，受过教育和学术训练的人对文化主体产生了浓厚的兴趣，而这些主体乍一看与他们的日常活动并无关联。他们对这些话题感兴趣，并不是因为他们的专业活动要求他们这样做，而纯粹是因为他们内心渴望对某个话题有更深的理解。在民间社会中，人们把自己的时间全心全意地投入到与金钱无关的事业，而仅是出于文化利益。

出生和成长于英格兰东北部莱克兰地区的柯林伍德教授在他的自传中，讲述了他的父亲，艺术家和业余考古学家老柯林伍德（W. G. Collingwood）是如何对该地区的早期历史产生浓厚兴趣的。公元1000年前后，斯堪的纳维亚半岛的维京人在莱克兰地区定居下来，并创造了一种独特的、令人自豪的独立氛围，这种氛围至今在该地区仍能被人们所感知。老柯林伍德和他的朋友们在19世纪末进行的有关维京定居者的考古工作，受到现代考古学家的高度赞赏，因为在他那一代人之后的现代化，几乎抹去了遥远过去所留下的历史景观的所有痕迹。事实上，如果没有像老柯林伍德这样的非职业考古学家的开创性研究，我们对过去的了解就会少得多。民间社会依靠其社群的个人自发行动和文化活动而运转。

这正是为什么这本专著对于所有对中国航海历史感兴趣的读者都有极大的价值。在中国传统帆船濒临消亡的最后时刻，本书作者投入自己的大部分时间进行中式帆船遗存的调查与搜集。作为一名参与式的调查者，他不仅在位于福建南部的最后的中式传统帆船上航行，还进行测绘并研究了其历史。

二十多年前，当我参观现在已不复存在的漳州月港崇兴造船作坊时，难得有机会与郑俩招老师傅交谈。他被我对他的造船技艺的热情所感动，把家传的造船图谱借给了我。我的朋友，时任郑成功纪念馆副馆长的何丙仲安排临摹了这本图谱，小心翼翼地把它装在保险柜里保存。当时，造船作坊里有一艘三桅厦门湾帆船的大模型，长度超过 10 英尺（3.05 米）。它的制作可以追溯到 20 世纪 50 年代初，被用来做游境展示。无论我为博物馆收藏保存这艘大模型做了多少努力，厦门大学和厦门博物馆始终没有人对此表示出丝毫兴趣。这艘线形优美的大模型后来被一个不知姓名的人买走了，没有人知道它现在在哪里以及变成了什么样子。我对自己受到的冷淡反应感到非常失望，当时我并不知道，几乎在同样的时段，许路对福建的海洋文化遗产生发了浓厚的兴趣，开始努力收集他能找到的任何东西。

在过去大约十五年时间里，情况发生了巨大的变化，官方对中国的航海历史产生了兴趣，并支持了几座国家级航海相关博物馆的建设。但是到了今天，仅仅四十年前还在传承的中式木制帆船建造技术和航海技术的知识与经验几乎已经完全消失了。我们应该感谢许路的开创性研究专著，它合宜地汇集了他努力收集到的中国海洋文化遗产宝藏的成果。我相信这本书会受到中国历史学家和任何想了解更多过去帆船历史的人的高度赞赏。正如英国莱克兰地区的非职业考古学家为未来的研究奠定了基础，许路在传统船舶建造方面的开创性研究实践，将成为未来各个领域海洋历史研究的基石。

Leonard Blussé
包乐史
荷兰莱顿大学荣休教授

辞 典

中式帆船（Chinese Sailing Junk）

中式帆船是一种依靠风力、潮流和人力推进与操控的木质船舶。中国远古的先人可能受到竹子横膈膜的启发，在长期的生产和生活实践中发明了独特的船体结构，船体类似于一个两端稍微上翘的空心半圆柱体，中间和前后都是一道道的隔板，如同一段纵向劈开的竹子。这种横向舱壁式船体结构，成为中国文化区别于世界其他区域传统船舶的重要技术，水密隔舱、方艏、方艉则是这种结构的主要特征和功能表现。

中式帆船以木材作为主要的造船材料，在横向舱壁式船体结构上，演进出桅井式桅座结构、可升降轴转舵、桐油灰捻缝、撑条式斜桁四角帆、橹和棍等独特技术。"凡舟古名百千，今名亦百千，或以形名，或以量名，或以质名，不可殚述。"中式帆船的大小和样式，一方面取决于其功能与要实现的用途，一方面又受制于地理环境和政治经济等因素，由不同地域的造船工匠，依据各自的传统法式建造而成。

历史上在东亚和东南亚，出现过不少采用一项或数项中式帆船建造技术的船舶，其外观因此而或多或少具有中式帆船的特征，学术界归之为亚洲混合船型。

福船（Hokkien Junk）

"南方木性与水相宜，故海舟以福建为上，广东、西船次之，温、明州船又次之。"在古代的福建，西北部的武夷山和戴云山阻隔了闽人与中原内陆的交往，而穿梭于山地丘陵独流入海的丰富水网，让闽人的视线随着河流的方向通达大海，这成为闽人造船出海谋生的最大动因。福建境内物产丰富，盛产造船所需的木材和铁、桐油、蛎灰、藤、棕、麻、生漆、薯莨等物料，这为建造大量的大型帆船提供了便利的物质条件。福建又位于东亚、东南亚海域西岸的中心，受惠于每年把帆船送出去又带回来的季风和洋流，具备远洋航行的自然条件。

另一方面，福建海岸线曲折，岛屿星罗棋布，处于寒暖流交错的海区，潮差大，海流急，涌浪多，风向、风力多变，夏秋季常有台风登陆，地理因素形成了复杂的港湾、航道和渔场情况，也造就了福建帆船的构造特征。福建海洋木帆船具备尖削的船底，加装压舱石，以最大程度地提高船只的稳性；突出明显的龙骨，以减缓船只横漂，尽可能地保持航向；装置可升降深插舵，使船只操纵灵活，适合浅水和深水的航道；首尾舷弧大，避免海浪拍上船甲板；甲板梁拱大，容易迅速排水；船艏多为平板状，上宽下窄，当船艏下陷水中时，艏部产生较大的瞬间浮力，避免船头入水；船艉多为马蹄形的内凹槽艉封，以增加阻尼，减小纵摇；尽量放低和简化的甲板舱室，可减少受风面积，并且降低重心。独特的外界条件和内在动因，使福建帆船逐渐成为中国古代最具有远航能力的海船。

福船体系的大型海船独特的桅座结构，巧妙地承载和固定了重量巨大的桅杆与船帆。桅杆的前方加装单根撑材，更高效地把受风的推力传递到船体。福船桅杆不需要用侧支索固定，这成为其有别于其他文化区帆船的一种直观特征。近代福建帆船的黑舷、红艍、白底、头狮、鳅鱼和船眼睛等涂装画饰，也是区别于其他类别帆船的外在特征。

"福船"的称谓，最早出现在明代嘉靖至隆庆年间的《筹海图编》《洗海近事》《纪效新书》等一系列专论沿海防务的兵书中，用于统称福建沿海及浙南、粤东等地一系列战船。而近现代称谓的福船，则泛指具有上述结构特征和外观形式的木质帆船，跨越了省份地域的范畴。近代中式帆船几次闻名于世的越洋远航活动，1846 年的"耆英号"（Keying）、1906 年的"黄河号"（Whang Ho）和 1938 年的"万里号"（Mon Lei）、"大黄蜂号"（Hummel Hummel）具有福船的主要船型特征；1913 年的"宁波号"（Ningpo）、1922 年的"厦门号"（Amoy）、1933 年的"伏波 II 号"（Fou Po II）和 1955 年的"基隆号"（Keelung）则都是福船。

牵风（can hong chun[1]）

"牵风"作为一种船型名称，最早被记载在 17 世纪初多明我会西班牙传教士编撰的闽南语辞典里。牵风首先是一种渔法，指单艘帆船的船舷浮拖网，专门从事牵风作业的渔船称为牵风船，也简称"牵风"。作为拖网作业中的一种渔法，牵风主要指用从船舷伸出的桁杆张住网口，借助由风力带动的船速，拖拽网具来捕捞近浅海游速较慢的鱼虾。福建漳州沿海诏安、东山、云霄三县渔民将此渔法形象地称作牵风。

牵风作业于清光绪二十六年（1900）从广东珠江口一带传入福建

---

1. 该注音方式来自 17 世纪初《西班牙汉文（闽南话）辞典》手稿。

南部，主要渔场在东山湾、诏安湾和西浦湾。牵风渔法在福建诏安及与之接壤的广东饶平也称作犁拖，另有一个别名南拖，大概是指这种单拖渔法和渔船都来自南面的珠江口。在风帆时代的珠江口地区，类似牵风作业的舷浮拖网渔法通称为掺缯，从事掺缯作业的渔船也叫掺缯。

牵风船是晚近福建唯一长度超过 25 米的大型风帆渔船，也是近代中国沿海船型和排水量最大的一种风帆海洋渔船，其船型是一款糅合了近代西方造船法式的广式密尾帆船。

册封舟（Ryukyu Conferring Mission Ship）

册封舟是明清两代前往琉球册封新国王的册封使臣的座船。

洪武五年（1372），明代朝廷派遣行人杨载出使琉球，向中山王察度通报即位建元，与琉球确定了宗藩关系。明代朝廷前后派出使节册封琉球 14 次，历次册封使所乘坐的册封舟多系在福州专门建造或自战船与商船改装，自嘉靖十三年（1534）之后的 4 次册封均留下比较详细的册封舟建造与航行记录。清代朝廷前后派出使节册封琉球 8 次，有 4 次留下详细记录，其中康熙五十八年（1719）册封副使徐葆光所撰的《中山传信录》里登载了一幅描绘精细、透视良好并注明主要部件的封舟图，被当代学术界誉为中国史籍中最早具有写实意义的船式图样。清代册封舟有记载的船只尺度除了康熙二年（1663）的舟长十八丈（约 60 米），其他各次船长仅十二余丈（约 40 米），比明代册封舟的规模都要小。

赶缯船（cua chan[1]）

赶缯原是一种使用网具捕捞的渔法，专门从事赶缯作业的渔船叫赶缯船，主要分布在福建沿海，也被用作商船和战船。"海洋有等自闽装载木头至浙之巨舟，名曰赶缯船，其船最大，不畏风浪，能深入海洋。"

赶缯船在史籍中的记载，比较集中地出现在明清之交的南明战船和清朝水师，如郑成功的户官杨英所撰《从征实录》，以及蒋良骐的《东华录》、杨捷的《平闽纪》，其中不乏明清双方投入大量赶缯船进行海战的描述。赶缯船作为远洋商船并远达吕宋的记载，则见于施琅的《海疆底定疏》。赶缯船自康雍年间起成为清朝南北洋水师和长江下游水师的主力战船，一直沿用到乾嘉年间才被同安船式所取代。

1. 该注音方式来自 17 世纪初《西班牙汉文（闽南话）辞典》手稿。

设计模数（Modular System of Construction）

模数制是中式木帆船的设计法式。木帆船所有重要部件的尺度，皆以诸如龙骨长度、含檀梁或官厅梁宽为基数，分别按照不同的比例系数进行裁取。这些由实践经验积累的比例系数逐渐趋向标准化，形成一套设计模数，终以经验口诀和经验公式的形式为造船师傅所掌握运用。

不同用途、不同水域、不同船型之间的设计模数差异较大，而不同地域、不同尺度和不同师傅之间的设计模数差异较小。也就是说，在古代时，船东只要跟造船师傅说他要造一艘具体什么用途的船，造船师傅会跟船东确定下来梁头有多宽，剩下的交给造船师傅就可以了。即便换一位造船师傅另造一艘，也是如法进行，造出来的船大同小异。木帆船设计模数在漳州地区称为配甲，在泉州晋江则叫作甲声，都是配搭的意思，一般只有为首的大师傅才掌握，鲜见于文字，轻易不传授。

建筑、造船、家私是木作三种行当，同样以实用为第一要务，以木结构为体，也同样暗藏设计模数。梁思成先生研读北宋《营造法式》和清雍正《工程做法则例》，指出中国古代建筑以斗拱的横拱之材为木结构的度量单位，权衡全部建筑物的比例。这是最早提出设计模数的概念。中国科学院自然科学史研究所周世德曾根据蔡添略的奏折、《水师辑要》和《钦定江苏省外海战船则例》等清代古籍，对赶缯船的设计原理和设计方法进行专门研究，首次归纳成"木帆船设计模数"这一学术概念和名词，这是中式帆船技术史从定性研究发展到计量研究的一个重要里程碑。

有趣的是，无论是在中国文化区内唯一不采用横向舱壁式船体结构的洱海帆船，还是东南亚与阿拉伯的传统木帆船，都存在类似的造船设计模数，只是拿来作为基数的部件有所不同。

实验考古学（Experimental Archaeology）

实验考古学是一种用来检验、评价及解释考古研究过程中所产生的方法、技术、假设、假说和理论的系统方法。实验考古学基于考古学的资源，如古老的建筑或人工制品，使用若干不同的方法、技术、解析和进路，在一种可控制的模拟实验条件下复原过去的历史场景，以再现式创造那些影响考古记录的过程，并检验那些可能影响考古结论的假说。

简而言之，就是弄清楚古人在做什么，为什么要做，怎么做。它是对人类曾经拥有过的物品溯本求源，通过实验手段，验证考古学者依据遗存状况提出的某个古代行为的假说，比如石器的制作方式等。虽然实验的过程和生成并非严格意义上的考古学证据或历史再现，其用于实验的工艺或许也不是或不完全是原始的工艺，但却能借以实现及获得与考古实据在形体和功能方面皆相同的成品，因此能够破除一些无法举证的假说。

实验方法应用于考古学研究最早是在 19 世纪后期的英国，其后在对北美原住民文化的考古研究中较广泛地应用。实验考古学是伴随着现代考古学在理论、方法和技术等方面的发展而衍生出来的分支学科。1961 年，美国康奈尔大学人类学教授罗伯特·阿舍 (Robert Ascher) 阐述了实验考古学的学科原理，并对模仿实验方法和复制实验方法做了定义。

古船复原实验（Reconstruction of Ancient Ship）

古船复原实验是在对古代船舶遗存的研究中，选定某个原型，将实验技术应用于船舶遗存的重构，采用合理且固有的设计与建造技术，由工匠使用原始的工具、材料，在相似的空间环境中重建与考古实据相同的复制品，在相似的航行条件下进行操控与行驶测试，最终得到最接近历史原型的实物和解释。在重构造船与航行的行为过程中，循着技术逻辑，观察、检验和评价先前的考古发现与认识，并对考古研究所产生的诠释和假说进行推理与实证，进而生成新的假设和推断，或是为尚无解的问题排除一些可能。

尽管实验方法作为一种科学方法在西方考古学中并未获得全面

认可 —— 正如许多新的学科和研究领域一样，实验方法还没有建立一个共同的标准体系，也并不能产生严格的考古学证据，但却可以应用到复杂的船舶遗存考古研究中，成为能够把保留在沉船实物、历史文献、田野调查资料、模型、晚近实船等方面的信息，汇集在一起进行对比、分析、印证和补充的最有效途径，是既可回溯历史原型，又能对船体遗存进行可持续保护的最主要方法。

古船复原首先是一种基于学术研究的实验，其次必定存在着由实据支持的历史原型，重构物可能是具有航行能力的实船，也可能是模型、船舶的某个装置或工属具，或是需要修复的古船残骸。

关于古船复原的实验，在完全了解古船原型的设计和建造细节前提下进行的复制，几乎还从未有过。复原船重建设计部分可以从沉船考古证据中获得，其余部分则可以通过综合研究进行重构，包括对历史文献的分析，从原始的功能、性能、技术局限等特征进行推论，以及从同文化区的造船传统中寻求年代更近的船只设计和建造的根据。虽然这类年代延后的参考是推理性质的，但在考古学中却有着长期的运用。

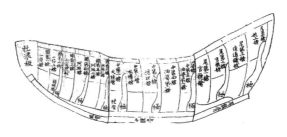

目录

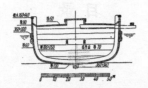

附录

插页

从诏安到厦门港，广州一年。从童年到现在。自由的唤起。

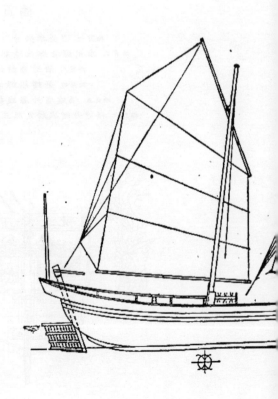

第一章

招安

在我很小的时候，来自福建诏安老家的大帆船，时常停靠在厦门鹭江道码头，当医生的父亲带着我一起上船，父亲跟老家来的船员朋友围坐在甲板上，或是舱房内，支起一只脚，泡茶下棋。我则上蹿下跳，四处寻找和捡拾遗落的花生、蒜头等运载过来的船货。黄昏的橘色光线裹在缭索上，随着海风跳跃，世界弥漫在淡淡的海腥气和有节奏的涛声中。

童年时我曾跟着父亲回诏安老家，一路小跑紧随在他的身后，从这一家到那一家，看望的大多数是上了岸的船员朋友。印象中，我们总是在水边行走，从许厝寨的池塘，到城墙边的东溪，再到宫口港的大海，那些地名和场景深深地嵌入我的记忆中。大人们围坐在木靠椅上依旧支起一只脚，用小掌罐泡工夫茶，煤油炉与重焙茶的气味交缠，氤氲迷幻。

读小学时，我家住在厦门中山路局口街的一间老式二层公租房，走出街口往右，走不到一千米就是鹭江道码头，诏安船员们也常常来家里，带来一篓篓的鱼干，巴浪鱼、鱿鱼、目鱼和海鳗，我父母则回以一包包的乌龙茶，留香、色种、观音和一枝春。我比较能记得的是啼觥伯，一位在木帆运输船掌舵的船老觥，大头短发，身材魁梧，声音洪亮，永远穿着一双棕色的塑料拖鞋，套在里面的是一对抓地的大脚掌。我有印象的还有秋雄哥，一位机动运输船上的轮机员，浓眉大眼，小个敏捷，脸上总是带着憨笑。出街口往左，走不到一千米就是工人文化宫图书馆。儒勒·凡尔纳的"海洋三部曲"，《金银岛》和《基督山伯爵》，这些19世纪的小说汉译本构筑了我的想象空间，而鹭江道码头那些诏安老家来的大帆船则为想象空间装置了现实的道具和场景，伴随我在懵懂中成长。

后来，诏安的大帆船不再来了。我猜想那极有可能是中国海岸线上的最后一批航海运输木帆船，它们在20世纪80年代初走到了尽头，悄无声息地消失了。但在我的梦境中却仍不时出现，时而从鹭江水道由远及近掠过眼前，又飞快消失在厦门湾口，我很努力地想看清楚它们的全貌，却始终没有办法。有时又会梦见站在船头，硕大的帆船在流淌着雨水的狭窄街巷里七拐八弯，随着水流一泻而下，跃入海湾，没等缓过神来就已惊醒。时光往前走，在此后很长的一段日子里，我先后为学业和生计奔忙，除了睡梦中的偶尔闪现，诏安的大帆船和老家的船员似乎都已成了岁月的过客，与我相距愈来愈远。即便在澳大利亚半工半读的那两年，在南墨尔本的帆船码头边，在悉尼大桥下的复原荷兰船旁，也没有触发我对诏安大帆船的联想。

到了 2000 年，我转到广州工作，一位移民加拿大的教授将他的住房和书籍留给了我。书房里有一本香港中华书局出版的《七海扬帆》，偶然被我抽出了，这是华人学者姚楠先生和陈佳荣先生合著的中国古代海上交通的历史论著。"七海"指的是中世纪从阿拉伯到中国的航路所经过的七个海，依次是：里海、黑海、威尼斯海、地中海、波斯湾、红海和中国海。这种有别于中国中心的海洋史观，引起了我的好奇，在中山大学康乐园住了一年，我把房东书房里有关航海历史的书全读了一遍，我也常常跟人类学系黄淑娉老师、地理系司徒尚纪老师讨教，由此打开了人类学、文化地理学的观察视角。

次年，儿子出生。又过一年，父亲去世。我收拾掉父亲残旧的潮彩工夫茶具，新买了一副泥陶茶具，独自沏起乌龙茶，儿时对大帆船的记忆也逐渐苏醒了过来。曾经停泊在厦门鹭江道码头的诏安运输船是什么样的帆船？它们有多大？又如何从老家驶来厦门？

我开始频繁地返回诏安老家寻找答案。

重新走在小时候跟随父亲走过的路上，通往城关的旧桥已经修通，走在桥上，发现东溪依旧是儿时在河边嬉戏时的样子，只是水位已经升高了许多，两岸一边是县城，一边是黛绿色的树。

在帆船时代，船行至城门口外基本上就吃不到风了，再往上游就要靠潮水和摇橹。澳头河底的橡皮坝筑起来之后，虽然海潮和船再也无法过到老城和上游，但由于这一带的工业一直发展不起来，流域之内也没什么矿业和饲养业，东溪得以一直保持着原本的样子，城内的居民仍旧可以住在老房子里过自己的生活，这样的日子在许多乡镇都已经不复存在。

1949年，诏安城关调整区划名称，划分成第一街至第八街八个街区，此后维持了四十年大致不变，这些街区也嵌进了诏安人的记忆。我的父亲便是从第七街的许厝寨走出，最后留在了厦门。许氏家庙外面有一片宽阔的城中池塘，四周的聚落便是许厝寨，我的几位堂哥堂姐都分住在这里或是旁边不远的街巷，串门儿十分方便。在这一家刚刚坐定，其他家的亲堂很快鱼贯而至，没隔几步又转到另一家，一群大人小孩都跟了过去，阵头越来越大，声音也越来越嘈杂，很是闹热。

那些稍显老旧的老房子都不很大，通常是从临街的门进去，内有一个狭长的庭院，高出地面两个台阶的走廊开有进户门，楼下是厅，楼上是房，屋顶是斜铺的瓦。家长住一列，成年的兄弟各住一列，这样一家有几个丁就并排有几列。在庭院的另一边，则是一排分隔开的厨房和厕所，一一对应各自的厅房。一大家子都住在一起，又互不干扰。

打电话给秋雄哥，他说不用急宽宽地来。知道我要来，他一早去东溪靠出海口的澳头捕虾，刚刚才回到家。

1953年出生的沈秋雄，是父亲船员朋友中的小字辈，我们几个小孩称呼他秋雄哥。他原在诏安航运公司内河队走船，一开始是40

吨的涂槽船南走广东揭阳线，主要运载壳灰，一种把海蛎壳碾成细粉做成的建筑材料。涂槽帆船上配 4 至 6 名船员，从东溪出海口的宫口港，顺风沿岸航行 4 小时就可以到汕头港。20 世纪 80 年代壳灰运输没落之后，他改去从事沿海运输的机动货船上当轮机员，北到宁德，南至广州，主要载化肥和煤炭，船停厦门港时常来我家，因此我对他也最有印象。

秋雄哥 13 岁跟着亲戚学走船，70 年代初开始在城关车站至宫口港的载客单桅帆船上当水手，1974 年接替其父的工作，在澳头至城关之间独自驾帆船运木炭。秋雄哥说他的四弟 11 岁时就曾独自一人把一艘帆船从宫口开回城关，力气不够，就一点点地收缭。当时在诏安功夫最厉害的老舺，单人就能操驾一艘 20 多米长的木帆船，包括难度很大的进港靠码头，也能一力完成。

随着陆地公路网的建设，沿海运输船队日趋没落，秋雄哥回到东溪岸边的五街网仔寮，以驾小型机动船载鱼货为生。每逢月圆那几天的月光眠（农历十五及前后的夜晚），灯光渔船不出海，没有鱼货可载时，他便改用竹排在东溪捕河鲜，自家食用，每顿饭配三瓶啤酒，日子过得简单而自在。

我也不急，便沿溪往下游走一段。东溪通海，是一条双流向的河流，水体随着潮流半咸半淡，涨潮时海水曾经可以倒流到很接近山间的河段。澳头是东溪边上的一个村子，沿着河岸有许多河草相间的港汊，正是停船的好地方，原本小船也可以一直驶到上游，但后来城关与澳头之间的河底筑了一道橡皮坝，不让船只过往了。

先前诏安航运社（诏安航运公司的前身）有内河、外海两个船队。内河队有5艘涂槽船，航运主要跑汕头线，运载壳灰。外海队有青头船和艋船两种帆船，走厦门—诏安—汕头线。外海队从诏安运出白糖、红糖、花生和鱼干，从厦门运回进口化肥。后来因为造房子不再使用壳灰而改用工业石灰，内河队无货可运，遂告倒闭。而随着公路网的建设，陆运逐渐发达，进口化肥慢慢减少，外海队也难以为继。到80年代初，诏安青头船与艋船各仅剩一艘。

涂槽是指没有龙骨的内河及沿海近岸运输木帆船，载重40吨，大桅的前面装有一副可升降的中插舵，船员术语叫作头舵，用来减缓船体受水流影响而产生的侧移。涂槽不适合走外海远航，没有到过厦门鹭江道码头，不是我上过的诏安大帆船。

我曾经找到父亲的老朋友陈啼艈问询诏安帆船。啼艈伯在外海队驶了二十年帆船。青头船最大能载90吨，艋船最大能载75吨。青头是漳州地区的传统船型，诏安外海队的青头船全长23～24米；艋船则是来自泉州一带的传统船型，体形稍小一点。青头船与艋船船型样式的区别主要在于船头：青头船的头比较大、比较笨重，艋船的头比较尖、比较小巧。两种船型都是安三支桅、挂三面帆。青头船的建造在诏安本地，是一代传一代，后来，船老艈和船员与其他港口的木帆船交集多了，便比较出艋船的船身牢固、帆配好、船只好驶等优点，于是诏安也开始建造和使用艋船。

　　啼舼伯驶的青头船载重 60 吨，配置 7 至 8 名船员，分成两班，有风时每班 3 人，无风时全员上，船舷每边两支桨，再加上后橹。从诏安宫口驶到厦门鹭江道码头，如果顺着西南风两日就能到，逆东北风则要七八日。我孩童时代停泊在厦门鹭江道码头的诏安大帆船，应该就是啼舼伯的这艘青头船，还有其他老舼的青头船和艍船。

　　如今，秋雄哥的船停在一片大小式样相同的小船之间，从岸边过来要撑竹排才不湿脚。小船长 12 米、宽 2.3 米，自重约 0.8 吨，载重 4 吨，无龙骨，吃水 0.4 米，已有十年船龄了。这样的一艘船，当地造价现在大概在 1.5 万元，另加 6 匹的柴油机 2000 元，整体造价很低，并且头四年是不需要维修的。如果是有龙骨的海船型，就没法用来载鱼货，因为溪口退潮时水深仅有 0.4 米。

　　从东溪岸边到秋雄哥在五街网仔寮的家，只需要几分钟。我进门的时候，他支着脚正在小客厅内泡茶，依旧声音洪亮地呼我落座，转身下厨准备饭菜。上午新捕的小虾鲜活跳跃，以旺火薄油大蒜干焗，"蒜头一定要多，火要大，这是关键"。午饭的菜只有两样，一铝锅河虾和一盘芥菜，另有一碟水煮带壳花生下酒。四瓶啤酒，秋雄哥三瓶，我只能喝一瓶。借着微醺的酒意，我又开始幻想，在诏安澳头或随便哪里适合停船的地方盖座小屋，跟秋雄哥小小的老旧的家一样，有庭院、走廊、客厅和楼上的卧房，只是庭院前面不砌围墙，改竖几根直接可以靠船的系缆桩。

　　人类最早走向海洋，是为了寻找新的食物和居住地。

　　远古的先民通过观察水面上的枯木、芦草、葫芦、落叶、动物等漂浮物，认识到这些东西具有浮性，于是借助其浮水过河，产生原始的单体自然浮物渡水工具。但由于单体浮物的浮力有限，人的大半身子浸没在水中，要用手划水前进并把握方向，无法载人载物。远古先人经过对大自然的观察和实践，用藤条或绳索将几截树干并排捆扎成木筏，在盛产竹子的地方则捆扎成竹筏，在芦苇茂盛的地方就编织成草筏，或用动物的皮毛缝合之后制成皮筏，又或用多个葫芦或动物皮囊绑扎在木架上形成浮筏，等等，创造出各种原始渡载工具。

　　在距今一万多年前，人类进入新石器时代，开始制造和使用磨制石器。"有段石锛"的出现和火的使用为制造独木舟提供了两个基本条件。新石器时代的古人用石斧砍伐一段准备做独木舟的树干，再用湿泥糊住树干的外表，用火烧烤树干中间要挖取的部分至其炭化，再用石锛、石斧剀挖，如此轮番进行，直至独木成舟。独木舟是人类社会的一项重大发明，借助于这项飞跃性的运载工具，人们可以进入更广阔的江河湖海，去寻找新的生机。

　　为了增加挖空式独木舟的转载量，古人在独木舟的前后左右四个面，采用榫头、竹木钉或缝合等技术，在上方加装木板来增加干舷的高度，如此挖空的独木舟底部与船舷两边的两条长木板，再加上船首和船尾加装的两片窄木板，形成具有跨时代意义的"五段式"复合独木舟。

　　随着人类社会的需求和生产技术的提高，复合独木舟的船舷板一层一层逐渐往上增高，独木舟底部挖空树干的空间对于整个运载工具的作用越来越小，最终演变出底板或龙骨，于是真正意义上的船——木板船诞生了。木板船的出现是人类水上运载工具发展历史上的重大技术进步，它突破原木的大小局限，可根据用途和资源条件制造不同外形与大小的船只，为后来船舶的大型化和专业化的发展奠定基础。

考古学、语言学、人类学等学科的研究认为，居住在太平洋的波利尼西亚人最初的祖先可能来自亚洲大陆，他们历经数万年的迁移，终于在公元前4000年左右完成了人类历史上独一无二的伟大征程，定居在距离亚洲和中美洲2万公里的太平洋岛屿上。

世界上最早出现帆船的考古学证据，是公元前3100年埃及陶罐上绘制的方形帆船图案。公元前6世纪，纵横爱琴海的舟楫为古希腊人带来了腓尼基人的文字、造船技术，以及赫梯人的炼铁术。随着海上贸易繁荣发展，异质文化不断涌入，古希腊出现了艺术、文学、悲剧、哲学、科学和民主等。古希腊文明在公元前4世纪达到鼎盛，被后世称为海洋文明。

春秋时期（前770—前476），在太平洋西岸的东亚大陆，铁器工具的出现和运用标志着生产力发展到了一定水平，极大地推动造船技术的进步和发展，快速、大量地建造大型木板船已成为可能。

在现今留存的历史古籍中，以记载春秋末年至战国初期吴越争霸的历史为主干的《越绝书》，对闽越人的造船与航海活动有着最早的记载："越人谓船为须虑……习之于夷。夷，海也。"1975 年，福建连江挖掘出土一艘独木舟，残长 7.1 米，首宽 1.2 米，尾宽 1.6 米，舟深 1.2 米，首尾呈方形，舟内中部有方形台座。独木舟系用直径近 2 米的整棵楠木凿成，经测定为西汉初期的遗存，这是迄今在福建考古发现的最早的舟船实物。东汉末年《释名》对风帆和船尾舵的记载，标记了中国出现帆船的年代下限；而浙江跨湖桥遗址发掘出土的席状编制物，则为闽越人最早在距今 7000 多年前的新石器时代使用帆船提供了技术可能性。

记忆和梦中的迷雾慢慢散开，儿时从诏安老家来的大帆船，时隔三十年后重新明晰起来。从梦想回到现实，能否再找到一艘尚能行驶的青头船或艍船，或是其他老式帆船，驾着它重新出海远航？

从广州调回厦门工作后，我开始在沿海各地的老港和渔村间穿梭寻找，自福建与浙江交界处远离陆地的七星列岛，一路向南走到了邻近广东省的东山湾，完成 3324 公里的福建海岸线寻船之旅。其间我发现了几处传统造船地，也找到了几艘废弃已久的旧木船，但一直没有遇见心动的目标。那些曾经驰骋于大海的中国帆船似乎已不复存在，湮没在时代的迷雾中，也淡忘在人的记忆里，仿若它们从未出现过一样。但我暗暗坚信，只要继续坚持找下去，一定会有意想不到的发现。

「金华兴号」的发现、测绘、航行。以及］24同航路航行。从传统帆船到现代帆船，最初的出走失败。

第二章

「金华兴号」

Φ170×Φ270×8400

基本结构图

Φ300×Φ500×23400

Φ270×Φ270×5900

　　2004 年 5 月的一个下午，我和黄剑、魏军船长、陈延杭老师开车行驶在 531 县道上，当时我们在做福建海岸线调查。这是从漳州云霄县城到陈岱镇的沿海线车路，有很长的一段是沿东山湾走，但与海岸线之间隔着村庄和丘陵，几乎看不到大海。越野车转过几个连续的急弯，坡顶上迎面而来东山湾的一角，海上一艘大帆船如梦幻中那般一闪，倏忽不见。转弯下坡后，我赶紧停车，招呼伙伴们下车，扛着大摄像机和三脚架一路狂奔跑回坡顶，在亢奋中深一脚、浅一脚地横跨田地和沟渠，来到距离内湾更近一些的开阔地带。

　　只见远处，一艘体形庞大的木帆船，挂着三面高大的白帆，在蓝天碧水之间纵横拖网，仿佛已经在那里游弋了几个世纪，等待我们的到来。

　　这艘风帆渔船平时只在东山湾内湾距离岸边不远的一小块海域捕鱼，外乡人不容易知晓，船主是岜屿镇城外村的汤家。当晚，我们就借宿在汤家院子。

　　69 岁的船主汤坤海是当地的能人，曾经是岽屿镇的第一个万元户。这艘木质风帆渔船的船型叫作牵风，船号"金华兴"，1981 年由广东饶平县柏林卖到诏安，1986 年再由诏安林厝卖到岽屿，开始时三人合股，1989 年汤坤海收购其他两位股东的股份，自己独立经营。1991 年汤坤海三顾柏林，请来牵风船的原舺公黎阿海回船出任船长。1999 年黎阿海船长告老还乡，由汤坤海当时 29 岁的长子汤裕权接任船长。"金华兴号"的《渔业船舶登记证书》上的登记船名是"闽云渔 2001"，全长 24.6 米，船舶类型为舷浮拖海船，建造地为诏安林厝，建成日期栏显示的是 1991 年 5 月维修，渔船检验有效期至 2004 年 3 月 30 日。

　　"金华兴号"作业靠天吃饭，需要有 4 级以上的风力才能下网捕鱼。每当海上起风、小船回澳时，正是它出海牵网的时机。它可以在内湾与外海作业，既能单船牵网，也能双船拖网，旺季捕鱼，淡季载货。船上配置了 6 名船员：44 岁的船长汤裕权负责掌舵；汤坤海的四儿子、26 岁的汤林权在船上当阿班，即水手长；汤家老二的长子、22 岁的汤顺成是水手；船长的次子、19 岁的汤锦城是伙头兼小工；船上还雇有两名伙计，51 岁的汤文同是汤船长的族兄，年轻的汤阿财是汤家女婿的兄弟。

　　牵风船体形庞大，造价及维护费用高昂，一般需由多户渔民合伙经营。随着海洋渔业资源日益减少，海上养殖架设的障碍越来越多，可供牵风船施展身手的海域范围越来越小。十几年前，闽粤交界沿海地区为数不多的牵风渔船，因无法继续生存而先后拆毁，只有"金华兴号"依靠整个汤家的力量，凭借一种几乎已经消失殆尽的大家长制管理方式，才维持至今。1993 年"金华兴号"在东山造船厂入坞大修，花费了约 16 万元。1997 年又遇到赤潮，加上台风频繁，全年几乎没有收入。如今船舶证书已过了年检期，不让再延了。

次日上午，我们跟着汤家班船员搭小艇上船。"金华兴号"越来越近，当扒住船舷翻身踏上甲板的一瞬间，儿时诏安帆船的记忆回来了，我按下 GPS 的定位键，生怕它像梦境中那些大帆船一样，再次消失。

这艘牵风船使用风帆为动力，未装设机械引擎，也没有发电机，船上唯一的电子设备是一台干电池调幅收音机，用于收听渔业气象。船体很庞大，船艏尖而低，船艉圆满高翘，比我记忆中的诏安外海队木帆运输船还要大不少。甲板开阔，船上官厅、睡舱、水舱、厨房都在甲板下方，但都挑高，宽敞而光亮。官厅正中面向船头摆放着一架老旧的神龛，里面一张红纸上写着天上圣母、玄天上帝、水上诸神，代表着神尊。官厅门柱上贴着一副颇新的对联："千顺万顺事事顺，千好万好年年好。"官厅与睡舱之间隔着工具舱，两侧挂着绒帽、雨衣和水裤，底板摆着水靴。仍使用的睡舱，有 8 间共 16 个铺位，每间两个铺位并排，顺着船的方向。靠船头方向的其他睡舱，则改为堆放杂物。睡舱的前面是桅舱，桅舱的前面是水舱，左右两舷各设一个，饮用与日用分开，每侧水舱一次可储存 3 吨淡水，可供 6 名船员用一个月，储水还兼作压舱和平衡用。

从甲板看，帆船前后一共有 9 个操控帆、锚、舵和网的木制车筒，也就是卧式绞车，其中甲板中部右舷的碇车最粗大。艉高艏低，船艏头桅周边放置有 5 个铁锚，船中竖立着高大的主桅杆，艉部斜插的舵杆上横出一支粗大的长原木舵杆，舵杆尾端左右各系一组木质动滑轮，拉索的另一端系在左右两舷甲板边角处，用来交替拉动舵柄，操控转舵。舵杆的两侧各有一间艉楼，右舷艉楼为老䑩的睡舱，左边是副䑩的睡舱。艉楼不到一人高，以减小迎风阻力。

和我一起沿福建海岸找船的伙伴中，黄剑是福建东南卫视的纪录片导演，魏军船长是顽石航海俱乐部的帆船运动推广者，陈延杭老师是中国航海史学者。我们在船上各自激动，黄剑扛着摄像机猛拍，陈延杭老师按船型分类说这是一艘广船，魏军船长嚷着“够棒，开着走了嘿！”，我则急切分辨哪些部件是我儿时见过的，哪些又不一样。

汤家船员们已经就位，“金华兴号”迎风航行，船速跑了起来。水手们在处于下风一侧的船舷边伸出桁杆，放下拖网捕鱼，准备换舷之前，快速收起渔网，渔网就先放在船舷外的橹桥踏板上。帆船旋即迎风换舷掉头，改为顺风航行。换成船舷另一侧处于下风，水手们摇出桁杆，放下那侧的拖网，然后又快速奔回上风舷边，打开网口放出刚才捕到的渔获。“金华兴号”张开双翼，劈开水面，左右两舷轮换下网和收网，仿若真的是在牵风而行，展示出它最荣耀的本领。

如此一趟接一趟地往复行驶和下网，还要避让海域中到处插立的木桩，汤家船员们一刻也不敢松懈，午饭只能轮流抽空扒几口。近几年东山内湾兴起养殖巴菲蛤，竖在海面上的很多木桩成了"金华兴号"航行的障碍物，牵风作业范围大受限制，危险性也增加了，夜间甚至都无法作业。"有时鱼群就在前面，船被障碍物挡住了过不去，很无奈！""发现有鱼，但没有风，船走不动，那心急得很哪！"汤裕权船长一边收紧拉舵的滑轮组拉绳，一边说，"大年三十如果有风，我们还是一样出海，有风就是最好的节日。"

拖网的网目很小，到了长长的网尾，已经几乎看不到网洞，被混杂了鱼肉与鱼苗的白色肉糜密密地塞住。用细目拖网捕捞上来的渔获，主要是3厘米大小的小青头鱼、乌仔鱼和加目鱼，只能做饲料，可食用的鱼虾蟹很少。运气好的话，会有另一种大小相同但价格较好的银针鱼。有几网捕上来的银针鱼，马上用海水洗净，阿班汤林权在主桅右侧汽油桶改装的炉子里麻利地生起火，迅速将其煮熟，装入一个个小竹篮里晾干，黄昏收工时带上岸，交给岸边的贩子，当晚就用摩托车载给云霄县城的收购商。

快黄昏的时候，风浪逐渐大了起来，涌浪从迎风的左舷打上前甲板，海水很快从甲板上泄走了，船体也随着涌浪的节奏缓慢地摇动了起来。

当风渐渐回落，"金华兴号"结束一天的捕捞作业，缓缓回到近岸，落帆下锚，升起船舵。汤船长从渔获中挑出几尾最大的鱼，交给外号叫作"鱿鱼"的小儿子汤锦城下厨房去煎，请我们在船上体验一顿现捕的海鲜。我们也搬出准备好的两箱啤酒，与船员们在天色渐暗的海湾中，享受一天劳作后的安静。大家围坐在船尾舵楼顶上的甲板上，人手一瓶啤酒，连几乎滴酒不沾的陈延杭老师也不禁频频举瓶。我暗暗地想，现在就把"金华兴号"开出去，一边远航，一边生产，那是多么自由自在！

返回厦门后，我在陈延杭老师收藏的《福建省渔船图集》里，找到了一则 1958 年福建省海洋渔船渔具普查时绘编的牵风船结构图与线型图。牵风船是这部图集中唯一船舶总长超过 25 米的木帆船船型，比福鼎的延绳大钓船、闽东渔场的大围缯船、惠安网仔拖网、厦门钓艚船等大型渔船都长出好几米。牵风船的满载水线长、船宽、型深、型吃水、排水量等指数都位居当时的福建木帆船之首，特别是其高达 220 吨的排水量，比其他大型渔船多出 3 倍以上，堪称福建传统木帆船之王。在同样来自 20 世纪 50 年代末海洋渔船渔具普查资料的《南海区十九种木质风帆海洋渔船》里，我又发现其中一种横拖与牵风的船型十分相似，进一步比照规格与性能指标，可以确定二者属同一种船型。

由此，我对"金华兴号"的身世和航行性能更感兴趣，很快又从厦门返回崮屿汤家，想知道它出自什么地方，能不能载我航向世界。

汤家给了我诏安林厝造船师傅林瑞池、林金元父子的地址。林家是"金华兴号"的修造师傅，与汤家相识多年，林厝也是"金华兴号"上一任船主所在地。我还向汤家要了广东饶平县柘林黎阿海老舭的地址，黎舭的大名叫作黎克，小名阿海，是"金华兴号"的上一任船长，柘林则是"金华兴号"再上一任的船主所在地。

林厝村位于诏安湾西岸，与我熟悉的宫口港同属梅岭镇，以往只是一驰而过，不知这里也有一处造船地。林瑞池老师傅给我讲他家与牵风船的缘分，带我去拜访乡里的几位牵风船前任船长。民国时期，粤东柘林、大埕的牵风船时来诏安湾拖网作业，一些旧船先后转卖给当地渔民，新船的造价太高，在福建建造不起。因此，诏安湾边的诏安和东山两县渔民也逐渐跟着牵风作业，一直到 20 世纪 80 年代，诏安梅岭一带尚有"金和兴""金同兴""金玉兴""金怡兴""金福兴""金华兴"6 艘牵风船。其中，"金华兴号"于 1981 年由柘林渔业公司卖给诏安林厝渔民，当时有 14 名股东，船名是股东中选出的林敬发船长所取的，这些渔民还曾拥有"金华兴号"的姐妹船"金福兴号"。这种股东制往往到了牵风船用到大修年限时，因为筹集不起一笔高额维修费用，股东们纷纷卖船散伙而被废除。"金华兴"和"金福兴""金同兴""金怡兴"就是这样先后被转卖到云霄的。

林瑞池师傅随即又带我到广东饶平。在柘林海滨渔村一间古旧的小院里，时年 71 岁的黎阿海老舭正和弟弟黎二克在树下泡着工夫茶，抬头看到十几年未见面的林瑞池师傅，高兴地站起来招呼，然后坐下来一起泡茶。"金华兴号"最早由黎阿海的父亲购置于清末民初，从珠江口一带买过来时已经是旧船，黎家是原籍顺德的水上流动居民，生产和生活都在同一艘渔船上，在陆地没有田产、房屋、祖庙和墓地。黎阿海就是在"金华兴号"上出生，只是当时的渔船都没有船号，而以船老舵的名字或外号代称。这艘牵风船作为黎家合股经营的生产工具和流动居所，船上常年住有5至6户人家，二十几口人，还养着猪。到了20世纪50年代，经历了合作化和公有化运动，这艘船被收归饶平县柘林海洋队即后来的柘林渔业公司所有，船上的水上居民被安置到岸上居住。

有关"金华兴号"更早的来源，黎阿海、黎二克兄弟，以及一起泡茶的老渔民冯二根、冯志民纷纷说，长辈大都讲牵风船来自广东省城，也有讲说来自香港和澳门，但没有更具体的资料。线索暂时中断。

我返回诏安继续做调查。林瑞池师傅带我去找梅岭造船厂的陈永林老厂长，又一位修造过牵风船的师傅。两位老人聊起来竟然都认识曾经在诏安宫口造船厂短暂当厂医的我父亲，令我十分震撼，眼前又浮现出童年时在这一带海滨行走的场景。

跟着林瑞池师傅走了两天，这位寡言温厚的老人仿若就是我的父兄。他自从无船可造之后，一直在家中的作坊制作牵风船的模型。模型朴拙而又灵动，一看便知出自造船大师傅之手，而主桅上和船舫八字帮上的楹联，也是老人自己用蝇头小楷逐字写就。我请求他把多年前制作的第一艘牵风船模型出让给我，并请他用小刻刀，在船艉鹰板下方镌刻上他的名字和完成年份。

我又回到了崳屿，时而借宿在汤家，时而睡在"金华兴号"上，开始对船只部件和整船进行人工测绘。

崳屿原来名叫笠屿，得名于河海汇集的水面上有一块形似斗笠的礁石。单凭顶城、城内、城外几个村名，便可知此地古时是一处城寨。田野调查期间，我曾多次去城中探查。这大概是早时福建沿海常见的一种乡村城寨，长条石与三合土结合，用于防倭抗匪。只是崳屿尚余有城隍庙、武庙等遗迹，这是古时县治以上的配置。

汤家院子位于城外村，"金华兴号"帆船作为汤家的生产工具和家族荣耀，维续着大家长汤坤海的绝对权威。汤家四个儿子在院子的四边各有一座二层小楼，老大、老四管"金华兴号"海上捕捞，老二管院子前面的田地，长孙管田地与海岸之间的蟹池和滩涂上的吊蚝，老三大学毕业后去东莞工厂做销售。早已成家立业的汤裕权船长，手头没有一分私房钱。我借宿在汤家时，有一次看到在船上当小工的汤船长小儿子汤锦城，要去云霄县城找同学玩，在向他的大家长爷爷申请 20 元的路费。

从汤家二楼顶坪往东南一路看出去，从院子、田地、蟹池、吊蚝，到海湾里的牵风，一个小小扇形由陆地到海湾渐次打开，扇形里面都是汤家的产业。我对这样的田园生起羡慕之心，想象中的故乡有了一点落地的感觉。

我把 3 岁的儿子许心宇带上船，希望植给他中国帆船的印记。

我把一拨拨学者专家带上船，豪爽地让他们感受研究多年却从未踏足的海洋。我把旧识新友带上船，为的是跟我分摊汽油费、过路费或只是途中做伴。我请台湾休闲帆船航海界的刘宁生船长上船，从现代帆船的角度，对"金华兴号"的航海性能进行测评。

8月初，一个半夜突然降临的热带风暴，把平常泊船不降主帆和尾帆的"金华兴号"打了个措手不及，主帆的帆面被撕破几十个帆兜，不堪缝补，只能整张更换。中国海岸线上最后一艘传统风帆渔船，由汤家大家长管理制维续的脆弱的渔业生产，似乎自这一天起也被打破。

日子愈来愈急促。云霄县当地村镇方面认为，未装置动力引擎的"金华兴号"机动性不足，是即将来临的台风季节的安全隐患，遇到台风警报时不能留船员在船上，但没有船员的空船又有可能被刮到岸边损坏岸边设施，最简单的解决办法就是由汤家自行拆毁。强制拆船的理由完全站不住脚，"金华兴号"在它上百年的生产过程中，曾经遭遇过多少台风，大风天船员从来没有离开过帆船，帆船也从来没有毁损过什么岸边设施。

汤家在当地的各种努力未能奏效，他们急切地期待我们帮忙扭转局面。1989年东南沿海暴发赤潮灾害，近海渔业遭受沉重打击，几艘牵风船相继被拆卖，汤裕权船长就曾目睹了当年"金福兴号"在沙滩上被拆解的悲惨情景，更加无法接受如今"金华兴号"也要面临同样的下场。

"金华兴号"作为数千年来中国传统木帆船历史的仅存硕果，极具文物价值。牵风作业的活态存在、生产方式和经营方式，为一个业已消逝的时代提供了独特的历史见证，其物质和非物质遗存，具备列入世界文化遗产名录的条件，也具备列入世界人类非物质文化遗产名录的条件。我疾书一份旨在保护中国现存最后一艘古帆船的提案报告，寄发给可能关注此事的机构和人士。带着一批接一批的记者和摄影师，包括中央电视台纪录频道的《郑和下西洋》摄制组、福建东南卫视，以及大小纸媒，穿行于厦门与屿屿之间。然而，效果仍然不尽人意。

那段时间，最舒缓的是给汤船长打电话，而最害怕的则是接汤船长的电话，但电话还是来了，镇政府城管办下达了限期自行拆毁通知书。伙伴们赶紧调整方向，分头帮汤家寻找和联系"金华兴号"的买家，无论留在水上还是上到岸上，总比最后拆解成废木料要好很多。最后，珠海博客广告公司 (简称"博客公司")站了出来，我载着公司三位合伙人从厦门赶赴屿屿，看他们与汤家最终敲定以18万元成交买船，压在心上的大石终于搬开。"金华兴号"将作为一艘继续浮在水上的展示用船，由博客公司接手。

博客公司要求船交到珠海后才付款。汤家班操控帆船没有问题，但他们基本上没有出过东山湾，对南下珠海的航线不熟悉。顽石航海俱乐部则对南下航线相当熟悉，曾下西沙、下海南，来往珠海更是频繁，但跑的都是J24现代西式帆船，对中式传统帆船不熟悉。我居中协调，让两拨水手协同，一起把"金华兴号"偷偷开往珠海。

想象与期待中的中式帆船远航，出乎意料地一下子来到眼前，这也是我的第一次外海航行，却以汤家变卖家族产业、最后一艘活着的传统帆船终止其渔业生产为代价。"金华兴号"又要返回它七十年前的故乡，不知是悲还是欢。

远航准备工作在保密中急促进行。我借了一台数码相机、一台模拟式录像机和两盒45分钟的空白录像带，带上手持GPS、沉重的大笔记本电脑和薄睡袋，与同伴们摸黑悄悄地到岿屿汤家院子集合。

2004年10月17日上午，汤家班和新伙伴们分批登船后各自忙起来，安装航灯电路，更换拉舵滑轮组缆绳，拆卸舷边拖网桁架的支撑杆，打扫睡舱，搬运给养。一只自小在"金华兴号"上长大的土狗小黑，被抱下了船，由小舢板带上了岸。小黑貌不招人却很勇猛，白天牵风作业时，它负责前后观察海面上的障碍物，一旦有东西靠太近便前去通知汤船长。晚上船员上岸后，它则独自在船上守夜。它从来没有离开过"金华兴号"，也从来没有上过岸，算是船上的半个船员。

太阳快下山时，大家列队集体礼拜妈祖，一是报告牵风船易了主，二是为明日出海祈求平安。汤船长在船艏帆边点燃了两串大鞭炮，船员汤锦城在船中橹边的橹桥上往金盆里烧纸钱。

魏军船长在海图上量出东山湾至珠海的航程距离，约为280

海里。这次不同寻常的单程远航有两名船长，汤裕权船长负责驾船，魏军船长负责领航。全船人员除了汤家班5名船员外另有8人，其中，魏军船长、李金华、阿飞和我4人为一组，"金华兴号"买方博客公司的丛南、林潇、郑胤祥和二帅4人为一组，大家轮流值班，每6小时轮值一班。林潇、郑胤祥、李金华和魏军船长都是顽石航海俱乐部的合伙人，阿飞是俱乐部的会员，二帅是魏军船长的徒弟。

魏军船长是我的航海启蒙教练。我还在读小学时，就因为老家的大帆船和航海的书籍而开始想象海洋；第一次真正坐上帆船出海，则是跟在老魏船上。帆船原本为生产工具，发展成以竞赛和休憩为目的的帆船运动，在西方已经有两百多年的历史，在中国大陆却才刚刚起步。1998年，魏军船长带着6艘J24帆船辗转到厦门，拉开中国大陆民间休闲帆船运动的序幕，开始艰难地在现行法规的夹缝中做航海推广。2001年，老魏驾J24帆船环台湾岛航行，结果连人带船被羁押，在宜兰的"大陆人民处理中心"关了九个月。被遣返回厦门后，老魏继续艰难地做帆船推广的工作。

2002年的第一次帆船航海体验，在短短一天中经历了早晨的微风习习、中午的无风酷晒、黄昏的大风大浪和入夜的大雨瓢泼。我在变换的天候与变幻的海况中，发现自己的呼吸节律竟可以随海浪的涌起与落下，一迎一合，十分畅快。长度不到7.5米的J24小帆船，在风浪中灵活自如地穿插于福建金门的大担、二担岛之间。驾驶一艘比 J24 大两倍的中式帆船走向世界的想法，自那一刻开始成为我的计划。

在这次航行中，18 岁的二帅与我一见如故。二帅是在厦门长大的河南人，气力饱满，是我们当中的大力水手。他 12 岁时离家出走，到漳州龙海石码渔港的渔轮上当学徒，14 岁时自己买了一艘 8 米长的木船当小老板，一年中有九个月到福建的金门水域放绫——绫就是定置渔网的一种，另外三个月养紫菜，日子过得很滋润。后来，因为木船停在魏军船长的 J24 帆船附近，偶尔帮老魏摆渡上船和上岸，慢慢熟悉起来。当他第一次被老魏叫去一起玩帆船时，一下子被帆船摄住心，随后收了自己的生意，跟着老魏当学徒。

入夜，我从"金华兴号"潜回岸上，将大笔记本电脑接上汤家的座机电话线，拨号上网查看云图。综合台湾气象事务主管机构的资讯服务网站、台湾区渔业广播电台、汕头气象信息网的预报，受当年 24 号台风"蝎虎"外围影响，东山沿海天气晴，东北风 6 到 7 级，阵风 9 级，大浪。另外，菲律宾海域还有一个北上的台风，两个台风似乎将与正在浙江上空南下的冷空气汇合，形成一个叠加风暴。

经过一番权衡，汤裕权和魏军两位船长还是决定抢在台风可能到来之前出发，因为比起台风来，不知何时突袭的强拆行动更加危险。第二日逢农历九月初五，高潮为凌晨 4 时，大帆船必须赶早乘潮出湾。魏船长计划第二天一早开出东山湾后，保持航向 180 度，驶过南澎列岛后，当晚可以靠泊海门湾或广澳湾，也可能航向 240

度一直往前开下去。

为了储备体力，船长要求全船人员在晚上 10 点前入睡。

以下是当时的日记实录。

10 月 18 日　晴

一觉醒来，已是清晨 5 时 30 分，这是我们预计启航的时间，我看同伴们都还在睡梦中，赶紧喊醒大家。

6 时 07 分，一轮朝阳跃出东山湾的海面。3 分钟后，位于左舷后侧海面上的朝阳开始缓缓向后移动，"金华兴号"启航了。我作为船上 13 名船员中的一员，在航海日记上记下这一重要时刻的 GPS 读数：北纬 23 度 48.640 分、东经 117 度 29.202 分，航速 2 节。

6 时 40 分，三帆全部升满，航速增加到每小时 4 千米。我们 8 位新上船的船员自行鱼贯而下，到甲板下面的官厅礼拜妈祖，祈祷人船顺利抵达珠海。

7 时 20 分，海面上的风突然减弱了，我们错过了乘潮出湾的时机，"金华兴号"只好立即转向，折行，加大迎风角度，尽量让风帆吃到风，保持航速不要减下来太多。

7 时 35 分，航程中第一次遇到险境。骤然失去风力的牵风船，开始随海流漂向右舷方向柳谢礁前的水下沙堤，汤船长急令放下小舢板开足柴油挂机马达顶住大船的漂移。真是妈祖显灵，风终于回来了，3位汤家班船员和3位新上船船员协力，在12分钟内把主帆升高到最顶位。牵风船的大帆重量超过1吨，升帆时只能借助一台固定在左舷甲板上的卧式木绞车，船员站在绞车的两边，手脚并用，又拉又踩绞车上的车子，转动车筒，卷起升帆大索。"金华兴号"驶离了危险地带，第一次开出它牵风拖网近二十年的内湾。

"金华兴号"途经东山岛外的尾涡屿、后登屿、鼎盖屿、小彭屿、羊角礁灯塔、马鞍屿时，我皆用数码相机逐一拍摄记录，其中尾涡屿上有民居、渔业加工库房、码头等建筑。

9时40分，前方自西而东横行一艘小客船，这是从东山岛铜陵镇到东门屿的村镇交通班船。在"金华兴号"的右舷，可以很清楚地看到铜陵镇、风动石和东山县博物馆，两个多月前，我曾从陆路造访东山县博物馆，里面展出一艘两米多长的牵风船模型，但神韵略欠缺。不知道博物馆有没有人注意到，此时真正的牵风船正从他们前面驶过，一趟不会再回来的航行。

"金华兴号"驶出铜陵角，进入一道宽仅约800米的狭窄航道。位于右舷外的东门屿又名塔屿，坐标北纬23度44分、东经117度33分，最高点塔山头海拔高度91.3米，山顶一座建于明代的文祭塔，历来是过往航船的重要岸标。据《东山县志》载，塔屿扼东山港出入之门户。东山湾口潮流湍急，俗称"八卦流"。

10时02分，开始涨潮了，航程中第二次遇到险情。当我们顶着突然掉头涌来的海流，正欲穿出航道时，风又停了，"金华兴号"被海流推向右舷方向的塔屿，眼看着距离礁石群越来越近了。船上一阵忙乱，正准备抛下大锚减速，突然就来了一阵风，"金华兴号"慢慢移出航道出口，湍急的海流依然在船后翻滚。我看了一下手机，10 时 07 分，刚刚的危急只持续了 5 分钟，感觉上却十分漫长。

中式帆船以风力为主要动力，潮流顺向时也是动力，逆向时是阻力，横向作用在船体时则令帆船产生横移。帆船的移动，大部分时候是风力与海流的共同作用，由于风力作用下的推力和拉力，海流作用下的横移，帆船往往是斜着走和折着走，而不是直着走。帆船经过湾窄流急的峡口时，一般要乘风顺流，否则就要靠船上的伙计拼力摇橹做动力，古时候大船上的伙计多，多到上百人。遇到实在过不去的情形，就只能紧急抛下大碇让船停住，但起碇重新开航可要等到顺风顺流时才行，并且要费很大的工夫。

"金华兴号"终于离开厮守了近二十年的东山湾，再一次进入真正的大海。湛蓝的海水迎面而来，前方远处隐约可见的小岛是象屿和狮屿。

11 时 45 分，船上开饭，从开航至此时航程为 10.8 海里，航速 2.2 节。

风力很小，浪却比较大，横着拱向左舷，船摇得有些厉害，我突然感到一阵晕眩，这是晕船了吗？赶紧下到睡舱横卧。

迷迷糊糊，昏昏沉沉，再一次看手机时已经是下午 3 时 30 分。

只听甲板上面"咚咚咚"一阵嘈杂，我摇摇晃晃地爬上甲板，航程中第三次遇到险情，主帆的总控帆绳——大缭母绳断了。重量以吨为计的大帆失去控制，在我们头顶上方左右摆动了起来，拍打着侧支索。收拢大缭母的总猴，一块约有 10 斤重的硬木部件，在离后甲板半人多高的位置随着大帆和缭绳的摆动左扫右扫。魏军船长和汤船长不约而同地高喊道："快趴下，注意头壳顶！不要被猴头打到！"传统中式帆船的桅杆固定系统原本不需要侧支索，但"金华兴号"的侧支索是采用了近代西洋帆船的桅杆固定方法。没有侧支索的福建帆船，如果也发生大缭母绳断，帆尾会甩 180 度到船头，闽南船员形象地称之为"撕裂鸡皮"，但帆面上的顶称和帆桁不会因为打到障碍物而折断。

汤船长急令伙计降下主帆，魏船长急中生智，令水手们拆下一根搁在晒坪架上的木杆，顶住主帆的帆桁架篙，终于将整个大帆固定住。

经过这一番折腾，我更加晕眩了，吐了几口酸水，继续下舱休息。睡舱甲板下舱底的海水，随着船身的摇摆哗哗作响，身体在硬木板铺面上左右来回滑动，只磨得尾椎发热。

下午 5 时 30 分，上面又是一阵嘈杂声，我起身上甲板，风几乎停了，涌浪却似乎更生猛。"金华兴号"已走到紧临龙屿和虎屿的东山岛东侧海面，抛下大锚停了下来，船上的风帆被打坏了，全都落在帆架上，布帆面和木桁杆凌乱地堆在一起，头尾用粗绳子捆扎住。

汤船长用电喇叭向远处作业的渔船喊话,魏军船长在旁边用电筒打闪烁发信号,请求渔船前来帮忙,把失去风帆动力的"金华兴号"拖进港,但是没有回应。汤船长急令伙计把小舢板放到海面,拉响了小挂机。魏军船长、李金华、二帅和汤家班的老伙计同哥,依次跳入在浪峰浪谷间起落的小船,颠簸着开向澳角岸边,前去找寻机动渔船来拖我们进港。留在船上的人,继续向距离最近的渔船摇旗、呐喊、闪灯,请求救援,但仍旧没有回应。

晚上7时50分,魏军船长一行带着雇请来的渔船在黑暗中出现。"金华兴号"接过渔船扔过来的拖缆,牢牢实实地绑在甲板上最粗大的大碇绞车上,留守的船员一齐冲向前甲板奋力起锚,心急力粗几近虚脱,木绞车上的手柄生生被掰断两根,锚爪最后从海中拖起钩在上面的两个蟹笼。歇下来的那一刻,我又开始头晕目眩,再次顶不住了,只得又下到睡舱闭目平卧。

"金华兴号"大概在晚上9时30分被拖到澳角湾内,下锚停泊。我在晚上10点被叫醒,起来吃晚饭。奇怪的是一点儿都不再晕眩了,好像晕船已经是很遥远的事,并且胃口极好。当日航行时间13个小时,航程约22海里。

午夜12点,我下舱入睡前抬头往天上看,满夜星空在"金华兴号"大桅的上方,如同一张左右晃动着的天幕。

10 月 19 日　晴

早晨 6 时 20 分起来，目测"金华兴号"停泊在距澳角村仅两三百米的小海湾内。汤家班船员已在干活，渔船上的规矩是天亮就得起身开工，无论有没有出海。

我约魏军船长、阿飞和二帅上岸转一转，爬到村边的一座小山头上俯瞰"金华兴号"在小海湾里的场景，顺便到村里的小市场买些菜。澳角是东山县陈城镇的一个行政村，从前以只用海鲜喂养的澳角黑猪闻名。

汤船长买来了 50 米直径 3 厘米的尼龙绳，马上更换主帆缭绳。阿班汤林权解开大帆升帆绳头，在自己的肩腰胯麻利地绕了一圈，打上结，做成了一个绑上去不算太难受的简易安全绳，让汤家班伙伴绞动大帆车，把他拉到 16 米高的主桅杆顶，再沿第一根帆桁走到外侧大帆边缘。第一根，第二根，第三根，他凌空逐一解开每一根帆桁尾端的旧缭绳，系上新缭绳，当换完位于最下方的第四根帆桁时，人也已经回到甲板，手脚利落异常。

为了下一段的航行安全，魏军船长经与新船东商议，决定请汤家班将"金华兴号"前甲板左右两舷伸出舷外的浮拖桁杆拆除掉，以减少船只的宽度。这对拖网用的桁杆，如同牵风捕鱼的双翼。我默默看着汤船长一言不发地用大木锤一下接一下地砸开固定铁箍，不知道他此刻的心里怎么想。拖网装置拆了下来，等于剪掉"金华兴号"的双臂，以后就再不能张开双臂牵风了。"金华兴号"不再可能从事海洋捕捞作业，也不再是一艘活着的渔船了。

新船员们肯定不会有老汤的心情，空闲的时候，有几位爬到船舻舵楼顶坪玩高台花样跳水。魏军船长抱着收音机听台湾渔业广播电台，我随意翻开一本《当中国称霸海上》(*When China Ruled the Seas*)，看美国女作家李露晔 (Louise Levathes) 描述的中国明代航海家郑和。我们出门的第四天，"金华兴号"还没有开离东山，林潇和阿飞先行离船返回厦门。

10 月 20 日　晴

早上 7 时起床，汤家班和同伴们已经在干活。

7 时 40 分，汤船长一拨人又上岸采买修船物料去了。

中午，汤船长从岞屿家中带回一批前两天刚从"金华兴号"清理上岸的船上备品和工具。郑胤祥将一只出生还不到一个月的小猫带上船，大家给它取名"小贱"，希望它能在扑朔的航程中活下来。小贱是他们向船舶用品店的老板要来的。

下午，汤家班加固船帆，新船员舀舱底积水，我继续测绘船体内部结构。一艘插着国家水下考古队旗子的小船靠了过来，绕着"金华兴号"转了两周。上门的人隔船介绍说，他们从旁边冬古湾的沉船考古发掘工地专门过来，意图上船参观了解"金华兴号"帆船。我回想此前到处递送保护提案呼吁关注，却遭遇了一系列冷眼，便不允许其登船，也拒绝跟他们多说。

汤船长再一次检查船只时，发现大帆的第三根架篙有裂痕，包裹在上面的盐木加固条也有裂痕了。这应该是前日航行发生缭绳断开甩帆时，大帆撞击侧支索的结果，幸好及时发现了。伙计们用两根中午带上船的柯木锄头柄一上一下加以固定，暂时可代用。中式传统木帆船的建造和维修讲究因地制宜、因材施用，不动到筋骨的一般维修，大多由船上伙计自行承担。

晚上，我们决定连夜拔锚启航，航向180度，侧风走外海，绕过南澎列岛。

晚上10时06分，"金华兴号"开动了，全体船员精神抖擞，各守岗位。我把全部的衣服都套上，身体保暖好就不容易再发晕。联想起一部"二战"电影里的夜航情景，一小队盟军驾着一艘缴获的日本渔船，从澳大利亚达尔文港远航到吉隆坡去炸毁日军战舰，我对"金华兴号"接下来的航行满怀憧憬。

晚上10时46分，航速每小时5.1海里，航向150度，航程2.4海里。刚出澳角湾，风力估计6级。

晚上11时18分，航速5.3节，航程4.4海里，位置在北纬23度33.20分、东经117度28.211分。"金华兴号"已越过北回归线，继续往西南方向航行在福建与广东交界的海域上，移动手机信号时有时无，夜色深沉。

10 月 21 日　晴

0 时 0 分，航速 5.1 节，航程 7.1 海里，位置在北纬 23 度 28.038 分、东经 117 度 30.777 分。

0 时 30 分，因航向无法折回西南方向，"金华兴号"转向并落下大帆，一直到航向终于可以保持在 250 度，顺风航行，才重新升起大帆。魏军船长教值夜航班的新船员通过观察星象来测定方位，我们学会看三星找北，就是在北斗七星的勺子边上两颗星的延长线上找北极星，位于正北方向。

1 时 19 分，顺风的大帆再次激烈地左右甩了起来，尾帆也摆了起来，尾帆下架篙撞击到固桅支索，折断了。汤船长急令落下尾帆，排除险情。但没有了尾帆，仅靠原来作用效率就比较差的舵，"金华兴号"要转向就更麻烦了。

第一次随中式帆船外海航行，短短的两段航程里，接连发生失速横移、主帆缭绳断、主帆帆桁折断、尾帆帆桁折断等意外，我也跟着思考晚近广式帆船的结构性问题。我的远洋帆船一定不能这么大，不能安装侧支索，还要配备足够数量的职业船员。

2 时 50 分，魏军船长看到南澎列岛的灯塔。

3 时 20 分，航速 4 节，航向 240 度，航程 29.2 海里，位置在北纬 23 度 21.747 分、东经 117 度 25.318 分。右舷前方的南澎灯塔每 10 秒闪一次，而非海图上标示的闪 4 或 GPS 内置海图上标示的闪 12。魏军船长打开高频对讲机询问在附近海域行驶的商船，只听他喊道："中国古帆船'金华兴号'呼叫……"我不由自豪地上下打量了一下我们的船——在星星点点的海面上灯光最微弱的一艘。

4 时 05 分，黑夜中传来汤船长的一声惊呼："舵怎么了？"我转身一看，原本横在我们头上的长舵柄突然降到半人高，吊舵的拉绳断了，估计是舵叶受力过大或者碰到了海里的障碍物，舵叶随之掉到最深的一格，这样舵可以转动的角度就更加局限，也容易绊到海里的绳索等杂物。只见阿班汤林权飞速蹿进艉舱，水手们一阵忙乎重新系了两条粗绳，终于把舵吊回原位。

不时有横浪拍打，大帆船剧烈地左右摇摆，摆幅应该超过了 30 度，两位船长高喊让大家系紧自己的救生衣趴下，抓牢固定物。此时一旦有人落水，根本无法搜救。

4 时 50 分，再次发生大帆甩帆险情，风从船尾方向吹过来，"金华兴号"位于正顺风方向，船帆便很容易左右摆动。跟着也剧烈摆动起来的前帆，下称横杆的尾端打到前翻侧支索上，折断了。前帆一下子变了形，"金华兴号"的三面帆此时已无一完好。

5 时 30 分，天蒙蒙亮，已经可以看清位于右舷前方的岛屿轮廓。

6 时 15 分，"金华兴号"穿行在南澎列岛主岛南澎岛与芹澎岛之间，两岛之间的海峡约有 1000 米宽。魏军船长突然发现，右舷前方海面的浪谷中露出黑色的礁石。原本就狭窄的航道被一分为二，汤船长本能地要把船头朝向走上风绕过礁石，魏军船长则决定走靠下风的这一边。"金华兴号"按照魏军船长的导航拱了过去，航向已经接近风向的死角，船速明显慢了下来，海流很急，将大帆船推向位于下风处的芹澎岛外围礁群。汤船长用沙哑的噪音大呼："升大帆！快呀！快呀！"几个水手应声冲了上去，咬紧牙关全力灌注在这船上最累人的活计上。大帆一寸一寸地升起、升满，岩壁和礁群也越靠越近。我的头脑已经闪现出大帆船硕大的舳部扫过礁石的情形……汤船长紧抓缭母，跪立在甲板上，声泪俱下，近乎哀求地连呼"妈祖保佑！妈祖保佑！妈祖保佑！"。

命悬一线，一阵风吹了过来，大帆吃到了风，旋即驶出已经近在咫尺的礁石区，我们终于侥幸渡过这关。

6 时 25 分，大帆船穿过海峡，航速 5.7 节，航程 40.5 海里，北纬 23 度 16.175 分、东经 117 度 16.665 分。我和船员们各自默默下到官厅，在神龛前燃起三支香，感谢妈祖护佑，才又先后回到甲板上。几个月前，我寻船到了莆田湄洲岛时，就在妈祖巨像脚下的小渡口，等待从厦门开 J24 帆船过来的魏军船长，彼时对妈祖也只是一种保持着距离的崇敬，或是将信将疑，没有想到此时会在"金华兴号"官厅里一张写着天上圣母的红纸前虔心祈求和礼拜。

7 时 07 分，"鱿鱼"汤锦城端上一大锅热腾腾的早饭，青菜煮方便面。

南海外海的水色从碧绿到澄蓝，"金华兴号"升着有些变形的前帆，大帆只升起一格半，第二根帆桁没有升满，尾帆没有升。

上午的航行中，与好几艘大型货轮和渔轮交会，对方船员一个个惊奇的神情，令我们感到自豪无比。魏军船长不时操起对讲机对着靠太近的船只呼叫："前面的'远泰7号'请注意，这里是中国古帆船'金华兴号'，请你们注意两船距离！""前面的'华晟1号'请注意，这里是中国古帆船'金华兴号'，请你们注意两船距离！""前面的……"

大部分时间中，我一直承担临时左舷舵手的岗位，主要工作是根据在右舷的主舵手口令，收或放舵把顶端滑轮的拉绳。前日"金华兴号"停泊在澳角湾时，老伙计们怕舵柄滑轮组的拉绳不经用，特地换了一条粗大的尼龙绳子，结果一到外海就发现尼龙绳塞满了木滑轮的凹槽滑道，拉起来特别费力，最多的时候要8个人看住舵，其中6人分立两舷拉绳，还有2人在两边推舵柄助力。

下午2时，可以看到陆地了，查看了GPS和海图，应该是广东省的靖海，有一个避风的小海湾。由于接下来的气象情况不明朗，加上"金华兴号"的帆装受损，两位船长决定进湾停泊。

下午3时36分，魏军船长目测到靖海湾内有两个相距百米的灯标，判断这是渔港的入口，于是汤船长指挥船员们将"金华兴号"掉头驶向渔港。对于无机动引擎的大帆船，领航和操控者的判断非常重要，因为船到了近岸很难纠偏，更没有退路。临时请来当拖船的渔船马力并不大，在风浪中与大帆船一上一下地交错颠簸，场面有些混乱。渔船加大马力拉直了拖曳大帆船的缆绳，站在渔船船舷上负责眺望的李金华，突然被渔船上的一团东西拽下了大海，渔船紧急停下来，大家惊诧地盯着海面，终于看他从水里露出了头，半爬半拖地被拉上渔船，看上去没什么大碍。原来他站在渔船的船舷上瞭望时，突然绷直移位的拖绳挂到了渔船上的锚绳，锚绳连同铁锚旋即把他挂入大海，他在水下拼力挣脱掉这些要命的东西，手脚划了几道外伤，还好伤口不是太深，却也用光了船上的外科缝合专用胶布和创口贴。幸亏金华是游泳运动员出身，不久前还救过一名坠入深潭的少年，换成普通人落水就麻烦了。

下午 4 时 58 分，终于停止折腾，决定还是原地下锚停泊。位置在北纬 22 度 59.923 分、东经 116 度 32.328 分。从东山澳角到靖海港航段，我们连续航行了 18 个小时，总航程 87 海里。

傍晚小雨，甲板面的海风很大，船员们都下到舱内吃晚饭。夜间，深圳朋友打来电话转报了香港天文台播报的气象情况，受热带低气压影响，这一海域将有大风。魏军船长赶忙在海图上寻找可避风的港湾，初定明日天一亮即开往广东陆丰的甲子港，可是将近 70 千米的距离，最快也得开上半天。

又经历了漫长的一天，24 小时里都充满了故事。

10 月 22 日　晴

夜里"金华兴号"侧摇越来越厉害，躺在睡舱内随船左右晃动，尾椎被草席磨去了一层皮。

凌晨 5 时，汤船长唤醒了大家，准备派舢板上岸，找机动渔船拖带"金华兴号"进港避风。

7 时 10 分，渔船来了。抛绳、放缆、系缆、拖动、起锚……"金华兴号"徐徐驶入渔港。我们发现，靖海渔港竟是个绝好的帆船和游艇港备选地，港外是海湾，入口恰到好处，进港后到泊位之间近千米长的航道十分宽敞，足够两艘大帆船同时掉头。7 时 50 分，"金华兴号"在港内最宽敞的水域处下好后锚，停泊妥当，汤船长终于舒心地坐下来喝上一口茶。

上午，我随同汤船长和汤家班上岸逛街，购买补给。

从渔港通往市集的是一条不太长的港澳路，再往里走的街名叫作南东墙脚和米街，热闹的十字街叫大中街，看得出这里还是一个很有历史的滨海古镇，街边一面留有毛泽东时代标语的墙上，贴着一张真君老爷圣诞乐捐电影名单的红纸，颜色也已经被风雨涤白。由于海图不标示行政区，等我买到一份地图，这才知晓此地原来是属于揭阳市惠来县的靖海镇。明代洪武年间的 1394 年，靖海设置守御千户所，城垣周长 1500 多米，高近 5 米。如今东北面城垣依然完整，上有瓮城及城楼，可惜没有太多的时间造访。在大中街，我们竟然撞见了正在找网吧查气象的魏军船长。我有点恍惚地边走边看，如果不是这回偶然的避风登陆，也许一生都不会来到这个地方，真是奇幻。

中午，我们回到船上吃饭，有伙伴在一尘不染的甲板上晾晒着纸币、票据、银行卡和手机，金华则在太阳下晒伤口。

为了让"金华兴号"尽早完好地抵达珠海，新船东博客公司决定不再停留修理帆装，改而雇请拖船直接拖行。牵风在福建省的东山澳角拆下双翼，又在广东省的惠来靖海捆扎风帆，这意味着"金华兴号"在外海自由航行的日子也结束了，但它还活着，我们要和汤家班一起把它交到珠海的新船东手里。

下午3时30分，拖船到了，这是一艘152匹马力的木质渔船。魏军船长和丛南在渔船上做协调，"金华兴号"上剩下汤家班5人和郑胤祥、金华、二帅、我。下午4时08分，我们驶出靖海港，阳光灿烂，心情愉快，给远方的朋友们发去短信通报航程。然而，"金华兴号"上的船员们很快就进入艰苦的工作。船只被拖航时，会在拖船的后面左右摆动，摆幅往往超过90度，消耗掉大部分的拉力，严重影响航速。为了避免船只摆动，必须随时调整船舵，船开始往左偏时要向左转舵，往右偏时则要向右转舵，大偏大转，小偏小转，最好是在将要偏向时就预先转舵，随时调整，不能停歇。被拖行时控制舵是一件很辛苦的活计，要比靠风帆自航时操作更加频繁，调幅也更大。

　　进入南海海域，横浪拍击着右舷，"金华兴号"剧烈地摇摆，摆幅一次超过一次，感觉主桅桅杆快要打到水面了。每一次侧摇到了极限，我的内心都会发出一声大笑。大伙儿应该各自都在想，下一个浪打来时"金华兴号"万一正不起来该怎么办，只是谁也不敢说出口。当"金华兴号"侧摇到了大概45度，感觉上却有90度，那是龙骨出水、船只倾覆的临界，自古至今皆是如此。

　　下午5时，风浪更大了，前面的小渔船似乎已经拖不动大帆船，左右拐来拐去，拖绳先是别到船艏的龙牙，10厘米见方的立柱一下子断掉两根，紧接着又别到了大锚，在锋利的锚爪上磨了起来，再往下就甩到前桅的前支索，拖船简直和大帆船并行在浪峰浪谷中挣扎。情况十分危急，阿班汤林权敏捷地蹿到船头，旋即扯下外裤垫到锚爪上，接着又奔回后甲板操起一捆旧绳上前捆扎保护拖绳。两个水手紧接着也跟了上去，终于排除了险情。与我们相比，这才是在风浪中锻炼出来的真正的水手。

　　天色渐暗，我放下数码相机和摄像机，上岗拉起了舵绳。夜海茫茫，痛苦的航程来临，如同一场不知何时才会休止的拔河：一头是大自然的力量，另一头是9名船员。如果我累倒、退缩，全船就可能因为恰巧少了我的一丝力量而被拉进险境，唯一的选择只能是抱着一线希望硬撑着，大家同舟共济。也许这就是航海的真相，其实岸上的生活又何尝不是这样。

10 月 23 日　晴

一夜无歇，累死累活。"金华兴号"驶过此前预备停靠的陆丰市甲子港和碣石湾。凌晨 4 时，终于又盼来右舷远方的一片灯火，计划中最后一个可歇息的遮浪港就在前面，"金华兴号"上的拉绳手兼推舵手们打起精神，竭尽最后的力气努力扶正航向，避开危险的横浪。前面的拖船却一直没有掉头进港的迹象，大家眼巴巴地看着遮浪港的灯光已经慢慢移到船后，在大家伙期盼的目光下，金华不大情愿地用高频对讲机呼通了魏军船长，结果听到的却是"坚持住！继续往前！"……

心凉了，人瘫了。大家开始数落起魏军船长，此时我才明白为什么跟他很熟悉的人背后会叫他"老家伙""老乌龟""老机头"……因为有过很多次被这位带上毛巾和牙刷就敢去远航的船长逼到极限，又有过很多次在海上遇到险境时急急找他来解救。

5 时 55 分，航速 4.9 节，航向 260 度，航程 152.8 海里，位置在北纬 22 度 34.323 分、东经 115 度 27.100 分。

7 时 10 分，昏睡中被同伴们喊醒，又得上岗接着拔河。郑胤祥按照魏军船长的指令，从遮阳棚上拆下一根约 5 米长的粗竹竿，系上一大捆粗绳子从船艉放入大海，长竹竿拖在船后漂着，助力"金华兴号"稳定航向。

8 时 21 分，前面渔船上的双叉拖缆断了一边，发动机好像跟着熄火了，整个渔船都快被涌浪立起来了，接着又横拱了过来，风浪中传出声嘶力竭的喊叫声。我们却获得难得的解放，趁机瘫倒在甲板上歇息一下，似乎有些幸灾乐祸。拖缆接了许久，渔船在风浪中摇曳挣扎，情况越来越不妙，拖船的重量吨位比"金华兴号"小很多，失去动力后的稳性和抗风浪能力不如"金华兴号"，我们开始猜测它会先于我们出事，汤船长好像也已做好准备随时下令砍断拖缆自救，我则寻思着如果前面的渔船翻了我们如何在风浪中救人。这时，渔船上的机器声终于轰鸣了起来，"金华兴号"又被拖动了，我们也得立刻继续拔河了。此时在船上，不管什么身份和职业，生着病或受了伤，都是一名必须轮班上岗拔河的水手，没有退路，有多少力出多少，真没力气了，也要做着样子陪伴他人。

9时38分，大帆船上年龄最小的水手二帅，忍不住在对讲机里问魏军船长到底什么时候才会停船，"下午4点吧"，高频对讲机里传来令人气馁的回答。

11时20分，又一次从昏睡中惊醒，郑胤祥告诉我，老魏又改变计划准备直开珠海。还有60海里哪，岂不是还得再战十几二十个小时？！从右舷已经能看到位于惠州外海的大星山岛，甲板上的人反应都很迟钝了，我们已经用尽了所有气力，汤船长宣布放弃把舵，大家茫然地看着"金华兴号"被拖船左右拉扯，郑胤祥喊着再拖下去就要砍断缆绳！魏军船长终于明白后面的"金华兴号"实在已经撑不住了，只得改变计划，指挥拖船掉头右转进惠东县的平海湾。此时11时40分，航速5.5节，航程168.5海里，位置在北纬22度

32.667 分、东经 114 度 57.034 分。

"金华兴号"与一艘福建籍的货轮"乌龙江 788 号"交会，绕过小星山岛，进入了平海湾。下锚停泊，历时 21 小时的艰难航程，终于暂告段落。

魏军船长回到我们船上说，昨天下午拖缆断掉的时候，阵风有 8 级，浪高约 4 米，他在前面的渔船上看着"金华兴号"一次次被横浪推到几乎到了极限的侧倾式，心都提到嗓子眼，感觉心脏都快承受不住，真是妈祖保佑……原来，我们都看着对方在危险中，都觉得对方的船快要玩完。

一个小时后，魏军船长挥别了"金华兴号"，登岸搭车返回厦门工厂上班。

"金华兴号"的几位新船员喊过来一艘进港的小渔船，买了几斤海捕的硬壳大虾和几条鲷鱼，晚上大伙用一顿自开航以来最丰盛的大餐犒劳自己，饭后还有新疆产的香梨和郑胤祥藏了好几天的最后一小盒乌龙茶。

晚上 11 时整，安心入睡，今夜终于不用再轮班拔河。

10 月 24 日　晴有薄雾

夜里做了一通乱梦，梦到停靠在厦门岸边的一艘大轮船倾覆了，我们在上面慌忙逃生。

早晨 6 时 45 分起床。上午伙计们准备上岸采购补给。汤船长想了起来，二十多年前曾经从陆路来过这里，贩运花蚶。

8 时 25 分，跟着汤家伙计们上岸采购补给。位于渔港入口边自然堤岸上有几栋精致的三层半小楼，院内是茂密的大树，门口各停着一部丰田轿车。渔港很大，内港跨到了北面的平海镇区，港内停满了各种大小船只，两岸之间还架了一座公路桥。岸边泊着一艘漂亮的木质游艇，这里应该还是个海滨旅游区。我们的小艇靠上码头，几级石阶上去就是市集，经营早茶的小餐馆、挂满物料的船具店以及货架满满的小超市，生意都很红火，不时还遇到几位香港客在逛街，一些没有车牌的右舵轿车缓缓穿行在人流中。一个很有烟火气的岭南滨海小镇，如果没有这趟航行可能永远也不会知晓的地方。

西面大亚湾方向上空翱翔着两只猛禽，丛南说再往西面的大鹏湾上空更多。

夕阳西下时，汤家班又开始整修船只。阿班汤林权再次麻利地给自己做了一个简易安全绳，又一次轻松上到了桅杆顶，跟其他伙计一起更换三天前被打断的帆桁架篙。晚饭前，汤家班修好了前帆和尾帆。

因为准备夜航，天黑后，我们早早入睡。

10 月 25 日　晴

凌晨 1 时整，起身准备开航。2 时许，150 匹马力的"粤惠东 217 号"渔船缓缓靠了过来，船上的 9 名船员看上去都很健硕，令人放心。

2 时 55 分，"金华兴号"拔锚启动了。经过再三申请，我获准带上数码相机和摄像机，随新船东代表丛南驻守在前面作为拖船的机动渔船上，这段航程不必再轮班上岗拔河，就等着精彩的场景出现了。出港后，航速 5.8 节，航向 240 度，走过的航程已有 189 海里，距离目的地珠海还有 75 海里，顺利的话，不用 20 小时就可以到达。

听得出掌舵的郭船长一直在抱怨着天气，丛南只得立在他旁边陪驾。渔船不大，驾驶台设在渔船中部，掌舵船长就站在睡舱的甲板上，身后的一片木板就是船长的床。在低矮的睡舱内只能猫着腰行走，两侧上下共有 8 个床位，明晃晃的白炽灯很是刺眼。船艉右侧的角落围成一个形同无盖木箱的东西，看着一个船员敏捷地钻了进去，迅速蹲下身，才知道那是个茅坑。

渔船上的船员操着口音很重的潮汕话，除了郭船长以外，基本不通普通话和粤语，聊天比较费劲。他们一个接一个地爬进睡舱，很快入睡了。有人为我腾出张床，我铺开睡袋也躺了上去。丛南和郭船长还在聊天气。

5 时 02 分醒来。丛南告诉我正在往回开，刚才开到大亚湾口时，从喇叭形的内湾吹过来一阵强劲的风，侧浪太大，纵然有 9 名健硕船员，郭船长也不敢继续往前。

5 时 30 分，两艘船一前一后回到平海湾的锚地。

根据香港天文台的气象预报，当晚一股南下的中等强度冷空气将影响到本海域，气温将下降 3～4 摄氏度，海面将有 7～8 级的东北风，阵风 9 级。想到凌晨刚被吹回来的大亚湾外喇叭口效应，风力岂不更强。再往后看，台风"洛坦"一直向西北方向移近，已经越过巴士海峡，一旦形成影响，风向将与我们下一段的航向构成正侧角度，带来的横浪会严重影响拖曳航行，形势不容乐观。

"金华兴号"行程不定，上午 9 时郑胤祥离船登岸，搭车返回厦门上班。

中午 12 时 36 分，另行雇来的"粤澄海 26222 号"渔船，拖着"金华兴号"起锚开动。丛南留在渔船上导航，"金华兴号"剩下汤家班和金华、二帅、我共 8 人。出锚地时航速 4.9 节，航向 230 度，航程读数 200.9 海里。下午 1 时，升前帆，下午 1 时 04 分，升尾帆。升起前帆和尾帆，让"金华兴号"吃到风，产生一部分的自航速度，拖缆时紧时松，航行比较好保持，也让前面的拖船节省了一些马力。在平海湾换上细一号的缆绳后，舵把滑轮组灵活多了，再也不需要 8 个人同时拔河，平常海况下汤船长终于又可以单人独操，整个人也重又挺拔了起来。

下午 1 时 36 分，过大星山。下午 1 时 50 分，GPS 显示到了凌晨时我们的折返点位置，此时航速 5.3 节，航向 230 度，航程 205.7 海里，位置在北纬 22 度 30.464 分、东经 114 度 47.418 分。

开始通过大亚湾外的喇叭口海域，风平浪静，一马平川，哪有什么七八级风。下午 2 时 20 分，与中海集运的向利轮在左舷交会，这应该是一艘运载能力为一两千个标准集装箱的支线船。

驶过大、小三门岛外的青州岛后，基本进入深圳海域。航速 5.3 节，航向 216 度。

海面平稳，拉舵已经成为一项闲时去体验一会儿的工作，不需要强制排班了。下午 4 时 50 分，《南方都市报》的记者打通我的手机，采访这次航行的经过。

下午 5 时 36 分，太阳落山了。航速 5.8 节，航向 224 度。预计晚上 8 时左右过香港岛，想着很快就可以在"金华兴号"上欣赏香港夜景，伙计们都有些兴奋，全体船员很投入地唱起了流行曲《水手》和闽南歌曲《爱情就像一阵风》。

晚上 7 时 24 分，"金华兴号"右舷前方，在两个立有灯塔的岛屿之间，透出远处的一片璀璨灯火，这就是香港岛。航速 5.7 节，航向 220 度，航程 234.3 海里，位置在北纬 22 度 11.900 分、东经 114 度 21.693 分。港岛的灯火时现时掩，到了晚上 8 时 11 分，看到远处更大的一片灯火，应该是从横澜与蒲台两个岛屿之间对望过去看到的维多利亚港一角，港岛山顶公园的灯光也很明显。

10 月 26 日　多云转阴

0 时 0 分，甲板上汤家班 5 名船员在操船，"金华兴号"进入了担杆水道，正在接近大蜘洲，风浪大，前帆落半。航速 3 节，航向 250 度，航程 257.6 海里，位置在北纬 22 度 08.250 分、东经 113 度 57.908 分。

这段航程是在香港长洲岛外锚地中穿行，商船密布，伙计们打起精神，不断地用电瓶灯照射"金华兴号"的白帆，同时向太过接近的船只打闪光，提醒它们注意避让大帆船。我们谨慎地擦着一艘通体明亮的 LNGC 驶过，这家伙可靠近不得。

凌晨 2 时 30 分，"金华兴号"从外侧驶过位于珠江口外的蜘洲列岛，进入了珠海水域，航行在桂山岛与赤滩岛之间的水道，估计东北风有 4～5 级，与拖曳的航向正好又成 90 度正侧，涌浪打上甲板。这个时辰适逢珠江口退潮，我们逆流而行，航速减慢到 3.1 节，航向 325 度。

越往前走，航速越来越慢，风浪则越来越大，这是珠江大喇叭口效应，两个小时才走了 5.4 海里，接近青洲顶。即将横渡近 50 公里宽的珠江口海域，其间没有任何的避风屏障，领航的丛南决定稳妥为上，折回牛头岛锚地避风，等天亮再继续航行。

4 时 35 分，下锚，睡觉。

6 时 40 分，起身看日出。风很大，把"金华兴号"上的部件吹得吱吱响，旗帜也都立了起来，中浪，海水浑浊。

8 时 45 分，继续拖行，"金华兴号"升起前帆，航速 3 节，航向 306 度。

9 时 30 分，大帆船过青洲顶，驶向珠江口的中部。航速 3.7 节，航向 298 度，航程 274.8 海里，位置在北纬 22 度 10.881 分、东经 113 度 45.459 分。海面上的浪都翻了白，涌浪不时从大帆船的船头和左右舷打上来，激起两三米高的浪峰，对此我们都已经熟视无睹了。

11 时 35 分，看到了左舷前方珠江口西侧的陆地，奇怪的是又遇到了强劲的逆流，船速降到 1.1 节。当日是农历的十三日，不知道这里的潮汐时间是怎么算的，如果在厦门周边海域是半日潮，岸线上每天潮起潮落两次，潮水最高位的时间是农历日期乘以 8，或农历日期减去 15 再乘以 8，农历十三乘以 8 的满潮时间就是 10 点 20 分。

下午 1 时 08 分，过珠海九洲岛航道，为了躲避穿梭飞驰的高速客轮，大帆船靠着航道右侧的边缘行驶。航道内有几条小渔船，我们正用电喇叭呼喊请其让开，小渔船上的人突然声嘶力竭地大叫了起来，原来"金华兴号"行驶航道的前方有他们的定置网，一种水面上只有小浮标、水下像立着一堵墙的渔网。汤船长急忙令伙计们分立船艏两侧和舵舱内，随时准备割网保舵。此时位置在北纬 22 度 14.417 分、东经 113 度 36.429 分，航向 337 度。"金华兴号"安然无恙地拱了过去，小渔船上的人急了，提着一柄菜刀靠近拖船跳了过去，跟掌舵的船长拉扯了起来，拖船一下停了下来，与"金华兴号"一前一后被湍急的潮流推向大九洲岛的岩壁。情况紧急，我头脑中闪现出东山湾口和南澎岛的两次类似险情，莫非此行真到不了终点？此时拖船上的丛南挺身而出，把那个暴怒渔民的目标转到自己身上，用粤语讲了一通，对方才停止了飞舞菜刀。拖船重新顶着潮流拖着"金华兴号"朝前行进，丛南则作为人质，到小渔船上跟他们到什么地方讲数去了。

没有了领航，海图和GPS内置的地图比例都比较大，基本失去作用，拖船的船长关键时刻又木讷起来，说不清到底去没去过香洲港，先前来过珠海的金华此时也头脑一片空白，"金华兴号"茫然地跟着拖船朝前走。

下午2时11分，博客公司的老板徐畏无终于乘飞艇赶到了，登上拖船接替领航。

下午2时45分，"金华兴号"终于到达珠海市香洲港，下锚停泊。在航程中一直鲜有露面的猫咪小贱，此时很精神地跑上甲板晒太阳。GPS最后的航程读数287.8海里，位置在北纬22度17.417分、东经113度34.429分。经历了9天8夜的海上颠簸，躲过拆船、扣船和海上航行遇到的种种劫数，卸去双翼伤痕累累的"金华兴号"，终于侥幸地回到它最早的故乡。

我有幸经历这次或将成为绝响的中式传统帆船外海长航，我的角色在研究者、记录者、体验船员与临时水手之间转换，当陆地上的一切似乎都变得十分遥远时，我第一次感受到妈祖原来距离我们这么近。航行结束后，终于踏上岸，我却感到一阵莫名的茫然和失落，对岸上摇晃和变形的世界充满疑惑与恐惧，或许这是习惯了海上生活之后的晕陆。

大帆船到港后，港口领导与一群当地媒体记者登船慰问和采访，博客公司的三位合伙人请全体船员上岸吃饭喝酒，庆祝航行顺利完成，这也意味着"金华兴号"的所有权正式交接。

接下去的几天，汤家班有条不紊地对大帆船进行全面的整理和清洗，我则转入对"金华兴号"第二阶段的追源调查，约请中山大学人类学博士何家祥上船讨论，与珠海市博物馆的文史专家座谈，到外伶仃岛拜会熟悉广式帆船的退休水产专家黎惠萍女士，更多时间则是待在博客公司的办公室里翻看一整面墙的书籍资料。

11月底和12月底，我又飞去珠海两次去看"金华兴号"和汤家班，继续忙"金华兴号"的溯源和近代广式帆船的研究，拜访澳门海事博物馆，找到了曾探索过南海风帆拖网渔业发展史的傅尚郁老先生，通信咨询了位于慕尼黑的德意志博物馆海事分馆馆长乔布斯特·布罗曼（Jobst Broelmann）博士，逐渐揭开牵风船在珠江口的历史面貌。

澳门海事博物馆，三层小楼约800平方米展厅，它对澳门历史与大海之间密切联系的精彩展示，精干的管理团队与友好的志工，对外营业的员工餐厅里的葡式快餐，实实在在地震撼到了我。我在完全开放给我的博物馆藏书室中徜徉，搬下一本又一本的大部头，拍下一页接一页陌生的文字和图片。返回厦门后，我接连写了《厦门应建海事博物馆》《晚近广式帆船考略——以"金华兴号"为例》和《基于福建造船史的环球航行复原船船型研究》三篇文章。

只是，停泊在珠海香洲港内的"金华兴号"，拆除掉的一对舷边浮拖网桁杆未再装回，失去了双翼的大帆船，越来越不像它昔日在东山湾牵风而行的模样。我曾经问当时刚认识不久的汤裕权船长，日后假使有一天离开了"金华兴号"，他有什么样的设想。他说，最大的愿望是去学开车，当司机跑运输。到了年底，我又问在珠海看护"金华兴号"的汤船长有什么打算，他比较茫然，回答说走一步看一步。

"金华兴号"卖掉了，汤家也失去了维系大家长制传统管理模式的主要生产工具，汤坤海在 2005 年春节将汤家分了家，四个儿子各自独立生活。"金华兴号"的土狗小黑上岸后养在虾池，能看到一坝之隔的东山湾，但它果然晕陆，不能适应岸上的生活，情绪一直很黯然，有一天被发现时已悄悄死去。

之后我再见到汤裕权船长时，是在东莞市石排镇一个已经城市化了的村道边，一家开设在沿街居住楼一层的小工厂中。这是汤船长的三弟和几位当地人合股开办的服饰图标加工烫制作坊，有 19 名工人、5 台机器，老汤在这里任管理员兼外务。工人大都来自云霄老家，其中有好几个本家的亲戚，人家都一齐租住在旁边居民楼内的集体宿舍。

老汤的日常工作是每天早晨外出买菜，再前往分布在周边镇区的大厂送成品或取原料，然后回厂记录出入账目，每星期工作 7 天，每天 8 小时，时常需要加班。

告别了船上的生活，旋即进入完全陌生的工业社会，一下子什么都改变了。刚到东莞的一两个月，汤船长对工作和生活都很不习惯，很想干脆回乡当个雇工，重返船上讨海的生活。那时还常梦回海上，紧张地指挥下网生产，惊醒后发现原来是一场梦。后来逐渐适应了在东莞的生活，甚至已经开始喜欢，因为在这里生活比较稳定，不必像渔业生产因为天候多变而整天悬着心，十几年来从未睡过一宿安稳觉。现在呢，工作时认认真真，下班后则大可放心休息。汤船长说，这也是海上劳作和城镇打工两种谋生方式最大的不同。现在的工作，感觉得到信任和尊重，干起来很开心。

汤船长在东莞考了摩托车驾驶证，每天出入办事都骑着工厂的摩托车，距离先前的理想近了一步。他现在最大的愿望是把工厂管好，逐步扩大发展，希望将来再考汽车驾照，买一部小货车。

我问汤船长，如果有一天我们新造出一艘中国帆船准备去环球航行，想不想一起去呢？老汤默默地想了好一会儿，然后缓缓地对我说："有机会当然想重返大海，但需要一段时间的准备，毕竟还有工厂里的工作不能马上放下。"

插页一
"金华兴号"考析

一、"金华兴号"

2004 年 5 月，我在做福建省海岸线踏勘时，在福建南部的东山湾发现一艘依然在进行渔业生产的三桅木质老帆船"金华兴号"。当地人称这类渔船为牵风、犁拖和南拖。这艘牵风船一直仅以风帆为动力，而未装设任何机械动力或推进器。"金华兴号"近二十年来一直在距福建省云霄县峛屿镇海岸数千米的内湾作业，位置在北纬 23 度 48.640 分、东经 117 度 29.202 分。

"金华兴号"总长 26.63 米，甲板长 24.53 米，船宽 7.10 米（不含橹桥），型深 2.9 米，型吃水 1.6 米，头桅高 16 米，主桅高 21.5 米，后桅高 10.5 米，排水量约为 200 吨。船体主要用材为热带硬木类的坤甸、厚力，以及樟木、相思、松木、杉木等福建省出产的木料，工料坚实。关于桅杆用材，前桅采用桉木，主桅由槽木与杉木相接，后桅为杉木。船体采用横向隔舱结构，由九道隔舱壁将全船分成 10

个独立的船舱，隔舱板与船壳板通过肋骨、垫梁和梁拱等硬木制成的内部构件连成整体。方形龙骨在船的舯部突出船底的断面高33厘米、宽30厘米，龙骨和肋骨之间采用嵌接相连，并以垫梁扶强。船壳板采用厚力硬木平接，厚达8厘米。不平衡开孔舵的舵柱（亦称舵杆、舵骨）由坤甸木制成，舵柄（舵把）由厚力和坤甸相接，舵叶（舵扇）上的四条舵贯采用厚力木，舵板由厚杉木板拼成。舵板上的菱形孔，减小了作用于横舵柄上的压力，使得操舵更省力；菱形的小孔，还有效地减少了舵叶周边涡流对船体形成的阻力。

"金华兴号"船体庞大，船艏尖而低，船艉圆满而高翘。船上睡舱、水舱、厨房、厕所等生活设施一应俱全，至2004年尚保留8间睡舱共16个铺位。船的中部左右两舷各设有一个水舱，饮用、日用分开，每个水舱一次可储存3吨淡水，可供配备6名船员的渔船使用一个月，并兼作压舱和平衡之用。船艏置有5个铁锚，甲板上共有9个操控帆、锚、舵和网的木制"车筒"（卧式绞车）。该船艉高艏低，尾部操控舵时视线良好；所采用的可升降舵由左右两组木质动滑轮和拉索交替拉动舵柄进行操控；位于尾部的舵楼不到一人高，以减小迎风阻力。

"金华兴号"的帆装为扇形硬式斜桁半平衡帆，帆布用料为白色合成纤维布。其头帆、主帆、尾帆皆有五道帆桁，三面帆各由6根杉木架杆从左侧支撑，帆的右侧以竹片固定帆桁。主帆面积约为270平方米，最长的帆桁长15米。航行中遇到8级以上风力时开始落主

2004 年在东山内湾作业时的"金华兴号"

"金华兴号"近景 / 上图　　　　　"金华兴号"的多孔舵 / 下图

帆，风力每大一级主帆降一道帆桁。

"金华兴号"航行时最少需要 4 名船员才可操控，一般锚泊时只降前帆，主帆及尾帆保持，只有风力达 8 级才降。最近风航行时船头迎风角小于 45 度，无法进行顺风换舷，但迎风换舷的半径极小，几乎为原处转动，缘于其三面帆互动和水线下的船壳形状，整套动作可在 3 分钟内完成。航行时容易受风影响而产生舵性偏向，不易保持直线航行。风力 5 级，前侧航速 4 节。升主帆时，6 个人需要 12 分钟才能完成。起两个主、副锚时需要借助 4 至 5 次迎风换舷产生的拖拽，19 分钟完成。

"金华兴号"既可使用牵风网单船舷边桁杆浮拖，也可采用双船拖网，在鱼汛淡季还可用于载货运输。抗风能力特别强，在 8 级风下能正常航行和作业，但在 4 级风以下无法作业。其船型特征表现在，为了满足上层拖网作业的渔捞要求，船体正浮时有显著艏倾，航行时风浪经常从艏部打上甲板。

经过 2004 年 5 月至 10 月在福建云霄、诏安、东山和广东饶平四县的走访调查，综合云霄岰屿镇汤坤海家族，诏安梅岭镇林厝村造船师傅林瑞池家族，原梅岭渔业队队长林自益和"金华兴号"及其姐妹船"金福兴号"前任船主林敬发、林敬坤兄弟，梅岭造船厂厂主陈永林，原东山县水产造船厂退休职工颜镇，广东省饶平县柘林镇的"金华兴号"前任船主黎克（阿海）及其弟黎二克和冯二根、冯志民等人的口述，"金华兴号"约在 20 世纪 30 年代由珠江口一带卖到原籍广东顺德的海上流动渔民黎氏家族，黎氏买进时已是旧船。其后成为黎氏合股经营的生产工具和流动居所，船上常年住有 5 至 6 户，二十几口人。经历了 50 年代的合作化和公有化，该船收归饶平县柘林海洋队及其后的柘林渔业公司所有。1981 年，柘林渔业公司将该船出售给福建诏安林厝林敬发等 14 人，取名"金华兴"。1986 年，林敬发等人又将该船转让给云霄峛屿镇汤坤海等 3 人。1989 年，汤家收回其他股份独立经营。

有关"金华兴号"确切的建造年代，不同当事人的口述之间存在着一些矛盾，而且均未能提供确凿的文字或图片记录。根据调查，50 年代由顺德黎氏、宝安冯氏和番禺黄氏三个姓氏的流动渔民在柘林湾作业的同类船只有 5 对 10 艘，此外属于临近洪洲渔民的类似船只也有 3 对 6 艘，当时都没有船名，仅以船老大的名号来识别。同一时期在福建的东山和诏安也各有几对同类船只，其中诏安延续到 80 年代，先后有"金和兴""金同兴""金玉兴""金怡兴""金福兴""金华兴" 6 艘。除了唯一现存的"金华兴号"，其他同类船只的船型和规格皆不得而知，只是传说"金华兴号"在同类船型中属于中等规格，还有更大的和小一些的，所调查的老船工分别提及曾经在珠海、澳门、香港看到过类似的渔船。1949 年前后诏安湾内的牵风船皆是从粤东柘林、大埕等地转卖过来的旧船，因为新船的造价太高，在福建建造不起。至于这些旧船的建造地，老船工们则传说为广东省城、香港和澳门。

二、福建南部的牵风船

牵风船的叫法仅在福建南部沿海的诏安、东山、云霄通行，因其较为独特的舷浮拖网渔法而在当地称为牵风，主要捕捞近浅海游速较慢的底层鱼虾。闽南语中有"牵拖"一词，意思为拖带，"牵"与"拖"近意，民间通常把从事某种渔法作业的渔船与该作业名称混同，"牵风"就是一种共用名称。因在浅海牵风作业形似陆地上的犁田耕作，故牵风又有"犁拖"的别名。另一个别名"南拖"则因这种渔法和渔船都来自南面的广东而得名。

据地方史志记载，牵风作业属于单帆船舷拖网，清光绪二十六年（1900）从广东珠江口一带传入福建南部，主要渔场在东山湾、诏安湾、西浦湾。使用牵风船、大艚船作业，渔船吨位一般在60～70吨，三面帆总面积约为350平方米。1949年后在福建的牵风船主要集中在诏安县梅岭镇林厝、田厝和石城，还有部分在东山。

在东山县的六种传统海洋捕捞类别定置、拖网、刺网、敷网、围网、钩钓当中，牵风是拖网作业中的一种渔法，与搬山网作业、掷郑仔作业、打艚作业、对拖作业、单船拖网作业等其他五种渔法同属。拖网也称牵网，按作业水层可分为底层拖网和上层拖网，网具结构可分为有翼拖网、无翼拖网、双拖网、单拖网、对虾拖网及各种拖虾网。1960年以前，基本上使用风力作为拖拽的动力。据地方志载，从事牵风作业的渔船1975年在东山有25艘，到了1988年还有 15 艘。

福建所在海区海岸线曲折、岛屿多，处于寒暖流交错的海区，风向、风力不稳定，潮流较急，渔场集中，鱼群密集，因此兼具围网、张网、拖网作业形式的有囊围网成为代表性渔业，主要船型多为圆角形。20 世纪 50 年代后期，国家科委海洋组将"全国海洋渔船渔具普查"列入国家科学规划的重点研究项目，福建省水产研究所组织力量对全省海洋渔船渔具和渔法进行了普查。根据调查结果，1958 年福建拖网渔船约有 686 条，占全省海洋捕捞木质风帆渔船总量的 2.8%，大多属于对船底层拖网。由于拖网作业需要具备强大的拖力，渔船船身必须牢固，所以船型都比较大。为了避免渔船跳浪前进，船身必须超过作业海区的波长，一般要超过 14 米，牵风船的载重水线则长达 24 米。此外为了加大吃水深度，一般都在船舱内加装压舱石。

与 50 年代末福建省木质风帆渔船主要量度数据进行比对，发现牵风船是其中唯一一种船长超过 25 米的船型（27.9 米），比闽东渔场的代表船型大围缯（22.5 米）和惠安海域的代表船型网仔拖网（22.5 米）、钓艚（22.96 米）以及福鼎的延绳大钓船的长度还多出好几米。牵风船的满载水线长、船宽、型深、型吃水、排水量等指数都位居当时的福建木制帆船之首，特别是 220 吨的排水量，高出其他船型排水量 3 倍以上，堪称福建帆船之王。

福建南部与粤东接壤，海况与渔场自然条件相近，两地的渔法渔具经常互相渗透和流传。在 20 世纪 50 年代全国海洋渔船渔具普查结果的概述中，曾指出牵风船是整个东海区内唯一出现在福建南部的广东型渔船。从船型外观来看，"金华兴号"牵风船的尖形船艏与福船的方形船艏有很大区别，其圆形艉封也有别于福船常见的马蹄形内凹平板艉封，其多孔舵具有明显的晚近广式帆船特征，船体用料也多采用热带硬木而非通常使用的本省木料。另外，"金华兴号"在不同时代的几组关系人也明确表示该船系由广东流入福建。

1973 年，福建省为了大力发展对虾捕捞业，由省水产厅召集十几名造船、渔业、水产专家组成"福建对虾考察团"，北至东北旅顺口，南至北部湾，考察适合用于拖网捕捞对虾的渔船船型。考察团在越南、广西、广东、香港、澳门水域都发现牵风船的同类船型，省水产厅后来将牵风船定为拟推广的对虾拖网船型，并于同年由诏安梅岭造船厂建造了两艘木质风帆对虾拖船。

将 1958 年福建省海洋渔船渔具普查所编绘的牵风船线型图，与同期广东省海洋渔船渔具普查所整理出的南海区十九种木质风帆海洋渔船代表船型的线型图进行比较，发现其中一种广东拖网渔船"横拖"与牵风船的船型十分相似。通过进一步逐个对比两者的规格与性能指标，可以确定其出自同一种船型。

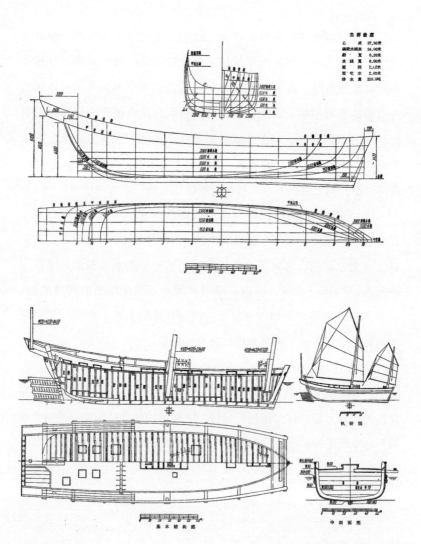

牵风线型图 / 上图　　　　　　　牵风基本结构图、中剖面图、帆装图 / 下图

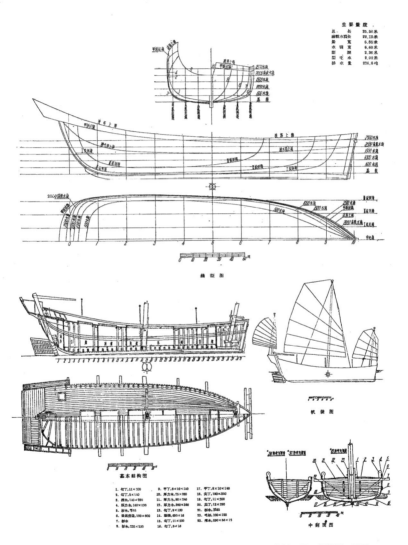

横拖线型图 / 上图

横拖基本结构图、中剖面图、帆装图 / 下图

渔船名称	牵风	横拖
渔船类别	拖网渔船	拖网渔船
总长（米）	27.90	25.36
满载水线长（米）	24.00	22.12
船宽（米）	6.20	6.88
满载水线宽（米）	6.00	6.60
满载水线长宽比	4：1	3.35：1
型深（米）	2.60	2.36
最大吃水（米）	2.36	2.42
型吃水（米）	2.00	2.00
干舷（米）	0.36	0.60
排水量（吨）	220	226
（满载水线长/满载水线宽）×（满载水线宽/型吃水）	4.00×3.00	3.28×2.97
方形系数	0.690	0.653
积型系数	0.740	0.742
中截面系数	0.943	0.880
水线面系数	0.845	0.793
进水角（度）	27.5	43
浮心纵位置（米）	1.27	1.23

渔船名称	牵风	横拖
头桅（材料底部直径×高度×倾度）	杉 0.42×15.9×6.5 度前倾	杉 0.33×17.6×8 度前倾
主桅（材料底部直径×高度×倾度）	杉 0.50×23.4×8 度前倾	杉 0.50×21.5×5 度前倾
尾桅（材料底部直径×高度×倾度）	杉 0.22×8.4×0 度前倾	杉 0.20×10.5×5 度前倾
头帆（型式×面积·平方米）	硬×55.80	硬×29.80
主帆（型式×面积·平方米）	硬×200.30	硬×178.00
尾帆（型式×面积·平方米）	硬	硬×26.70
舵（型式×面积·平方米）	杉×6.24	铁锡木×4.67

此外，还发现"金华兴号"的主要量度数据更接近于 1958 年全国普查的横拖船型而非牵风船型。

传统木帆船的建造是由造船工匠凭借经验尺寸现场放样，没有精确的图纸和量度数据，而且旧制的量度也因年代和地域的不同而多种多样。对传统木帆船的技术调查，只能通过对实船进行测量，再根据实测数据复原绘制图纸。1958 年全国首次渔船渔具普查时，调查人员采用"标杆三角形测量法"对实船进行测量，绘出船体横剖面线型图，再据此绘制表现船体三维结构的纵剖面线型图和平面图。上述表格中的主要量度数据也来自这种测量方法，并且是其代表船型的平均值。

在田野调查过程中了解到，大型木帆船新造时与旧船的外形看起来明显不一样，新船的龙骨倾角及舷弧比较大，在重力的作用下慢慢地失去张力，成为旧船后遂趋于平缓。50 年代全国渔船渔具普查时，系对当时从事生产的中古渔船进行实地测量，因此图集显示出来的船体首尾舷弧普遍偏于平缓。

三、珠江口的类似船型

根据 20 世纪 50 年代广东省海洋渔船渔具普查结果，南海渔区一共有 124 种风帆渔船船型。在甄选出的 20 种木质风帆渔船的代表船型中，船体总长超过 20 米的大型帆船有 13 种，分别是拖网渔船类的北海大拖（28.40 米）、七帆七一式（28.30 米）、七艕（27.90 米）、横拖（25.36 米）、开尾（22.90 米）、外罗（22.36 米）、临高拖风船（22.08 米）、包帆（21.70 米）、虾罟（20.30 米），围网渔船类的索罟（28.00 米），钩钓类的母子式红鱼钓船（23.40 米）、西沙船（23.26 米）和红骨钓船（22.48 米）。

据清代乾隆版《陆丰县志》记载，清雍正六年（1728）曾将 11 艘内河船改造为外海拖风船用于兵防，清光绪版《高州府志》则记载硇洲营防在乾隆年间曾将所配备的拖风船裁汰转为民用渔船。由此可以推论南海风帆拖网渔船至少已有 280 年的历史，并且可在战船和渔船之间转用。

根据 1936 年的一项统计，抗日战争前，广东各县共有大型拖网帆船约 1500 艘，香港有 500 至 600 艘，澳门有大拖 4 艘、中拖 138 艘。这些风帆拖网渔船除配有拖网网具外，大都还备有围网和刺网，进行季节性的兼作轮作。

大型风帆拖网渔船以七艕为主，该船型因尾部呈半圆形，仅在其中留置挂舵柱的裂缝，又称为大密尾。中型风帆拖网渔船以开尾为主，该船型因尾部呈曲扁开放形、船舵外露而得名。小型风帆拖网渔船以横拖为主。大多渔民和船主都以船为家，没有陆上家居，眷属也随船生活，每艘船常居人口在 25 至 35 人不等。

1959 年广东海洋渔具渔法调查资料显示，同样在六种传统海洋捕捞类别——拖网、刺网、敷网、围网、张网和钩钓当中，拖网作业中的浮水缯即掺缯渔法，与拖风、拖虾和大拉网等其他三种渔法同属，分布于椒江及珠江口一带，作业水深在 15 米以内。渔船以载重 50 吨以下、平均总长 19.1 米、型宽 6.5 米的三桅风帆海船为主。1983 年开展国家渔业区划调查工作，其中的广东省海洋渔具渔法调查报告显示，掺缯渔法属于单船表层单囊桁杆拖网，也称小公鱼掺缯。

在珠江口区域，类似"金华兴号"牵风作业的舷浮拖网渔法通称为"掺缯"。1958 年广东省海洋渔船渔具普查时所列出的 35 种拖网渔船中就有单船的掺缯拖船型。

1949 年前后，掺缯作业的海域主要在珠海岐澳、内伶仃和香港屯门、青山湾、汲水门、昂船洲、青洲一带。作为一种传统的拖网作业方式，今天在珠海香洲、担杆等渔港内还经常可以看到停泊的掺缯船，只是其船体已演变成现代的机动船了。南海区机动船桁杆拖网作业在 20 世纪 70 年代末期才开始由香港、澳门传入，这些流动渔民使用大马力拖虾船（虾艇）进行作业，此前只有风帆渔船使用拖虾、拖蟹、掺缯几种网具结构与桁杆拖网相同的小型拖网作业。

香港位于珠江出海口与南海的交界之处，珠江水在大屿山分流，咸淡两水在香港水域交融，丰富的微生物滋养着各种大小鱼类，加上近代香港为华洋交往之地，渔价较高，吸引广东和福建沿海的渔船前来汇集，渐渐有部分渔民在香港长洲、大澳及屯门聚居。近代香港风帆渔船一般在南海的大陆架附近的水域作业，主要的捕鱼方法有各类拖网（包括双拖、单拖、虾拖、掺缯）、延绳钓、刺网、围网、手钓及浸笼，其中以拖网业的渔获量占比最大。香港的风帆渔船船型在南海最为庞大，其中大索罟、掺缯、广海拖、大钓艇的长度皆有不少超过 40 米。

在香港，掺缯渔法亦称中层边拖网，就是在船舷两旁的特设木架上悬挂长网袋，把木架和网伸入水中，捕捉在近水面层栖息的鱼类。早年的掺缯船都很小，在珠江三角洲作业。近代香港掺缯渔船船身庞大，长度往往超过 40 米，转弯半径大，无法驶入珠江内，大多集中在屯门、青山湾、汲水门、大澳作业。掺缯是近代珠江口最有特色的渔船，这种船上还设有教室，渔民请老师上船教子女读书，因此也是最有文化的渔船。

根据自小生活在珠江口扒艇上的流动渔民后裔、南海水产研究所退休研究员黎惠萍女士提供的资料，在1949年以前，包括其家族所拥有的扒艇在内的大型木质风帆渔船几乎都在香港或澳门维修，由于流动渔民在陆地没有居所，许多渔船甚至将备料和工具直接存放在修造船厂内租用的小屋。其中黎女士随船去过的两家修造船厂都在香港长洲，名号分别为"广成昌"和"广泰山"，此外还去过一家开在澳门沙梨头的船厂。李约瑟博士在其编著的《中国之科学与文明》第四卷中引用了一幅收藏在英国格林尼治国际海事博物馆的照片：一艘在香港船厂干船坞中维修的香港渔船，其尾部形状就酷似"金华兴号"。到了1979年，香港青山湾一带还有六七家造船作坊沿用传统的法式建造和修缮木质渔船，虽然这时的渔船已经不用风帆而改用二手巴士发动机作为动力，但其船型还是保留类似"金华兴号"的传统线型，建造方式依然不用线型图、不用设计、不用放样，而仅凭师傅的经验和眼力。梅特兰·德雷克（Maitland Derek）曾对其中一家"福利兴造船厂"（Fook Lee Hing Ship Factoryde）以传统法式建造木质渔船的过程有过详尽的描述。

由此可见，香港是"金华兴号"的同型广式帆船的主要建造地及维修地。

澳门位于珠江入海口西岸，与香港、广州鼎足分立于珠江三角洲外缘。澳门的历史始于14世纪初，当时在闽粤沿海劳作的福建、广东渔民认为澳门是一个安全的港湾，经常靠泊上岸，逐步形成了一个渔民聚居的小渔港。葡萄牙人于明嘉靖三十二年（1553）入据澳门后，利用澳门与广州之间便捷的水路交通，先后建立起与印度果阿、日本长崎和菲律宾马尼拉为主的大帆船贸易网络，澳门自此逐渐成为一个商船云集的港口。19世纪末至20世纪初，航行和停泊在澳门水域的船长超过20米的大型风帆商船及货船类型有：单桅的九江（沙头渡），双桅的茅湾渡、驳艇、大眼鸡，三桅的石岐渡（江门渡）、头猛、烟骨船等，其中有些船型的模型还曾在1900

1900年巴黎世界博览会上展出的头猛模型 / 上图
1900年巴黎世界博览会上展出的虾九模型 / 左图

年巴黎世界博览会上展示过。

渔业生产是澳门最古老的行业。根据澳门政府的官方资料，澳门渔船分为九种：双拖、单拖、虾艇（以桁木撑开拖网操作，主要捕捉虾类，别称"虾拖"）、掺缯、延绳钓、手钓艇、网艇、罛仔艇及其他艇别。19 世纪末至 20 世纪初，澳门水域船身长度超过 20 米的风帆渔船类型有：双桅的大拖、中拖、虾九，三桅的七艕拖（广海七艕拖）、掺缯（横缯）等，其中掺缯船型与大拖及中拖接近，平均长度为 24.4 米，一艘新船的造价约为 6000 葡币。在 1940 年间，向澳门港口当局登记出海的渔船约有 2300 艘，渔民估计达 2 万人。到了 20 世纪 80 年代末，尚有渔船 800 艘，其中机动掺缯 6 艘，渔民约 5100 人。

在澳门，掺缯渔法即为"掺缯式侧拖网作业"（Cham Chang Style Trawling），由移动中的渔船拖行两张以垂网架支撑在船舷旁的拖网进行捕鱼，下网的深浅程度视欲捕捉的鱼类而定。虽然捕鱼的水深不超过 27 米，但此种渔法一般为大型渔船使用。目前澳门只有 4% 的渔船以掺缯渔法捕鱼。

澳门还有一种名为"炮船"的武装商船，其船型也与中拖近似，也用作战船。从 19 世纪初开始，炮船逐渐演变为欧洲式船体、中国式船帆的澳门著名船型"Lorcha"。Lorcha 在澳门建造，材料多用热带柚木和樟木。19 世纪中叶，在澳门港口常年停靠的 Lorcha 有 60 多艘。

澳门造船业的历史相当悠久，早在三四百年前就已开始建造渔船。由于地理环境等客观因素的影响，澳门的造船业一直以造木质船为主，百多年来发展缓慢。尽管船厂的设备简陋，但澳门造船工人的技术并不逊色于香港。一直以来，香港渔民都喜欢来澳门定制渔船和其他船只，因为澳门的造船价格一般都比香港低。造船厂大部分集中在紧临内河的提督马路和离岛路环。20 世纪 80 年代初，香港鸭脷洲造船厂拆除，其渔船建造订单转到澳门，曾一度使没落中的澳门造船业得到回升。到了 1991 年，澳门尚有大小船厂 38 家，从业人员约 500 人，大都属于祖传家业，家庭式经营，仍然建造木质渔船，为香港渔民建造的渔船占业务总数的九成。38 家中有 5 家专门经营修补旧渔船和翻新船底，以及承接船上一切木料工程的船排厂，每年上排的渔船平均不超过 500 艘。

显然，澳门也是"金华兴号"的同型广式帆船的重要建造地及维修地。

四、广式帆船的发展

洪武元年（1368），明朝政府曾将广东疍民编入水军，并由富户建造外海渔船，兼作战船，平战两用。明嘉靖至万历年间，俞大猷等在广州领兵抗倭时，曾利用浙闽艚船图式，吸取新会横江和东莞乌艚船的长处，制成当时最著名的战船船型。《明史·兵志》载："广东船，铁力木为之，视福船尤巨而坚，其利用者二，可发佛郎机，可掷火球。"屈大均的《广东新语·舟语》对广船的记述更为详细："广之蒙冲战舰胜于闽艚，其巨者曰横江大哨，自六橹至十六橹，皆有二桅，桅上有大小望斗云棚。""其漂洋者曰白艚、乌艚，合铁力大才为之，形如槽然故曰艚。"

明嘉靖朝廷实行海禁，走私贸易随之四起，武装海商亦寇亦商。徽商王直、东莞人何亚八与黄秀山、饶平人张琏、澄海人林道乾、饶平人林凤等武装海商集团公然在广东建造违式海船用于走私，或横行于广东外洋及沿海，或游走于台湾和南洋。明末清初郑氏武装集团以商养兵，建造大量商船用于东西洋贸易，兵败后残部流亡南海加入海盗行列。其间许多海商往往违禁前往盛产热带硬木的泰国、越南等地建造广式大帆船。

清雍正年间，广州府船厂可修造大、中、小米艇，捞缯船，大八桨等战舰。沿海兵防配备的外海战船有赶缯、艍船和拖风。嘉庆年间（1796－1820），广东水师的战船主要有缯船（后改为大号米艇）、艍船（后改为中号米艇）、哨船、膨海船、拖风船、乌船。清代民船主要船型有四种。艚船为广州沿海大型货船，结构坚固，船速缓慢，载重100～400吨，长约55米，宽约12米，舱深约5.83米，主桅高约40米。米艇是沿海轻便货船，有大、中、小之分。乾隆五十九年（1794），东莞建造的米艇长约30米、宽约6.67米、深约

3.13 米，载重量 250 吨。拖风船是沿海简便快速货船，已有二三百年的历史，曾被用作战船，船长约 15.33 米、宽约 4.33 米，单桅，载重量 40～50 吨。快蟹船又称扒龙，船长约 18.67 米、宽约 3.2 米，可装数百石，帆张三桅。此外，大头艋、高尾艇、水母船、五块底船也是广东沿海知名的船型，珠江下游常见的商船还有船型沿袭自战船的蒙冲（大艨艟）。

进入 19 世纪，这个时期的广式帆船船型吸收了西方船型的一些特点，如形似刀锋更为尖锐的船艏鼻，更圆的船尾，使用 1 至 4 对钢丝支索侧拉桅杆，使用钢制滑轮等。这些特征同样体现在"金华兴号"上。

鸦片战争之后，由于上海取代广州成为中国对外贸易的主要港口，珠江三角洲港市日趋衰落，大批风帆商船北移上海，另一部分转为外海渔船。19 世纪 70 年代，受到近代工业化影响的珠江三角洲航运业率先进入了轮船时代，又有一部分货运木帆船改变用途流入渔业生产领域。

其后，在南海海区木帆船与轮船并存，各行其是。第二次世界大战的物质匮乏，以及 1949 年之后对中国内地的禁运，曾经给了广式帆船两次复苏的机会，但 20 世纪 60 年代之后，由于造船材料短缺，内地已很少再建造大型木帆船。到了 80 年代中期，最后一批广式帆船陆续报废停用。

五、结论

南海海区大型木帆船建造技术因明清两次海禁与走私海商和武装海盗抗衡而得以持续发展，到了近代又因为与西方世界的频繁接触而融合了西洋帆船的部分特征，形成了一种独特的广式帆船船型。

晚近广式风帆海船为官府巡防、海盗劫掠、远洋贸易以及近海捕鱼和贩运目的而用，同一种船型的用途往往在战船、商船和渔船之间转变。伴随着大帆船贸易时代的结束，商船逐渐为专事运输赚取运费的货船所替代，加上近海渔业资源减少，大型广式船开始向外海渔业用途和渔货两用方向发展。

"金华兴号"的建造材料大部分采用热带硬木，其尖而低的刀锋形船艏具有晚近西洋轮船的特征，船尾尾封则有别于传统福建及广东帆船的内凹槽式马蹄形，装置可升降不平衡多孔舵，很少帆桁的扇形硬式风帆，船舷外架设橹桥，其前尖后圆的底形与 19 世纪下半叶武装华南商船的十分类似，而从整体线型来看，又基本相似于横拖或小型化了的大拖、中拖及虾九船型，西方人习惯上将这类船型归为广式帆船密尾船类别。

"金华兴号"曾经在粤东用于外海双拖作业，到了福建南部后，改为用舷边浮拖网即"掺缯式"近海作业，其间还曾以北至上海载布、南下汕头运输蚝壳为业，船型名称也由南拖、犁拖发展成为牵风。"金华兴号"的同类船型主要在广州或地处珠江口的香山、澳门、香港建造，其确切建造地和建造船址也需进一步考证。无论结果如何，"金华兴号"展示了晚近广式风帆海船最成熟、最完美亦是最后的船型。

海澄、月港，出走之地，福建人的出走历史。

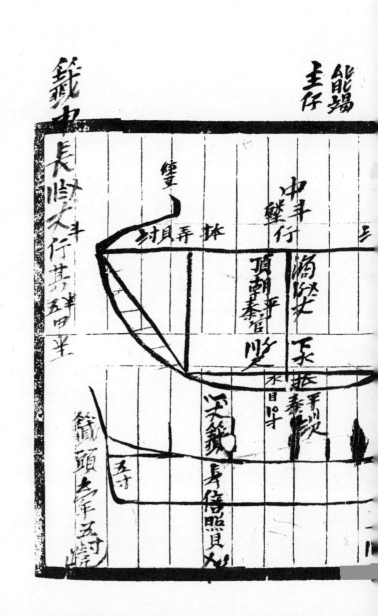

第三章

月港

求等

鐵尾尖接

鐵川

鐵尖

章鏡對

尖鐵

一支鐵

"许的，汝又搁再过来了软！"

同样一句浓浓的闽南语乡音，是豆巷家中小院闲坐的郑俩招老师傅在招呼我，也是在作坊里做活的郑水土师傅在招呼我。每趟我来到海澄，都如同邻居串门一样，这样的串门已有了上百回。

20 世纪 90 年代初，我便开始喜欢搭乘慢船往返厦门与石码，以当年西人东来时的同样视角，寻找漳州两岸的繁华遗迹。

今时来往厦门和龙海的客船已经是机动船，不过船体仍是木质。木质客船缓缓驶离鹭江道客运码头，满载着贩夫走卒和各色百货，在厦门湾与漳州河南港之间慢慢地行驶，犹如六百年来平常的一天。不知道曾经有多少人，乘潮驶入九龙江，枕着微风，聆听船底滑过水面的声音，梦回潮生，极浦千帆归。

船至漳州河出海口，一座岛屿横亘当中。圭屿俗名鸡屿，陆地面积为 0.43 平方千米，岛上最高点海拔 67.9 米，为全漳门户。明隆庆年间，漳州府同知罗拱辰在圭屿建八卦城；万历元年（1573），乡人在圭屿建塔为航海岸标，后皆圮废不存；万历四十五年（1617），明朝政府的督饷馆曾移设圭屿。圭屿现为白鹭自然保护区，是一座无居民海岛。

船过圭屿，前方又有一个更大的海岛在望，这是海门岛，原本由3个紧挨着的小岛组成，20世纪70年代经人工围垦连在一起。海门岛面积3.8平方千米，岛上有两个村，人口约5000人。村民生计以打鱼为主，养殖和种植为辅。海门岛在月港时代，曾是闽南海商与西方远征船队交易货物的地方，其后又重归原本的渔村形态。

客船驶过了海门岛，停靠在浮宫码头上下客。源出平和三坪的漳州河南溪总长88.1千米，在这里注入九龙江南港。浮宫原为龙溪县辖地，后划归海澄县，从建筑风格看，如果说石码老镇的建筑是民国时期厦门的缩小版，那么浮宫就是石码的缩小版。

客船的下一站是海澄。海澄码头位于月溪流入漳州河交汇口的东岸，相隔约50米的河口西侧是一段自然河岸，大榕树和竹林交错，掩映着一座小小的宫庙和一个作坊，古意十足。

落籍在漳州河下游的"闽龙渔"字号渔船，大都油漆甫新，蓝色船身漆着白色的舷舷，棕红色的甲板和黄色的窗框，色彩明快，男女老幼相聚一船，犹如浮动的家园，船开到哪里，家就在哪里，周围的海面就是劳作的田园。渔船上晾晒的衣物、尿片与网具、钓线相对成趣，舱楼甲板上还摆放着盆栽花木。

客船的终点是前方不远处的石码锦江道码头，到达之前会先经过大宫码头的天主堂，这是从厦门湾沿漳州河南港而上时所能看到的第一座教堂。虽然《中国天主教传教史》一书在叙述闽南于 1635 年间开教时，并未提到传教士是否由漳州河一路西进，但如今漳州河沿岸依然保留的码头与教堂相邻的景象，让我想起林语堂先生早年说过的，漳州河水路能到达的地方，就有传教士的踪迹。

"坐帆船的旅行，是另一种永远印在我心灵的经验……幼年的我，快乐无比的享受这山川的灵气及夜月的景色。"20 世纪初，10 岁的林语堂从故乡平和县坂仔搭乘五篷船，沿漳州河西溪道航行到石码，再换乘小火轮到厦门鼓浪屿入小学，一路山明水秀，迟迟其行，下水要走两天，上水则需三天。

第一次读到"漳州河"这个词，是在一本薄薄的《东印度航海记》上。自由贸易和海洋自由的思想活跃于 16 世纪末的阿姆斯特丹。荷兰人进而将这些思想和主张付诸实践，以契约形式组成东印度公司，对亚洲进行垄断式海上贸易，一度称霸世界商业贸易。1622 年，荷兰东印度公司的远征船队由澎湖、六鳌、浯屿进入厦门湾，继而逆漳州河而上，寻求开市通商的机会。荷兰人邦特库船长（Willem Ysbrandsz Bontekoe）的航海日志中所指的漳州河，是指从厦门湾口到福河的九龙江南港水路，全长约 17 海里。

九龙江，这条福建境内的第二大河，由北溪、西溪和南溪组成。主流北溪发源于连城县曲溪乡冯地村，流经龙岩、漳平、华安、长泰、平和、南靖、漳州、龙海，流域面积 1.36 万平方千米，河流总长 1148.7 千米。其中下游主航道就是南港，也称锦江，自福河经石码、海澄、海门、圭屿，连通厦门湾。

1958 年以后，因为九龙江上游森林砍伐过多，水土流失严重，又兴建许多大中小型水库，沿河下游也建了许多拦河闸坝或闸桥，自然生态平衡失调，致使下游航道淤积加速，沙滩堆积，水位变浅，不少航道因堵塞停航或分段通航。九龙江下游支流那些在月港时期藏风聚气的水网，许多已经成为没有生命的水沟。人们喜欢的那些东西一点点地都没有了，与河网、帆船、土地、建筑一起失去的，是乡村的敦厚淳朴的文化，自然的人居环境和生活方式，以及根植在土地河流之上生命的热情。

"闽省土窄人稠，五谷稀少，故边海之民，皆以船为家，以海为田，以贩番为命……"万历二十一年（1593），福建巡按陈子贞在奏疏中如是说。大海是闽南人赖以生存的资源，漳潮地区惯以番舶为利。从明代前中期，以招徕海外诸番国前来中国开展贡赐贸易和使臣贸易的朝贡贸易体制，给朝廷造成巨大的经济负担，却与民间私人海外贸易无涉。朝廷针对民间私舶采取严厉的海禁政策，先禁革双桅大船，再强令将可以承担外海航行的尖底大船系数改成只适合近岸航行的平底船，后更规定"片板不许下海"，严禁百姓出海贸易。然而，将生丝等货物贩卖到日本获利极大，海上走私禁而不绝，继而发展成民间武装集团。"寇与商同是人，市通则寇转为商，市禁则商转为寇，始之禁禁商，后之禁禁寇。禁之愈严而寇愈盛。片板不许下海，艨艟巨舰反蔽江而来，寸货不许入番，子女玉帛恒满载而去。"

其间外部的世界也正在从海上开始发生了变化。1498 年，葡萄牙航海家达·迦马（Vasco da Gama）率领的船队在印度半岛西海岸古里（Calicut）登陆。七年之后，葡萄牙在印度建立殖民地，任命了首任驻印总督。1511 年，第二任葡属印度殖民地总督阿尔布克尔克（Afonso de Albuquerque）带兵征服了马六甲，欧洲势力首次进入西太平洋，也首次遇见了来自漳潮闽南语地区的中国商船。阿尔布克尔克手下有一位年轻人，在马六甲殖民战争之后回到葡萄牙，他的名字叫麦哲伦（Ferdinand Magellan）。1519 年，麦哲伦的船队在西班牙王室的支持下，首次从美洲成功航行到亚洲，他给身后的大洋取名"太平洋"，他的船队于 1521 年抵达宿雾岛。同一年，马六甲的葡萄牙船队也开始频频进入广东屯门、漳州浯屿和月港、浙江双屿，与沿海大姓商贾交易货物。1553 年，葡萄牙人在澳门非法设立据点，开通澳门至日本长崎与澳门至马六甲的贸易航线。

在荷兰东印度公司邦特库船长见到他所说的漳州河之前的两百年间，从厦门湾口到月港，民间海外贸易已经相当活跃。明代前中期，漳州平原的粮食和经济作物生产丰盛，以纺织和陶瓷为代表的手工业发展迅速，九龙江西溪上游的南靖、平和等县和九龙江北溪上游的漳平、华安以及汀州府地生长的大量亚热带森林，为漳州河下游建造海船提供了廉价的材料。九龙江平原农业与手工业发达，商业资本主义萌芽，亟须寻找商品市场。月港位于漳州平原濒临九龙江下游的江海汇合处，境内河汊密布，易以泊寄，又红树成林，藏风聚气。大量农作物与手工业产品的商品化输出和手工业原料等其他货物的输入，自由经济的兴盛，让接近漳州河口的月港在朝廷施行海禁期间，成为闻名中外的走私贸易港。同样具有贸易自由与海洋自由思想的闽南海商，同样以契约方式集资造船合股出海贩洋，在欧洲人到来之前已经活跃于亚洲海域。明隆庆元年（1567），月港部分开放海禁，准许与澳门葡萄牙人和菲律宾西班牙人进行海外贸易，月港设立了海澄县，九龙江下游也成为西人东来海上视角中的漳州河，被以各种欧洲语言载进史册。

1570 年，首任西班牙驻菲律宾总督米格尔·洛佩斯·德莱加斯皮（Miguel López de Legazpi）出征吕宋岛，废黜梅尼拉王国土王，兴建马尼拉城，作为西班牙属东印度群岛的首府。1573 年，两艘装满中国生丝和丝货、棉麻织品、陶瓷、农产品、工艺品的西班牙帆船，从马尼拉驶向墨西哥的阿卡普尔科港（Acapulco），返程时再运回墨西哥及南美殖民地铸造的西班牙银。大量中国货品由福建商船从月港运到马尼拉，再由西班牙大帆船运到阿卡普尔科，之后分散到南美各地，部分商品再装船越过大西洋销往西班牙和欧洲。1580 年，西班牙合并葡萄牙，澳门至马尼拉贸易航线开通，东、西太平洋贸易航线连成网络。

持续进行的马尼拉大帆船贸易，让月港成为中国连通世界的枢纽，输出大量的中国手工业产品，输入大量的白银和作物品种，对明代中后期的经济发展和社会流动产生了重要的影响，中国自此进入全球经济体系。番薯、玉米、马铃薯、辣椒等美洲高产量农作物的引进改变了中国人的食物构成，美洲白银的流入促进实现货币白银化，赋税赋役货币化将农民转换成自由劳动者，海外贸易刺激了商品经济的发展和社会分工的细化，漳州河平原率先进入世界经济体系。

西班牙人经略吕宋岛后，留居马尼拉的闽南人急剧增多，人数多达数万，主要从事手工业、农业、渔业和商业，其中一部分水手和工匠继续沿马尼拉大帆船贸易航路流向墨西哥及南美洲，成为最早的一批中国移民。"在历史上，闽南人是中国腐朽社会的最早出离者。"研究明清海外闽南人社区和语言的德国汉学家韩可龙（Henning Klöter）教授在专著中这样写道。吕宋岛的早期闽南籍移民主要居住在马尼拉巴连安（Pariàn）和比诺多（Binondo），两地都属于天主教托钵修会多明我会的教区。多明我会传教士为了向中国传教，学习中国移民通行的漳州闽南语，编撰了一系列闽南语词汇集、辞典、语法书和虚词典。

我曾经在菲律宾圣托马斯大学，经过冗长的现场申请与审核，通过两道武装门卫，终于看到了那部心驰神往已久的《西班牙汉文（闽南话）辞典》手稿。这部四百年前由多明我会西班牙传教士和移居在马尼拉的闽南秀才合著的手稿，约有 2.1 万个词条，包括单字、短句、成语、俚语，重现了昔日马尼拉城漳州人社区鲜活的生活场景。辞典收录了漳州府、银船、本钱、清明茶、番薯、烘焙、宇宙、自然等时尚词汇，以及蚝壳灰、张网、缯鱼、缯等214个航海与渔业术语。

客船停到石码锦江道码头，将我的思绪拉回现时。上岸穿过对面的小巷，来到石板铺地的打石街旧市，石码五香、炸物、各色鱼丸肉丸、烧卖、河豚粥、花生糖、发糕……六百年杯光酒影，漳州河畔当年的盛筵变成了今天的小吃，人们拎着果蔬熟食，草绳系着几根油条，来往于街巷，招呼闲谈。

一队来自石码沙地内村顺泽宫的信众，在码头边与从厦门请香归来的同伴会合。漳州河沿岸流域的不少村社供奉玄天上帝，香火大多从厦门鹭江道旁一座很不起眼的武西殿请来。农历三月初三是玄天上帝的生日，每年在这个节庆日的前一个星期天，沙地内的老少爷们——不论是在外为官的，还是经商求学的，或者市井平民，甚至在家浪荡的，悉数套上印着"兵"字的马甲，聚集到庙前。族长派出一拨人先行，早晨就搭船前去厦门主庙请香，下午大队人马浩浩荡荡地穿越市区，来到漳州河畔迎接香火，会合后再载歌载舞返回村内的寺庙。

当年繁华的月港，最热闹的街市就是月溪河口沿岸的鱼仔市。不知从哪个年代开始，鱼仔市变成了米市，沿街的店面收谷卖米，店厅背后是人力机械脱谷的作坊，街巷后面则是上下货的路头。遍布于漳州河平原水网的运谷小船在这里起货，往返于厦门和月港的运米船在这里下货，这样的情景一直延续到 20 世纪五六十年代，如今，曾经的鱼市和米街都改成了住家。一户住家从二楼阳台放下一张硕大的缯网，涨潮时分在月溪河起网捕鱼，渔网在阳光下和清风中微微闪着光。这是一种很古老的网具渔法，叫作扳罾，也写作扳缯，中国古代画作里常常能看到类似的罾渔图。扳缯过去在闽南沿海地区随处可见，现在海岸线大都被房地产业和旅游业使用，已经很少再看到这样的场景，唯有在漳州河下游流域少数几个水网尚存的乡村，扳缯捕鱼还偶尔可见。

这是我无比熟悉的道路。扳缯那户人家房子背后，便是豆巷的东端。百来米长的豆巷一条街，以中庭供奉关帝的容川码头武圣殿为界，东面的一侧称港口，西面的一侧叫溪尾，街中的石板路和两边的砖墙瓦顶民居基本仍保留旧样，许多人家双开木门，门外都挂有一个竹披，透风之余，还用以遮挡强烈的阳光和行人的视线，竹披上大多写着"格外春风"，颇有诗意。港口的溪岸上有一棵大榕树，就是乘坐客船停靠海澄码头时，看到的月溪河口西侧自然河岸上与竹林交错的那棵榕树。榕树掩映着的那间小宫庙叫作兴仁宫，始建于明嘉靖元年（1522），供奉着玄天上帝，庙的檐角上以剪瓷雕装饰，犹如绚丽的凤冠。兴仁宫后面竹林边上那座古意十足的作坊，就是郑氏崇兴造船厂。

崇兴造船厂作坊开口对着漳州河，东侧是月溪河岸末端的那簇竹林，西侧是一栋很小的二层小楼，楼下放工具，楼上可以住人，小房子里刚好能放得下一张床，还有一台黑白电视机。作坊的地面里高外低，原本是在泥滩上填平的，涨满潮的时候能漫过三分之一的地面。作坊里的师傅正在埋头钉造一只很长的木质龙船，挂在柱子上的收音机放送着台湾渔业广播电台的闽南语老歌，一首80年代的《讲什么山盟海誓》，柱子旁边的三合板折叠桌上，摆放着一副老旧的乌龙茶具。"许的，汝又搁再过来了欤！"郑水土师傅抬头跟我打招呼，吩咐我自己泡茶喝，他继续忙着手上的活计。

"金华兴号"最后的航行，是我唯一一次中式传统帆船远航体验。驾船出海确实是一条可行的自由的路径，但不是像"金华兴号"这样丰满的船型，也不能是太过轻巧的现代西式帆船，必须另择他途——重新造一艘中式帆船。于是，寻访民间还能造木帆船的造船工匠，了解传统福建帆船如何建造，成为我日常生活的主题。

我与郑家结缘始于2005年。当时获悉鼓浪屿郑成功纪念馆征集到一本十分罕见的民间造船图谱，我便循迹追踪到龙海海澄，问到位于月溪河口的郑氏崇兴造船厂，见到了84岁的郑俩招老师傅和他的儿子郑土、郑水土师傅。这本船谱是郑俩招的父亲王郑文庆老先生绘制的，记载了他1919年至1937年间经手建造的16种各式运输船、渔船和客船，它们的船主名、尺寸和结构，是迄今为止唯一发现的中式帆船民间造船图谱。看得出来，绘制者将船谱上的每一个汉字都很努力地书写工整，但其中大半我却读不懂，里面的数字采用的是苏州码子，而很多造船术语用的是海澄腔调的闽南汉字，甚至还有当地造船工匠的行业自造字，形同神符。

仔细翻下去，我越看越觉蹊跷。我问郑老师傅，这本图谱有没有被借出去过很久。老人家很肯定地说，这是他自己一直珍藏的传家之物，此前从来没有拿出来过。郑水土师傅说，不久前从厦门来的馆长带着一位会讲闽南话的高大外国人来参观造船厂，后来又连续过来采访两次，老人家跟那位内行的老外讲起过去造船的情形，才拿出了图谱让客人看，他们作为子辈也是那时候才第一次看到图谱。我发现，郑家的家传图谱在借给客人们带回去看的过程中，被一本精制的高仿本调包了。

接下来的日子里，我在协助郑家索回他们传家图谱的同时，也请郑老师傅一点一点地给我解读图谱记载的海澄造船法式，海澄成为我探究传统中式帆船建造技艺宝藏的第一站。从厦门港沙坡尾住处，开车从漳州河南港的上游过大桥，再折回到海澄要两个多小时，而搭公交车到鹭江道客运码头再搭乘客船到海澄，上岸后走几百步就到郑家的造船作坊，如果时逢顺潮则只需一小时。我更喜欢坐半小时一班的客船，悠悠晃晃地往返于厦门和海澄。

敞开小门的造船作坊内经常空无一人，也听不到收音机里的闽南语歌曲，那便是师傅们出门到村子去钉龙船了。上午阳光流入两面临水的作坊，淌出柔柔的光。与厦门湾相连的漳州河下游，每逢农历大潮的高程时段，海水淹没了造船作坊大半的地面，四周的木料泛着杉与樟交织的香味，半墙外的竹林在轻风中沙沙地响。作坊没有人的时候，我就径直往郑师傅家里去。从作坊走到豆巷大街一条横巷口的郑家只要百来步，郑老师傅似乎已经习惯了我这样唐突地出现，如同住在附近的一大群孙辈中的某一个。他在客厅茶几旁边的木沙发上坐下来，静静地等待我的提问。

前面几趟过来海澄，主要先请郑老师傅逐字解读图谱上的文字，弄清楚帆船各个部件以及设计方式的名称。福建帆船的船体结构和工属具的名称术语，大都根据各地传统以方言命名，口口相传，鲜见诸文字。为了能够尽快熟记下来，我专门做了一个郑氏船谱用语与闽南造船通用术语、现代造船术语的对照表。

中国古代木构营造法式之一，是以长度来表示角度。海澄传统造船工匠同样也没有来自巴比伦文明的角度制概念，一块部件的倾斜程度，是用单位垂直高度对应水平面的投影长度来表示。一艘船的船艉面板，亦即托浪板的前倾斜度，如果是一尺高配八寸八提，意味着长的直角边勾长 30 厘米，短的底边股长 26.4 厘米，折算出来其前倾相当于 40 度。这种"提"和"翘"的几何表示法，显然与我们从小接受的基础教育和训练不一致，我费了很大的工夫，才慢慢能够转换过来，而这对于造船师傅就太简单了，用手中的 L 形鲁班尺一比划，标记点就打上了，然后直接上板上钉，一气呵成，根本无须用到角度制的概念。

进入了海澄传统造船法式的语境，就可以试着跟郑老师傅讨教，图谱上的各种字符和线条也一下子变得能看懂了，真是奇妙。只是每一页图谱看上去都是单独的静态图，还不能看出每页图谱之间的关系。

接下来几趟到海澄，便是向郑老师傅请教当地造船的工序。经过了颠三倒四反复出现的次序错误，我终于比较了解和弄明白海澄传统造船的部件工艺顺序，依次为：龙骨—堵营—水底帮—载底—艄—笨抽—含檀—龙梁—水舭—经豆—曲手—牛栏—尾座—下金。有了工序的概念，再反过头来看图谱，先前单页的静态图，就变成连环的动态图，整本图谱变得生动起来，即便随意打散页面，也能够很快重新编排妥当。

返回厦门后，我先是试着按图谱上运输船的数据和图像在一张纸上绘制草图，接着又尝试按照尺寸比例剪纸板搭建模型，很快一大堆问题就冒了出来，我把其中琢磨不出来的问题逐一记录下来。

再往海澄时，因为提前在笔记本上列了问题，只消往上面填答案。问答进展极快，郑老师傅一直忙着给我仔细解释，不时咳嗽一阵，我十分内疚，但稍息片刻后，还是继续往下个问题走，而郑老师傅也继续作答。有疑问和不确定的点都逐一有了答案，而且从中又延伸出不少新的问题与答案，有些问题还形成了连线，例如船深的设计原则，水目与球的调整，舭高的设计，黑艄—艤墩—大艄—二艄—三艄的尺寸与用料规格，舲与水底帮的连接，桅径与帆篙数，等等。

"这样给你说你就听有了。"每当弄明白一个细节，如梦初醒的时候，总会听到郑老师傅舒心地说这句话。

一趟接一趟地往海澄跑，每次过来郑家的路上都充满期待，与老人家告别出门时则十分愉悦。从艍长而艍头艍尾，再与堵营的连接，接着是与水底帮的连接，然后转到水底帮与堵营的连接，再又是载底极和笨极……营造之法便在于在横向与纵向的结构之间一而再，再而三地融汇勾连，达成最佳连通。

郑老师傅向我抱怨说："现在的少年多盲目做，只有老伙子才按甲路。"我请教的问题最后也归结为闽南语所说的"配甲"，配甲是配搭的意思，相当于现代造船工程学的船舶设计模数。这些经验公式或者说设计模数来自长期的生产实践，根据不同地方的气候、地理和人种习性而组建积累，提炼成诀。

郑老师傅不厌其烦地跟我仔细讲解海澄外海帆船和内港帆船的不同做法及尺寸配甲，船舱的"深度以堵口为母"，堵口指的是船只最宽的那一舱的舱口宽度，每一丈长的堵口，外海船需配搭六尺半的船舱深度，而内港船只需配搭五尺八的船舱深度。外海船甲板以上的舭高要与船舱深度等同，而内港船舭高只需高出经豆以及甲板上舱盖的几厘米。另外，每一丈长的艍亦即龙骨每长一丈，堵口营的宽度外海船配搭四尺二，内港船配搭五尺。为母者不变，其余以变应变，原来这就是造船法式的原则，其实就是这么容易，但也不仅仅那么简单。至于如何变得好、变得省，便是每个师傅的功夫所在。

兴致很高的郑老先生顺着又讲到堵营亦即横向隔舱板的配甲、秦、平秦、上平秦、下平秦、直秦这些虚拟长度专用名词，被老先生一个接一个说出口时，我的心开始紧张地狂跳；当老人说出"六甲底"三个字时，船体图景马上浮现在眼前，我怔了一下，知道自己对设计模数的理解已入佳境，摸到了传说中的绳墨之诀。

现在到了转回造船现场观摩学习刀斧之功的时候。

又闻到了原始杉的芳香。造船作坊的围墙外，在开阔的江边，郑水土师傅请来的两位当地伙计正在锯开一根二十余米长的大木。这叫开帮，原木锯开用来做龙船的披竹及水底帮，每锯开一片需要用大半天，推拉大锯看似轻巧，实际很费腰力，我只上前试了几下便撑不下去。两位中年伙计黛衣黛裤，竹笠压眉，很有架势，犹如一对云手高人。有道是技门不同，然大道相通，这些师傅虽非武门，却个个似工艺江湖里的大侠。他们的衣衫在烈日照射下已全部湿透，中间停下来用大号搪瓷缸喝水，我问怎么不进去作坊内喝茶解渴，伙计说喝不得茶，因为大量流汗需要大量喝水，只能喝白开水，茶和盐水会让胃承受不住。

漳州河下游平原水系的各个村庄角头，至今延续着乡村龙船赛会的习俗，由天然原木打造的龙船，大部分就出自海澄郑氏崇兴造船厂。龙船的船型制式主要有四种：角尾镇的阔头、市尾村的短截、步文镇的窄头，这三种都不带龙头，形似超长的舢板；最后一种以前有带龙头的，现在已经基本不见了。龙船的造法与漳州传统船型青头亦即当地人称的尖头船原理相同，一样以平秦为母，再起翘。海澄月溪河口至海门岛漳州河出海口的河段，基本上已经是扒活水，即有潮汐的海水，比起扒河水的平底船，龙船的稳性跟海船一样需要特别讲究。

"漳州河流域哪个地方扒龙船最热闹？"这个问题我很好奇，郑水土帅傅和他的伙计们一致回答说："榜山七甲社！"

七甲社龙船赛会，源于明朝年间，有七位乡邻结拜兄弟同船下南洋，途中遇狂风，祈求水仙尊王护佑，让兄弟伙安抵吕宋。他们发迹后相约同归故里还愿，共谋于蒲月在各自村社举办龙船赛会谢神。七位结拜兄弟以年龄为序，依次定下五月初一官州桥，初二云梯桥，初三庄厝，初四官州，初五翠林，初六莱厝，初七罗锦，每社一天，轮流坐庄。后来初六坐庄的莱厝因屡犯规矩，被退出七甲社，以初八洪厝补入，初六那日留空。这样的龙船赛会，每五年举办二至三次，据说已经有四五百年的历史。流传到近代，七甲社轮值任会主，主持接待及赛会秩序，当天做会主的那个社不参加扒船，余下六社的龙船分三队，自午后开始，每社的龙船要扒二十次，一天下来一共比赛六十场。七甲社龙船抢标赛会，成为九龙江流域规模最大的传统水上活动，至今依然十分鲜活生猛。

龙船的比赛方式延用最传统的抢标，各船争先，以夺取终点水中锦旗为胜。靠近终点的河道水面，横有三支削尖的木杆直指标旗，抢标的龙船要是避让不及，船上的壮汉会被刺得皮开肉绽，于是比赛越发生猛。彼时七甲社还要演社戏，依序轮演同一折子的戏，十分闹热。

流传村是九龙江北港边的一个乡村，历来保留端午节在江中扒龙船的习俗，每年由本村各社和远近周边村庄老少爷们组成的十几二十艘龙船集结比赛。

漳州河水网上的龙船没有设置龙头，更接近实用的舢板，只是龙船长达二三十米，最多能挤进四五十名桨手，甚显气势。

比赛的规则很随便，自由选择对手，自行决定赛几回，每次获胜的龙船会接到从指挥船上的村老人会老大远远抛来的一条毛巾，最后看哪艘龙船得到的毛巾最多，就是当年的第一名。

我有幸客串当了一回流传村中社龙船的桨手，体验了一把雨中扒桨同舟共济的快感！

在龙船的建造过程中，至少要在安槽、安盖金、安龙目这三个重要的节点，按照古早的礼数做仪式，如安中槽时需款三牲，找好时好日，村里的大家长穿长衫，拜神。二十几米长、一尺多宽的开帮原始杉木板跨在椅寮上，向外的一头裹一片红布，上面再摆上六条红布条，用鲁班尺压着，往里一点的木板上并排摆放两个墨斗、一柄斧头和分别垂向两边的三对红布条。木板上每隔一定间距，放有一张纸金。这些样式应该都很有讲究，另外有一些属相还得回避，并且女性是不许跨过中槽的。

　　龙船造好之后，盖金上披了一块三角红布，上面摆着盛放三牲的红色塑料茶盘。敬香、烧纸、焚香、下水、鸣锣、放炮……船主代表号令村里来的人把龙船扛下水，搬上去随船的家什，敲响锣鼓，少年家团和着节奏划动木桨，龙船便醒了起来，成了一艘真正的船，从月溪河口划向他们的乡里。

　　龙船下水，船主代表会另外拿出一沓钱，委托郑水土师傅宴请众工友们吃一顿酒，以表谢意。师傅们邀我一起过去，就在村里一户煮菜厨师家中的顶楼一角，吃一桌乡土私房菜。

　　这顿酒席有乾坤，等待上菜之时，只见代老郑管事的师傅不紧不慢地掏出一沓记满字的烟壳纸，与师傅们逐一核对出工天数，然后掏出一沓船主先前支付的现金，抽出来分给师傅。工友们接过钱数着，喝口小酒，满足地笑着。

　　郑家造船已经传承了许多代，在 20 世纪中期代表着龙溪地区传统木帆船建造的最高水平，后来木帆船淡出航运市场，郑氏崇兴造船厂改造龙船。现在，九龙江北溪、西溪、南溪，但凡水网连通的乡村和角头，都有郑家承造的龙船。

　　每两个端午节之间的造船年度，郑氏崇兴造船厂平均能接到十五只新造龙船的业务，修旧的则有二三十只。新船最快六天能造一只，其中最长的龙船超过 30 米，可搭载多达 80 名桨手；旧船修起来则相对耗时，大修要十几二十天，一年里面师傅们大部分时间都在漳州河下游的村社里轮转忙乎。

从前造船的费用是以稻谷结算，一艘龙船的料钱和工费总共要50担稻谷。郑水土师傅14岁时去邻镇浮宫做造船木工，每天工钱2.2元，老师傅也才2.5元，现在雇请造船师傅每工要250元。每年度新造龙船的数量多与不多，跟当年经济是否景气有关系。我跟郑水土师傅提起人民币汇率对中国加工制造业的影响，他一语道破天机："钱大就不好了！"钱变大了东西卖不出去，没钱则买不进新的东西，虽然这钱看上去能买的东西比原来多。原来，这偏居一隅的手艺匠师也是站在经济学前沿的。

不过，造船厂平常除了新造龙船和维修一些小木船，已经很多年没有接到过大型木船的订单了。师傅们跟我聊起一桩早年为外国人承造木帆船的故事。

1988年，41岁的美国生态学家、艺术家亨特（Hunter Wallof）在寻船近十年之后，由厦门来到石码，委托龙海造船厂建造一艘45英尺（13.72米）长的三桅白底木帆船，取名"龙海号"。船造好之后，亨特在申请出境手续时一次又一次碰壁，于是他在11月24日深夜独自驾着这艘安装发动机的"龙海号"木帆船溜出厦门，前往香港。"龙海号"后来又由香港航行到菲律宾，在那里停留了很多年并先后进行过两次翻修。

师傅们说，这个外国人自己也会造船，他是带着工具箱过来的，只吃蔬果生食，不吃荤食和煮过的东西，很奇特。

　　我没有检索到"龙海号"和亨特的下落，却意外地发掘出"厦门号""伏波Ⅱ号"等一系列福建传统帆船的越洋故事，这也是我一直关注的历史上的中式帆船出走案例。

插页二
漳州海澄郑氏造船图谱解读

2005 年，我和陈延杭老师在进行福建沿海传统木帆船造船地调查时，获悉厦门郑成功纪念馆藏有一本民国年间由漳州海澄当地造船师傅手绘的造船图谱副本。这本船谱详细记载了 1919 年至 1937 年间所建造的 16 种各式运输船、渔船和客船的船主、尺寸和结构，字迹端正，图文并茂，只是所用文字多是融入当地特色的鲁班字及造船师傅的闽南语自造字，形同秘籍。

船谱的绘制者是时年 86 岁的海澄造船老师傅郑俩招的父亲王郑文庆。王郑文庆师从郑俩招的祖父王添财学习造船，尽管再上一代的师承没有记录，但郑氏家族的造船历史至少可上溯到清代后期，郑俩招的三个儿子及两个孙子至今还在建造木制船舶。

我们随即前往海澄郑家，在郑俩招老先生的帮助下，结合对当地传统造船法式的调查工作，对海澄郑氏造船图谱进行了解读和归纳。

一、海澄地理概述

闽南俗语称："一澳头师傅造一澳头船。"每个澳口都有自己特定形制的船，各地造船工匠以世袭经验在生产过程中经过反复的实践，形成了具有各自特点的造船法式。

海澄位于漳州平原濒临九龙江下游的江海汇合处，明初施行海禁时，以海澄为中心的漳州月港一度成为中外闻名的走私贸易港。嘉靖四十五年（1566）立海澄县并设县治于月港桥头，当年月港最热闹的贸易集市海澄豆巷，其街容店貌、供奉关帝的武圣殿，还有伸至江中的石板路，至今仍按旧样保留。

漳州月港的兴起，还得益于本地能够提供各类性能优良的海船。九龙江流域物产富饶，盛产建造木质帆船所需的松、杉、樟、藤、棕、铁、生漆、桐油、苎麻、蛎灰等物料，特殊的地理环境，为民间造船业提供了得天独厚的条件。

郑俩招的父亲王郑文庆于民国初年在海澄创办了崇兴船厂，后传郑俩招经营，1957 年公私合营时崇兴船厂并入龙溪造船厂海澄分厂。时至今日，郑俩招父子的造船作坊仍坐落在九龙江畔溪口的海澄造船厂一隅，而其居所就在几十步远的海澄豆巷村港口街内。海澄的帆影直到 2003 年还能看见，来自莆田的 40 吨双桅运输船时常前来造船厂旁的码头运煤。

二、郑氏造船图谱

传统福船的建造技术，涉及形制、设计、选料、建造等程式，和木作、捻缝、铁作、油画、帆装、治缆等工序。对于不同时代、不同用途、在不同海域航行的福船的记载，大多分散在史书、地方志和私人笔记中，缺乏系统性，以至于今天对它们做严格的分类和系统的研究，几乎成为不可能填补的空白。

20 世纪 50 年代后期，福建省曾对全省海洋渔船和沿海木帆运输船进行过普查，但当时的技术调查仅限于对现存主要船型的测绘，未能记录到前代的帆船，也未涉及传统的设计及建造方法。

福建传统造船业是一项要求严格却又相当辛苦的行当，学徒入行一般在十一二岁，基本都是来自无力读书家庭的子弟，以至于后来即便成长为大师傅也都基本上不识字。木帆船建造的传统方式都是由造船师傅凭借经验尺寸现场放样，没有精确的图纸和量度数据，其造船的法式、各种尺寸配搭以及选料用材等经验都只印在师傅脑中，仅靠言传身教，加上历来师傅们对赖以谋生的技术和手艺都不外传，以至于今人极难找到民间造船秘籍。

郑俩招 1932 年就开始跟随父亲学习造船，1957 年随崇兴船厂并入龙溪造船厂时被评为 6 级技工，属于全地区级别最高的技术工人，至 1981 年退休时为 7 级技工。其间，周边区域凡遇立桅等重大技术活都要请其亲临指导。郑俩招还熟识驾船，经常驾驶新完工的帆船前往船主所在地交接。

海澄郑氏造船图谱的绘制者王郑文庆卒于 1949 年。随船谱留传至今的还有一把船尺，其量度单位 1 尺为 30 厘米。船谱的纸本尺寸为 25 厘米 ×25 厘米，残存二十七页半，记录了 16 种船型的营造图谱，如下表：

年份	船型	船主	主尺度	航区及船况
	30 吨运输船	能竭、主仔	龙骨长二丈八尺四寸	白水至厦门
1936	运输船	老人	龙骨长二丈四尺	浮宫至厦门
1919	运肥船	溪仔	中槽长三丈四尺	白水至厦门
1927	运输船	乡仔	龙骨长二丈五尺八寸	
	圆底船	陈乡	龙骨长一丈五尺八寸	
	单桅渔船	永仔	龙骨长一丈三尺	夫妻船
	运输船	清贯	龙骨长二丈一尺	
	运输船	开其、坤成	龙骨长二丈五尺八寸	白水
	运输船	乡正	龙骨长二丈七尺七寸	旧船修理加深
1937	运输船	溪海	龙骨长二丈七尺	
	流网渔船		船长一丈六尺	无龙骨
	手抛网渔船		船长二丈	无龙骨
	运输船	豆仔	龙骨长二丈四尺	
	钩钓渔船		龙骨长一丈六尺	隆教白塘

续表

年份	船型	船主	主尺度	航区及船况
	平底渔船		龙骨长二丈五寸	浯屿
	客船	市政	龙骨长二丈六尺	紫泥下刘社

　　了解木帆船的船体结构是研究造船法式的基础，欲解读民间船谱，首先需要弄清帆船各个部件的名称。福建帆船的船体结构和工属具的名称术语大都是根据各地传统以方言命名的，称呼不尽相同，而史籍中的记录又相当零碎，将其按照时代和地域进行分类本身就是一项庞杂的系统工程。闽南地区得同一语系之利，加上漳、泉造船师傅历史上素有交互，各地使用的术语大同小异，海澄民间造船业使用的术语，基本上在闽南造船行业通用术语之列。

　　郑氏船谱用语与闽南造船通用术语、现代造船术语的对照如下：

郑氏船谱用语	闽南造船术语	《水运技术词典》对应名词
䑼申	䑼身、槽、主龙骨	龙骨，又称底骨
䑼头	䑼头、头龙骨	
䑼尾	䑼尾、尾龙骨	
斗行	堵营、堵壁、堵板、母营	隔舱板、堵板
头秀面	秀面、头犁壁、托浪板	前搪浪板
内镜	内镜营、头禁、头闸	隔舱板、堵板（第一道）

郑氏船谱用语	闽南造船术语	《水运技术词典》对应名词
阿班	阿班营、含檀营、驶风闸	隔舱板、堵板之一
中斗	中堵壁营、中挑担	隔舱板、堵板之一
斗口	堵口营、大堵、官厅营	隔舱板、堵板之一
尾仃	尾营、尾禁	后搪浪板、堵板（最后一道）
抺弄	笨弄	（甲板拱起的高度，对应于甲板边线）
经豆	经豆、拱罩	舱口围板（舱口撑舱盖的直木）、拦水板
斗壁	堵壁上宽、上角阔	隔舱板宽度（甲板边线处）
下水抵平秦	堵壁下宽、下角阔	隔舱板宽度（舭部）
顶朝平秦、顶官平秦	平秦、堵壁高、船深	隔舱板高度
水目	水目	过水眼
求	球、度、道、危目	横向舷弧
度	度	前搪浪板的横向舷弧
八字	八字、尾花	护艄木
龙秋	头八字、头龙秋、燕尾板	
目周	船眼睛、龙目	
抡头	舵杆	舵柱、舵杆
铣箍	生铁	
顶果		

续表

郑氏船谱用语	闽南造船术语	《水运技术词典》对应名词
埞申	碇身	
埞岂	碇齿	
牵跷	牵翘、起翘、向上偏斜	
照贝	照配、搭配	
其五甲	分五份	
家五腥	加五成	

三、解读（以 30 吨运输船为例）

福建沿海民间造船师傅在设计船型时，先根据船主的需求确定龙骨长度和头禁（内镜）、含檀（阿班）、大堵（斗口）及尾营四道隔舱板在龙骨的相对位置，还有首、尾两段龙骨上翘的角度，然后根据龙骨的长度以含檀营为母确定船宽和船深，再根据含檀营的上宽确定主桅的长度和大篷的宽度与高度，最后根据船型确定舵杆的长度和舵叶的形状大小。

上述由头禁、含檀、大堵及尾营四道隔舱板构成的横剖面，与龙骨纵中剖面构成木帆船基本线型的设计方法，在民间称为四母营。在此基础上根据船型的大小，在做基础设计时分别添加一至五道隔舱板，称为五母营、七母营和九母营。海澄郑氏造船图谱和另一份我们先前发现的传承自明代洪武年间的泉州"舟规"显示的都是采用五母营法。这种民间传统设计始于何代尚无考证，目前已经发现的有关福船设计的史料是清初的记载。

海澄近现代的木质风帆商船船型以载重60吨的三桅南线船、青头船和尖头运输船为主。郑俩招的父亲王郑文庆在民国时主要建造35吨以下的近海帆船。1949年以后，郑俩招的崇兴船厂将当地传统的双桅35吨木帆船的形制，放大造出三桅55吨运输船。

在郑氏船谱中，船主为能竭、主仔合伙的30吨二桅运输船，主要用于从龙海白水镇运载水果等货物到厦门，属于沿海航区。龙骨长二丈八尺四寸，是船谱中最具代表性、记录也比较完整的一种船型。我们以其为例，对船谱所记录的设计和建造法式进行解读。

1．龙骨

（1）主龙骨长度为二丈八尺四寸（8.52米），不含首龙骨和尾龙骨。

（2）竖主桅的阿班营相对于主龙骨前后比例4：6的位置。据郑老师傅介绍，主桅的位置也有前移至3.75：6.25。

（3）头龙骨的起翘（艏舷弧）为五寸（0.15米），这里指垂直高度。

（4）龙骨的艏部接有一节鸡胸（首龙骨与船艏板之间的一个部件）。据郑老师傅介绍，截面采用斜接法，两个侧面各用一枚钩钉加固。

（5）尾龙骨的起翘（艉舷弧）为一尺二寸（0.36米），这里指垂直高度。

（6）每一丈长的主龙骨接二尺（0.60米）长的尾龙骨，这艘船接了1.70米长，这里指木料的实长。据郑老师傅介绍，尾龙骨自然上翘，其形状当地俗称"扫帚尾"，尾开有横向通透的小孔，以减小尾流加强舵效。

（7）龙骨高度约为0.24米，宽0.20米。据郑老师傅介绍，龙骨的横截面尺度以高度为主，与龙骨的长度有一定的比例，宽度则随所取的材料而定。

2．船艄

（1）方形船艄（实际上是倒三角）的头秀面（托浪板）只画出形状，没有标出尺寸。

（2）头秀面的形状、尺寸及前倾斜度由头龙秋决定。船谱中头龙秋形如倒八字，尺寸则是由一条贯穿整片部件的斜线即龙秋长决定，而其形状则由分别表现该部件上、下半部分长度的斜线，即顶朝平秦、下朝平秦的长度及其分别对应的弧线高度（称作度）所决定。船谱标明这艘船的龙秋长为一丈三尺（3.90米），头龙秋中部面宽一尺（0.30米）。

（3）头秀面以及头龙秋的立面呈纵向前倾，前倾斜度由垂直高度对应水平面的投影长度来表示。郑氏船谱标示这艘船的头龙秋为一尺高配八寸八提，折算出来其前倾相对于垂直线的40度整。

3．隔舱板

（1）自船艉数起分为内镜营、阿班营、中堵壁营、堵口营、尾营五道。据郑老师傅介绍，内镜与阿班之间、堵口营与尾营之间等跨度较大之处，还有若干处高度未及甲板的隔舱板，称半营。

（2）内镜营上宽 2.64 米，与阿班营上宽的比例关系为 0.6：1。堵壁高 1.59 米，比阿班营高出 50%，求即横向舷弧为 0.15 米。内镜营立面纵向前倾，其倾斜度为一尺高配六寸提，折算出来为相对于垂直线的 30 度。

（3）阿班营上宽 4.32 米、下宽 2.43 米，堵壁高 1.05 米，水目 0.06 米；求即横向舷弧为 0.17 米，笨弄即甲板拱起的高度为 0.21 米。阿班营立面垂直，其纵向的位置在主龙骨前十分之四的位置。

（4）中堵壁营上宽 4.62 米、下宽 2.49 米，堵壁高 1.05 米，水目 0.03 米；求即横向舷弧为 0.17 米，笨弄为 0.21 米。此外，船谱特别注明中堵壁营的上宽与主龙骨长度的比例关系为 1：5.5，即二丈八尺四寸（8.52 米）×0.55 ＝ 一丈五尺六寸（4.69 米），实际宽度与此数值相比仅小二寸，基本吻合。

（5）堵口营上宽 4.26 米、下宽 2.04 米，堵壁高 1.14 米，水目 0.18 米，笨弄为 0.21 米。郑老师傅介绍，按照海澄造船的法式，以堵口营为母，即许多横向结构部位的尺寸系以堵口营的上宽为基准。

（6）尾营上宽 3.60 米、下宽 1.80 米，堵壁高 1.32 米，水目 0.36 米。尾营立面呈纵向后倾，其倾斜度为每一尺垂直高度对应七寸二

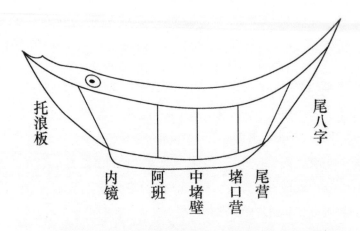

海澄郑氏造船图谱的"五母营"法／上图

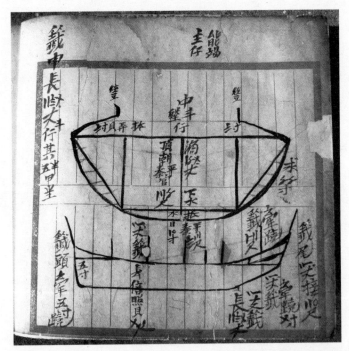

海澄郑氏造船图谱的龙骨（船谱第 2 页）／下图

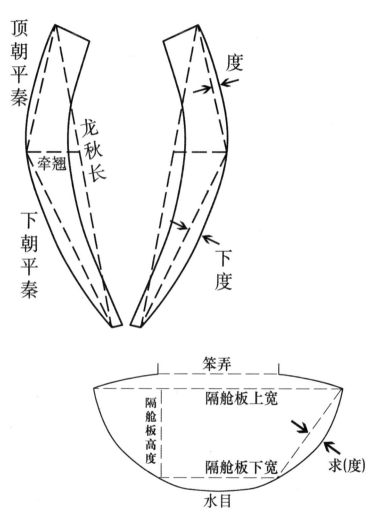

顶朝平秦

龙秋长

牵翘

下朝平秦

度

下度

笨弄

隔舱板高度

隔舱板上宽

隔舱板下宽

求(度)

水目

船艏（船谱第 3 页）/ 上图　　　　阿班营隔舱板 / 下图

提的水平投影长度,即后倾 35 度。

4．船舺八字

船谱中的船身板的尾封形如倒八字,这是福建帆船的特色之一,在海澄当地称八字,其尺寸和形状的表示方法与前面所述的头龙秋类似。该船八字长 4.20 米,八字中部面宽 0.60 米,顶朝平秦的弧线高度为 0.04 米,下朝平秦的弧线高度为 0.15 米。船舺八字亦呈纵向后倾,倾斜度为每一尺垂直高度对应七寸五提的水平投影长,即后倾 36 度,比尾营稍微倾斜。

5．舵

船谱特别标明该不平衡舵的舵杆长度是中堵壁营上宽的 1.2 倍,舵杆头部有一道铁箍,舵叶分上、下两个部分。另据郑老师傅介绍,如果用于外海航行,舵杆需加长。

6．碇

船谱记载该运输船的碇身长一丈二尺（3.60 米）,两个碇齿各长四尺（1.20 米）,碇齿高二尺,即碇齿向外张出碇身约 30 度。

7．船身装饰

海澄郑氏船谱中,唯一记录有船身装饰图样及尺寸规格的船型是一艘运输船。

（1）头秀面即托浪板绘有两个波涛中间托起一面阴阳镜,寄寓遇险能化,背景颜色自上而下依次为红色、白色、青色。

（2）船谱绘有船眼睛的形状、三点式固定的钉孔位置,并且特

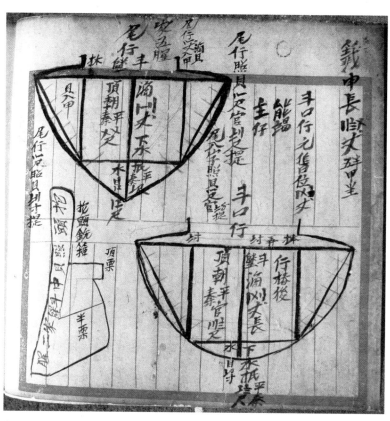

海澄郑氏造船图谱的舵（船谱第 4 页）

别注明每一丈长的主龙骨配比四寸长的船眼睛。郑老师傅说明，这样船不离水通过丈量船眼睛的长度就可知道龙骨的长度，便于维修。福建海船及部分浙江、广东传统帆船船艏两舷装饰有龙目，商船的眼睛朝前看，代表识途之意；渔船的眼睛朝下看，意为寻找鱼群。

（3）船谱中船主为乡正的运输船绘有水仙门的位置，并且标出其前后的青堵等其他舷墙立柱的位置及形状。这艘船与我们作为引例的运输船尺度接近，由于船谱中记录后者的页面残缺不全，可引其为参考。

8．其他

（1）船谱中船主为乡仔的运输船标注舷墙高度为二尺，郑老师傅介绍这是航行于内港的船，外海船舷墙高度与隔舱板高度的比例为1：1。

（2）船谱中船主为乡仔的运输船和船主为开其、坤成的运输船都分别画有桅杆上部的图样，可补引例运输船记录之残缺。

（3）船谱中一些船型不设龙骨，其以中槽长度作为主尺度之一。

四、结语

海澄郑氏造船图谱在船体结构方面对龙骨、隔舱板、前后托浪板、头尾八字的尺寸、位置及其比例等主尺度和基本造型要素有较详细的图文记录，但对其具体选用的材料及厚度规格并未涉及，同时对船底板、身板、甲板、舭、极（扶强）及各种梁也未有记录。在工属具方面，船谱对最重要的定向工具舵和最重要的靠泊工具碇具有图样及文字记录，但还不够具体。在推进工具方面，除了桅杆以外，船谱对帆装、绳缆系统、橹与桨的记录几乎空白。在甲板面和上装建筑方面，船谱对桩、座、架、板、车、篷、楼等细节皆缺乏记录。在船身的装饰方面，船谱对船艏搪浪板、船眼睛有比较详细的记录。

除此，海澄郑氏造船图谱按重要程度先后记载的龙骨、隔舱板、桅杆、舵、碇的顺序，和标示龙骨、隔舱板形状与规格的方法，以及四母营或五母营的基本线型设计方法，都与我们在福建泉州发现的另两本民间船簿以及清初文献的记载基本一样，这些方法也一直为福建沿海各地造船工匠沿用至今，应该是福船营造法式中的重要共性。

此外，海澄郑氏造船图谱虽然没有具体描述造船的工序，但从其记载的页面顺序，大抵可以解读出当地造船施工的顺序，这与我们所掌握的传统福船建造顺序是一致的。

总之，海澄郑氏造船图谱作为一份对小型船舶建造法式的图文记录，基本能满足其本家族的造船业者依例建造之用，但作为记录当地木帆船生产技术的文献还缺乏完整性。对于该船谱所记录的船型与明清海澄外海商船之间的关系，以及建造这些小型船舶的方法如何放大造出载重 55 吨的大型运输帆船，还需进一步深入研究。

以『厦门号』为主的一系列走出中国的传统帆船，一个个出走的样本。

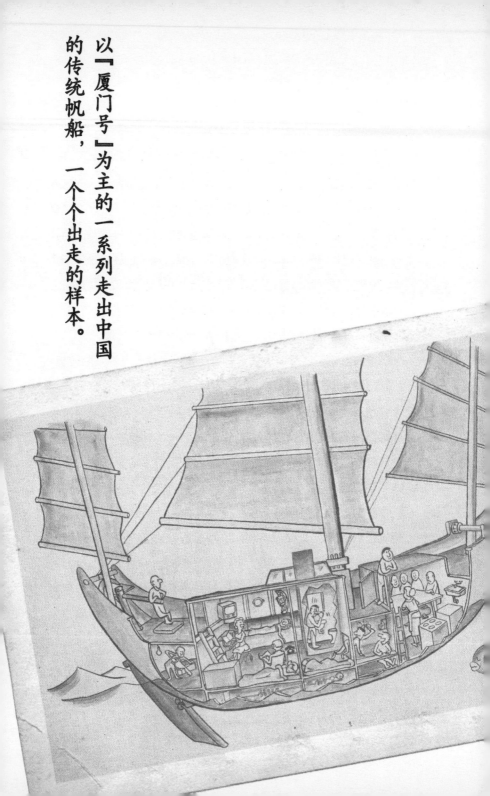

第四章

『厦门号』

『伏波Ⅱ号』

复原一艘中式传统帆船航向世界，跨越太平洋、大西洋和印度洋，环绕地球一周，将是人类历史上的伟大创举，很可能也是一次空前绝后的航行纪录。但中式帆船越洋航行的技术可行性到底如何，这不仅仅是在书斋里做论证，更是要在大风大浪里做实验，届时我会在船上，我的伙伴们也会在船上，事关大家的性命安全，不能去做不可靠的冒险。在寻访民间造船工匠进行田野调查的同时，我也在挖掘过去中式帆船的越洋航行记录，特别是近代的有明确船型、时间节点和航行状况的具体实例，为我们的远航设想提供可行旁证。

2004 年 12 月，厦门当地报章登载了一张老照片的求解启事，集邮者翁如泉先生收藏的一张"厦门号"帆船明信片，几经查找仍未获得任何相关史料。明信片上印着一艘白底福建帆船，张着三面矩形布帆，每面帆有四支架篙，主帆上有五处补丁，明信片背面印有两行文字 (原文为英文)：

　　"厦门号"中国古帆船是为了穿越太平洋而在厦门制造的第一艘中国古帆船，是在中国人驾驶下航行于大西洋上的中国古帆船。与中国人一起航行了两年时间的船长阿尔弗雷德·尼尔森和他的妻子莱特及三个儿子查理、罗伯特、戴维，他们一起平稳而安全地进行环世界旅游航行。

　　时逢我正在寻找曾经成功越洋航行的中式帆船，这条线索中的"厦门号"帆船无疑是一个很好的史例，于是我前去拜访明信片藏家翁先生。

　　老先生很谨慎地在位于厦门邮局老楼的集邮协会办公室接待了我，拿出已经准备好的几张复印纸，说明信片原件在外地参加邮展，手头只有复印件。他先前已经请教过许多行家和专家，目前判断大概的年代是在清末，希望我能找到更多的资料。

　　他提供了两张画面不同的明信片，其中一张已经在报章登载过，另一张则是停泊在岸边的"厦门号"，三面帆还张着，与前一张略有不同的是帆面不见补丁，并且每面帆都有五支架篙。两张明信片背面都是同样的英文说明。

　　发行该明信片的是著名的纽约 Artvue 公司，国际邮品市场上有许多 20 世纪上半叶的 Artvue 明信片在拍卖，但我在该公司冗长的拍卖目录中没有查到这两张"厦门号"。从明信片上的黑白照片，初步判断其发行年代应该在银版摄影法进入美国商业应用市场的 19 世纪 50

年代以后；从明信片上的标识，又可以推断发行时间应在 20 世纪 40
年代航空邮政开始盛行之前。

在一本 1925 年出版的英文书《中国帆船与各地方船型》中，热
衷于通过民族志调查对中国帆船分类研究的作者唐涅利（Ivon Arthur
Donnelly）在介绍福州运木船的章节里，提醒读者近代三次成功的越
洋航行事例，都是使用类似的船型，分别是 1848 年的"耆英号"、
1908 年的"黄河号"和 1912 年的"宁波号"。在介绍厦门渔船的一
节，他则提到了 1922 年沃德船长（Capt. Waard）驾驶一艘厦门渔船横
渡太平洋到达温哥华的事例，但是没有列出船名，船长的名字也与
明信片上的船长尼尔森（Alfred Nilson）对应不上。

文献检索没有进一步进展，海外征询却渐显端倪。布罗曼博士
从德国发来电邮，他从一个专营古旧航海书籍、海图和画作的网站，
找到一条 1927 年出版的《"厦门号"帆船的故事》的书籍信息，书的
作者正是阿尔弗雷德·尼尔森，只是这本二手书已经售出。

适逢时任《纽约时报》北京分社社长的普利策新闻奖得主周看
（Joe Kahn）前来福建采访，我设法说动了他的中国籍助手，带他前来
观摩采访计划外的海澄郑氏崇兴船厂。月溪河口古意作坊里的木龙
船和造船人，恍若穿越回历史，令来客十分震撼。周看先生一行热
情地同郑家师傅做了整整半天的交流。采访临结束时，我拿出"厦门
号"帆船的复印件，拜托他帮忙查询当年美国报章是否有关于"厦门
号"的报道。很快我便收到了电邮，附件里面有 1924 年《纽约时报》

有关"厦门号"帆船的所有报道资料,"厦门号"帆船的故事终于浮出史海。

原来,"厦门号"帆船正是唐涅利书中记载的那艘 1922 年横渡太平洋的厦门帆船,只是从厦门到温哥华的这段航程是由乔治·沃德(George Waard)和他的香港籍妻子秋怡及他们 9 岁的儿子驾驶的。尼尔森于 1924 年 4 月在旧金山加入自加拿大航行而来的"厦门号",随后这艘帆船取道巴拿马运河进入大西洋,到达美国东海岸的大都会纽约。后来尼尔森把这段航海经历写成书,其中也倒叙了沃德船长一家先前从厦门到旧金山的越洋航行故事。

乔治·沃德是一个出生在荷兰的丹麦人,年仅 7 岁就出海在盖里特船上当小侍者。盖里特船是荷兰特有的一种小型快速商船,以传统的风帆和双排桨为动力。

成年后,沃德移居加拿大,从事职业船长的工作。31 岁那年,一次航行把沃德船长带到了香港。在停泊地的港湾,他结识了一位当地船主兼船长。这位香港人拥有一艘 300 吨的帆船,定期往返于香港和中国内地之间运载货物,船上有 15 名船员,还有船主的女儿秋怡。

秋怡就降生在这艘帆船上。那个年代,珠江口有很多以船为家的水上居民,广东白话称作疍家,船民及眷属都生活在船上,连船主都鲜有岸上的居所。船主一家通常住在船艉部舵柱两侧的更寮,其他成了家的船工依次住在甲板下面的艉舱和中舱,单身的船工则居住在头舱，不管干不干活都不允许走到帆船的艉部，更不得与眷属们搭话。

香港是一个华洋交会之地，文明开放较内地早了一些。较大船的船主往往会从岸上请来教书先生，登船在船舱内最宽处的官厅教子女读书。秋怡从小十分好学，偷偷地学会了船上的许多活计，其中治缆更是做得和她的船主父亲一样好。

秋怡 19 岁时和沃德船长结婚了。沃德船长先后在汕头海关和厦门海关担任工作船船长多年，一度还在日本—香港—加尔各答定期航线上当船长。"一战"期间，沃德已是一艘载客 1200 人的蒸汽邮轮的船长，航行在华南航线上。

在沃德和秋怡结婚后的第十七年，他们决定效仿在 51 岁时用三年时间进行单人帆船环球航行的约书亚·斯洛克姆（Joshua Slocum）船长，驾驶一艘中式木帆船漫游世界。就这样，一艘钓艚渔船船型的"厦门号"帆船铺下龙骨开始建造，工期用去了近六个月。船体横向构件采用天然弯曲的台湾香樟木，船身板采用生长在福建山区的原始杉木，整个船身散发着一股东方原木的芬芳。船体用铁钉和木栓紧紧地连接在一起，其间的缝隙用上好的桐油灰精心捻密，工艺极其精湛，下水后没有渗透进一滴海水，一位画匠还在内外壁上画了许多画作。

"厦门号"总长 21.03 米，船宽 5.79 米，型深 1.58 米，登记重量 23.13 吨，建造完工时，一位佛教法师被请来在船艏的两侧画了一对大眼睛，寓意帆船能够看清楚前面的航路。

1922 年 5 月 17 日，"厦门号"扬帆起航，开始了远洋航行的第一航段，从厦门至上海的航程有 965 千米。6 月 20 日，"厦门号"从上海海关码头起锚，船上除了沃德船长一家，还有以在船上工作换船票搭船回家的阿留申群岛人科瓦库克、47 岁的台湾人陈泰，以及两位年轻的闽南水手罗福和王富。

从上海黄浦江启航后，"厦门号"帆船从东海穿过朝鲜海峡进入日本海。7 月 1 日，"厦门号"遇到强风而插进隐歧岛，贴近日本本州岛西岸往东北方向航行。顺利渡过津轻海峡后，"厦门号"于 7 月 12 日到达日本北海道南部的港口函馆。7 月 20 日，"厦门号"开始了真正意义上的越洋航行，启航的位置在津轻海峡的北纬 41 度 40 分、东经 141 度 10 分。8 月 4 日，再次遭遇强风，大风持续了三天，风速高达每小时 160 千米，"厦门号"帆船只升着一面前帆，有惊无险地骑着波浪一路前行。8 月 6 日，在一阵更加强劲的西南风到来之前，海面激起如同小山般高的卷浪，帆船的舵被海浪打坏卷走了，船只向东漂移。在颠簸的大海上，沃德船长用绳索绑住腰，让船员把自己放入船舷外面冰冷的海水中，连续工作了好几个小时，终于安装好备用舵。在强风的袭击中，没有哪面风帆遭到损坏，沃德船长为"厦门号"的表现感到很自豪，他在航海日记上写道："它只张着一片前帆，在风浪中昂起船艏，如同在梦境中……" 8 月 9 日，在起航后的第二十天，他们看到了陆地。

　　我标记了下来，船舵在越洋航行时可能会是一个软肋，棉布风帆倒是没有问题。

　　位于太平洋北部的阿图岛是阿留申群岛西北顶端的第一个岛屿，地理坐标在北纬51度48分、西经177度10分。阿留申群岛是一条分隔白令海和太平洋的弧形岛链，由14个较大的岛屿和众多小岛、礁岩组成，长2000多千米。阿留申群岛和它紧临的阿拉斯加半岛原属于俄国，1867年，美国人以720万美元从沙皇亚历山大二世手中买下它，不久，这里就发现了金矿。"厦门号"帆船在阿图岛外下锚停泊，对临时舵进行了修复。8月9日，他们到达了群岛中的埃达克岛，接近白令海，然后驶过安利亚岛。之后，又顶着恶劣的气候在岛链之间航行，于8月18日到达了拿骚湾。8月29日，"厦门号"在乌纳拉斯卡岛办妥了船籍登记，换上一面不列颠王国的国旗，船员科瓦库克也离船回家了。

　　9月2日清晨，"厦门号"帆船起航向加拿大维多利亚出发。太平洋北部的气候受阿拉斯加暖流和极地海洋气团影响，不时处于雨雾和强风之中。9月3日清晨，"厦门号"帆船遭遇来自西南偏南方向的强风袭击，汹涌的波涛再次将船舵卷走，打成碎片。"厦门号"不得不靠半缩的前帆维持稳性，在茫茫大洋中挣扎漂流。船员们竭尽全力，以他们的坚忍和勇气再一次安装了一副临时舵，到了晚上9点，他们终于恢复了对帆船的操控。由于临时舵的舵效远远不如原来的深水舵，之后的几天，"厦门号"帆船的操控一直在艰难中维继着，一节一节地接近远在一千多英里外的目的地维多利亚。9月19日上午10点，他们终于看到了陆地——维多利亚的威廉角！

我再次做了标记：注意船舵问题。2014年"金华兴号"从东山到珠海的那次航行，凌晨的黑暗中汤裕权船长的那声惊呼"舵怎么了？"——那一次舵杆及舵叶因吊舵绳断裂而只往下方掉了约一米，舵效就没有了，船只几乎失去了控制方向的能力，非常危险。当时·帮伙计费了很大的气力才把舵杆和舵叶吊回原位。

凭借着从结构图和布置图中对厦门钓艚渔船的了解，以及参加"金华兴号"牵风船外海长航的感受，再加上从厦门到珠海的现代西式帆船航海经历，我在意念中跟着沃德船长和"厦门号"，像个隐形的水手般，做了一次跨越时空的横渡太平洋航行，一路跌宕起伏，惊心动魄，只是无法显身。

地处北纬48度25分、西经123度22分的维多利亚，自1868年成为英属不列颠哥伦比亚省的首府，1871年随同不列颠哥伦比亚归属了加拿大。位于加拿大西岸的维多利亚还是距亚洲最近的港口。这个极富英国风情的小岛，如当时的香港一般秀美宁静。"厦门号"到达之后，好奇的人们蜂拥而至，把船上上下下、里里外外看了个够。在它继续下一段航行时，两位电影明星道格拉斯·范朋克（Douglas Fairbanks）和玛丽·碧克馥（Mary Pickford）与之合照，为"厦门号"帆船留下了最早的影像记录。

"厦门号"帆船上的3名中国船员很快被维多利亚移民局遣返出

境。在接下来的航行中，"厦门号"成为沃德船长一家的家庭船。他们沿北美洲西岸一路南行，沿途停靠了许多港口城市，除了从西雅图到旧金山的航程中遇到一次强风外，穿越巴拿马运河，再北上大西洋到达大都会纽约，几乎所有的航程都在悠闲和惬意中度过。

在旧金山，一位梦想成为康拉德（Joseph Conrad）的年轻人阿尔弗雷德·尼尔森，受雇上船成为沃德船长的帮手。水手出身的英国作家康拉德以《"水仙号"上的黑水手》《黑暗的心》等海洋小说而闻名，被誉为现代主义小说的先驱。尼尔森把"厦门号"帆船的航行经历写成书，在他崇拜的康拉德去世的那一年，《"厦门号"帆船的故事》出版了。

在纽约，尼尔森遇到了丽塔·鲍尔，他们结婚并买下了"厦门号"帆船，先后生下查理、罗伯特、戴维三个儿子。沃德船长一家自此没有消息，尼尔森船长将"厦门号"停泊在纽约州新罗谢尔的艾科湾，后来又沿亨特金森河驶到布朗克斯郡，1961 年他将"厦门号"出售，同年一次台风中"厦门号"在北卡罗来纳州哈特拉斯角附近沉没。

"厦门号"帆船成功横渡太平洋后，沃德船长曾经将它展示给公众，每人收取 25 美分的上船参观费，后来尼尔森船长延续开放这一做法，从 1922 年至 1961 年的四十年间未有改变。

这个被我从英文文献史海中挖掘出来的中式帆船远航故事，浪漫而美满，但还不是我最感兴趣的方向，我期待的是更有探索意义的开拓性航海。

　　很快，一个同样堪称伟大的航行也被我从英文史料中挖掘出来。我再次穿越时空，想象着自己就像这个故事里的艾里克船长，驾驶中式帆船航行在东南亚海、印度洋和太平洋，筚路蓝缕，成就一个又一个的地理发现和水文测量。

　　1933年3月17日，时年42岁的法国船长艾里克（Eric de Bisschop）与30岁的水手约瑟夫（Joseph Tatibouet）驾驶一艘排水量约12吨的木帆船"伏波Ⅱ号"，从厦门鹭江起航，驶向遥远的南太平洋，此行的目的是进行一项关于赤道逆流的流向与范围的考察和研究，探险活动得到法国地理学会的资助。

　　艾里克出生在法国北部利斯河畔的艾尔，是一个健硕修长的家伙，总是面带微笑，其家族血统可追溯到波旁王朝，与贝当家族有着密切关系。年轻时候的艾里克很早就当了水手，"一战"前，他是法国海军的一名巡逻艇艇长，战时转入空军，成为战斗机王牌飞行员，曾在一次飞机坠毁中幸免于难。

　　不知何种因缘让艾里克于1927年来到第一次国内革命战争时期的中国，当时他出任国民革命军第十军的军事顾问，参加北伐战争。纷乱的中国内战并未熄灭这位法国人探索太平洋洋流的狂热冲动，到中国的第六年，为了实现自己的抱负，艾里克在上海定制了一艘排水量约40吨的中式帆船，借用中国汉代伏波将军的威名，将这艘帆船取名为"伏波号"，寓意着降服波涛。

艾里克的同伴约瑟夫，出生在法国西北部的布列塔尼，是汉口法租界的一名警探。

1932 年 10 月 1 日，"伏波号"帆船从汉口起航，一路向南，船上除了艾里克船长和约瑟夫，还招募了 3 名白俄失业水手。10 月 28 日，在台湾海峡北部，"伏波号"遭遇了一场迟到的海上飓风，一阵天旋地转之后，船长和水手们从船舱探出头，不禁为这奇特的登陆方式哑然失笑，原来，"伏波号"被吹到一片稻田中央。

迎接法国人和俄国人的并非乐队与美酒，当船员们像田鼠一样从船上溜下来时，面无表情的当地住民从山上潮水般地涌下，一窝蜂地抢去船上所有带得走的东西，包括他们身上的衣物。日籍警察随后赶到，与住民们争夺被抢的东西，尽力物归原主。但是当日本警察的长官获知艾里克船长曾经任过第十军的军事顾问后，立马翻脸收队，让船长和水手们自己去收拾残局。此番艾里克船长除了失去"伏波号"，船上价值 2500 英镑的中国古董和家私也被抢空，这是他原本想带到美国加利福尼亚去变卖，用以补贴探险活动的资产。

3 个白俄水手就此放弃了探险航行，自谋生路。艾里克船长和约瑟夫则辗转从基隆搭船到了厦门，三个月后的 1933 年 2 月 22 日，一艘新造的小号钓艚帆船下水了，新船取名为"伏波 II 号"，两人仍然梦想着降服波涛。小船结构简单，乍看上去还不堪在内港冒险，但却是中国人两千年造船智慧的结晶。船头舷边镶有一对硕大的船眼睛，在艾里克和约瑟夫看来却有点儿像西班牙洋葱，船舷两舷向上突出的系缆将军柱上涂了炫耀的红色，与蓝灰色的船舷形成极大的反差，而这两个颜色在闽南一带传统帆船涂装中经常大面积地使用，"伏波"两个描金大字就镌刻在艉封的船名板上。升帆与起锚用的卧式木绞车摇起来嘎嘎作响，风帆的索具还是最古老的样式，因为别无改变，主桅杆牢牢地插在形同竖井的桅座中，足以在飓风中立住船帆。艾里克船长在后甲板上定制安装了一个相对宽敞的舱房，足够两人操船、起居和睡觉。这位具有艺术天分的船长，还在船舱内壁画了一尊佛像以及其他中国古代人物。"伏波Ⅱ号"在悬挂法国国旗的同时，也没有忘记按照福建沿海习俗，升起一面三角形的妈祖旗，祈求吉利。

3月16日，"伏波Ⅱ号"驶出厦门，像一只丰润的水鸭般在南中国海的波涛中蹒跚而行，渡过南海抵达马尼拉，再从菲律宾南部的三宝颜进入西太平洋，一直到东经141度的海域。在这里，艾里克船长成功探测了一直使许多航海者摸不清楚的赤道逆流，他发现赤道以北的逆流向东，赤道以南的逆流向西，据此绘制了海流的精度曲线图。

赤道逆流，也称作反赤道流，在太平洋地区是指与流向西南方向的北赤道流方向相反的北赤道逆流和与向东北方向流动的南赤道流方向相反的南赤道逆流。太平洋北赤道逆流位于北纬2度至10度之间，在夏季流速最大可以达到每秒1.5米。太平洋南赤道逆流位于南纬5度至10度之间，流速比北赤道逆流较小。南北赤道流与赤道逆流共同组成复杂的热带环流系统。这些被编写入当代中学地理课本的常识，在"伏波Ⅱ号"首次观测到之后，还要等到 20 世纪 40 年代至 50 年代才有海洋科学家进行观测和研究。

7 月，他们还用船载无线电台精确地定位了四个原来在海图上位置标识含糊的小岛，分别是在帕劳群岛附近的"Merir""Current""Sonsol"和"Sasegaard"，其中"Sasegaard"只在美国和德国的海图上显示，在英国和法国的海图上都没有。艾里克船长把他的发现连同水文观察资料，一起发送给法国地理学会和设在华盛顿的美国水道测绘局。

在 20 世纪 30 年代，地球上已经鲜有人类未曾到达的地方，也鲜有探险家尚未发现的秘境，当一些皇家地理学会的资深会员因此失落沉沦时，艾里克船长却在茫茫的太平洋上继续着他的发现之旅，令悄然跟随的我也十分心动。

在海上航行了四个多月之后，"伏波Ⅱ号"船底附着了许多贻贝甲壳，影响航速和操控，必须尽快清理，于是艾里克他们转道航向马鲁古群岛。9 月，在荷属东印度群岛的安汶，他们清理了船底，并在当地政府的帮助下，给"伏波Ⅱ号"的船底钉上了一层铜皮，还改善了水箱。

9 月 30 日，"伏波Ⅱ号"离开安汶岛，继续朝南航行，天候如此之好，以至于艾里克船长把航线设定为绕着澳大利亚北部和东部海岸直达悉尼，继续调查印度洋的赤道逆流。海上微风习习，两个人在船上休闲度日，他们打开了水柜的舱盖板通风，不料平静的海面上不知从哪儿卷来一个小小的涌浪，不偏不倚正好盖在水柜上面，把所有的淡水都浇成盐水了，"伏波Ⅱ号"只得掉转船头，驶向最近的陆地补给淡水。

1933 年 10 月 20 日下午 6 点，"伏波Ⅱ号"到达澳大利亚西北角的黑德兰港，在距离海岸 3 海里的地方抛锚。港口值日官惊愕地发现，从傍晚微亮的天际线上驶来一艘传说中的中国帆船。第二天一早，值日官便带着检疫医官、海关官员和警察，乘着交通艇前去探个究竟，发现原来是两个法国人驾驶的厦门船籍中式帆船，于是将"伏波Ⅱ号"拖行进港靠泊补给。值日官还给这艘非同寻常的小木船拍了照片，报送给悉尼的上司。

"伏波Ⅱ号"于 10 月 29 日从黑德兰港出发，顶着逆风，竭力驶向东北方向的布鲁姆。艾里克船长原本并没有计划航行到澳大利亚西南海域，因此船上连这个海域的海图都没有置备。

11 月 25 日，一艘从布鲁姆开往南非的轮船"冰斗湖号"，在布鲁姆以西 600 海里的印度洋上看见了正随波逐流的"伏波Ⅱ号"。六天前"伏波Ⅱ号"的船舵，在立文角外海被强烈飓风卷起的涌浪折断漂走了，船员们正无助地在海上漂流，船上的淡水几近见底，幸好在茫茫大海中遇上了"冰斗湖号"。艾里克船长在轮船船员的帮助下为"伏波Ⅱ号"制作安装了一个临时舵，又谢绝了轮船船长让他们搭船航行的好意，在获得 60 加仑（约 273 升）淡水和一批肉类、饼干等友情补给之后，满怀信心地挥手告别轮船。

又是船舵损坏。船舵，船舵，我再一次为此心惊。

此后，"伏波Ⅱ号"似乎消失得无影无踪，直到12月16日，从弗里曼特尔开往上海的运载着澳大利亚羊毛产季第一批羊毛的"波士沃斯号"蒸汽机轮船，在南纬21.5度、东经113.1度，位于澳大利亚西北角西北方向约60海里以外的海域看到了这艘木帆船。在过去的三个星期中，"伏波Ⅱ号"在大西洋上漂流了近1000海里！艾里克船长与"波士沃斯号"蒸汽机轮船通过无线电交换了消息，请他们代为通知驻布鲁姆法国领事馆，"伏波Ⅱ号"即将前往。

1934年1月4日，在印度洋上经历了两个多月探险航行的"伏波Ⅱ号"终于抵达澳大利亚西北角的布鲁姆，它像一位中世纪的骑士，拖着损坏了的尾帆与伤痕累累的船壳，从远处的海平线徐缓而来。艾里克船长和约瑟夫两人都晒得皮肤黝黑，脸上蓄满络腮胡，缺眠的眼圈上还挂着盐渍，他们在前一天晚上吃完了船上所有能吃的东西，水柜里的淡水也见了底，如果不能挂靠布鲁姆，他们又能够去哪里呢？或许只有船上那尊菩萨才知道。

"我想没有什么理由会让我们沉没，"艾里克船长笑道，"否则我们早就玩完了！"

"伏波Ⅱ号"船上除了艾里克船长和约瑟夫，还有他们的宠物——一只名叫小狗的小狗。这只喜欢玩闹的小狗对着海鸟吠叫了好几千海里，它不仅在甲板前后奔跑追逐海豚，还公然向鲸鱼挑战，对于鲨鱼则不予理睬。当澳大利亚西海域的风暴把"伏波Ⅱ号"吹离航向1000海里时，小狗转而向风神吠叫，然而风神对其进行卑鄙的报复，卷起一个巨浪劈盖下来，打断了小狗的腿。

中国帆船只能靠风行驶，风好船才走得快。航向悉尼的"伏波Ⅱ号"在澳大利亚的飓风季节行驶在飓风集结的海域，几千海里的偏移又算什么呢？它最慢或许能在一年还是两年到达悉尼，但也可能被吹回厦门，或是南极？这只能问风了。艾里克船长咧咧嘴道："我们总能到哪个地方吧，对于'伏波Ⅱ号'而言，世界是个好玩的大地方。"

在布鲁姆，艾里克船长向热情的西澳朋友们介绍道："真是狂野的澳大利亚飓风！当我们身处飓风之中，根本看不到大海，只有一口充满了泡沫的大锅。""'伏波Ⅱ号'被风刮着走的航迹，正像船上小狗的形状，但它四条腿全都在海岸上，我想如果我们的航向如狗腿所指，那'伏波Ⅱ号'早就撞上岸了，幸好我转向狗尾巴的方向，瞧——就是我们现在所在的地方。""你们别笑我迷信，这是命中注定，全世界的水手都同样迷信。"

古老的帆船是历史的记忆，"我想知道古代的水手如何在这样的小船上生活"，艾里克船长说。"伏波Ⅱ号"和两个法国人的行为在澳大利亚社会引发极多的关注与反响。在1934年，那些怀念往昔的澳大利亚人议论到，谁说过去的好日子已不复存在，这两个法国人的不屈不挠和勇于为科学探险的精神，正是过去那个男人活得像男人的时代的复活。

3 月 20 日，"伏波 II 号"到达澳大利亚北部首府达尔文，在这里艾里克船长有幸得到罗马天主教法国使团的帮助，再次修理了船只，并安装了一门新的船舵。三天之后，"伏波 II 号"从达尔文港出发，驶向星期四岛。5 月 3 日，艾里克船长在距星期四岛 60 英里（96.56 千米）处发现一座未在海图上标注过的无名岛礁。5 月 23 日，"伏波 II 号"再次来到这个无名岛礁进行测量，艾里克船长将船上的 3 个锚留下定位之后，返回星期四岛，随后将这一发现报告给澳大利亚联邦政府。

这是"伏波 II 号"在 20 世纪 30 年代的又一次地理发现。

继续航行的"伏波 II 号"先后途经巴布亚、萨摩亚群岛、所罗门群岛、圣克鲁斯岛。7 月 16 日，航向马绍尔群岛的"伏波 II 号"被逆风吹至吉尔伯特群岛，在"Mille"环礁停留了三天，艾里克船长借机进行水文测量，却引起了日本军方的注意。7 月 22 日，"伏波 II 号"到达马绍尔群岛的贾路易特港时被日本占领军当局扣留住，艾里克船长被逮捕。两个星期之后，不知道是谁使了什么样的魔法，艾里克船长和约瑟夫被释放，成功驾船逃离贾路易特港，但却失去了大部分补给，其中两桶腌制食品也因被日本兵搜查时刺破包装而变了质。

他们向东航行，越过东经 180 度。10 月 7 日，艾里克船长阑尾炎发作，日益虚弱。10 月 14 日，他们吃完了最后一听罐头。10 月 25 日，当"伏波 II 号"到达夏威夷的摩洛凯岛时，两个水手都已饿得奄奄一息了，被送进卡拉帕帕医院急救。两天以后，一场飓风袭来，躺在病床上的艾里克船长眼睁睁地看着他的"伏波Ⅱ号"被飓风刮起撞向海岸，最终解体。

在夏威夷逗留的几个月里，艾里克船长产生了一个新的想法：复原建造一艘双体帆筏，循着古代波利尼西亚人跨越太平洋的迁徙航线，做一次再现之旅。这个新计划虽然被人嘲笑，但他们还是义无反顾地坚持。1936年，艾里克开始在夏威夷造船。在那里，他和约瑟夫各自邂逅了心仪的檀香山姑娘。两年后当他们航行到戛纳时，艾里克与帕帕莱艾娜（Papaleaiaina）举办了婚礼。1937年3月，艾里克船长和老搭档约瑟夫驾驶着他们新造的双体帆筏"凯米洛号"（Kaimiloa）从檀香山起航，途经托雷斯海峡、爪哇和好望角，于当年9月到达开普敦，12月到达丹吉尔，1938年5月到达戛纳。

1939年，艾里克船长出版了他的第一本书《"凯米洛号"》（*Kaimiloa*），在扉页上他用简短的一句话告诉人们："我所做的不过是为了填补生命中的空白，让它更有意义一些，也让我觉得自己活过。"

艾里克船长继续在海上折腾，后来又建造了一艘传统木舟"凯米洛复活号"（Kaimiloa-Wakea），从波尔多航往马克萨斯群岛。1956年，艾里克船长建造了第三艘波利尼西亚木舟"大溪地号"（Tahiti Nui），从夏威夷航行到智利。1958年，艾里克船长在单独驾驶"大溪地号"第二次航行智利途中，连人带船失踪。

约瑟夫与他的檀香山妻子于1948年在夏威夷威基基海滨旅游区

开办皇家格罗夫酒店（Royal Grove Hotel），即后来著名的阿斯顿度假酒店（Aston）的前身，酒店至今还在原址营业。

又想起另一个波利尼西亚再现式航海故事。

1976 年，一艘以大溪地西北 175 千米处胡阿希内岛考古发掘的六百至一千年前航海独木舟为原型的双体风帆独木舟"大角星号"（Hokule'a），从夏威夷毛伊岛下水，在来自密克罗尼西亚小岛萨塔瓦的传统领航员马乌·皮艾鲁格（Mau Piailug）的带领下，凭感官从海洋和天空中判读常人会忽略的自然迹象，航行 33 天抵达大溪地的帕皮提，行程 2500 英里（4023.36 千米）。1980 年，马乌的夏威夷徒弟奈诺亚·汤普森（Nainoa Thompson）船长成功领航"大角星号"完成夏威夷—大溪地的往返之旅，同样只使用星星、风、海浪和鸟类作为导航，以此来证明古代波利尼西亚人完全有能力横渡太平洋航行。

多年之后，当我在檀香山见到"大角星号"和汤普森船长时，仿若又看到了"伏波 II 号"和艾里克船长。我在夏威夷的第二届亚太地区海洋文化遗产学术大会（APCONF）上，做了题为《福建传统造船技术》的论文报告，大会也邀请了波利尼西亚航海学会代表到场演讲，介绍即日起航的"大角星号"环球航行活动。经年努力之后，我终于和这些在同一领域的有着相似特征的人以技术与实践相逢。我们在实际的生活中找到某种自由，也在技术的秘密花园中找到另一种自由。当然，这是后话。

檀香山也是后来"太平公主号"环北太平洋航行时的停靠站。

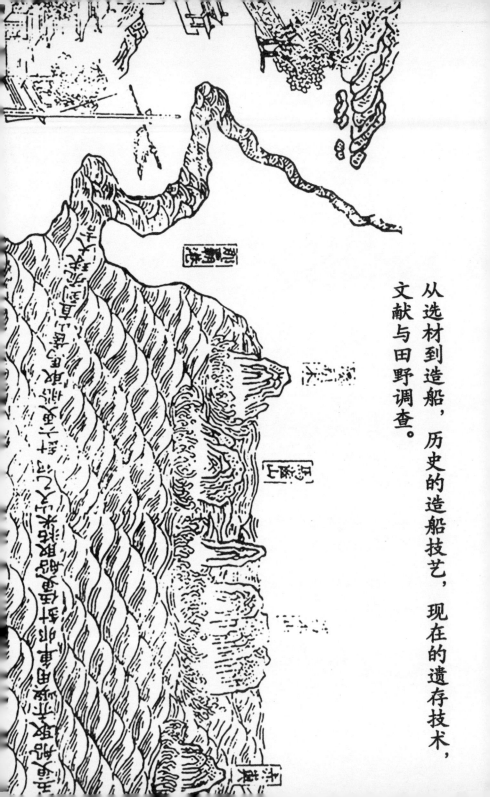

从选材到造船，历史的造船技艺，现在的遗存技术，文献与田野调查。

第五章

东山、厦门、深沪、惠安、闽侯

"卖鸡母臭柿团（西红柿）番薯粉，卖白菜芥菜——"

一位穿着红衣服戴着竹笠的大姐，用一根细长扁担挑着两个大箩筐，从团结路拐进打铁街，一路叫卖。我跟在大姐的后面，在打铁街中段找到了东山岛上唯一还开张的做橹店。

一头苍白短发的老师傅，左脚支在一把老旧的长条椅上，大脚趾顶住木猴头的一端，右手握住凿柄，左手推着凿身，正在凿开猴头中间准备装入圆轮的空槽。80多岁的老师傅穿着蓝色长袖卫生衣、深蓝色短裤，高大、消瘦，如同一名瑜伽修士，并不理会我们的围观。阴暗的店面兼作坊里，三面墙上竖立着做好了的橹和桨，地上放着几堆做好了的不同大小的猴头。做橹是东山人的一个传统行当，东山人的做橹店曾经遍及闽南地区的港镇，像这样小小的门面开在街巷一隅，既是作坊，也是商铺，除了做橹做桨，也做猴头。

我计划采用中国传统造船法式，复原一艘古代的木帆船，在风力和洋流的带动下，走向世界做一次伟大航行。然而，究竟如何按照古法的原样，造出一艘真正可以跨越大洋的帆船？是不是符合典籍记载里的福船形制？福建民间现存的匠师中哪一位最能胜任承造这艘大帆船？我将目光转回隐没在福建海岸线上的乡村造船地，再次踏上田野调查的旅程，遍访民间造船工匠。

东山岛处于闽粤两省的交界，是传统海洋渔业生产大县，也是古代南北商船的中途停泊地。东山造船法式融合南北特征，闽省的形制与粤省的材料，当地造船业者口头谚语所说的"厚力钉大翘"，就是指用产自广东的热带硬木来钉制东山的主力船型，两寸的船底板，抵得过同期水师战船额定的三寸厚杉木。当地船式也以"粗勇"为主，简单牢靠，一如其生产工具那般实用。

同时，东山造船也不失古制和章法。

宋金时代，降将张中彦营造金汴京新宫，采运关中材木，开六盘山水洛之路，"舟之始制，匠者未得其法，中彦手制小舟才数寸许，不假胶漆而首尾自相钩带，谓之'鼓子卯'，诸匠无不骇服，其智巧如此"。同时代另有福州人张鬴，因精通船艺，被委派至泉州协助市舶司提举，负责外国船进港的登船勘验，"尝欲造大舟，幕僚不能计其直，张鬴教以造一小舟，量其尺寸，而十倍算之"。这几十个分别载于《金史》和《宋史》的汉字，讲述借模型比拟实船的巧妙，被当成中国造船技术先进性的明证。我正是在东山听闻到一个传说，才意外地揭开其中的奥秘。

民国时期，东山铜陵镇三大船坊之一的再盛行，有一位方伯良师傅，他每次欲造新船之前，都要手削模型与船东逐条讲定，随后用斧头将模型当即斩成两半，一半由师傅拿着依以放样，另一半由船主拿走存样。待新船造好，双方再拿出各自手头的存样，逐一核对。这样的架势和场景，听现在的造船师傅描述起来，仍旧栩栩如生，相当精彩。

我是在东山铜陵海边走进一个木船建造工地时，认识孔师傅的。

孔炳煌师傅的爷爷孔文章，自幼跟表兄学造船，后在天后宫旁边开船寮，所开船寮为旧时铜陵三大船坊之一。作坊背后的打铁街，是制作风帆的做帆埕和制作船具的作坊聚落。东山本地的船型不大，大翘的舱长仅为三丈三尺（约10米），船长超过20米的木帆船和渔船，是50年代"大跃进"以后的产物，而先前较大型的外海商船，都是在外地造的。

我认识孔炳煌师傅时他50岁出头，小学刚毕业他就被送去造船厂当学徒，学习木船的制造与维修，他的父亲也是东山渔业队造船厂的师傅头。1994年，孔师傅自办造船厂，兼作师傅头。随着时代的发展，铁壳船逐渐取代了木质船，同业对造船的工艺也不那么讲究了。但孔师傅是个很有原则的人，他承造的木船在材料和做工方面依旧保持上乘水准。竖桅与打栓是木帆船建造过程中难度最大的技术活，桅杆落入桅井时要恰好停在距底梁二寸的位置，而固定下金的金栓则要越打越紧，没把握的承造师傅常常需要延请外援。

孔师傅先前竖过六七根大桅，他认为桅井结构是帆船建造技术的关键所在，这与我的观点不谋而合。中式帆船的桅杆不需要从桅顶上拉侧支索来固定，而是把桅杆的根部插入上宽下窄的桅井，把帆面上的作用力通过与桅井连贯的梁和柱传递到船体，带动帆船的行进和转动。不像西式木构帆船是把桅杆直接顶在龙骨上，这种独特的桅杆固定系统，可谓中式帆船技术的一个里程碑。

东山传统造船业里隔舱板不叫"营"或"堵"，叫"闸"，四母闸依次为头闸、驶风闸、中分闸和尾闸，也都可以顾名思义。确定这四道主要横向隔舱相对于龙骨的位置，叫作分舱。先定驶风闸位于龙骨的前三成半至四成处，中分闸在龙骨的中间点，头闸和尾闸分别在龙骨的前、后端头。船只各舱的宽度，先定中分闸的上角宽是龙骨长度的三成至三成八，尾闸上角宽是中分闸宽度的八成，头闸上角宽是七成。中分闸的下角宽是上角宽的六成八，船深是上角宽的两成八。头龙骨起翘为龙骨总长的一成八，尾龙骨起翘为龙骨总长的一成五。大桅长度为船宽最大处的三倍，大帆的宽度为船宽最大处的两倍。舵杆长度依据船艉起翘的实际高度而定，木碇杆长与船宽最大处相同。

孔师傅的特点是对传统木帆船的每个构件和工属具都乐意去琢磨，遇到不懂的就四处去找更老一辈的造船匠师请教和讨论，我很乐意他渐渐成为我在东山的田野调查区域代理，每隔一段时间就去东山找他。

天后宫和打铁街西侧的九仙顶，是铜山古城的原址。明朝初年的洪武年间，朱元璋封周德兴为江夏侯，经略福建事务。周德兴下令在福建海岸线构筑十六处卫城和所城，配以巡检司和水寨，形成防御体系。位于九仙顶的铜山守御千户所建于 1387 年，1452 年改为铜山水寨，1683 年施琅率清军由此出征澎湖，平定台湾。有关施琅水师战船是由九仙顶下的大澳，还是东山岛南端的宫前集结出师，在省、市文史界一直争议不休，我问孔师傅是否知晓。孔师傅说："走，跟我到山顶看你就知道了。"

我们从路边一处老旧政府大院模样的门口拐进去，穿过建筑工地，拾阶上山，眼前形势立转，有巨石、摩崖小道、成荫古树和落款嘉靖年的备倭石刻。上到山顶的水操台，可以环顾东山湾、古雷半岛和铜陵城，底下便是可以泊船的港湾。孔师傅说，宫前是吃南风的澳口，涌浪来自外港，适合冬季北风时泊船，而朝北的大澳在夏季刮南风时正好泊船，而且是内港涌，农历六月份平定台湾的施琅肯定选这里集结战船。虽然施琅水师平定台湾的确切出师地不是我的研究旨趣，但来自当地工匠和渔民的说法，集合了天时地利的自然条件和生产、生活经验的地方性知识，类似在书斋里纷争的问题便可迎刃而解。

由于木质渔船被铁壳船替代，孔师傅已经关闭了他的造船厂，在铜陵南侧的屿南海滩边，借用别人家具厂的一角作为临时船模作坊。我到作坊的时候，两排渔民正在沙滩上拉网。拉网也叫牵山网，意思是人站在山上拉，而非在船上，属于讨小海的一种渔法，在当地也被叫作搬网，俗称"搬网无好路，行路倒退步"。

起网了，我跟沙滩上的围观者一道围上前去看，这一网拉上来的渔获不多，只有半箩筐，大都是小小的黄鼓鱼，一种在浅海表层吃浮游生物的廉价鱼，但如果卖给养殖户，养到手掌大小后能卖到30元一斤；此外还有一只黑翅、一只梭子、几只青头。孔师傅说，那首日本民歌《拉网小调》唱的就是这种劳作。

拉网渔民的工作餐就在孔师傅作坊边的工棚里吃，白米饭，只有一种菜，用酱油水煮过的小银鱼小尖头。渔民们吃得啧啧有味，看上去很下饭的样子。见我在里面围着他们转，有老者招呼"遂来吃吧？"另有渔民告诉说"这小鱼下酒正好料！"看得我口水直流，但因为矜持了片刻而最终没有吃成。

老孔也是我的吃海鲜师傅。近海的、外海的、上层的、底层的野生海鲜，孔师傅如数家珍，一一向我道来：生长在海水池中人工养殖的海鲜，当地人是看不上眼的；上水层的马鲛鱼吃垃圾，不能拿来敬天公，孕妇也不能吃；水质好的中水层阳光充足，鱼类口味鲜美；虾也是野生的箭虾才属上好，用一种当地人称为摇网的围缯网捕；螃蟹一被抓就吓得发抖，等船靠到岸上再用车运到厦门已吓傻了，蟹肉与蟹壳分离，就不好吃了；紫菜要农历十月初到冬至之前的头水最好，过年期间渔船没有出海时拿出来吃最好，放到清明之后就容易受潮，不好吃要扔掉了。

东山湾的野生黄花鱼原本很多，后来在20世纪50年代的"大跃进"中，连周边的农民也投入渔业生产，采用的渔法大小通吃，黄花鱼很快就没有了。用的是一种敲罟渔法，就是在小船上不停地敲打，用可怕的声波把水下的大小黄花鱼全部震晕，浮上来后一网打尽。那时有个叫敲罟社的生产组织，后来扩展成渔业公司的第三公司和第四公司。

造船跟海鲜及渔法也一样，是来自生产现场的动态知识，与书斋里做学问所获得的静态知识其实是两种语境，真要想造出一艘船，还是得靠造船师傅的动态知识。

告别孔师傅，返回厦门。

我的住处在厦门港沙坡尾。老厦门把寿山宫至鸟坑圆滨海的狭窄台地叫作厦门港。厦门港最有灵气的地方当属玉沙坡，这里是厦门港口和城市的脉源。厦门港早期是一处位于厦门岛东南角五老峰下的陆缘海湾，湾外沙滩连片，故有"玉沙坡"之美称，玉沙坡分沙坡头与沙坡尾两段。"厦门港"一词最早的文字记录，见于 1623 年镌在港边一块巨石上的摩崖石刻，巨石在海水满潮时还高出水面约 25 米，是一处重要的岸标，也因为这幅打在巨石上的石刻，此地的地名被叫作"打石字"，沿用至今。

厦门港是台湾海峡和浙南、粤东渔场的中心节点，也是东亚、东南亚和台湾航线上的重要港口。渔业与木帆船运输业的发展，促使临近泉州沿海地区和漳州河下游流域的劳动力流向厦门，逐渐形成了厦门港聚落，日益壮大。厦门港渔民自称讨海人，根据所从事渔法的不同又分为几个群落，并且以其渔法或渔船归属等命名，例如钓艚的、钩钓的、网艚的、夫妻船等，各个群落之间联系不多。讨海人历来把在岸上生活的人称为山顶人，后者主要为从事渔业用具及生活资料供应的手工业者、小商贩和农民，还有一部分是从事商船运输的船员。

　　厦门港为全市渔业的集散地，渔业曾经是厦门港聚落最重要的一个行业。随着渔船尺度逐渐加大，厦门港渔民延绳钓作业的海域，也渐次从台湾海峡头坑岭底，到二坑岭底、三坑岭底、沟肚，以及澎湖外，越来越往外海及远距离发展。1870 年前后，厦门港船老觥陈有金前去惠安县大岞，在大港湾一处叫作三脚富六脚乡的地方，延请当地造船师傅定制了第一艘三桅厦门钓艚渔船。这艘渔船主桅的桅顶有别于其他中式帆船装置兼作船旗识别的风向标，而换成类似古代官帽的桅笠，成为近代厦门港渔民的一种自我认定。其后，厦门港渔船的船型陆续改换成钓艚，最大的一级钓艚可背带一艘舢板和五只竹排出海，在 6～7 级风力时还能下钓捕鱼，作业范围和作业效率进一步提高，可远至浙江渔场钓捕带鱼。

　　1922 年建造的"厦门号"和 1933 年的"伏波 Ⅱ 号"，两艘分别由两位外国船长在厦门定制的中式帆船，都是钓艚。

　　民国初年，厦门市政建设由海军警备司令部主导，时任厦门警备司令林国庚知人善任，延揽长于建设的广东惠州人周醒南为会办，沿鹭江修筑堤岸、铺设马路，华侨纷纷返厦投资，市政建设于 1926

年至 1933 年间突飞猛进。玉沙坡的沙坡头并入鹭江道驳岸，被填成陆地，在沙坡尾龙王庙侧挖一条海沟疏通湾内海水，成为避风坞内船只出入的港道。

时钟走到下午 2 点，停下案头工作，出门。

近日每到了这个钟点，如果是晴天，我总要开车到 1 千米外的厦门港碧山路菜市场，看看 79 岁的庄行杰船长在不在家门口晒太阳。菜市场就在打石字原址的旁边，老先生是当地最厉害的一位舦公，1949 年之前在往来于福建和台湾之间的"隆成号"帆船上任副舦，那个行业叫走船，这都是过去了很多年的旧事。

如果老先生恰巧在，我便停车，开后厢，取资料，过马路，微笑，招呼，然后按笔记本上早已准备好的问题，在与老先生攀谈时逐一请教。返回书房后，把当天的资料更新到调查报告上，再做一些对比分析，直至深夜。

庄老舦是福建惠安獭窟人，退休前供职于厦门水运公司，有近三十年当舦公的经历，这样的木帆船操驾老师傅已经很少了。我从下午拉着他一直问到了吃晚饭的时间，主要是了解他的海上经历，以及遇到特别的意外事故时该如何应对，诸如航行时断桅、断舵等。尽管遭受了贸然又急切的问题风暴，腰杆硬挺的老人还是保持着舦公的气势。临告辞前，庄老先生又恳切地告诫我两条要项：行船要特别留意气候、风向、暗礁；开航前随船工具的检查最为重要，就是旧称的"压内"。

从一册《集美航海学院实习船图谱》中看到一艘20世纪50年代载重20吨的帆船老照片，我翻拍后将图片打印了出来，再次到菜市场请教庄老舥。他一看到图片，就说上面这艘帆船是来自东山、诏安一带的下边船，而非图册上所标的厦门钓槽型帆船，判断主要是根据船艏和船艉的形状，以及龙目的位置做出的。另外几张跟厦门有关的帆船老照片，经庄老舥辨认，分别是下边船、上边船、贩台船。而1924年"厦门号"帆船因做了矩形帆和舱楼的改型，庄老先生说，这艘不是厦门船。

我与庄行杰老舥在他家门口坐着，谈话间时有路人经过打招呼，或是凑过来，站在一旁静静地听，忽然冒出几句话，不知何时又走开。老先生指这指那地说，"他以前是打铁箍的""她丈夫是做帆的大师傅""这位是执斧的木工"……这些六七十岁的工匠，不知道在帆船时代没落之后靠什么谋生。沙坡尾避风港边，民族路横巷原本是打绳索和东山人削橹做桨的聚落，大铺头的天然石臼是专门染帆染网的地方，双联埕则是做帆和补帆的宽阔石埕，我外婆便是由厦门港有名的富家千金，家道中落而成为补帆工，在这里补了三四十年帆。

几日后，同样一组帆船老照片又摆到了海澄郑俩招老师傅面前，老先生辨认的结果与庄老舥惊人的一致，那艘集美航专的实习船是南边的船，来自漳浦、云霄、诏安、东山一带。对其他老照片里的帆船的判断，也大部分相同。这样的高手背对背相会，不管得出的结果如何，都令我十分沉醉。

有关北边船，庄老舫的印象是他年轻时福建艚艦早已有之，载重能大到 100 吨，而丹阳船型最大的仅能载重 30 多吨。北面宁波一带的乌槽载重能到 4000 至 5000 担，一年两走，不入内港，比如到福州仅能在马尾再里面一点。南面的船最大的载重也大概只有到 100 吨而已。

有关帆，庄老舫曾听说过用篾做帆，收帆时只能卷不能折，但没见过。倒是有见过广东比较穷的乡下用咸草做帆，中间一样使用帆篙，但得不断泼水，以保持草涨帆密。老先生让我拿出纸笔，比画着告诉我，帆的四边尺寸如何配比。中国帆船的风帆涉及帆形尺寸、悬挂位置、操控方法三个方面的学问，其中的索路又分为缝入帆面的帆筋、锁帆边的篷头索与篷尾索、挽住架篙及帆面的吊篙索、固帆的悬门与猴抽、揽帆的帆踏、升帆绳六个系统，其节点又分别系以木制定滑轮、动滑轮或无轮的猴头，组成一个十分复杂的动力体系。

庄老舫说到兴致处，一下转到船体尺寸的配甲，船体图景再次浮现在眼前，我不由又一怔，莫非这是另一条通向绳墨之诀的蹊径？意外记录到与海澄不同的又一套配甲。厦门港的造船法式，首先是大桅比龙骨长，其次是一系列的主要部件之间的尺寸比例关系，如舱深与龙骨的比例，上边船与下边船有所不同的阿班上角阔与龙骨的比例，下角阔与上角阔的比例，前桅的斜度、大桅的斜度及其相对于龙骨的位置，头龙鳅、尾八字的斜度……两套对照，便可以做两个临近地区海洋木帆船设计模数的比较研究了。

路过的街坊见我们在比划帆船，便围了过来，话题聊到了行船。一位老人附和庄老舦道"死干庚，活腹内"，或是"死针字，活腹内"，意思是罗盘或前辈记载航线的针薄只是提供参考，行船关键还是要靠老舦的经验。庄老舦说，过去干庚都由老舦自行购置，不用的时候要倒放，偶有老舦还自备记录航线的针路薄，但近岸时更要靠岸标。我不由得起疑，那远洋怎么办？庄老舦说自他年少入行，帆船已经不走南洋了。沿海航行靠目测和量水深，要是起雾或下雨，那就驾向更靠近岸一些。

原来如此。

过去行船要看季节、风面和潮水。夏季西南流，从厦门起航过台湾只能到台中，农历八九月份北风开始起了才到得了台南，没有风的时候，过台湾需要不停地摇七天的橹。让我有点意外却又能理解的是，老先生说帆船是个粗笨的活，没出路才会做这行，费力又辛苦，不过还是比种田好，种田更辛苦。

其后我又到曾厝垵，拜访移居落户在一座三层小楼的惠安小岞造船师傅洪志刚。

跟他聊起来，十几年前途经曾厝垵海滩时留意过的木质渔船工场，正是洪师傅的造船作坊，里面同时在建造好几艘高大的机帆船，我还拍了不少惠东妇女身着传统服饰锯大木干重活的彩色胶片。如今时常停泊在厦门港沙坡尾演武大桥外侧的那几艘"闽厦渔",也是出自洪师傅所在的曾厝垵船厂,其中两艘还是带有矮矮船帆的机帆船。正值壮年的洪师傅来厦门之后转型经商,言行举止看上去生意相当成功,应该称他洪先生了。我此前曾去过几次惠安小岞找船,对当地有所了解,首次见面便跟洪先生聊得热烈,他一边说着话一边挽起了西装外套的袖子,露出一双非常粗壮的手臂,瞬间又从洪先生变回了洪师傅。我感觉他更似一位有肚量的江湖大哥,有信心也有能力把控事务,因而也乐意以举手之力帮助他人,与人沟通时直截了当,不留一手,这正是我理想中造船团队合作方的风格。

洪师傅听闻我在研究福建传统造船法式的配甲,转身从保险柜里拿出一册发黄的小本,让我带回去琢磨,不限归期。又是一本民间造船谱牒,出其不意地摆到了我的眼前。这是惠安小岞洪氏造船家族的家传造船法式,手稿封面用毛笔写着"船簿"两字,小本里记载了小缯、网艚、牵缯三种渔船的船体主要部件尺寸和比例关系。洪氏造船家族的传统造船设计模数奥秘,皆记载其内。

洪师傅还提起 1993 年的一桩旧事。一位高大消瘦的英国航海家从香港来厦门,到造船作坊跟他探讨能否建造一艘 10 米长的福建帆船,准备在 1997 年从香港远航英国,建造必须采用竹钉和篾篷,并且必须完全使用传统的手工具建造。

听者有意。我从互联网检索到 1992 年间,英国探险家、历史作家蒂姆·谢韦仑(Tim Severin)到越南清化省岑山,采用当地的小叶龙竹和藤条建造了一艘18.3米长的三桅风帆竹筏，取名"徐福号"。"徐福号"于1993年5月17日从香港启航，依靠风力和洋流跨越5500海里的太平洋，检验了东亚航海者在两千年前到达美洲的技术可能性。"徐福号"帆筏航行到美国加州门多西诺海岸约1000海里的洋面上时，因藤索耐受不住而解体，谢韦仑和他的航海团队被一艘集装箱货轮救起，搭载回日本。谢韦仑在其后出版的《中国航行记》一书中写道："其中最令人震惊的是，海浪冲上竹筏时发生的波峰和波峰的冲击力。接着，浪尖挣脱出来，撞到木筏的一侧，同时，浪头也冲到了木筏底下。"

我将此描述给厦门港钓艚船老�，他们分析说"徐福号"帆筏可能遇到了三角涌浪，涌浪来自三个方向，范围大到120度，上浪没有规律，风浪大时能把船掀翻，往往在农历四月下旬气候交涉准备起台风时容易兴起，渔民出外洋也要避开农历四月廿六那几日。

在过去的三十年中，谢韦仑六次复原建造世界不同族群的古代航海船筏，以再现式的航行，验证传说中先人的伟大航程。复原中世纪皮革圆舟横渡大西洋，复原阿拉伯缝合船从苏哈尔航行到广州，复原古希腊战舰探访杰森和尤利西斯的登陆点，复原东印度商船的香料群岛之旅，复原风帆竹筏的"中国之旅"——这些航海探险如此真实和生动，深深地打动和影响了我。

我在晋江深沪镇文化中心的船馆里看到过一艘奇特的船模，是阿拉伯船体与福建风帆的混合体，传说是一艘阿拉伯商船来深沪之后转卖给本地商人，再经深沪造船师傅修造后的样式。泉州在唐、宋、元三朝和阿拉伯国家有着密切的海上贸易与交流，至今还留存不少遗迹。

而前往晋江深沪拜会造船师傅陈荣谅，则是从当地报纸旧闻获得的线索。陈师傅慢工出细活，做得一手非常精细的船模。那天是2005年12月21日，陈荣谅师傅找来比他善言的陈芳财师傅，寒暄之时，我问到了文化中心的那艘阿拉伯混合型船模，没想到正是出自陈芳财师傅之手。

陈芳财师傅家位于深沪湾口南犄角半岛海滨，从沪江路主干道的一个小路口右转，走过一条两侧是四层出租屋的小路，迎面小坡顶上的两层半独院，就是陈师傅的住家。二十多年前这里还是一处三面环水的偏僻海角，陈师傅从邻村迁移到这里隐居，第一户盖房子，养鳗鱼，喝茶，看风景。

这绝对是一个匠中高人自己营造的家。院子占地不大，坐东面西，院门开在靠南侧，正对着一个醒目的两层三角亭，背后是一层多高的岩石壁。二层半小楼对着院门的南侧凹进去一角，空间让给了三角亭，在北侧则凸出来一处梯形空间，一楼做厨房，二楼是陈师傅的绘图室。一楼整个西侧是院子，二楼整个西侧是露台，边上是一个摇臂，放了一部吊桥，直接通到院中三角亭的二层。最神奇的是，陈师傅自己设计安装了一部电梯，三楼一间是电梯机房，还有一间是陈师傅专用的密室，进出需要打开一个旋转木门。

　　小院北侧开了一扇小门，通向院墙的一间简易搭盖的小屋，这是陈师傅的船模作坊，空间大概有 30 平方米，宽敞明亮，空气中弥漫着木料的气味。1948 年出生的陈师傅魁梧矮壮，声音洪亮，浓眉大眼，时而眯着眼睛，头顶上旋着稀疏的灰色头发。

　　陈师傅 14 岁开始学造船，19 岁开始做设计和管理，到了 32 岁时就不造船了，直到深沪文化馆要造船模，主事者三顾茅庐，陈师傅才再度出山。陈师傅年轻时，晋江县仅有深沪、水宁两处有县级造船厂，最高技术工为 7 级。陈师傅自己每天的工钱从 0.7 元、2.25 元到 3.35 元，到最后离开这个行业时，也是 7 级工。

　　陈师傅说自己是个怪人，小时候几乎不说话，14 岁至 23 岁很少说话，以至于当地有能听他开口说句话就会发财的打趣之语。到了 24 岁的时候，陈师傅认为时机已到，于是开口说话了。由于记性好，可讲的东西很多，每每吃饭时总有很多人喜欢围着听他讲，导致他常常无暇吃饭，上工迟到，好在他干起活来丝毫不误时误事，所以当年也没有遭受什么非议。陈师傅自称那时候是 20 岁的年龄、80 岁的思想，一般的师傅只专注于干好自己的活，陈师傅则更加好奇和好学，凡属工艺上的事都想弄个明白。陈师傅说，不懂的就学，就虚心求教，没有做过徒弟，哪能做师傅。

　　但饱学匠艺的陈师傅却很内敛，被乡人取了个外号叫"转一点"，意思是别人凡事解不开，请他到场后他就像掏出一把钥匙般转一下，事情便迎刃而解，但他绝不会有第二个动作，更不会透露钥匙和锁的任何秘密。

　　陈师傅的生活哲学是放下过去，快乐生活，考虑明天。对事理的记忆很强，认人的本事却很差，所以下暗棋可以同时对付许多人，但眼前说着话的人却一转眼就不认识了。陈师傅只吃稀饭，不吃干饭，白天从来不睡觉。

　　我隐约感觉遇到了造船高手。

　　传统造船法式最关键的设计模数，在漳州称为配甲，在深沪则叫作甲声。深沪造船也是先定龙骨长度为母，然后定四母营，也就是四道主要横向结构及隔舱相对于龙骨的位置："头四五，尾二五，出剩放中堵。"以驶风营亦即阿班营、含檀营为母，上平秦是龙骨长度的四成，下平秦对折加一，头禁营、官舱营、尾禁营的上平秦依"四十六八"口诀由驶风营而来。商船和战船的实深较高，为上平秦的三成，渔船则较低。大桅长度为驶风营上平秦的 4 倍，由驶风营上平秦的 2.1 至 2.2 倍来定大风篷的宽度。龙目，也就是船艏两侧舨板上装饰的船眼睛，其长度是驶风营上平秦的一成。舵杆长度依船型和尾营斜度而定，灵活设置。

　　我问陈芳财师傅，他所知晓的木帆船，最大的有多大？陈师傅没有直接回答我，他说，大船用大材，作为纵向结构的艌，取巨杉剖成两边用，每条厚度达 0.5 米以上，那么用来钉接的铁钉又有多长呢？长辈工匠用过最长的船钉为 0.84 米，用手拉钻子钻一个钉孔需要 6 个工人做一工，打一个钉也需要 4 个工人。因为长且粗的大船钉是不能直接打进部件的，木料会开裂，需要先用小钻头、中钻头、大钻头依次钻孔扩洞，最后才能打进船钉。大船底板最多的有三层，每层厚达 0.24 米。

建造时庞大的船身自重又如何消减呢？聪明的老辈匠师在深沪湾内找一处小澳，落潮时在澳口筑坝围堰，造船先从底起，船身每往上钉一分，两旁遂用海沙跟着垫高一分，直到最终垫到甲板面，这样就不用先造一个能够支撑住大船的庞大船台。待大船造好之后，再拆掉围堰，铲去海沙，乘潮入海。

这样的船上配有上百员船工，即便如此，每逢开航，当船已出深沪湾，主帆才升起来一支架篙。

1978 年，渔民在深沪湾海底起获出水一只宋代铁力木碇杆，长 8.49 米，宽 0.34 米，厚 0.13 米，通体呈黑色，近杆头处有一圆孔，孔径 0.18 米，为系木碇用的碇索孔。这只碇杆后来移送到泉州海外交通史博物馆古船馆，与 1974 年在泉州后渚发掘的南宋后期沉船遗存配合展览。

这样大的木碇杆，对应的会是多大的帆船？

在福建沿海，曾经有多少庞大的营造和高超的技艺，却由于没有文字记载，而在历史长河中逐渐散失，湮没在时间的迷雾中。

盛夏的一个清晨，圭峰半岛的石板老街匆匆走出几个挑担汉子，24 岁的造船师傅黄旺来正带着徒弟步行赶往邻县的南日岛，他是应移居那里的同乡之请，建造一艘载重 1600 担的大商船。

这是 1911 年的一天，当年发生的改朝换代，并没有给这个位于福建惠安北部的小镇带来什么变化，年轻的黄旺来是黄姓造船族群入圭峰的第二十代，20 岁时便成为执斧的大师傅。旺来师傅经手建造的帆船结构坚固、抗风力强、航速快捷，特别是对船头的构造很有造诣。无独有偶，旺来师傅的堂兄黄亚加亦是闻名遐迩的造船师傅，对船尾的构造相当在行，当时人称"旺来师好船头，亚加师好船尾"，流传至今。时过境迁，圭峰的石板街如今已经变成宽阔的水泥马路，再没出现以篙尺当扁担挑工具出行的"造船黄"的身影。

时隔将近一个世纪，我在泉州海外交通史博物馆邂逅了一群正在翻修馆外水池展示帆船的工友，他们分别来自惠安大岞和圭峰。我为工匠们拍摄了一些他们劳作时的镜头，匆匆记下其中一位黄师傅的地址和电话，将照片悉数寄给了他们。2005 年 9 月 18 日，我拨通了黄师傅的电话，驱车七拐八转，终于到了位于惠安北部海角的圭峰。

这支从福州黄巷走出去的造船衍派，先辈曾于明代洪武年间在福州府官营造船厂任提举，深得战船建造要领，其后代迁入莆阳县延寿里国欢院黄巷，再迁惠北前黄，最后定迁惠安圭峰，形成"造船黄"族群。

在圭峰建造的商船，船舷一律漆成黑色，每侧开有五个回字形的炮眼，称"黑舨五铳眼"。"铳眼"就是闽南话的枪口或炮口，船有铳眼，看上去如同水师的战船，以至海盗匪寇望而生畏，不敢贴近。

惠北人诚实敦厚，但也敢拼敢搏。旧时的圭峰商船和渔船皆配有火器，船员在海上屡屡与海盗殊死拼杀，在沿海各地名声显著，就连号称海霸的台州贼，也不敢贸然进犯。久而久之，黑舷五铳眼以其独具一格的标志远近闻名，后又成为圭峰帆船的统一标记。后来，莆仙等地的商船也有仿制黑舷五铳眼，以借圭峰的威名，只是把船舷漆成赤色，称作赤舷五铳眼。抗日战争时期，惠北地区虽未曾沦陷，海上航线却被日本海军封锁，圭峰人从内山涂寨雇来枪师傅，每艘黑舷五铳眼都是海上战斗力强劲的武装商船，与日本海军炮艇遭遇交火时从未失手，直到"宝泰号"事件发生。"宝泰号"是圭峰的一艘大型木帆武装商船，那一趟航行因故没有带上枪师傅，在外海被日本炮艇截停，全船 37 名老舭和伙计悉数被杀。

20 世纪 70 年代，最后一艘圭峰黑舷五铳眼因台风而解体，此前这艘长度二十五六米的百年老船还能载重 80 吨，大桅上方的顶撑，则被拿去改用作另一艘新造帆船的前桅杆。

圭峰还有一种长度仅 10 米左右的小钓船，抗日战争及国共内战临近尾声时，有不少当地渔民相约驾这种小船私渡到新加坡谋生，在当地形成华侨群落，与家乡亲人隔断了联络，直到 80 年代后才陆续回乡探亲。

1952 年出生的黄文同师傅是圭峰"造船黄"的最后一代传人，他 14 岁就开始当学徒，其间有二十余年被借调到厦门水产造船厂当木船工匠，当年他车间所在的位置，正是我如今在厦门港沙坡尾的住宅楼所在的位置。

　　黄师傅穿着一身洗得发白的牛仔布工装,消瘦而温和,专门从作坊回到家中等候我的到来。他沏好一壶重火烘焙的乌龙茶,差师傅娘去巷口买来又热又香的番薯炸糕当茶配。番薯,这种原产地远在南美墨西哥的管状花目旋花科块根作物,16世纪后期被西班牙人引种到吕宋岛,之后又被在马尼拉的福建人引种回家乡,在贫瘠的沿海丘陵地带广泛栽种,成为缺粮地区的主要食物。一直到20世纪70年代,番薯、番薯干、番薯粉等还是闽南地区民众的第一大口粮,之后才是稻米。我儿时也是生长在番薯的年代,番薯既是饭,也是菜,还是点心和零食。

　　黄师傅又带我到海滨木麻黄防风林中的小作坊,在工具间里面翻了好一会儿,扛出一个硕大的旧船眼睛。黄师傅说,因70年代"破四旧",龙目遂改用螺丝来锁定,平时拆起来收好,过年时才挂出来。渔船的眼睛往下看,意在寻找鱼群,商船的眼睛朝前看,意在观看航路。我见黄师傅原本疤痕累累的手刚刚又被尖利物划破出血,他淡然地说,习惯了,没关系。我一听却差点儿掉下眼泪。

　　我们一见如故,整整聊了大半个白天,他与我讲述了"造船黄"家族前辈在清末和民国年间的那些故事。

　　我正准备起身告辞,黄师傅从内屋捧出一堆本子和图纸。一双布满疤痕变了形的粗黑大手,小心翼翼地翻开族亲誊抄的黄姓族谱,呈现在眼前的是一行令我惊诧的文字——"明洪武年间……先辈简录留记舟规……龙骨总长一十五丈二尺，主骨公用松柏木三支合一，共分十五母梁板……含檀梁方低水云九寸，平仁一丈二尺四寸深，四丈六尺二阔，危目三尺六寸大……"如果经过考证，"造船黄"家族于明代初年承造的这艘帆船，总长度达到了 60 米，这将是现有记录中尺度最大的中式帆船。几册小学生练习本里面，则是黄师傅从少年时代开始记录下来的经验口诀和尺寸配搭，这些他第一次拿出来给外人看的船尺簿，里面有近两百条公式，是他的祖父留下来、叔父保管的。

圭峰传统造船法式的配搭以含檀梁宽度为母，含檀梁一丈阔配龙骨三丈二尺，含檀梁一丈阔配大桅四丈长，含檀梁一丈阔配大碇一丈二尺长……与此前发现的海澄郑氏造船图谱和小岞洪氏造船簿不同的是，圭峰船尺簿以含檀梁宽度基数，对应并列出近两百个部件的尺寸，几乎完整地涵盖了整艘船的尺度，堪称一套文字版的造船工程图纸。

圭峰以东隔海相望的是莆田湄洲岛，这里是妈祖祖庙所在地。湄洲岛再往东，就是贴近台湾海峡的南日列岛。南日列岛由南日主岛及周边岛礁组成，其中面积 0.1 平方千米以上的岛屿有 18 个，故有十八列岛之称。南日列岛的行政区划为莆田市秀屿区南日镇，下辖 17 个行政村，其中小日、鳌屿、罗盘、赤山为 4 个小岛村。十八列岛之一的乌丘屿，行政区划为金门县乌丘乡，岛上军民 600 多人。乌丘屿距南日主岛 10.64 海里，如果驾木帆船乘风过去，一个多小时便能到达。

位于主岛东北角的大崎山海拔 166.3 米，为南日列岛的最高点。登高望远，天气晴朗之时，从大崎山顶峰可一览十八列岛全景，而海上航行的船只，则多以大崎山为地标，引导归航。不久前，在几海里外的小日岛附近海域，当地渔民发现有一艘古船沉在海底，大量盘、碗、碟等瓷器散落周围，这个消息马上引发了一股民间海底打捞热潮。其后警方介入干预，带走打捞船只近百艘，海捞瓷 2200多件。这些出水的海捞瓷，断代为南宋早期。

大崎山下的沙滩上，搁置着一些废弃的破旧木船。告别黄师傅后，我穿行其间寻宝，看到有些木船的艉部还保留有典型的福船深水舵。有两艘挨在一起的旧船齐头昂首，两眼相对，左边这艘标有"闽莆渔"船号的眼睛往下看，右侧那艘"闽莆运输"船号的眼睛则是朝前看，有关福建帆船眼睛的典故，在此偏僻一隅如此凑巧地完美示例。

我走到沙滩尽头的造船作坊，上前打听那些废旧木船的来历。一位壮实的工人停下手中的活儿，问明我的来意，讲的是我熟悉的闽南乡音。

这位洪姓师傅介绍说，他们来自边上的浮叶村，是土生土长的莆田南日岛民，却代代相传始终讲一口惠安闽南话。浮叶，就像从海岸边漂浮过来的一片树叶。洪师傅说他们家族大约一百多年前自惠安的净峰、小岞一带而来，至今已在南日繁衍了五代人，族人多以造船为生。他们一直使用先人从惠安带来的闽南语，村里的老妇人还穿着惠安女的服饰，与惠安的祖居地也多有来往。

入夜，一条宽广的银带就横铺在头顶上方的夜空中。平日我极少有机会看到这些地球的近邻，想起来上一次看到银河，还是在"金华兴号"颠簸南行珠海的航程中。无数的星星悬浮在无垠的夜空中，星星与星星之间的空隙处，又是更远、更密的星星，或许这就是人们所说的星云。在银河系偏西约 30 度的方向，有一颗特别明亮的星星，两侧等距地各布一对亮度较弱的星星，构成了一组神奇的五星连璧，星辰连缀，这就是宇宙吧。在这样一个寻访民间造船高手的旅途之夜中，头顶的星辰笼罩着我周边的大海。

南日列岛往北，就进入了福州的行政区域。

1998 年，荷兰国立博物馆亚洲部主任鲁克思（Klaas Ruitenbeek）博士将一幅馆藏彩墨画介绍给福州。17 世纪晚期的佚名画家精细描绘了福州府城和南台，建筑、街道、田地与水网，以及闽江岸线与航运的繁华景象。在环绕福州的闽江上，一共出现了四十余艘小江船、十五艘中大型航海木帆船，还有一艘荷兰商船。木帆船二至三桅、尖底、平艏、艄翘艉高，绘有黑舷、红舳、白底、头狮、鳅鱼和龙目等画饰，在相当于今天光明港的位置，还画有一艘有双层甲板及双层炮窗的大型福船。

无独有偶，时隔十几二十年，清廷于康熙五十八年（1719）出使册封琉球，副使徐葆光在其所著的述职报告《中山传信录》中，也附了一幅描绘精细、透视良好并注明主要部件名称的封舟图，以及一组描述册封舟起航、行驶和到达场景的图绘。李约瑟编著的《中国之科学与文明》在引用封舟图时，标注其出处为成书于1757年的周煌著《琉球国志略》，实际上《琉球国志略》所载封舟图正系采自《中山传信录》。

明初开始，远在东海之巅的琉球国每逢新王继位，都要求明朝遣使册封，予以正式承认。终明一代，朝廷前后派出使节册封琉球14次，册封使有正、副使，率领五六百人的庞大使团，所乘之船称册封舟，按照规制在官营封舟工场建造或改装战船和商船，从福州马尾罗星塔起航。到了清代，先后又有9次册封舟穿越黑水洋往返琉球。

在民间，《明季北略》引述崇祯二年（1629）浙江巡抚张延登奏称："闽船之为害于浙者有二：一曰杉木船，福建延、汀、邵、建四府出产杉木，其地木商，将木沿溪放至洪塘、南台、宁波等处发卖，外载杉木，内装丝绵，驾海出洋。每赁兴化府大海船一只，价至八十余两，其取利不赀；一曰钓带鱼船，台之大陈山、昌之韭山、宁之普山等处，出产带鱼，犹闽之莆田、福清县人善钓，每至八九月，联船入钓，动经数百，蚁结蜂聚，正月方归。"

福建省在历史上是南方重要的木材产区之一，闽江流域所产之木统称"建木"，其中杉木称"福杉"。江南城市风气奢华，建筑业、木器制造业和海塘水利等的木材用量极大，主要从福建输入。

闽江流域各地的原木顺流放到福州南台，装运木材前往江南的船只，初期多使用钓船。明代中期福建渔民自置渔船用延绳钓捕取带鱼，秋往浙江，易浙米而南，春往铜山，再易广米而来，动经数百，航北驶南，大钓船因其船底涂抹白色蛎粉防海虫而俗呼"大白底"。其后闽商贩卖建木，乃就钓船旧制及原有海船略加增益，其式不像江南之沙船，不像福建之鸟船，不像浙江之蜑船，故名之曰"三不像船"。三不像船以松木等造成，舱口扩大建木长度，两舷可捆挂木材，设三桅四帆，大桅长八丈，其篷以竹箬为之，后改用布制。大多数三不像船容量为二千石，载重约 120 吨。到了清代，福州三不像船经常受清廷招募，用作上海至天津海道漕运。

任职长江航运代理商的英国人唐涅利在其《中国帆船及各地方船型》一书中，首次使用了福州运木船（Foochow Pole Junk）的称法并做了详细描述。唐涅利认为福州运木船是当时中国最大的帆船，全长在 36 米至 55 米之间，载重量在 180 吨至 400 吨之间。他特别注意到福州运木船椭圆形船艉的生动彩绘，称赞其充满造船工匠的创意和表现力。

20 世纪 30 年代任中国海关总税务司的英国人梅乐和（Frederick William Maze）曾定制并收藏了一批中国帆船模型，其后将之赠送给英国科学博物馆，其中最著名的一艘模型即"金合福号"福州运木船。

梅乐和的下属伍斯特（George Raleigh Gray Worcester）奉命督造这批帆船模型，这位热衷于研究中国帆船技术史的英国人在他 1947 年出版的《长江之帆船与舢板》一书中，对福州运木船使用"花屁股"（HUA-P'I-KU）的称法，并测绘了一艘"永利顺号"福州运木船，其总长 45 米、宽 9 米。同一时期，法国人奥德马（Louis Audemard）、席高特（Etienne Sigaut）都曾分别对福州运木船做过细致的调查和测绘。

福州运木船是一种因社会性功能而造就的船型，是近代形制最大、性能最卓越的中国帆船。到了 20 世纪上半叶，福州运木船的船型大部分改成了型制较小的艒艍船型，也就是福州闽县、侯官县渔民所使用的钓船。成立于 1934 年的福州市民船业同业公会，将船按船只种类及业务范围分为十个支部，艒艍支部是其最主要的成员。到了 1948 年，该公会成员所属的一千余艘各类船中，外海帆船艒艍有四十余艘。

明代福州传统造船业集中在南台，自清代中期起在瀛洲的鸭姆洲，先后形成"矮婆厂造船派"和"福厂行"，在闽江沿岸的竹岐、侯官、方庄、新岐、峡兜、马尾等地也有私人造船厂。方庄位于闽侯县大樟溪与闽江南港的交汇处，村旁的南通港一直到 20 世纪 80 年代还是永泰和闽侯诸邑往返福州南台的江船主要渡口，村庄今天依然很有古意，还存有好几座老的木楼民居。我要拜访的方诗建师傅，就在这里。

方家兄弟造船作坊开口对着大樟溪，乍看其坐向和场景很像海澄郑家崇兴船厂：靠东北面的一侧也是一排竹林，是天然的工厂墙挡，只是规模更大一号；靠西南面的一侧则是一台大型打灰机，缓缓转动着的大木轮，带动两柄一人多高的粗大木椿，交替起伏捶打着地上的石臼。石臼里面装的是海蛎壳，要经过不停捶打，捶打成碎片、成粉末，捶打出油脂，再拌入生桐油，加入苎麻丝或者竹丝，便成为叫作桐油灰的捻缝填充材料。用桐油灰来捻制船板之间的缝隙，经济实用，滴水不渗，实在是中国造船工艺中一种重要的技术。航行中的木帆船受到各种外力和内力的作用，每片船板实际上是在不停地扭动和变形，而在船板与船板之间的缝隙里保持牢固黏合的填充料，取材和加工竟如此简单，令人叹为观止。

方诗建师傅穿一身浅灰西装，上衣口袋别着一支钢笔和一支圆珠笔，乌黑浓密的头发剪得很是齐整，口才很好，肢体动作丰富："材料和工艺基本上是采取最原始的，这个和旧式的一样，没有改变，也改变不了，几百年传下来，也不知道是从哪一代发明的，我知道老爸用这个，老爸也知道爷爷用这个，爷爷也知道上一辈用这个，就是这样一代代传下来的。"

方师傅14岁开始当学徒造船，已从业四十余年，他跟堂兄方友瑞一起造的木船至少有百艘。但方师傅并不知晓册封舟、大钓船、三不像和花屁股，而只了解艍艚和围缯船。

闽侯方氏造船法式以油河为母进行配搭，福州方言的油河，相当于海澄的堵口营，即龙骨靠艉部四分一处的横向隔舱，差不多是全船最宽的地方。由龙骨长度确定油河的上宽，龙骨每长六尺至六尺半配油河一尺宽。由油河的宽度确定其所在位置的船只深度，再由油河的宽度确定大桅的长度。先前配搭全靠口诀，近代改用画三线图设计。我看到方氏作坊内一幅用铅笔画在一片木料上的三线图，正是方友瑞师傅画的。

2011年，方氏船厂为日本浦津设计建造一艘三桅福州木帆船，龙骨长11.7米，船长18米，用货船运到日本后，师傅们再飞过去竖桅杆、装风帆。

造船工匠是传统造船技术最直接的载体，保留在这些匠师手艺中的技术传统，远远要比文字上记载的详细生动许多。我发现各造船地的师傅们使用同样度量衡的鲁班尺，一尺为30厘米，我还发现他们使用样式不同但用法相同的墨斗，每一位都能用墨斗在不规则的原木上弹出开锯取料的复杂基线。各地师傅对帆船部件都有各自的称法，尺寸搭配也以不同的部件为基数，但万变不离其宗，归结于同样的一套技术逻辑。

在田野调查过程中，深入最乡土的海角，见识最迷人的传统，感受最人性的生活。这样沿着福建海岸线的田野调查，来来回回走了几十趟，那些最后的传奇、旁落的宗师、边缘的高手、率真的老人，被裹挟在时代的洪流中踽踽前行，令我百感交集。福建沿海造船地的田野调查，仿佛江湖上的侠客行，各路隐姓埋名的造船世家渐次露面，这些身怀绝技的工匠们，似乎也和我一样，正等待接受召唤的那一天。

插页三
册封舟解读

一、册封舟建造与航行文献梳理

出使年代	册封舟尺度	文献记载	版本与收藏
永乐二年 （1404）			
永乐十三年 （1415）			
洪熙元年 （1425）		柴山《大安禅师》 《千佛灵阁碑记》	收录于萧崇业 《使琉球录》
正统八年 （1443）			
正统十三年 （1448）			
景泰三年 （1452）		《明英宗实录》 卷二○六	现藏于台北故宫博物院
景泰七年 （1456）		《明英宗实录》 卷二五二	现藏于台北故宫博物院

续表

出使年代	册封舟尺度	文献记载	版本与收藏
天顺七年 （1463）		潘荣 《中山八景记》	收录于萧崇业 《使琉球录》
成化八年 （1472）			
成化十五年 （1479）			
嘉靖十三年 （1534）	长十五丈，宽二丈六尺，船深一丈三尺 五桅，主桅七丈二，载近400人	陈侃 《使琉球录》 高澄 《操舟记》	嘉靖原刻，万历四十五年（1617）刻本等，国家图书馆藏《台湾文献丛刊》第287种《使琉球录三种》，台湾银行经济研究室，1970年版
嘉靖四十年 （1561）	长十五丈，宽二丈九尺七寸，船深一丈四尺，三桅 载近500人	郭汝霖 《使琉球录》	收录于《石泉山房文集》，万历二十五年（1597）刻本，国家图书馆藏
万历七年 （1579）	长十四丈五尺，宽二丈九尺，船深一丈四尺 载300余人	萧崇业 《使琉球录》 谢杰 《琉球录摘要补遗》	万历刻本，现藏台湾，《台湾文献丛刊》第287种《使琉球录三种》
万历三十四年（1606）	长十五丈，宽三丈一尺六寸，船深一丈三尺三寸，三桅，主桅七丈二尺 载391人	夏子阳 《使琉球录》	万历刻本，国家图书馆藏，《台湾文献丛刊》第287种《使琉球录三种》

出使年代	册封舟尺度	文献记载	版本与收藏
崇祯六年（1633）	长二十丈，宽六丈，入水深五丈，五桅载约700人	胡靖《杜天使册封琉球真记奇观》	现藏于夏威夷大学
康熙二年（1663）战船改制	长十八丈，宽二丈二尺，船深二丈二尺主桅十八丈	张学礼《使琉球记》《中山纪略》	收录于吴震方《说铃》丛书，康熙刻本，国家图书馆藏《台湾文献丛刊》第292种，1971年版
康熙二十二年（1683）②③由福建战船之鸟船改制	①长十五丈，宽二丈六尺，船深二丈三尺②长十二丈三尺，宽二丈五尺③长十二丈二尺，宽二丈六尺五寸	汪楫《使琉球杂录》《中山沿革志》《册封琉球疏抄》	康熙二十五年（1686）刻本，国家图书馆藏
康熙五十八年（1719）宁波商船改制	①长十丈，宽二丈八尺，船深一丈五尺，三桅，主桅九丈二尺，橹二支②长十一丈八尺，宽二丈五尺，船深一丈二尺，三桅，主桅八丈五尺，橹四支	徐葆光《中山传信录》《游山南记》	康熙六十年（1721）二友斋刻本，国家图书馆藏收录于《小方壶斋舆地丛钞再补编》（王锡祺辑），光绪二十三年（1897）上海著易堂铅印本，国家图书馆藏《台湾文献丛刊》第306种，1972年版
乾隆二十一年（1756）福州民船改制	①长十一丈七尺，宽二丈七尺五寸，船深一丈四尺	周煌《琉球国志略》	乾隆二十四年（1759）漱润堂刻本，国家图书馆藏，商务印书馆，1963、1970年版

续表

出使年代	册封舟尺度	文献记载	版本与收藏
嘉庆五年（1800） 福州海船改制	①长十丈，宽二丈二尺，船深一丈三尺，三桅，主桅十丈	赵文楷《搓上存稿》李鼎元《使琉球记》沈复《中山记历》	《搓上存稿》收录于《石柏山房诗存》，咸丰七年（1857）刻本，国家图书馆藏 《使琉球记》嘉庆刻本，国家图书馆藏 《中山记历》收录于《浮生六记》卷五，钱泳摘抄本
嘉庆十三年（1808） 道光八年（1828）		齐鲲《续琉球国志略》	清武英殿刻本，国家图书馆藏
同治五年（1866）		赵新《续琉球国志略》	光绪八年（1882）刻本，国家图书馆藏

二、册封舟图绘资料

"琉球过海图"收录于明万历七年（1579）册封使萧崇业的《使琉球录》，为现存古籍中最早出现的册封琉球相关图绘，图绘中并未出现册封舟，仅标示出自福州长乐梅花守御千户所出航到琉球的航海针路：

"梅花头，正南风，东沙山，用单辰针，六更船，又用辰巽针，二更船，小琉球头。乙卯针，四更船，彭加山。单卯针，十一更船，取钓鱼屿。又用乙卯针，四更船，取黄尾屿。又用单卯针五更船，取赤屿。用单卯针，伍更船，取枯木山。又乙卯针，六更船，取马齿山。直到琉球，大吉。"

康熙五十八年（1719）册封副使徐葆光的《中山传信录》，收录一幅描绘精细、透视良好并注明了二十二个主要部件名称的封舟图，为现存古籍中最早的册封舟船式图。

《中山传信录》还收录了一组册封舟行驶、到港场景和针路图绘。

乾隆二十一年（1756）册封使周煌的《琉球国志略》，收录了一幅计时用的玻璃沙漏图和一幅导航用的二十四位罗盘图。其中，沙漏图为现存最早出现在文献上的记载。

三、册封舟形制

明代朝廷前后派出使节册封琉球 14 次，历次册封使所乘坐的册封舟多系在福州专门建造或改装自战船与商船，自嘉靖十三年（1534）之后的 4 次留下比较详细的册封舟建造与航行记录。由于每次出使册封相隔时间比较长，册封舟的船型并非成制，造船之制只能每次临建造时再访于耆民而得，或是临时征用战船或民船进行改造，船型实际上是不一致甚至不连贯的。成化十五年（1479）册封建

封舟圖

《使琉球录》中收录的琉球过海图 / 上图　　《中山传信录》中收录的册封舟船式图 / 下图

造两艘册封舟，嘉靖十三年至崇祯六年（1534 — 1633）的历次册封皆各造一艘，一共五艘册封舟。因为关乎册封大事和册封使本人的性命，加上述职或表功所需，这些册封使或随行官员对造船及航行过程都记录得较为详细，留给后人详尽的个案记录。

明嘉靖十三年至崇祯六年（1534 — 1633）福建建造册封舟主要尺度表

出使年代	使者	册封舟尺度			资料来源
		长	宽	深	
嘉靖十三年（1534）	陈侃	十五丈	二丈六尺	一丈三尺	陈侃《使琉球录》
嘉靖四十年（1561）	郭汝霖	十五丈	二丈九尺七寸	一丈四尺	萧崇业《使琉球录》
万历七年（1579）	萧崇业	十四丈五尺	二丈九尺	一丈四尺	萧崇业《使琉球录》
万历三十四年（1606）	夏子阳	十五丈	三丈一尺六寸	一丈三尺三寸	夏子阳《使琉球录》
崇祯六年（1633）	杜三册	二十丈	六丈		徐葆光《中山传信录》

但是，有关册封形制，只有外观与布置的描述，未涉及结构和尺寸配搭，如万历七年（1579）册封使萧崇业的《使琉球录》载：

"座船前后调停，出入甚便；中间窗户玲珑，开明爽朗，不异安

《中山传信录》中收录的册封舟行驶图

天妃靈應圖

《中山传信录》中收录的册封舟到港图

封舟到港圖

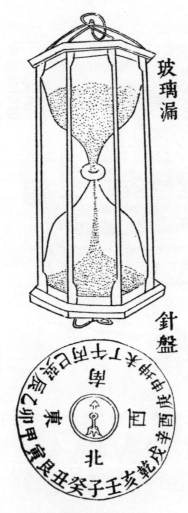

玻璃沙漏和二十四位罗盘图

宅也。此则舱口低凹，上覆平板为战棚，列军器焉。即官舱亦仅高四、五尺，偃偻深入，下上以梯；面虽启牖，若穴隙然。盖恐太高则冲风，故稍卑之耳。桅竖五，大者长八丈、根围九尺，余以次而短。舵长三丈一尺，围三尺七寸；艎长五丈二尺，围九尺。桅用杉木，取其理直而轻；舵用铁力木，取其坚劲；艎用松木，取其沉实，能久渍也。架龙棚之外，有兜艎鞠；锁梁钉之外，有米锤鞠：河口匠欲以铁、漳泉匠欲以木，乃参用之。舟后故作黄屋二层，中安诏敕；上设香火，奉海神、天妃尊之，且从俗也。"

四、复原技术路线

1. 萃取明清两代有关册封舟文字记录，分别归进船体结构（尺寸、位置、比例），部件属具，推进工具，甲板面和上部建筑，船身的装饰，建造的顺序与方法六类。其中船体结构再进行二次归类，分为龙骨、隔舱板、前后搪浪板、尾八字、选用的材料、厚度规格、船底板、身板、甲板、艎、肋骨、各种梁。其他各类也依此进行二次分类。

2. 以康熙五十八年（1719）长十丈、宽二丈八尺、船深一丈五尺、主桅九丈二尺之三桅册封舟为原型，结合其他册封舟的资料，以田野调查所了解的福建传统造船法式，绘制出建造概念图。

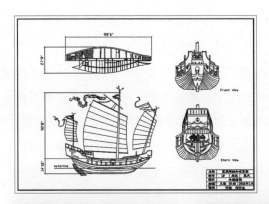

复原册封舟布置图／上图　　　　复原册封舟概念图／下图

3. 以康熙五十八年（1719）册封舟为原型，将解读的册封舟资料分别交给从福建沿海传统造船地田野调查中甄选出的东山孔炳煌、许锡辉，海澄郑俩招、郑水土，厦门洪志刚，晋江陈芳财、陈荣亮，惠安黄文同，闽侯方诗建、方友瑞等六组师傅，各以其家传及地方造船法式进行二次解读，绘制建造草图，做出备选建造方案。

4. 请各方专家进行论证，选出其中 2 — 3 个方案，各制成模型，进行流体力学和空气动力学的船池试验，最终得出一个方案。

5. 委托胜选的师傅小组承造，册封舟复原船开工大吉。

回到书房，资料研习。

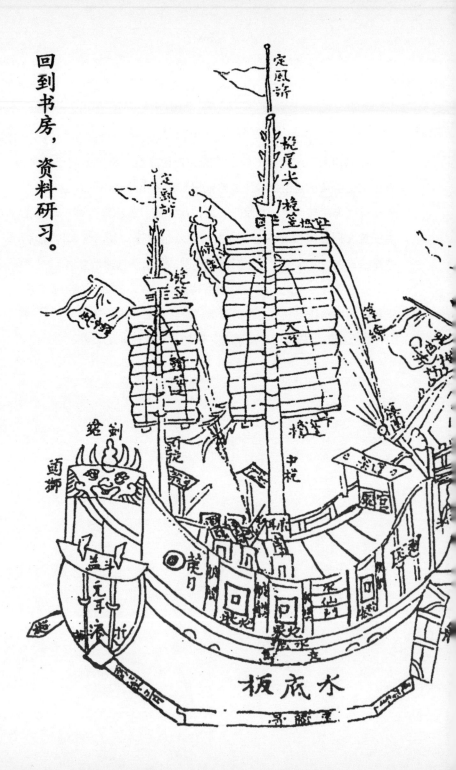

第六章

海滨东区 25 号

凡舟古名百千，今名亦百千，或以形名，如海鳅、江鳊、山梭之类，或以量名，载物之数，或以质名，各色木料，不可殚述。游海滨者得见洋船，居江湄者得见漕舫。若局趣山国之中，老死平原之地，所见者一叶扁舟、截流乱筏而已。粗载数舟制度，其余可例推云。

约在四百年前，著述中国首部农业生产和手工业生产技术百科全书《天工开物》的宋应星，已经提出了以形态、运载量、造船木料，及其类推方法的船舶命名与分类命名概念。1830 年，法兰西学院汉学家儒莲（Stanislas Julien）开始将宋应星的著述译成法文，将《天工开物》介绍到西方世界。

时逢西方博物学正在进行学术体制专业化和分科化，而在社会中则走向公众化，拥有众多热情的实践者。其后民族志和民族学对异文化进行田野调查的学术研究方法与百科全书式的博物学相结合，发展成各个专业领域的民族志。于是，海洋船舶民族志也应运而生，在某个地理和文化区域内，对造船技术与航海技术进行描述和分析，继而研究和解释船舶及其技术的发展变化，以及其与社会环境及地理条件之间的历史关系。

从 19 世纪下半叶开始，海洋船舶民族志的方法也应用到对中国帆船的考察上，先后出现了巴里（François-Edmond Pâris）、奥德马（Louis Audemard）、史密斯（H. Warington Smyth）、席高特（Etienne Sigaut）、卡莫拿（Barbosa Carmona）、霍内尔（James Hornell）、唐涅利、伍斯特等关于中国帆船的分类记录和著述。李约瑟萃取和继承了上述几位作者的调查和研究成果，编撰成《中国之科学与文明》第四卷第三分册《土木工程与航海技术》。这些西方国家不同语言的手稿和出版物，虽然大部分还没有汉译本，但从艰深的词汇和精细的绘图看过去，依旧能看到明朝人宋应星分类舟船的条理。

从 2004 年开展田野调查后，我沿着福建海岸线探访了几十处造船作坊和上百位造船师傅，一拨接一拨的口述记录汇集眼前，化作了一幅又一幅中国传统帆船鲜活的技术画卷。每当从造船工匠的讲述中听到了某一个说法，与一百年前后的某一部中国帆船民族志里的记录不谋而合时，我就不禁抬起头，仿佛看到当年的那位前辈微笑着与我隔空击掌，心中满是温暖。但是，当田野调查越做越多，堆积案头的笔记和录音也越来越多，面对庞杂无序的资料而无从下手梳理时，我的内心难免焦虑起来。

2005 年，我在大连海事大学在职培训福建教学点从事管理工作，也在攻读交通运输规划与管理专业的同等学力硕士研究生，偶然得知杨熺先生就住在海事大学校内，便请他的故交陈延杭老师写了一封介绍信，贸然叩门求教。

杨熺先生于 1952 年从华东局社会部先后调至上海航务学院和大连海事学院任军代表兼教务长，到学校工作后，他发现两所专业院校的航海历史课均无中国的部分，深感补白之迫切，于是转向中国古代航海史的研究。在当时艰难的条件下，杨熺先生搜集查阅了大量古籍及西方学者的研究专著，四处向老一辈学者讨教，终于得到晚清举人丁冠一等一批被冷落的旧知识分子的帮助，撰写发表了《中国古代船舶》《中国古代海运活动》《中国造船发展简史》等论文，后又编成第一部中国航海史高等教育教科书《中国航海史讲义》（《中国航海史》前身），是中国航海史与造船史研究的当代开拓者与奠基人。

时年 83 岁的杨熺先生，高大清瘦，目光犀利，我能够领会这种目光背后的训练与功底。初次拜访老先生，我心中没有底，不敢贸然提问题。老先生轻轻地问："说说你读过哪几本书？""你觉得那本书写得怎么样？"这些问题分量其实相当重，第一个问题是在检验我平日做的功课。当时涉及中国帆船技术史的汉语出版物并不多，仅有田汝康的《17 — 19 世纪中叶中国帆船在东南亚洲》、集体撰写的《水运技术词典》、陈希育的《中国帆船与海外贸易》、周世德的《雕虫集：造船·兵器·机械·科技史》、王冠倬的《中国古船图谱》、席龙飞的《中国造船史》，以及不久前出版的辛元欧的《上海沙船》，这些书籍我都有通读和收藏。第二个问题似在盘问我的功底和见地，这些书的作者我并不了解，只能老老实实地以书读人，逐一作答。第二次拜访时，老先生跟我讲校史，主要是 50 年代和 60 年代的旧事。直到第三、四次拜访，老先生才开始谈论帆船，我也才了解其中的原委。

1992 年，中国科学院立项并启动《中国科学技术史》编纂工程，负责该项工作的自然科学史所陈美东所长邀请杨熺先生主持《中国科学技术史·交通卷》水运部分的研究撰述。先生以七十高龄奔波往返于北京和大连之间，斟酌编写提纲，查阅原始典籍，制作资料卡片，全心投入撰著工作。其间不知什么原因，老先生承担的主编工作被搁置，直到某个当事人把一封写给老先生的信，与另一封写给领导的信阴差阳错地装错了信封，老先生被徒弟排挤的真相才大白。面对无法理解的意外挫折，老先生转而倾尽余力，策划对中国帆船生产技术史进行全面的发掘和整理，希望汇合各方力量，最终形成一部深度和广度均超以往的大系论著，填补古代航海史之空白。

老先生不时站立起来，走到书架旁边一个布满一排排小抽屉的老旧木柜前，拉开其中一个抽屉，在翻找着什么，似乎找到了，看了片刻后又回到木沙发，继续跟我交谈。如此几回之后，我鼓起勇气，跟在老先生后面去看个究竟。原来，这是老先生自制的资料卡，分了好几层类别，每张卡片上用不同的墨色写满了蝇头小字，看得出持续补充记录的痕迹。资料卡，真是一个好主意！这是老先生用半个世纪时间手工建立起来的数据库。

杨熺先生用近代造船工程体系的分类方法和研究方法，归纳和分析古代造船技术的发明与发展历史，将中国帆船按水域、形制、结构、属具、设计、工艺、操纵分门别类。采用这样的方法，原本看着庞杂纷乱的资料就比较容易梳理出脉络，再借助现代计算机办公软件，将文献资料和口述记录分类处理，会比卡片快捷很多。老先生还叮嘱我要将文献记载、田野调查与考古发现三种资料进行比照和融会，他也是最早关注西方人士有关中国帆船的调查资料和研究成果的帆船史学者，他还教导我大胆形成自己的研究路数。

关于做学问的态度，杨熺先生对严谨与诚实的要求近乎苛刻，一再叮嘱务必老老实实、点滴积累，持之以恒，方能以涓涓之流集成大川。田汝康、周世德两位前辈学者，则是老先生一再向我提及的榜样。

我向老先生告辞欲返厦门时，老先生拿出一册为中国木帆船建造技术大系撰写的编辑提纲，在第一页的下方签上了自己的名字，递到我手里，什么话也没说。

中国帆船的建造技术传统具有很强的延续性，古代帆船的形制和法式到了 20 世纪上半叶尚有留存，我在福建沿海造船地田野调查中结识的师傅们，所掌握的造船技艺基本上都是古老技术的延续，潜藏在日常造船技艺里的设计原理、船体构造、建造工艺、施工顺序、选用材料等技术逻辑，与古代相比并没有本质上的变化。但 20 世纪 50 年代后期至 60 年代前期受生产"大跃进"政策的导向，在生产工具的革新热潮中，一些中式传统法式也混进了西方木构的建造技术，诸如采用船肋结构、使用螺栓连接、加钢缆侧支索、使用金属滑轮等等，一批年岁较小的工匠入行伊始就是机帆船建造，这就需要在调查研究中进行识别、区分和剔除。

资料整理的后端通路一旦打开，前端田野调查的进度就更加迅猛。我将各个造船地的资料，按船史沿革、营造法式传承、代表船型、建造记录、船尺沿革、建造能力、作坊条件等分类，古代营造法式的技术逻辑一层一层地明晰起来，一批最后的造船高人终于现出真容。我再将根据每一位师傅问询整理的口述造船法式资料，分类为船体结构、工属具、甲板建筑、其他四种一级目录，其中船体结构再分类为龙骨、纵向结构、横向结构、船壳、船舶、船舵、其他七种二级目录，龙骨等诸项再又分类三级目录，依此规则不断细化目录，把不同时间搜集到的资料碎片对号入座，如此也建立起了我的田野调查数据库。

自 2004 年发现"金华兴号"帆船后，我一直与布罗曼博士保持电子邮件联系。布罗曼时任慕尼黑的德意志博物馆海事分馆馆长，是研究近代木帆船的船舶建造工程专家，1991 年曾来中国参加首届世界帆船史国际学术研讨会，在那次会议上发表了一篇我始终没有读懂的论文《应用空气动力学在航运业的发展中是否晚了一步？》。

那是中国内地首次举办国际性的帆船史会议，由中国造船工程学会发起，年迈的李约瑟博士专门致电祝贺，野本谦作、大庭修、金在瑾、李昌亿等国外船舶史学前辈均参会并发表论文。

布罗曼博士像教导小学生一样，用最简单的英语词汇，向我娓娓介绍欧洲博物馆和图书馆中与中式帆船相关的事物及文献收藏，并且把他收藏的资料悉数复印邮寄给我。我想他应该是一位严谨而慈祥的绅士，身材高大，一头白发，鼻梁上架着一副眼镜，有一双厚实的手，但我从未知道他到底是什么样子。每一封发给布罗曼博士的邮件，我都先用汉语写出，斟酌修改定稿，再费劲地翻译成英语。每收到一封布罗曼博士的邮件，都先读几遍英文原稿，再逐字逐句翻译成汉语，又精读几遍，生怕漏过关键的信息。

亲爱的许路先生：

现在我再发一次"快艇"的线路图，它也有"封闭船艉"。

这幅画现在很旧了，也许你想把它印在你的书上，我可以寄给你更好的拷贝。

谢谢你的编号002的帆船模型照片，以及编号003的帆船照片，我想它们都是"金华兴号"。

我将关闭电脑了，希望我前面发出去的两封电子邮件能够送达你处。

我会为你找更多的照片。

你诚挚的

乔布斯特·布罗曼

* * *

尊敬的布罗曼先生：

我们有半年没有联络了，希望您和家人一切都好。

此半年时间以来，我主要在倡导一个在厦门兴建海事博物馆的议案。经过我们的努力，当地政府已经将海事博物馆列入未来五年的发展计划内。希望届时能得到您的友情指导。

与此同时，上海正在筹备中国航海博物馆的建设，场馆建筑设计邀请了德国GMP，展品展项课题委托上海海事大学的一个研究小组完成，布置了以下分馆：1.航海历史分馆；2.船舶分馆；3.船舶设施设备分馆；4.航海技术分馆；5.海事分馆；6.天文分馆；7.航运分馆；8.海员分馆；9.港口分馆；10.海洋分馆；11.航海文化分馆；12.军事航海分馆。其余的是电影院和报告厅藏品及修复馆、备用馆等。我与该研究小组的一个成员一直在交流并给他们提供了不少建议，认为未设航海运动分馆是个缺憾。不知您对这样的设置有何看法，可否从您管理德意志博物馆海事分馆多年经验的角度给予宝贵的建议。

有关"金华兴号"的书初稿已完成，正在寻找并与资助方接触的阶段，附件是封面设计的方案以及序言的英文译稿。希望能够顺利出版。

不知道您对一份资料是否有印象……

我们正在筹备一个重造中国帆船进行远航的计划，原型是明代至清代时期的册封舟或战船，我们的技术路线将是：根据这本书和其他史料制定出船型要素及需求文件，然后据此前往福建沿海主要的传统帆船建造地，拜访现存传承造船技法的民间工匠，由他们各自按照当地的计算法则画出草图，形成不同的备选方案，最终选择其一。这应该是一件很有意义的工作，如果您有兴趣，欢迎加入我们的研究小组。

不知道您今年是否有重返中国的计划？

你真诚的

许路

2005 年 9 月 4 日

* * *

亲爱的许路先生：

非常感谢你的电子邮件和漂亮的书封面和序言，祝贺！我很喜欢封面设计，也很喜欢序言。

首先，我找到了闽省水师的手稿，就是李约瑟书中所引用的古籍，但不是很准确，因为没有图书馆编号。我会写信给马尔堡图书馆为你要一册副本。我希望他们能从李约瑟书中的书页和插画中了解到我们想要什么。

祝贺你为厦门海事博物馆所做的努力。

我发现上海中国航海博物馆的分类非常详细，也许航海运动在当下并不是一个主题？历史当然很重要，最重要的是要有足够的空间，也许还可以放置真正的船只或系泊设备。

今年早些时候我确实有一些健康问题，但是现在好了，谢谢。

我会尽快回复，希望马尔堡图书馆能尽快答复。

你真诚的

乔布斯特·布罗曼

布罗曼博士成为我海外中式帆船史料与实物遗存的文献挖掘伙伴。我从 19 世纪至 20 世纪上半叶西方人有关中国帆船的分类记录和著述中找出相关的索引线索，发给布罗曼博士，他再在各大图书馆和博物馆的藏品中检索，并将找到的手稿、图像和模型拍成图片，用电子邮件发给我。

更多的时候，我还是独自在古籍、洋书、图纸、模型及电脑的缝隙中度过，看着窗外的光线从亮到暗，又从暗到亮。

2004 年我在顽石航海俱乐部认识了刘宁生船长。他在与德国友人完成西式帆船环球航行之后，也在寻求驾驶中式帆船再做一次环球航行的可能性。老刘从我的工作进展中看到了这可能是他实现中国帆船环球航行梦想的唯一一次机会，便再次飞到了厦门与我会面。我向他仔细介绍了前期的史料研究和田野调查进展，以及复原建造一艘历史上的中式帆船重新航向世界的设想，我们一拍即合。老刘台湾环球航海家的身份有在中国大陆叩开陌生门脸的方便，此外他的航海经验、他流利的英语，以及他对筹足赞助资金的自信，都是我目前亟待补缺的短板，有了他的加入，造船出海就可以制订时间计划了。

顽石航海俱乐部的股东兼水手李金华，出生于东山渔村，从体校毕业后一直在厦门辗转打拼，造船出海或许是他能够走出国门开启新人生的唯一机会，他说把参与项目当成去学校上一年课。一直在跟拍我和陈延杭老师《寻船记》系列的黄剑，期待记录和完成一个独一无二的中式帆船故事，也可借机随船游荡世界，拍摄精彩的照片，让人生更加丰富、完美。黄剑的新助手王杨刚出校门，对世界充满好奇和激情，恨不得马上驾船拥抱大海。我们组成一个生气勃勃的 5 人团队，大家约定不管出于什么样的个人动机，都要遵守以下三项宗旨和基本原则：1.保有复原精神，不装设辅助动力引擎，以维护学术研究等价值；2.所有收益归公；3.所有开支和收益透明、公开，并由具有公信力的第三方监督。

梦想朝现实跨出一大步。尽管团队成员还不是全职工作，但以月为单位的工作计划、工作报告交流制度和频繁的会议，比全职状态更加规范和高效率。我们内部规定，与计划推进相关的开销由各人垫付并记账，留待日后赞助款进来时再做报销，单笔超过 1000 元的花费需要提交集体讨论通过。我刚买的一部夏利牌 1.0L 小排量轿车，也贡献出来当作团队的交通工具，还自带司机——我。当然我承担和分派到的工作，更多还是船型研究、技术保障和计划编制。

在船型的考量上，我倾向于册封舟。册封舟尺度适中，形制威严，明清两代 23 次往返于被视为黑水沟畏途的琉球海沟，未发生过船沉人亡的事故，航行记录良好，十分契合我们的越洋需求。于是，基于航行性能、尺度规格和历史背景等方面的综合考虑，我选择以康熙五十八年（1719）正使海宝的十丈长座船为原型，复原船全长30 米，团队也开会讨论确定了这个目标。2005 年年底，第一版"明清册封舟复原与环航计划"文本制订完成，计划于 2006 年春季造船，年底启航，环绕地球航行一周。

我到上海交通大学拜访杨槱院士和辛元欧教授，向他们求教请其对复原册封舟远航的可行性做评估。两位造船史老专家都肯定了选择册封舟作为原型的意义，并且对我们收集到这么多的史籍和田野调查资料表示极大的赞赏，只是对我们团队坚持复原船不装现代引擎表达了疑义。在科技如此发达的今天，为什么还愿意冒这么大的风险复原一段古老的航行?

　　我和伙伴们也不时问自己同样的问题,但每次答案都坚定而简单:毋庸置疑,不装引擎,因为这是学术研究的底线。

　　紧密准备中的造船计划毫无悬念地延迟了。2006 年下半年,我通过物业租到了厦门大学教工住宅区的一套 3 室 1 厅房,海滨东区 25 号楼成为伙伴们的新基地,出门 5 分钟便可走出校门到达海边。每个房间面积大约 8 平方米,进门右侧是一面靠墙的衣柜,面南开有一扇窗,窗下一方书桌和一把转椅,书桌旁是一张小床。除此别无他物。老刘、金华和我各居一间,他们时有女朋友来温存,我没有,只是偶尔带儿子过来玩耍一下。黄剑和王杨从福州过来时,也在 25 号楼一起开会讨论和打地铺,一套集体宿舍把团队伙伴绑在一起,更紧密了。

　　王杨专门自学了 CAD 软件和 3DMAX 软件,我花了很多时间把手头的历史文献与田野调查资料进行集成,以康熙五十八年(1719)的十丈长封舟为原型,指导王杨绘制出册封舟复原船设计概念布置图和三维模型图,反复修改后作为计划书的附图,这成为我们当时唯一拿得出来的亮点。第一稿汉英双语版"明清册封舟复原与远航计划书"也做出来了,造船计划的时间节点,改成 2006 年秋开始铺设复原船龙骨,用一年时间完成建造,2007 年 10 月开航,用三年时间完成全程约 4 万海里的环球航行。计划书中重申了不装引擎、收入归公、财务透明三大原则,在费用预算栏还特别列出,老刘将垫付首期 40 万美元造船资金，待复原船下水，再由资助单位给予偿还。

在积极进行造船计划技术储备的同时，伙伴们也开始试探和争取社会的关注度与可能的资金资助。我们草拟了一封格式信稿，第一封邮件发给了王石：

王石先生：

您好！

很冒昧地给您写这封信。

有关复原建造一艘六百年前的中国木帆船进行环球航行的活动，至今已经准备了三年并计划于 2007 年秋天开航。此活动将再现中国帆船在世界历史上最后的辉煌一幕，向世人展示中国科技与文化遗产对人类文明的重要贡献。我们诚挚邀请您加入此次航行活动，具体内容可参考发给您的邮件附件。

此致

敬礼

中国帆船复原与环航筹备委员会

同样的信函，还分别发给了《中国国家地理》杂志的李栓科社长、支持内地帆船运动的香港富商庞辉，但都没有回音。我觉得信件落款的团队名称名头虽不小，底气却不足，毕竟还没有正式注册，缺一枚有效力的公章，于是把注册机构一事提上工作日程。

在厦门的区、市两级民政部门问了一圈，也托朋友内部去打探，结果里外都碰了一鼻子灰。一直在关注我做中式帆船研究的福州朋友王林辉指点说，我们直接在福建省民政厅注册成立社会组织的可能性更大。于是，经过了一轮先是希望成立协会，再到更可行的设立民办非企业单位的尝试，由东南卫视背书，打报告给拟作为主管单位的福建省社科联，申请成立福建省中国帆船学会，注册终于有眉目了。又经过半年的摸索和努力，最终把机构定位为省级体育类民办非企业单位，名称为福建省中国帆船研究中心，由省体育总会作为主管单位，黄剑、金华和我三人作为理事兼出资人，每人负责拿出 1 万元作为注册资金，我被推举为法人代表兼中心主任，老刘任名誉理事长。

计划书制订出来后，机构开始办理注册，老刘也终于可以给总部在美国的"国家地理学会探险委员会"（National Geographic Society's Expeditions Council）提交小额资助申请书，还将计划通报给英国航海探险家雷克斯·华尔纳（Rex Warner），这是他准备了很久且很有把握的主要意向资助方。我们很快收到回邮，国家地理学会告知，需要把计划和预算细化到以年度及项目节点为单位，再事申报。

情况很明了，要动工开造复原船才有资格根据时间表去申请资助。

从 2000 年开始，驾一艘巍峨的中国传统帆船航向世界，先是成为我的梦想，继而又成为团队伙伴的共同目标。船要大，船型要威严，船名要响亮。我将复原目标设定为明清时期的册封舟，以康熙五十八年（1719）十丈长封舟为原型，伙伴们将船名取作"中国龙"。然而，目标越宏大，落地越艰难。

2006 年 9 月，借顽石航海俱乐部位于禾祥西路的办公室新址，我和伙伴们邀请从福建沿海造船地田野调查中甄选出的造船师傅们前来座谈。从东山、海澄、厦门、晋江、惠安、闽侯六地分头而来的同行高手第一次碰面，拘谨而客气，互相之间并不交流。此前的田野调查都是我去到他们的家和作坊拜访，每一位师傅与我都是最熟悉、最接近的关系，现在十余位师傅离开他们的家乡来到了我们的办公室，互不相识，彼此还是同行对手，并且与我不再是最熟悉和最接近的，可能他们自己也没有预料到被邀请来厦门会是这样的场景。我手忙脚乱地招呼着师傅们，又准备开会，有点顾此失彼，没有想到史上首届福建传统造船武林大会竟然这样温吞不火。我可能只考虑到技术比选对复原项目的好处，而忽略了其中传统的人情世故。

我向参会者们发布了 30 米册封舟的复原设计和委托承造的比选公告，又分别向每位师傅发放了我们收集到的明清两朝册封舟的造船相关图文资料，以及我的梳理和解读。请他们各自以当地传统造船法式进行二次解读，画出尽可能与史料记载相契合的建造草图。

我没有把王杨用 CAD 和 3DMAX 软件做出来的布置图和模型图披露给师傅们，那是我设定的标准答案。

我们还制订了下一步推进计划，也就是册封舟的复原技术路线。一旦选定某一组造船师傅的设计草图，便委托具有木船设计资质的单位出具一套审图专用的设计图和施工图，同时委托入选的造船师傅制作一艘册封舟模型。这艘陈列模型，东南卫视拟出资定制采购，我将其拿来兼作放样模型和试验模型，模型将送去上海交通大学或大连理工大学做流体力学和空气动力学的船池试验，这样既可以省下一笔模型制作费用，又可以让这艘模型更有故事。船池试验完成之后，再根据试验数据微调设计方案，之后便可以开工建造封舟大船。

在复原设计过程中借用现代技术来检测，这是受到"阔阔真公主号"仿古船的启发。20 世纪 80 年代，英国人莫伟伦（Wayne Moran）在香港筹资建造一艘中式帆船，重走元代自福建泉州到波斯的古老航线，帆船取名"阔阔真公主"，是传说中忽必烈女儿的名字。"阔阔真公主号"以伍斯特测绘的福州运木船"永利顺号"线图为原型，缩小了船只尺度，再结合英国科学博物馆的 20 世纪 30 年代藏品"金合福号"模型的船型，先制出试验模型在英国南安普顿大学进行船池试验及风洞试验，这是第一次用电子计算机模拟在不同海况和气象条件下对中国式帆船的性能与表现进行测试的科学试验。我们也信心满满，要在国内做首个中式帆船的船池和风洞试验，以严谨的观测、试验和数理计算，诸如静水阻力、自航强制力、纵摇和横摇耐波性，来检验用传统造船法式复原出来的帆船的性能，双向而行，想来十分振奋。

老刘对筹足造船与航行的预算很有把握，伙伴们也跟着乐观，仿佛造船资金真的已经到位一半，剩下的一半大家罗列出可能资助的机构，主动认领，分工追踪落实。我们还计划下个月去莆田找一艘闲置的木质旧渔船，买下来重装风帆，作为与造船同步进行的航行训练专用船。

9月底，跑了两年多的民间机构注册，在福州朋友王林辉的帮助下取得突破性进展，我们得以在福建省民政厅登记成立一个民办非企业性质的社会组织。有了这个机构，才有资格去谈合作、拉资助，也才能办理船证，获得航行许可。明清册封舟复原与远航的项目网站域名也申请下来了，用的是"中国龙之旅"的长串英文字符，我又转而忙设计网站栏目，撰写各个板块的内容。

申请中的福建省福龙中国帆船发展中心，注册资金的下限从 3 万元升到了 15 万元，且需要马上到位。大家凑了半天也还远远不够，我手头也没有存款，但作为发起人和召集者，在这个节点上必须挑起责任，于是我设法挪用了一笔款项，总算凑足了 15 万元验资款。经此一事，面对 70 万美元的庞大资金预算，我对社会的关注意愿和团队伙伴的筹款能力，开始产生了怀疑。

更加不利的消息接连而来。

各路造船师傅回去之后，纷纷反馈回来，仅凭长、宽、深三个主要尺度，设计出接近康熙五十八年（1719）册封舟样式的古船，难度很大。册封使们所记载的船长十丈，并未指明是哪一种长度，甲板长、龙骨通长，还是底长，等等，他们只能先假定船只总长为30米。我则鼓励他们尽管按照自己最熟悉的当地代表船型的法式和配搭，先画出设计草图。

东山孔炳煌、许锡辉师傅最为积极，首先完成设计草图寄了过来，可我一看，这不是放大了尺度的东山大翘帆船吗？艉舵的样式还是类似"金华兴号"的晚近广式帆船开孔舵，舵叶上开有一组齐整的菱形孔洞。其后其他组师傅提交上来的册封舟设计草图，也都是以当地船型为母本，按照册封舟已知的长、宽、深三项主要尺度和主桅长度为基数画出来的，看上去分别是漳州青头、厦门钓艚、晋江大排、惠安黑舨五铳眼和福州丹阳船。每个师傅眼中各有自己的册封舟图景，册封使作为官员和乘客所描述的册封舟上的空间布置，与造船师傅们所能理解的语境不一样，没办法对上频道。造船师傅解读出来的六款草图各不相似，无一能够与我们的概念设计布置图重叠。

我此前针对册封舟船型背景的研究发现，明清时期与琉球隔海相望的浙南闽北，外海主力船型先是鸟船，之后是运木船和钓带鱼船，再后来是由钓船制式改造的三不像船。历次册封舟之规并非成制，每逢册封需要造船时，都要从民间造船业重拾上一次建造册封舟的船型制式，或是直接征用战船或民船稍加改造，因此也与同时代福州的主要外海船型密切相关。康熙五十八年（1719）册封舟的船型，应该接近于改进后的福州运木船，亦即三不像船。我和王杨用CAD 和 3DMAX 软件做出来的册封舟概念布置图和模型图，就是瞄准三不像船。但三不像船和后期的福州运木船花屁股两种船型，在 20 世纪上半叶随着各地的需求和杉木运输方式的改变，没有延续和存留下来，连来自福州闽侯的方诗建师傅都没有听说过这两种船。

目前的情况表明，我原本设定的分别按照各地造船模数制将几个主要尺度搭配出整船部件的方案，只适用于当地的船型，构建出来的设计草图是各地的"册封舟"，各地体系的造船模数无法通用、互补和叠加，即便六组师傅合力，或是以一组师傅为主、其他师傅配合，也无法复原设计出一款集大成的册封舟。可检讨的地方还有，把复原船目标设立为册封舟，更多是热情指向，而缺乏系统可靠的历史资料，缺乏可以转换成造船师傅语境里的形制尺度数据，原型不明，何以复原？

册封舟复原之路中断，大家的情绪都很低落。关键时候，黄剑提醒我，把赶缯战船研究拿出来让大家看看。

赶缯船原本是福建南部的一种渔船，后来也用作商船，明代中后期被征作外海战船的船型。赶缯船之名，现存的较早记载见于南明郑成功户官杨英所撰的《从征实录》，最迟在顺治初年就已经出现在清朝水师的战船系列中，在清朝前中期为外海水师的主力战船。

一本成书于雍正八年（1730）后的手抄本《闽省水师各标镇协营

战哨船只图说》，精细描绘了清雍正年间福建水师的赶缯、双篷、平底、花座、八桨五种主力战船的船式线描图，被李约瑟等 20 世纪西方学者誉为在中国史籍中所能找到的最重要的造船手册，只是中国学者罕有机会翻阅过。该手抄本一共绘有 10 幅从不同角度描绘赶缯船船体构造的分形图，还详细标注了部件名称，又以赶缯船为例绘出 50 种主要船体构件的分形图，并列出根据船只大小不同而不同规格的构件详细尺寸规范，所有图示皆具备正确的透视视觉效果。如此准确而细致的标注，如此完整而写实的工程图示，无论在之前或之后的史料中都是独一无二的，十分珍贵。清代福建战船到底是什么样子一直困扰后人，这本图说古籍的重新发现，为此提供了第一份准确的材料。

它是怎样落到我手上的呢？

先是李约瑟在其主编的《中国之科学与文明》第四卷第三分册中，引述汉学家摩尔 (F. Moll) 的研究时，提到了这本清代古籍，还引用了其中一幅赶缯船图。只是这本原藏于德国马堡普鲁士国立图书馆的手稿，在"二战"之后不知所终，连李约瑟本人也未曾见过真迹。

我想起在慕尼黑的布罗曼博士，请求他帮忙设法查找。老先生很快找到并寄来摩尔先生 1923 年发表的研究论文，50 张赶缯船分形图和构件图第一次呈现在我的眼前。清代雍正年间的赶缯船分形图，相当于现代工程图纸描绘物体形状的正投影三视图，这套图纸大概是中国最早描绘物体形状和结构的三视图。这还不仅仅是三视图，除了赶绘船船体结构前视图、侧视图和俯视图，还有从船艉外面往内看的后视图和从船艉里面往外看的内后视图，以及从船艏里面往外看的内前视图，简直令人难以置信。我咧着嘴巴一张接一张地远看近看，足足看了一天，笑了一天，吃饭时都不禁在笑。

尽管这只是摩尔先生的临摹和英文转译，研读起来一知半解，但已经非常惊艳。很快，布罗曼博士又在柏林国立图书馆找到了《闽省水师各标镇协营战哨船只图说》的手稿原本，并购买了一套缩微胶片，在跟图书馆版权部门沟通，希望将胶片拷贝转给第三者做学术研究用途的同时，悄悄发了几页手稿拷贝给我。凭借着这几页原稿上的部件名称标注，再校对摩尔先生的英译，摩尔先生临摹的全套图纸，研读起来就比较清晰了。

几乎在同时，一位福建沿海造船地田野调查时认识的生活最不如意的师傅，也是距离我住处最近的，在厦门港沙坡尾避风坞旁的简易搭盖内做船模的黄亚雄师傅，出乎意料地在他生命的最后日子里，把他珍藏的一本清代战船图纸赠送给我。

63岁的黄师傅是缅甸华侨，自幼返回厦门港，生活颠簸却又爱船如命，晚年时还四处做电焊、搭钢架，打工赚一些钱买材料租作坊来做船模。作坊里又闷又暗，黄师傅就睡在堆着比较值钱材料的小阁楼里，平日只抽4元钱一包的卷烟，喝最便宜的散装白酒。我时常去找他探讨，却未能帮过他的忙。

一位白头发的工友背着黄师傅跟我说，他现在已经打不起精神，即使有机会也很难做下去了。我听了这话感觉一阵战栗，这几年看到太多生活不如意的造船师傅，看到他们从不如意走向更不如意，看到他们希望的破灭……我自己应该还没走到这份上吧？

一天，平日极少找我的黄师傅打电话让我过去一趟，他从黑暗的作坊阁楼拿下来一个纸包，纸包里是一本牛皮纸封皮的清代战船图纸。黄师傅说他已经做不动新的模型，图纸就送给我做研究和做纪念。我翻开封面，只见内页上赫然写着竖排书名《闽省水师各标镇协营战哨船只图说》，天啊，怎么会有这么巧的事，这本最珍贵的造船官本古籍，竟然藏在这处简陋昏暗的船模作坊中。我急切地翻开这册复制本，与布罗曼博士悄悄发给我的几页手稿原稿胶片仔细对照，确定二者出自同一个版本。现在我手头上有完整的《闽省水师各标镇协营战哨船只图说》了！

不久后的一个中午，黄师傅像往常一样喝了杯白酒，躺倒在作坊内的旧沙发上睡觉，掉到了地上，在昏睡中去世。

赶缯船的第二份重要史料，是成书于乾隆三十三年（1768）的《钦定福建省外海战船则例》刻本。则例的卷首篇前是各省外海战船总略，记载自康熙二十九年（1690）起的各省水师外海战船修造定例沿革及执行情况。卷首篇前之二是福建省外海战船总略，记载由福州、泉州、漳州、台湾四处官办战船厂分造的赶缯船及双篷船，根据船只大小列则及其沿革的情况，战船分配到各水师营的数量及编号。正文卷首以一艘造送奉天金州水师营赶缯船为例，罗列出建造工料与造价细目。其后正文的第一至十六卷，分别罗列16种规格大小赶缯船的拆造工料与造价细目。《钦定福建省外海战船则例》作为官修的造船工料定额和施工标准，其官修级别及文字详尽程度都在《闽省水师各标镇协营战哨船只图说》之上，虽然当时立则的目的主要是管理和稽考，但对于后来的技术史研究者，则是一份独具科学性与工程意义的宝贵资料。以其中规格最小的第一则四丈六尺赶缯战船为例，工料定额记录文件共有34页15041字，其范围几乎涉及船只的每一个构件、每一块用于形成部件的木料，甚至钉船所用的每一种铁钉的规格，其记录详尽程度，即使在后代的木帆船造船业中都属罕见。

例如龙骨的尺度规格与用料、用工额定如下：

船底松木龙骨一道，计三节：船头一节，长一丈五尺；船中一节，连交接匙头长三丈一尺；船尾一节，长一丈。均宽一尺、厚八寸。做净每折见方尺二十尺，用舰匠一工。交接匙头二处，每处用长一尺钉八个；又，每边用长六寸钉十二个。共核用宽一尺、厚八寸松木枋五丈六尺六寸，长一尺钉十六个，长六寸钉二十四个，舰匠十工八厘。

这本古籍落到我手上的过程也充满了戏剧性。

先是老刘在台湾"中央研究院"历史语言研究所，复印到《台湾文献丛刊》收录的《钦定福建省外海战船则例》台湾藏本，计有卷首和前十一卷，还有篇前的各省外海战船总略和福建省外海战船总略，但是后十二卷却缺失。几乎在同时，王杨在福建省图书馆帮我复印到南京大学藏本，从卷首到卷二十三均齐全，只是缺了卷首篇前的那两则总略。散落在大陆和台湾的两本则例刻本残籍，终于在我的手中首次合璧。更幸运的是，这本赶缯船则例与前面的那本《闽省水师各标镇协营战哨船只图说》分别记载的形制规格和用料规格，一部分几乎完全吻合，另一部分则形成了美妙的互补。

一旦进入文献挖掘的轨道，更多的赶缯战船线索从浩瀚的史海中跃然眼前。

郑成功海商集团户官杨英的《从征实录》最早提到了水军配置的赶缯船，清康熙年的《东华录》较早记录赶缯船用于海上作战，康熙年的《平闽纪》叙述清军与郑氏武装交战时，双方大量使用赶缯船的战况，赶缯船用于郑清海战的详细记载也见于康熙年的《决计进剿疏》，赶缯船作为远洋商船并远达吕宋的记载则见于康熙年的《海疆底定疏》。康熙年的《水师辑要》最早记载了赶缯船的设计原理与设计模数，如三段龙骨长度之间的长度比例、龙骨长宽高的比例、含檀长宽高的比例、含檀与梁头和尾座及头含檀的比例、含檀与大桅长度的比例、含檀与舵叶长度的比例、官舱梁头长与舱深及与木碇长度的比例、大桅与头桅长度的比例、船身长度与大桅长度的比例等。康熙年的《赤嵌笔谈》以北方官话记录并注释了一百余种赶缯船的部件、工属具和材料的名称，并记载了主要部件的规格和数量。雍正年广东高雷廉总兵蔡添略奏折中记载了赶缯船的规格与用料，首次提到平墨、直墨，即各站隔舱板上宽、下宽、高度等船体横截面的核心模数，并强调长度单位"俱系闽浙鲁班尺"。乾隆年的四十四卷册《钦定江苏省内河外海战船则例》详细罗列了江苏省各种规格赶缯战船的拆造工料与造价细目。

中国科学院图书馆藏清代彩绘本《山东登州镇标水师前营北汛赶缯战船图》描绘了赶缯战船的左侧视图，并标有船上各主要部件的名称和尺寸。这幅图首次同时标注了赶缯船全长、船身长与龙骨通长三种最重要的船只长度数据，对于文字记载的解读意义重大。古籍记载中的船长通常是指船只的哪一种长度？中国帆船在不同时代、不同地域乃至不同船型各有不同度量方法，分别为总长、通长、身长、实长、龙骨长、龙骨凑长、龙骨通长、底长等，各种度量方法互相交错，而其中的龙骨长和底长，又分别具有包含弯度在内的实际构件长度与成型后的直线长度两种，相当复杂。古籍中有船只长度的数字记载，往往未注明是哪一种量度，导致不少后来的研究者将各种概念的长度混为一谈。

在不同来源的古籍中，即便是对同一个时代、同一种船型的同一类文件，编撰者对战船的描述通常也有不同的关注点和习惯称法，这就使得对单一古籍的解读往往产生了很多疑问和误解。挖掘出可供比照的文献越多，越有助于通过数据的平行对比、校对和补充，使复原重建的大部分基础工作在文献学研究的阶段就得以顺利完成。我在五份记载赶缯船的史料中，各选了一种大小尺度相近似的型号，进行了数据的平行比照：

	闽省图说	蔡添略奏折	福建则例	江苏则例	山东船图
船只长度		船身长七丈九尺	身长六丈五尺（此处疑为甲板实长）	身长八丈四尺	船身长七丈三尺，头舣至尾楼长八丈八尺
龙骨长度		六丈五尺	凑长六丈五尺	连接榫凑长六丈五尺	通长六丈四尺
船只宽度	含檀长一丈八尺	面梁肚阔一丈九尺五寸	船中面阔一丈八尺四寸	船中面宽二丈	梁头宽一丈八尺
船只深度		浅平墨六尺七寸，深平墨八尺三寸五分	舱深六尺一寸四分	船中深七尺五寸	深六尺
船舱数量			18	21	19
主桅长度		七丈八尺	七丈二尺		七丈六尺
大蓬长度		五丈八尺五寸	六丈		五丈
大蓬宽度		三丈七尺五寸	二丈七尺八寸		二丈六尺
图示		船式图 分形图 部件图			船式图

　　上述几种涉及赶缯船船式与部件定额管理的文献中,《钦定福建省外海战船则例》所载的船只号数最齐全,不同大小一共有十七则之多,而每一则内的工料定额的范围也最为详尽。进入赶缯船复原重造的文献研究阶段时,遂以该则例为主轴,以其他文献作为校正和补充,整理出 17 种赶缯船的主要尺度规格表:

名目	船身长	船中面阔	舱深	舱数
卷首	七丈四尺	一丈八尺七寸		21
第一则	四丈六尺	一丈三尺二寸	四尺三寸	15
第二则	五丈四尺	一丈五尺七寸	五尺三寸四分	16
第三则	五丈	一丈四尺六寸	四尺八寸八分	16
第四则	五丈五尺	一丈五尺七寸	五尺三寸四分	16
第五则	五丈七尺	一丈六尺二寸	五尺三寸四分	16
第六则	六丈二尺	一丈六尺七寸	五尺五寸四分	17
第七则	六丈五尺	一丈八尺四寸	六尺一寸四分	18
第八则	六丈八尺	一丈七尺七寸	六尺一寸四分	19
第九则	六丈九尺	一丈八尺五寸	六尺一寸四分	19
第十则	七丈	一丈八尺九寸	六尺二寸七分	20
第十一则	七丈三尺	一丈九尺三寸	六尺四寸三分	21
第十二则	七丈七尺	一丈九尺七寸	六尺四寸七分	21
第十三则	七丈八尺	二丈三寸	六尺六寸	21

续表

名目	船身长	船中面阔	舱深	舱数
第十四则	八丈一尺	二丈二寸	六尺九寸四分	21
第十六则	八丈六尺	二丈一尺三寸	七尺九分	22
第十七则	八丈	二丈八寸	七尺二寸六分	22

从这些历史文献中挖掘出来的有关赶缯船的设计原理、设计模数、主要部件名称及解释、部件规格与用料、度量衡等，为复原清初赶缯战船的设计提供了宝贵的资料。赶缯船的资料，不仅在字数和数据方面跟我同步做复原研究的册封舟有几何级数的差别，而且当年的记录者可能是常驻战船工厂的低阶职官，所用的文字和语气比较接近造船工匠的语境，今日的造船师傅也能大致读懂。

仿若被海面上俗称乌贴风的乌云盖住了许久，盘旋在上空的热带低气压气旋突然之间被来自北方的强劲高气压冷空气推挤漂移，阳光乍泄，四周顿时明亮了起来。我知晓这是在漫长黑暗中经过艰难的跋涉，终窥天光。田野调查的累积与文献挖掘的新发现在激烈的碰撞中逐渐融合，赶缯船的历史原型，在用途、外观、形制、设计、选料、施工几个重要的方面，逐渐清晰了起来，我顾不得舒缓片刻，旋即投入复原设计。

清初赶缯战船复原设计的第一阶段，是基于手头上已收集到的几种相关古籍的文献学研究，选取《钦定福建省外海战船则例》第一则水师提标后营清字八号赶缯船为原型，采用三个步骤进行复原设计：

第一步，列出《钦定福建省外海战船则例》第一则赶缯船拆造部件清单，与则例内其他则赶缯船的部件清单进行对应比照，特别是卷首造送金州水师营赶缯船所列部件清单较为齐全。通过比照，对第一则赶缯船部件清单进行补充，并标注出新增补的部分留待验证。

第二步，根据《闽省水师各标镇协营战哨船只图说》的图式及标注，以及《水师辑要》《赤嵌笔谈》的解释说明，对第一则赶缯船部件清单所列部件名称依次进行辨识与解读。

第三步，对于部件清单中的指意不明部件，结合福建沿海传统造船地田野调查工作，逐一向不同地域的造船工匠请教，对比汇总之后甄选出能一致辨识的部分，保留少数尚无解的部件。

在为团队计划进行册封舟复原研究的同时，我自己先行开启了赶缯战船的复原研究，原本这是作为册封舟研究技术路线的比照和修正。随着文献的发掘和研究的深入，赶缯船凭借着丰富而详尽的规格与用料古籍资料，其复原设计进展远远超越了册封舟。我没有把自己悄悄在做的赶缯船研究告诉其他伙伴，因为这船不够大，船型不够威严，不是团队的复原建造目标，只是一项我个人的学术研究。

经过近一年时间的解读和研究，清初赶缯战船复原设计第一阶段顺利完成，经过前期三个步骤而得出的纸面复原设计成果，分别交给从福建沿海传统造船地田野调查中甄选出来的六路造船师傅，由他们进行实际建造的解读，依次完成后三个步骤的设计。

第四步，选取船底板厚度等几项赶缯船主要的部件规格，交给福建沿海几处造船地的老工匠进行比较，得出的结论是清初古籍中所额定的这些部件规格，与后代所用材料的规格差不多，并且确定了以留存至今福建造船鲁班尺为度量衡工具，即以 1 尺相当于 0.30 米作为换算单位。

第五步，将庞杂的赶缯船第一则构件清单，按照船体系统、推进系统、定向系统、靠泊系统、涂装系统进行分类与归纳，编制出"四丈六尺赶缯战船规格表"：

主要尺度

船身长	13.80 米
头起翘	1.20 米
尾起翘	0.90 米
船头长	5.40 米
船头面匀宽	2.64 米
船头底匀宽	2.40 米
船中长	4.80 米
船中面匀宽	3.96 米
船中底匀宽	3.06 米
船尾长	3.60 米

主要尺度

船尾面匀宽	3.78 米
船尾底匀宽	2.82 米
舭长	15.78 米
舭高	1.20 米
舱数	15
船深	1.29 米

构件尺寸与选料

构件名称及数量	则例记载尺寸	则例记载用料
1. 船体系统——外壳		
三段龙骨含接头凑长 16.80 米	龙骨船头一节 4.50 米，船中一节含交接匙头 9.30 米，龙骨船尾一节长 3.00 米	松木枋 17.0（长）×0.30×0.24（厚）
船底板	船底板连起翘长 13.80 米，内船底匀宽 2.90 米，船底两站各匀高 1.49 米	大吉木板 28 块 12.6（长）×0.24×0.09（厚）
（以下略）		
2. 船体系统——结构		
船头极 2 块	船头极各长 1.50 米	樟木极 1.50 米 ×0.10（直径）
冲天极 2 块	冲天极各长 2.70 米	樟木极 2.70 米 ×0.10（直径）

续表

构件名称及数量	则例记载尺寸	则例记载用料
（以下略）		
3.推进系统——桅		
大桅 1 根	大桅 1 根，长 18.00 米	桅木 18.0（长）×0.43（直径）
大风蓬 1 扇	大风蓬长 14.40 米，宽 7.80 米	
（以下略）		
4.推进系统——橹		
中橹 2 支	中橹各长 12.60 米	12.6（长）×0.24×0.15（厚）
橹尖 2 个	橹尖各长 0.45 米	樟木枋 0.24×0.09（厚）
（以下略）		
5.定向系统——舵		
舵闪板 3 块	舵闪板长 4.20 米	中吉木板 0.17 米×0.08（厚）
舵夹 8 块	舵夹各长 1.20 米	樟木极 1.20 米×0.10（直径）
（以下略）		
6.定向系统——槌		
船头用槌 1 支	槌长 9.60 米	中吉木 12.60 米×0.21（直径）

构件名称及数量	则例记载尺寸	则例记载用料
7.靠泊系统		
车碇2门	车碇各长5.40米	5.4（长）×0.3×0.18（厚）
8.涂装系统		
妈祖旗1面	1.50×1.50米	
一条龙1面	18.00×0.90米	
（以下略）		
9.其他——铁件		
	长0.30米钉353个	每个0.5斤重
铁钉17886个	长0.24米钉261个	每个0.2斤重
	（以下略）	
10.其他——捻料		
灰、桐油、网纱、竹丝	灰1372斤、桐油553斤、网纱447斤、竹丝447斤	

列表分类整理后，可以比较清楚地检视出第一则四丈六尺赶缯船由977个木质部件和27个铁件构成，使用17886个铁钉进行钉接，使用牡蛎壳灰1372斤、桐油553斤、网纱447斤、竹丝447斤进行捻缝。

第六步，将整理出的四丈六尺赶缯船规格表连同古籍原文，分别交福州方诗建、厦门洪志刚、晋江陈芳财和陈荣亮、东山孔炳煌和许锡辉四组福建沿海传统帆船造船师傅进行复原设计，海澄郑水土师傅和惠安黄文同师傅因为自身造船事务繁忙，未再参与后续的设计。东山小组于 2005 年 11 月绘出赶缯战船草图并制出 1∶30 工作模型（1 号模型），于 2006 年 10 月绘出第二稿草图并制成 1∶15 工作模型（2 号模型）。晋江小组于 2006 年 1 月绘出赶缯战船草图，于 2006 年 10 月绘出第二稿草图并制作 1∶15 放样模型（3 号模型）。福州小组和惠安小组分别提供书面设计复原图解。这四组师傅皆未具备现代造船工程的教育背景，仅凭传统造船技术传承及实践经验进行相关复原设计，符合实验考古学方法的设置条件。

复原设计的原则，首先是"四丈六尺赶缯船规格表"中的主要船体部件能够按传统造船法式组合在一起，前后左右上下彼此相接恰当，不留空隙与余料；其次，以各个功能系统和主要构件为中心，根据古籍记载及线索，结合田野调查工作的工匠与船工访谈，进行传统设计方法复原。

这样的实验有些像拼积木，我把挖掘和解读出来的一套积木块交给师傅们，再给他们一张大致的建筑图，让他们用自己的技艺，拼出最接近建筑图且最好用的积木建筑，我再从中择优，请他来承造一座真正的建筑。在这一过程中也有师傅知识和记忆的反向流动，我在做初始的文献解读时，每次遇到一个不知所指的部件名称，如果自己也解不开，便会依次向每一位师傅发去询问，然后分别和他们展开研讨，再进行平行比照，甚至对师傅们的不同解释和说法匿名发起交叉质疑和分辨，结果大部分都能够解读出来，并且能与延续至今的帆船部件对上号。少数实在无法确切解读的部件，则只能归集起来，通过等比例模型的拼合，以及建造实船的过程中再来对号入座。

以定向系统的复原设计为例，四丈六尺赶缯船与明清两代大部分外海帆船一样，使用以勒肚（舵）索拴住舵叶来固定的摆舵式结构。摆舵的下金（舵承座）为开口状，舵杆除了通常的可升降，在需要时还可以脱离下金向后向上摆起。明嘉靖年册封琉球的使节夏子阳在四百年前写道："船主于舵，而制舵惟索。索断，则舵无制；舵无制，则击撞冲突，稍撼金口而船尾分裂，不可救矣。"到了20世纪50年代，国内唯有粤东海域的一种叫作包帆的木帆拖网渔船还使用这种摆舵。《水师辑要》《闽省水师各标镇协营战哨船只图说》中的赶缯船式皆绘有明显的摆舵，而第一则赶缯船的部件清单中也出现用于固定勒肚（舵）索的鹿肚勒，因此赶缯船的舵无疑就是摆舵式结构。

摆舵的复原设计，首先，根据第一则赶缯船的部件清单"船尾舵一门，用楮木舵栏一根，长一丈八尺、宽一尺四寸、厚八寸，舵闪板三块，长一丈四尺、凑宽一尺九寸八分"，解读出舵的尺寸；其次，根据《水师辑要》中记载的赶缯船的设计模数进行对照和修正，即"舵则照含檀之尺寸，如含檀二丈，舵叶亦二丈，宁长勿短"；再次，通过对福建晋江吴氏、陈氏、周氏等 70 岁以上曾使用过或见过摆舵的老船工的访谈，还原出摆舵的实际结构和操控方法。

再以推进系统的篾篷为例，通过各种有关赶缯船的文献记载和同期画作等间接史料可以确定，赶缯船的头帆和大帆皆采用篾篷。《天工开物》所描述和描绘的篾篷结构已颇为明了："凡船篷其质乃析篾成片织就，夹维竹条，逐块折叠，以俟悬挂。"但篾片有多厚？规格有多大？竹条的厚度和规格又是多少？每一块折叠的篾篷有多宽？每一块可折叠的篾篷之间如何相接？当复原研究从定性走到定量，从书斋走到实作，除非与造船师傅共同琢磨，一次又一次试验，才能找到尽可能接近历史原型的解决方案。福建帆船约在一百年前已经停止使用篾篷而改用布帆，船舶考古发掘出来的竹篾编制物残片，也没有进一步的证据证实其是运载货物，还是船上用品，是篾席、簸箕、棚子，还是真的篾篷，但其等边六角形的单元结构，确实与不少历史画作中的篾篷细节相符。最终东山小组帮我找到一位退休的老篾匠，请他编制了四种篾席样片，篾篷的样式就在四种之一。如果再要继续，就得各做出一领 1：1 的篾篷，在复原船上做真实海况里的航行试验，从中四选一。

东山县孔炳煌是四组师傅里最热心的一位，几乎全身心地投入到四丈六尺赶缯船材料和部件清单的解读，也是几组师傅中跟我联系最频繁的一位，没有钱打电话便发短信息，我和他往复讨论的短信有上万字，相互之间也不客气，经常争辩和吵架。孔师傅的特长是对单一部件的解读，但他却创造性地采用作为包装衬垫的泡沫材料来制作工作模型，不费材料钱又容易切割成型，这一巧思令我佩服。

"鲁班尺确实是三公分，因古代家具尺寸是最有力证据，其他的考证是徒劳的，这是我在走路时想出来的，去量了尺寸对口诀是正确的。

"几百年的明清家具，床道是七尺二寸，又不能满弓，实际尺寸是 2.15 米，用古代家具尺寸几百 (年) 不变，其他没有说服力，船和家具都是鲁班尺为实际使用的尺。

"因为船的尺寸都要有吉利数，这种船配妈祖旗，龙旗，所以它的尺寸是民间尺寸，这个是一个很好的佐证。

"按鲁班尺的搭配，这些材料才说得过，因为做船人要懂得部件尺寸，以鹿耳为据它的尺寸已经超大了，很多老师傅对这个尺寸看法是：鲁班尺 30 公分为一尺。

"4.5 米的大斗盖，两门 6.3 米木碇，没这个规格不能操作，尾部舵的长度尾闸的宽度已经说出它的形状，尺寸都是有用争论来定，舵长才 4.5 米，这种尾没错。

"对于头尾我们都详细研讨尺寸，尾闸上角是一丈九尺八寸，所以尾部没法小了，头部是含檀尺寸限制，我们是尽量用里头文字还原的，实际建造结合现代尺寸。"

厦门洪志刚师傅则不动声色，遇到我解读时的请教，三言两语便帮我解惑，对复原设计和建造似乎很有把握，有一种下单就做、不用多说的姿态。晋江陈芳财师傅则蒙头从部件解读到整合成船体结构的复原设计，基本上不找我，也不太乐意告诉我他对每个部件的解读细节。福州方诗建师傅跟我的互动也不多，闽侯的造船法式跟漳厦泉的闽南造船法式差别稍明显一些。

赶缯战船复原设计的第三阶段，是选取《钦定福建省外海战船则例》卷首造送金州则身长七丈四尺赶缯船，与第十一则身长七丈三尺赶缯船为原型，分别整理出两套规格表。再以金州则七丈四尺赶缯船为目标，综合十一则等其他赶缯船规格为补充和参考，做出一份相对完整的"七丈四尺赶缯船规格表"，交给东山小组按1:20的比例制作出部件模型，再按其传统造船法式进行组装。

金州则赶缯船，身长七丈四尺（22.2米），三段龙骨连交接匙头凑长八丈（24米），但此身长并未标明到底是船身长还是龙骨长，或是其他的具体什么长度。我将《钦定福建省外海战船则例》中各则大小赶缯船的身长、水底板长、龙骨凑长和龙骨料长列表对照，就看出了一些端倪。在金州则中身长与龙骨凑长相差1.8米，姑且可以将其看作龙骨实长，但到了身长七丈三尺（21.9米）的第十一则，身长与龙骨凑长都是同一个长度，说明身长并非指龙骨实长。

第一种推测，根据造船史前辈周世德先生提及但未注明出处的史料，清代赶缯船龙骨接榫长为中节龙骨长的十分之一，以此数对应金州则，龙骨实长不会超过19.8米。

第二种推测，根据周先生所引用的另一处也未注明出处的史料，身长八丈的赶缯船每丈配龙骨实长八尺四寸，以此规则换算，金州则的龙骨长也就是 19.2 米。

第三种推测，《钦定江苏省内河外海战船则例》的各则赶缯船系以船身长度作为区分船只大小的规格，而且此长显然不是指龙骨实长。以第三则狼山镇标右营第三号缯船为例，身长九丈四尺五寸，对应龙骨凑长七丈二尺五寸，对应船底板凑长七丈二尺五寸七分，这样的身长远非龙骨实长。但新的问题来了，江苏则例的第三则对应到相应大小的福建则例的第十一则，龙骨凑长与船底板长都差不多，但江苏则例的九丈四尺五寸的"身长"与福建则例的七丈三尺的"身长"相差两丈一尺五寸（6.45 米），显然此身长非彼身长。

第四种推测，根据清代山东赶缯战船图，上面标明船身长七丈三尺，头舣至尾楼全长八丈八尺。将这个比例分别放到相邻的江苏则例和福建则例，便一目了然。

第五种推测，按东山当地流传的造船法式，龙骨接头长度为龙骨面宽的 2.5 至 3 倍，第十一则龙骨宽一尺，大船取大数，故两端接头共要占到六尺（1.8 米），剩下的龙骨实长为 20.1 米，对应到金州则大概是 20.4 米。

经过上述推理，再严格按照 1∶20 比例的模型制作，复原设计的结果，得出了金州则赶缯船的船身长是指甲板实长的关键性结论。

紧接着，同样以金州则七丈四尺赶缯船为原型，由东山小组再次以 1∶20 的比例制作出部件模型，按福建东山传统造船法式进行组装。

　　这艘模型主要用于赶缯船各组构件的复原设计研究。例如，有关尾部的栏杆，金州则记载的规格和派料清单如下：

　　船尾横栏杆一面，宽一丈七尺、高五尺，用横枋三根，各长一丈七尺；直枋四根，各长五尺。两旁栏杆二面，各宽二丈三尺、高五尺，共享横枋八根，各长二丈三尺；直枋十六根，各长五尺：均见方四寸。签子九十条，各长五尺、宽四寸、厚二寸。

　　船尾横栏的长度规格和横枋长度与船尾"面匀宽一丈七尺四寸"可以对应上，但所派木料似乎可制成三层船尾横杆和四层舷侧栏杆，这在其他同期文献记载和画作中尚无先例可援，因此，仅此栏杆一个单元，就须反复尝试不同的组合方法才能选出比较合理的方案。

　　在 25 号楼宿舍的斗室里，日子过得重复而充实。每天睁开眼睛后打开电脑，调出赶缯船古籍和规格表，一个部件一个部件地琢磨，中午饭点从楼下开车出旧校门到厦大西村外的天荷素菜馆打两盒 5 元快餐，每盒有 4 两米饭和 4 样素菜，这里距离我母亲家有 500 米。回到宿舍，吃一盒留一盒，继续回到电脑前琢磨，直到天色渐暗，用微波炉热热中午留的快餐，吃完继续挑灯琢磨至深夜。实在困得撑不住了，便就势往后一躺，歇息片刻，这个片刻往往就亮着灯到了第二天早晨。大半年里日复一日，每天的生活节律和活动路径越发精准，从斗室到厕所，从斗室到厨房烧水冲茶，从斗室到楼下停车场，出校门停车打快餐再返回，没有多余的半步和 1 秒，唯一的变化是赶缯船的部件一个接一个地清晰起来了。

连续几天，每当抬头从斗室的窗口往外看时，近处的山和远处的海跟我之间，空中总是浮着那个正在琢磨中的部件，恍如一个剔透的几何体。

我没有把个人的同步研究成果告诉其他伙伴，除了偶尔向黄剑炫耀一下某个翻来覆去折腾的部件最终解读出来的模样。赶缯船小，更容易造成，原本是我预备着将来造一艘自己的船，而不是这次团队复原建造的目标；但是册封舟遇到的问题显而易见，赶缯船不得已被推到了台前。

2006 年 10 月 19 日，用四丈六尺最小号赶缯船取代 30 米册封舟大船的新方案，在 25 号楼宿舍内经由老刘、金华、黄剑、王杨和我表决一致通过，其实是大家已经没有别的选择。黄剑为小号赶缯复原船想好了一个浪漫的名字，叫作"太平公主号"，因为我们的第一段航行是渡过北太平洋，希望它给我们带来好运。我们的航海计划也调整为 2007 年 5 月开航，用 60 天时间横渡北太平洋，全程约 4500 海里。

新的目标确立后，推进起来就比较畅快。我连夜写出"'太平公主号'扬帆美洲之旅计划书"，请东山造船师傅小组用泡沫赶制出赶缯战船复原概念模型。船池试验的计划取消，原本想为后继的中式帆船复原者留下一套科学的资料，现在时间上不允许，预算方面也不允许，做不到就不再想太多。审图专用的委托出图也取消了，我还是带老刘去拜访科班出身的木船设计师魏工，请求他对泡沫概念模型进行评测。魏工提醒我们要同步考虑船只的稳定性、操纵性、坚固性，未来还是要计算出静水稳性、升帆后稳性、重量、重心、出航排水量等等十几个数据，还要画出线型图、结构图和静水力曲线图，这些都是在国内申办船籍证书时必须提供的。

11月4日，我坐在了陈芳财师傅家的二楼客厅，跟师傅签下了四丈六尺小号赶缯船1：15放样模型的委托制作协议书，金额1.2万元，工期三个月。这个放样模型，也是东南卫视出资定购要摆放在门厅的陈列模型。

出于监造方便性的考量，造船地只能设定在厦门或者紧临的周边，我将承造团队框定在洪志刚师傅和陈芳财师傅中，二者选其一。11月中旬，我编制出"四丈六尺赶缯船'太平公主号'复原建造方案"，立即带去拜访洪师傅。洪师傅当即计算出工、料及管理费用，总报价80万元，我暗中大吃一惊，这个数目远远超出我们的预算及资金能力，承造团队的比选结果顷刻指向了晋江陈芳财师傅，希望他报出一个我们能够承受的预算。

团队伙伴的内部关系也在分离与统一、借力与出力之间流转，大家目标一致，但各有算盘。我们团队的注册机构福龙中国帆船发展中心（简称福龙中心）虽还没有拿到登记证书，但在 11 月底先召开了第一次理事会，重申了项目的公益与非营利总原则，大家同意启动造船工程的临界点是福龙中心账上的资金达到 30 万时，15 万元的注册资金外加筹款。半年前老刘在第一版"明清册封舟复原与远航计划书"中承诺垫付的首期 40 万美元造船资金也不再提了，伙伴们猜想他自己手头实际上并没有钱。"太平公主号"的计划时间表定在 2006 年 12 月 30 日之前开工，2007 年 6 月 15 日之前从厦门开航，船员 8 至 10 人。

12 月中旬又召开第二次理事会，时间表进一步细化到 2007 年元旦开工，2 月初铺设龙骨。因近几个月来跟厦门国企路桥集团的合作争取没有实质性结果，我做的把复原造船过程放进博物馆动态展示厅的提案也没有下文，我们拟将造船地点改设在五缘湾大桥下，这样还有可能拴住路桥集团。东南卫视将投入独家全程报道，母带资料和纪录片版权与福龙中心共享，并为项目赞助 10 万元。

有关资助商与合作方，我们的要求是，不管其招商和行销进展如何，务必按照造船项目实施的时间计划打款，而对项目行销的利润要设立上限，以免最后做成投机项目。作为交换，我们将交出已经在联系中的政府要员、官方媒体、国有企业、私有企业等关系资料，提供给资助商或合作方跟进发展，同时，我们也可以分享东南卫视的母带资料和纪录片版权，甚至可将其作为资助商或合作方公司形象片使用。

在海滨东区 25 号楼宿舍，老刘召集金华和我开了一次三人会议，表明他会投入超过 50% 的项目预算，并且提出如果新引进的资助商或合作方对东南卫视的存在有异议，为了项目的成功，可让东南卫视退出。我只有默默地听，东南卫视是迄今对我们计划帮助最大的支持者，也是目前最大的资助方，我们 5 人团队中的黄剑和王杨还都是东南卫视的员工，老刘这样的立场，我觉得非常不妥。

虽然造船计划在项目资金上遇到很大的困难，不过，在各种角力和拉锯战中，造船技术层面的推进倒是有条不紊。我综合前期的文献解读和四组师傅的复原设计，编制出"'太平公主号'需求规格书"，备作与造船师傅签订委托建造合同的技术附件。我还请洪志刚师傅对"太平公主号"委托建造合同文本的主要条款设置逐条斟酌。中间接连跑了三趟深沪，陈芳财师傅以晋江牵缯传统帆船作参考，跟我确定了"太平公主号"的概念草图，七分载时吃水 1.5 米，干舷 0.15 米。很幸运的是，他提交的造船预算和选料初步方案在我们可承受范围内，我们已经没有备份的选择，只感到时间越来越紧迫。12 月 28 日我又来了一趟深沪，将合同文本草案送交给陈师傅，并确定了造价金额。

陈师傅的报价仅为 36.69 万元，不含龙骨料钱、大桅、帆装、压舱、油画、电器、工具和下水费用，计划于 2007 年 2 月底开工，3 月底铺龙骨，4 月底下水，6 月底完工。

插页四
赶缯船解读

一、清代前中期水师外海战船沿革

清兵入关后，顺治元年（1644）于京口、杭州设立水师，又自顺治八年（1651）起，在沿江沿海各省，循明代旧制，设置水师营。水师有内河、外海之分，外海战船一方面利用明代遗留下的战船，另一方面分派沿海全省各道、厅建造。

顺治三年（1646）郑成功在烈屿起兵，此后横行于浙闽粤沿海十五年，多次击败清廷水师，后于顺治十八年（1661）攻占台湾。始设于顺治十三年（1656）的福建水师仅有兵员 3000 人，配备赶缯船及以下的大小战船百余艘，因战船大小及数量皆远不如郑氏水师，在交战中处于劣势。其后为了平定台湾，清朝水师大肆营造外海战船，其船式主要为鸟船、赶缯船、艍船。平台之后，施琅奏请将大型鸟船改拆为赶缯，康熙二十七年（1688）清廷又将赶缯船、双篷船额定为水师战船。康熙二十九年（1690）定修造之制，外海战船自新造之年为始，三年后准予小修，再三年后予大修，更届三年或大修或拆造。

雍正二年（1724），清廷再次额定水䑻船、赶缯船、双篷船、快哨船四种水师主力战船定式，其后六桨船、八桨船也被补列。雍正三年（1725），于福州、漳州、台湾三处各设船厂，制造外海内河大小战船。雍正七年（1729），设泉州船厂，并在厦门建附属船厂，名军工战船厂。至乾隆元年（1736），又将泉州船厂移设厦门。

乾隆六十年（1795），因赶缯船笨重，驾驶不甚得力，由各船厂将已届或将达到大修年限的赶缯船改为同安梭船式。嘉庆四年（1799），又将所有未经改造的战船一律改造为同安梭船式。

二、赶缯战船的史料记载及研究概况

以技术史角度探讨和研究福船之工作长久以来一直未见突破，这主要受制于史料的局限性。现存有关福船的史籍大都成书于明代后期，多是对船型、用途、大小的一般介绍，其中的图例也大都流于写意，不足以呈现历史上福船的本来面目。由于这些涉及造船的书籍并非由熟识造船绳墨之诀者写就，自然未能记载造船所需的规范标准、设计方法及建造工艺等技术要素。

赶缯船原系明清时代福建、浙江沿海的一种渔船，亦可用作商船，广东人称之为白艚船。因其"船身宽大，行驶迅速，往来大洋，不畏巨浪"，被清廷选定作为外海主力战船，并在清代前中期遍布沿海各省水师。

　　现存史料中最早提及赶缯战船的是清初记录郑清海战的官方文件，赶缯船作为远洋商船并远达吕宋的记载也可见于同期的类似文件。有关赶缯战船的清代官方档案及专书，留存下来的为数极少。康熙年间南澳总兵陈良弼所著的《水师辑要》，是一册以赶缯船和艍船为例，专论船式、配员、布阵、水操等的兵书，首次绘有一幅赶缯战船的写意图式。康雍时期巡台御史黄叔璥所著《赤嵌笔谈》载有赶缯战船修造工料的记录，并以北方官话记录并注释了原用方言标记的战船部件名称。成书于乾隆年间的《闽省水师各标镇协营战哨船只图说》和《钦定福建省外海战船则例》《钦定江苏省外海战船则例》，则是专门记录

《水师辑要》中的赶缯船式

赶缯船等数款水师主力战船的工料定额和施工标准的官修文件，主要用于官办战船厂的管理和稽考。此外涉及赶缯战船设计和建造工序的文献，则更为罕见。

　　有关赶缯船的研究因史料的缺乏亦相当稀少。西方汉学家摩尔（F. Moll）博士曾于1923年用英文发表论文，根据对《闽省水师各标

镇协营战哨船只图说》的解读介绍清代福建水师战船，并引用该古籍所录之战船款式及部件图式共 66 幅。只是摩尔博士直接将古籍中的战船部件及用法按中文的意思翻译成英文，而未加注拼音，乃至读者未能还原出古籍原意，对其英译插图的解读难免有误。

20 世纪中期，中国科学院自然科学史研究所周世德先生曾根据《钦定江苏省外海战船则例》等古籍，对赶缯船的设计和结构进行过专门研究，遗憾的是周先生并未能获得《闽省水师各标镇协营战哨船只图说》这部重要的资料，也未见引用《钦定福建省外海战船则例》，因此在赶缯战船的具体船型、构件及建造工艺等方面并未涉及。80 年代中后期，厦门大学陈希育先生的从经济技术史角度研究中国帆船及其海外贸易的博士论文及专著中，也有篇幅涉及赶缯船，并且转载了 5 幅摩尔论文中重绘并注释的《闽省水师各标镇协营战哨船只图说》插图，但未做进一步讨论，对《钦定福建省外海战船则例》所载的资料也仅做横向的引用，未做纵向的研究。

三、《闽省水师各标镇协营战哨船只图说》的发现和研究

李约瑟博士在其编撰的《中国之科学与文明》中，曾强调了解船体结构与帆船术语对于研究中国帆船的重要性，并且在第四卷第三分册中引用了两幅来自《闽省水师各标镇协营战哨船只图说》的插

图，一幅是标有主要部件名称的平底船立体图，另一幅则是甲板布置平面图。这是当时所能看到的中国古船图中最写实也最具工程意义的两幅，有关《闽省水师各标镇协营战哨船只图说》的最初线索也源于此。

根据李约瑟书中标注的该古籍收藏于德国马堡的普鲁士国立图书馆的信息，我委托时任德意志博物馆海事分馆馆长的布罗曼博士协助查找，但历时数年一直查无此书。2005 年 12 月，布罗曼博士寻获并提供《闽省水师各标镇协营战哨船只图说》一书的第 5－6 页影印件，这是我首次看到这部古籍的真容。几乎同时，我也在国内一位私人收藏者处看到这本古籍的复制本，经过锲而不舍的努力，得以在历时近两年的时间陆续上门阅读并熟记全文，最终获得该复制本。

《闽省水师各标镇协营战哨船只图说》原书为手写本，作者佚名，书中说明系奉命绘制与注说。该书成书年代未详，书中提及的年代上限为雍正八年（1730），另据赶缯船于乾隆末年退出水师战船之列的史料记载，推断该书为清代雍正至乾隆年间官修的文件。封面上的目录处列有"图说""船只号数""款项明目""做法尺寸"四个章节，但正文中未见相关标注，据此判断该书为残本。

"谨按：闽省舡制有赶缯、双篷、平底、花座、八桨之别。赶缯、双篷其旁如恒，其篷高大，便于使风。平底舡四面平稳，不做尖底，头开尾阔，便于摇橹。花座舡彩饰壮丽，官厅设于舱面，便于校军。八桨舡腹阔而头尾稍窄，设篾篷安木椿于两旁，便于荡桨。此船制之大概也。其船只所以各异者，闽安出五虎门、厦港出大旦门、台湾出鹿耳门海水最深，各汛俱近外洋，有风时多无风时少，顺则使风，逆则戗风，此赶缯、双篷所由设也。"

《闽省水师各标镇协营战哨船只图说》开篇的第一段，即列出雍正年间福建水师五种主力战船的名号、特征及用途，并且指出各种战船配置所适用的海域。从其简洁而直接的文风可以判断，作者不似饱读诗书的文人，而更像是熟悉造船与用船之道的职官或武将。其所述的五种战船名号，也与其他清代史料的相关记载相符。

"赶缯舡为闽省各舡之最大者，于康熙二十七年由入官舡只匀配额设物料款目，较之双篷、花座、八桨、平底各舡尤备。舡身宽大、行使迅速，往来大洋，不畏巨浪。其式圆，其底削，共十七则，自长四丈、阔一丈二尺起，至长八丈、阔二丈一尺二寸止。"

该书正文的第一页为赶缯船全图，一幅从左舷靠船艄上方俯视的立体船图，上面标注有 52 个船体构件的名称。上述引文则是紧接其后的文字注说，可以很清楚地看出赶缯战船的独特地位，以及其大小 17 种规格的船长和船宽范围。

接下来依次列有"船头正面分形图""船头背面分形图""船舨正面分形图""船舨背面分形图""艟面分形图""船内头舱分形图""船内中舱分形图""船内尾舱分形图""船尾正面分形图""船尾背面分形图"，一共 10 幅从不同角度描绘的船体结构分形图，图中各主要

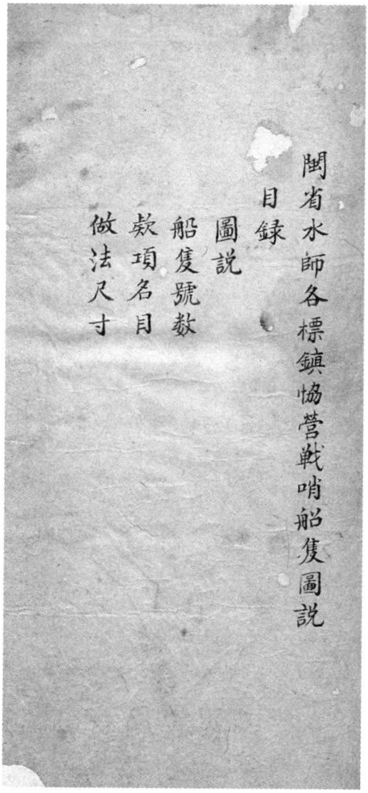

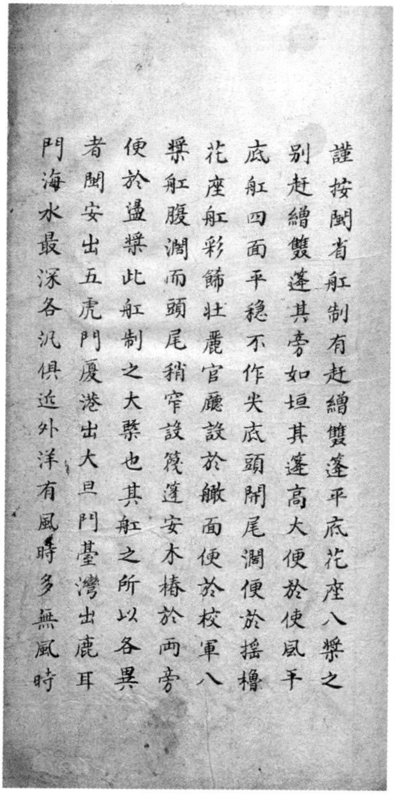

謹按閩省舡制有趕繒雙篷平底花座八槳之
別趕繒雙篷其旁如垣其篷高大便於使風平
底舡四面平穩不作尖底頭開尾闊便於搖櫓
花座舡彩飾壯麗官廳設於艄面便於校軍八
槳舡腹洞而頭窄設篷蓬安木椿於兩旁
便於盪槳此舡制之大槩也其舡之所以各異
者閩安出五虎門廈港出大旦門臺灣出鹿耳
門海水最深各汛俱近外洋有風時多無風時

閩省水師各標鎮協營戰哨船隻圖說

目錄

　　圖說

　　船隻號數

　　欵項名目

　　做法尺寸

《闽省水师各标镇协营战哨船只图说》封面　　　　《闽省水师各标镇协营战哨船只图说》首页

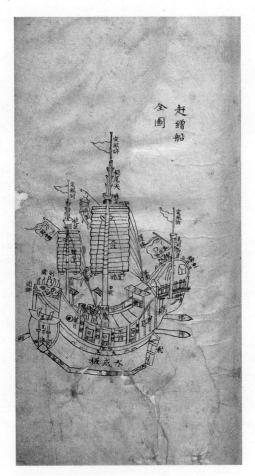

《闽省水师各镇标营战哨船只图说》中的赶缯船全图

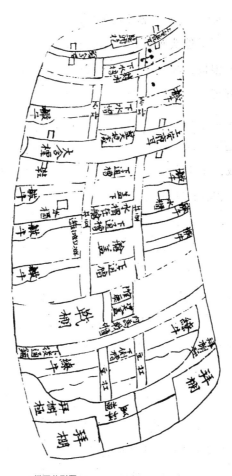

鹹面分形图

构件分别标注名称，每幅图皆配有简要的文字说明。

再接下来就是主要以赶缯船为例的 50 个船体构件分形图、用料，以及根据船只大小不同而规格不同的构件详细尺寸规范，依次如下：

斗盖："斗盖系船头头狮下第一块横木也……制以樟木锯半，上圆下方，用压浪板，搁两碇，形如劈竹。查闽省水师各标镇协营配用斗盖尺寸开列于左——赶缯船共十七则，自第一则起至第十七则止，各配中斗盖一块，长一丈五尺，围大四尺七寸，厚八寸。"斗盖是福建漳州造船工匠的闽南语称法，沿用至今，其书面语则系以官话取其意而成，并且早在明代万历年间的兵书中已广为使用。

兔耳、托浪板："兔耳、托浪板均用樟木安于船头正面。……第一则配用兔耳一个，长八尺，大一尺五寸，厚三寸。托浪板四块，每块长六尺五寸，大一尺，厚三寸。"兔耳和托浪板也是闽南语的造船习惯称法，托浪板是木帆船船首正面由多块板料拼接的横向壳板，其左右与两舷的船底板、船身板相接，其因承受波浪的冲击力，一般选用密度较高的木料。兔耳为船首斗盖与托浪板之间的横向构件，福船常以象形根据十二地支所属动物给船上的十二种构件取名，兔耳就是其中之一。

橇、橇牙："橇式如桨制，以大杉木为之，橇牙即橇椿也，安于船头舣外，有龙目边。入内港，船头急不能转，即以橇驾于椿牙上，入水樎之。"橇是木帆船用于在掉头时配合尾舵的一种重要工具，又称招，外形似橹，用时置于船首，以橇牙为支点，作为扳橇时的支

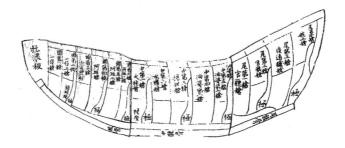

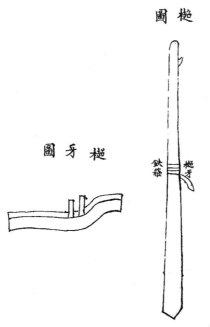

船内头舱、中舱、尾舱分形图 / 上图　　　　舵图、舵牙图 / 下图

点。明代宋应星《天工开物》有"招为先锋"的记述。

虾箍梁："安于头一舱舭面上，以樟木为之，其式如极。"

鹿肚勒："以樟木为之，锢于船头托浪板下，开两孔以系缆索，由水底龙骨直接舵身。"赶缯船的舵系摆舵式，舵杆下方以开口式的舵承座为支点，以两条勒舵索自船首斗盖从水底拉到船尾拴住舵叶，起固定作用。遇船底擦浅时，松开勒舵索，尾舵便脱离舵承座而自行摆起，鹿肚勒即是在这种摆舵系统中，起定位勒舵索的作用。

龙目："锢于船头舭边，以樟木配用，其形如目。"福建、浙江及粤东一带的海船船首两舷安有一对龙目，亦称船眼睛，代表识途之意，其大小形状都颇有讲究。这是现存最早关于船眼睛的记载之一，对战船船眼睛的规格定额记录尤其罕见。

拜棚："拜棚在尾舱战棚之后，为礼海神处，以杉木板配造。"

舭板："舭面上浮板一层名为舭板，以杉木配用。"这是架在甲板上的一层活动铺板，以利行走、操作方便。

碇、副碇："碇用槠木为之，色黑质坚，直坠海底不浮。外用副碇一门，为定碇不及至有遗失之备。"

篷架："篷架安于船之两舭，旁以杉木为之。"篷架即帆架，用于支撑落下时的船帆及帆桁。

车员、车耳、车脚板："车员系车篷、车碇、车舵等用，一杠配设四、五个不等，以大杉木斩成，其式如轴，架于杠之两舭。"

朴竹："朴竹乃军士护身之具，立于舭边，以柯榔为质，外用竹片织密，绘虎头于上，内钉铁环一个，式如挨牌。"

牛栏："牛栏安于舭上，如栏杆式，以杉木配造。"

炮架、炮盖："系大炮架，以松木配造，安于舣面上，两舭炮眼处。"

舭板："安于船之两傍，以杉木配用。"

厕柜："安于船头小官厅舭边，以木植板片锯剩碎木配用。"这是首次发现有关船上私密生活设施的史料记载。

头鹿耳、大鹿耳："鹿耳夹竖桅两傍，其制以樟木二块，下凿一筍牙，安入桅座，中间开一槽以接含檀，式方如尺接。"

含檀、头含檀："含檀有二块，皆用樟木大料为之，其一块横于船中一二舱之舣面，中凿一凹口以束大桅。一块较前略小，横于头一舱之上，中间亦凿一凹口以束小桅。"

转水："转水在桅木之前，用于抵桅竚、紧碇索也，制以樟木一块，旁凿四孔为之。"

扛豆："系各舱口直梁，安于舣面，以松木枋配用。"此系舱口直木，原称扛罩，在福建民间造船业也称经豆。

笨抽："笨抽安于舱口舣面，盖恐船身软弱，固用大杉木接稳，以应头尾之势。"

舱盖板："舣面正中，高而平处一派铺板，即为舱盖，制以杉木，栅成门式。"

水槽、侧槽、通槽："水槽、侧槽、通槽届舱盖下之水枧也，制

圖勒肚鹿 　　　　　　　　圗棚拜

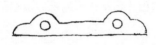

圗椗副　　　　圖椗　　　圗棚牛

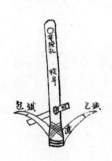

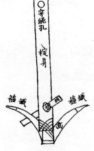

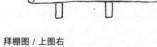

鹿肚勒图 / 上图左

碇图、副碇图 / 下图左

拜棚图 / 上图右

牛栏图 / 下图右

圖架炮　圖盖炮

圖　板　舢

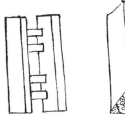

厠櫃圖

接舍檀孔　大鹿耳圖　接舍檀孔

接桅座笋　接桅座笋

炮盖图、炮架图 / 上图左

厕柜图 / 下图左

舢板图 / 上图右

大鹿耳图 / 下图右

以杉木。"

辚牛："安于船面两傍辚板，借其承搁，以松木为之，式如牛头。"

大缭牛、小缭牛："缭牛有二，其大者安于拜棚极边，小者锢于战棚面两傍，制以樟木。"

炮眼："安于两舭边，视船之大小酌配六、七个，四、五个不等。"

舭艨："舭艨系船舭两傍樟板，用于挡水浪护炮眼者，其式如尺。"

楼挑："楼挑又名缭跳，安于船边舭外，为起篷理索舟人踏脚之所，以杉木为之。"

舭斗："安于尾后舭外，为插竹篙之物，式如曲斗，以樟木配用。"

百子舲："此亦炮架，用樟木作，如牌式，凿孔寸许，安铁机于上，以接炮环，其机活动低昂左右可以自如，乃架炮必需之具，锢于炮眼里。"

猴袋："安于船之前后两舭，为收拾绳缆及微细工具之所，制以杉木配造，其式如盒。"

碗格："制用杉木一块，中凿数孔，安于舭边灶架处，以稳瓷器。"

鸟嘴燕："船势急重，恐遇物碰撞，固用樟木作鸟嘴燕，夹护头舭嘴。"

大压、水戗："大压在船舭下，紧贴辚面，与起翘之水戗相连，皆束舭、接水底、联辚面之杉木也。"

走马："安于船之两舭外，因水底板无可归宿，故以大杉木对开二条，以为走马束住。"走马是福建福州造船工匠的福州方言称法，沿用至今，其系船只两舷加厚的船身板，一般用长杉木对开锯成两半使用，每边船舷平行排列一至五道不等，自上而以走马、二走马、三走马等相称。在闽南造船工匠则将走马与上述大压、水戗统称为舷，故自上而下以大舷、二舷、三舷等称呼。

水蛇："水蛇安于走马之上，船舨之下，因舨板无从起基，故用大杉木对开二条以为水蛇，拦闸舨板。"水蛇的称法同样系福州传统造船术语，在明代万历年间夏子阳记录的册封使录中已有出现，为船舷两边位于走马上面的纵向加厚外壳板，兼作衡量船只头尾平衡的准线。

鼠桥："安于前后舨上，以杉木配用，与大压仿佛。"鼠桥也是按十二地支取名的福船部件之一，其称法在福建沿海造船都通用，在明代万历萧崇业《使琉球录》中已有出现。

寄菜板："以杉木配造，安于舨外，以隔厕柜。"

综合以上解读，《闽省水师各标镇协营战哨船只图说》除了为我们提供了50个赶缯战船主要构件的分形图外，还在各例图示中注出了其他65个构件的名称，以及15个船舱位置的名称。如此准确而细致的标注，如此完整而写实的工程图示，无论在之前或之后的史料中都是独一无二的，十分珍贵。该古籍的重新发现，为一直困扰后人的历史上的福船是什么样子的问题，提供了第一个准确的答案。

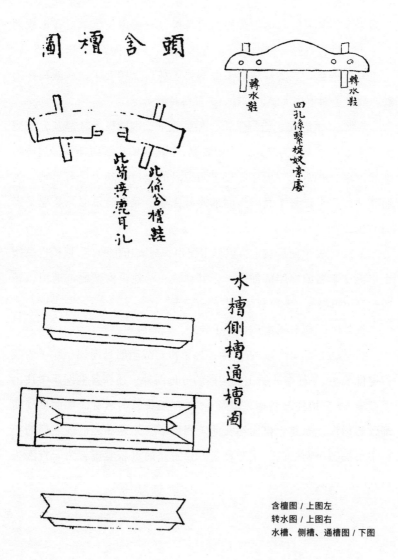

頭含檔圖

此係含檔鞋

此筒瘼鹿耳孔

轉水鞋

轉水鞋

四孔係繫梎奴索虚

水槽側槽通槽圖

含檔圖／上圖左
轉水圖／上圖右
水槽、側槽、通槽圖／下圖

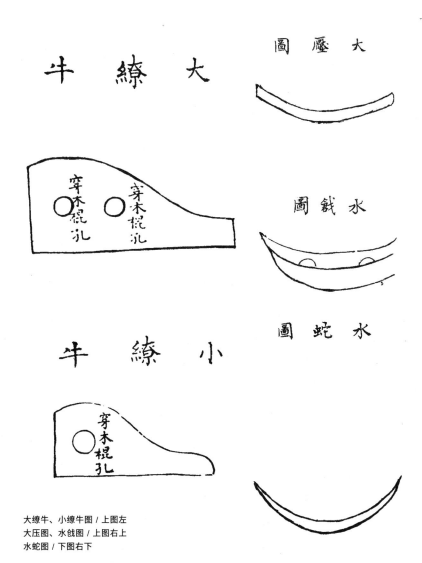

大缭牛、小缭牛图 / 上图左
大压图、水戗图 / 上图右上
水蛇图 / 下图右下

四、《钦定福建省外海战船则例》的发现和研究

2005 年，我偶然从福州市文物考古队林果先生处了解到有一部清代福建战船营造法式史料的线索，遂设法四处查找，先后在南京大学图书馆和台湾"中央研究院"历史语言研究所各找到一册《钦定福建省外海战船则例》。其中，"南京本"计有卷首、总略二则、正文二十三卷，40 余万字；"台湾本"则仅有卷首、总略二则、正文前十一卷，为残缺本。

《钦定福建省外海战船则例》原书为木刻本，成书于乾隆三十三年（1678），作者佚名。有关成书的缘由，作者写道："嗣于乾隆三十三年钦奉谕旨，令将应裁、应改之处，悉心筹议。随经奏明，将物料、价值则例先行赶办，缮册进呈。其各省战船，行令各督、抚详查核议，奏报到部，再行编辑成书，颁行各省遵造办理。"

书中"各省外海战船总略"，主要记载自康熙二十九年（1690）起的各省水师外海战船修造定例沿革及执行情况。"福建省外海战船总略"则记载由福州、泉州、漳州、台湾四处官办战船厂分造的赶缯船及双篷船，根据船只大小列则及沿革的情况以及分配到各水师营的数量及编号。赶缯战船分为十八则，后裁去其中的第十五则和第十八则，届成书之年余十六则，福建全省计 141 艘。双篷艍哨船各船分为十则，后裁去第一则、第二则、第四则、第五则，余六则，全省共计 117 艘。正文卷首为造送奉天金州水师营赶缯船的建造工

料与造价细目，第一至十六卷分别为十六则赶缯船的拆造工料与造价细目，第十七至二十二卷分别为六则双篷船的拆造工料与造价细目，第二十三卷为未入则杉板头哨船的拆造工料与造价细目。建造与拆造系不同的造船工程，建造指新造战船，拆造则是战船历小修、大修后因不堪再修而拆船再造，其不同之处在于拆造的船只原船的一些部件尚可使用，故同样一则规格的船只，拆造的工料与造价要比新造的少。因此，新造船只的工料定额涵盖的构件最为齐全。

《钦定福建省外海战船则例》作为官修的造船工料定额和施工标准，其行政级别及详尽程度都高于前面介绍的《闽省水师各标镇协营战哨船只图说》，虽然立则的目的主要用以管理和稽考，但对于技术史研究则是提供了一份独具科学性与工程意义的宝贵资料。以其中第一则四丈六尺赶缯战船为例，工料定额记录文件共有 34 页，15041 字，其中有 136 字为《康熙字典》都未收录的造船业者自造字。工料定额的范围几乎涉及船只的每一个构件、每一块用于形成部件的木料，甚至钉船所用每一种铁钉的规格，其记录详尽程度，即使在后代的木帆船造船业中都属罕见。

乾隆中期第十则即船长七丈的赶缯船数量最多，并且与卷首专门造送金州水师营的七丈四尺赶缯船长度接近，至于出自什么原因尚待研究。

有关船只长度的表示，中国帆船在不同时代、不同地域乃至不同船型各有不同方法，分别为总长、通长、身长、实长、龙骨长、底长等，各种度量方法互相交错，而其中的龙骨长和底长，又分别有包含弯度在内的实际构件长度与成型后的直线长度两种，比较复杂。《钦定福建省外海战船则例》中表示的船只身长，其尺寸与连起翘弯度在内的船底板长度相同，即身长亦为船底板长。

有关船只的宽度，一般用面阔表示，特指大桅所在的梁头宽度，亦称作含檀梁、驶风梁。中国帆船以横向的厚板将船体从头到尾分隔成若干个独立的舱室，这些隔板叫隔舱板，明清年代在福建亦称堵经、堵营、堵、营。船面甲板为排水迅速，需以船长中轴线呈拱形，因此隔舱板剖面形同一个倒立的梯形再覆盖一弯弧形，面阔即这个倒立梯形的上边长，而底阔则是倒立梯形的下边长。《钦定福建省外海战船则例》中的船宽，系指面阔。

有关船只深度的表示，亦有船深、舱深等多种方法，其中舱深一般指从船舱垫板至甲板的高度。《钦定福建省外海战船则例》中的船深，系指龙骨面至甲板的高度，与常用的舱深表示有所不同。

对于中国帆船主尺度及其长宽比等比例关系的研究，只有建立在同样的量度系统内才有意义。《钦定福建省外海战船则例》中所记载的 17 种规格的赶缯船主尺度及部件尺寸的详细数据，为横向比较研究提供了丰富而翔实的资料，同时也为选取其中一种规格进行纵向深入研究，还原出赶缯船的本来面貌提供了可能。

五、赶缯战船的设计解读

传统福建外海帆船的设计，首先由龙骨长决定船身长度，按传统比例分配头龙骨、中龙骨、尾龙骨三段龙骨的各自长度，再根据头龙骨与尾龙骨的起翘程度决定船只底型的弯曲弧度，此为定籤。接下来确定含檀堵（亦称驶风闸）也就是大桅相对于龙骨的位置，再确定头禁（头闸）、大堵（官舱闸）及尾堵（尾禁）三堵隔舱板在龙骨的相对位置，此为分舱。然后根据龙骨的长度确定含檀堵的面宽、底宽和深度，再根据船种和用途的不同，以含檀营的尺度为基础计算其他隔舱板的形状和尺寸。这样就确定出船的基本船型了。有了船长、龙骨长、船宽和船深，再根据既定比例决定桅、帆、舵、橹、碇等工属具的尺寸及形状大小。造船业者按照上述基本设计法式，根据船只的用途及海域地理，在一定范围内对船只各种尺度进行调整，以满足船主的需求。

传统造船业中，凡领头掌管设计和建造的工匠，称为掌线师傅或掌墨师傅，决定船型、尺度、用料、取材、用工等等，其各有一套营造法式，源于自身的经验及代代相传的口诀技艺，无需精确的图纸，传承仅靠心中记忆，言传身教，因此造船的设计方法和比例模数也罕见于文字记载。在设计中一概使用长度表示，而不使用角度，这体现了中国古代数学的特点。

赶缯船的设计凝聚了明、清民间造船工匠的智慧，根据周世德先生的考证，清代赶缯战船的设计采用了福建传统的造船设计方法，我们试图从掌线师傅的角度，以1号实验船的复原为例，对赶缯战船的设计做如下还原。

龙骨

四丈六尺赶缯船龙骨，"船底松木龙骨一道，计三节：船头一节，长一丈五尺；船中一节，连交接匙头长三丈一尺；船尾一节，长一丈。均宽一尺、厚八寸"，"头起翘四尺、尾起翘三尺"。

根据福建民间造船法则，龙骨的交接匙长为龙骨厚度的5倍，1号实验船三段龙骨接头扣去一丈四尺，实际龙骨长为四丈二尺（12.60米）。龙骨的前、后起翘决定龙骨的弯度，其设计画法为两个叠加的三角形，三角形的高即为起翘高度。

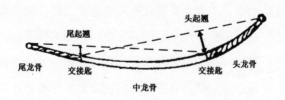

龙骨设计图例

分舱

大桅的位置决定帆船对于风的受力中心。"如大桅逼近头桅，好溜不好戗，太远头桅，好戗不好溜，要在相称戗溜俱好者为佳。或石重宜于头不宜于尾、宜于尾不宜于头者，全在匠人之细心。"

第一则赶缯战船"船头长一丈八尺，面匀宽八尺八寸、底匀宽八尺；船中长一丈六尺，面匀宽一丈三尺二寸、底匀宽一丈二寸；船尾长一丈二尺，面匀宽一丈二尺六寸、底匀宽九尺四寸。计十五舱。深四尺三寸"。

根据《闽省水师各标镇协营战哨船只图说》的船舱分形图，大桅座的位置在船头之后的船中第一舱，官厅的位置在船尾第一舱，解读出该船身长四丈六尺（13.80米），大桅之前的长度占40%，在大桅后的长度占60%，即四六分舱，这种分舱方式属于适合逆风调戗的海船。此外，官厅堵的位置在船身的74：26处，共由16道梁座将全船隔出15个舱，确定了含檀堵和官厅堵在船身的位置后，其他梁座亦即隔舱板的位置，则由造船师傅根据经验法式而定。

隔舱板与梁

隔舱板上阔下窄，上抵面梁，下抵船底板或底梁，左右分别与两舷船身板的内壁相接，用于保证船只的横向强度，并且分隔水密舱室。面梁又称梁头，是安于隔舱板上方的横梁，用于加强横向强度，以及承受甲板上工属具和船楼的重力。

　　根据雍正七年（1729）的文献记载，赶缯战船各主要尺度之间的比例为："每龙骨十尺配驶风梁三尺，每驶风梁十尺配头禁梁五尺二寸，配官舱梁十一尺，配尾禁梁八尺五寸。上平墨十尺配下平墨六尺四寸至六尺六寸，一般多用六尺五寸……每龙骨十尺配驶风梁鸡胸二寸五分，配官舱梁鸡胸二寸，配尾禁梁鸡胸二寸六分。"另外，每龙骨十尺配舱口深九寸。这里所说的鸡胸是指隔舱板底阔相叠的一条墨线与龙骨面之间的距离，在福建传统造船业中也称为水目或起水。

　　四丈六尺赶缯船的含檀营面阔为 3.96 米，底阔 2.72 米，舱深 1.05 米，起水 0.24 米，与上述比例规则相当，也在福建泉、漳传统造船法式之内。有了这些基本尺寸，隔舱板的形状亦即船只的横剖面就可以确定了。

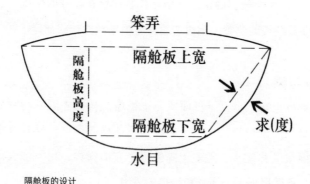

隔舱板的设计

另外，福建外海帆船各舱之间在底部都有打通一个过水眼，如任一舱进水都可通过过水眼流到船中最低的一舱，再设法舀出。有的船还用细竹制成通条贯穿全船，以疏通过水眼。虽然古籍中尚未查到记载，但承造师傅根据传统法式为 1 号实验船设计了过水眼。

船体外壳

第一则赶缯船"船底板连起翘长四丈六尺"，"两旁舭板各长五丈二尺六寸，高四尺"，"船身两旁走马二条、水蛇二条抽换，各长四丈二尺宽八寸厚四寸"，"船面两旁舷板长四丈六尺，凑宽八尺三寸七分"。

这些构件尺寸可以用来比照和修正赶缯船复原设计时船型和船体的主要尺度，1 号实验船船底板左右各六路，长度为 13.60～13.80 米，舷板长度为 13.80 米。

桅与篷

"大桅乃一船司命"，"舟之所恃以为命者，桅与舵也"。桅杆立于船上，用于挂帆驶风。清雍正、乾隆年间赶缯战船"含檀一丈配大桅四丈"，"大桅以一丈配头桅六尺"。

根据含檀梁的尺度，四丈六尺赶缯船应配大桅 15.84 米，应配前桅 9.50 米。第一则赶缯船的大桅长度定额 18.00 米，所配大篷长 14.40 米、宽 7.80 米，头桅长度定额 15.00 米，所配头篷长 7.20 米、宽 4.80 米，主桅长度与含檀宽度不相配，甚至超过船长数米，而头桅长度也与头篷长度不相配，这个疑问尚未得到解答。

按福建传统造船法式，大桅长度为船上最宽处即大堵（亦称大闸）面阔的 3 至 4 倍长，而大篷宽度为大堵面阔的 2 倍，结合桅木的采伐，1 号实验船取主桅长 14.78 米，前桅长 8.86 米。四丈六尺赶缯船原采用矩形篾篷，虽然在福建东山仍有一位工匠掌握制篾工艺，但考虑到复原建造后无法找到熟识操控篾篷的船员，1 号实验船的风帆部分未按古籍复原，而改用布帆。

值得一提的是近代以来许多西方人对以竹篙为帆桁的中国式矩形硬帆（英文专用词 lugsail）充满好奇，对其进行细致的解构和研究，他们著作中的一些中国帆及缭索系统的图示，至今还经常被中国学者引用。

舵

"运舟巨舵为一船主宰者"，明代陈侃、郭汝霖、萧崇业、夏子阳四任册封使出使琉球，册封舟在归航途中皆曾历断舵之险。1922 年"厦门号"帆船横渡北太平洋，途中也断过两门舵。明清两代外海帆船使用以勒肚（舵）索拴住的舵叶的摆舵式结构，《水师辑要》中的赶缯船式即绘有明显的摆舵，到 20 世纪 50 年代，仅有粤东海域的拖网渔船包帆尚使用摆舵。"船主于舵，而制舵惟索。索断，则舵无制；舵无制，则击撞冲突，稍撼金口而船尾分裂，不可救矣。"

清代赶缯战船"舵则照含檀之尺寸，如含檀二丈，舵叶亦二丈，宁长勿短"。福建传统造船法式对舵叶长度的确定方式与此相同。舵杆是连接舵叶与舵柄的连杆，其长度主要取决于船尾的高度及舵手所处的位置，与船只的主尺度并无直接的模数关系。

第一则赶缯船工料定额"船尾舵一门，用楮木舵栏一根，长一丈八尺、宽一尺四寸、厚八寸；舵闪板三块，长一丈四尺、凑宽一尺九寸八分"，解读出四丈六尺赶缯船舵的尺寸为长 5.40 米、宽 0.99 米。

《闽省水师各标镇协营战哨船只图说》显示赶缯战船使用摆舵式结构，1 号实验船复原了两门摆舵，兼备上摆与升降两种功能，其中一门置于船甲板备用。

车

第一则赶缯战船工料单显示，四丈六尺赶缯船的船面上共有四具卧式绞车，分别是悬船首头狮板后面的斗头车、横跨前甲板上的碇车、大桅左侧的大篷车、船尾拜棚上的尾楼车亦即舵车。1 号实验船按则例的规格复原了上述四具绞车。

碇

清代赶缯战船额定"如官厅梁头长二丈……配碇身二丈有余"，"碇身二丈碇齿七尺，阔六寸而方五寸"。福建传统造船法则为碇身长配大闸（即官厅营）长，厚是宽的两倍，碇齿长是碇身的三分之一，碇齿翘度是齿长的两倍。官方与民间的两种规则基本相符，1号实验船依工料定额史料复原了两门木碇。

七、赶缯战船的建造工序

"艛居其底，为船之主。凡两籤交榜，龙艕、龙骨、通梁参错钤束，皆附艛以起架。"有关中国帆船的建造工序，除了明代夏子阳的这段描述给后人留下有关"船壳法"和"结构法"的疑问与争议外，鲜有史料记载。赶缯战船复原建造依照福建传统造船法式，按以下工序进行施工。

第一道工序是竖龙骨。头、尾龙骨交接匙按起翘尺寸测准后用铁钉固定紧，接缝需抹桐油灰。龙骨加工完成后，上架、摆正、测直后固定于地面之上，其离地高度需容有工匠蹲坐的工作面。

第二道工序是安隔舱板。工人先按掌线师傅所设定的尺寸将每堵隔舱板制作好，分舱定闸，在闸点凿木榫，逐一固定在龙骨上指定的位置，并测正隔舱板的垂直及平衡。

从最靠近龙骨的边板开始，将一条条的水底板（船壳板）钉在隔舱板上，其中最靠龙骨的第一、二条水底板也称为龙骨翼板，另外船底与船舷交界处的水底板因较厚而突出于其他船壳，称为舭板，在福州地区称塞杆，在泉州地区称耍水。

接下来安底梁，自下往上逐道上艎，隔舱板与外壳板相接处铺设扶强（亦称翻身、极），再安装梁拱，定型并就位船头龙鳅（即冲天极）及船尾八字（即燕尾板），同时可以安装船尾下金（即舵承座）。

这些工序完成后，就开始做甲板面的工程，先铺好左右两条从船首连到船尾的苯抽，余下甲板用杉木板条缝密，然后安装含檀、转水及桅座（即鹿耳），接下来做纵向的舱口直木（亦称扛罩、扛豆、经豆），然后在舱口上安装横向的水槽和通槽。

接着开始钉船舷板，古称舨，作水仙门柱，再安舷外水蛇、护舷的舨膜、舨柱、压舨板（亦称披竹），然后做牛栏、鼠桥。

各处接缝同时捻好桐油灰，舱内垫板同时铺设，接着甲板面的船楼、拜棚、绞车、舱口盖等皆可同时施工，最后再在拱形的甲板上面架设一层可活动的甲板，称战棚。

船体基本完工时择吉日在船头舷墙外侧装上一对船眼，即龙目。下水前，以米汤调和蛎灰粉用扫帚涂刷船体外壳板，以做防蛀。船舷和船楼则请专门的画工用煮熟的桐油调和各种矿物色粉根据则例油画。

下水前，先将桅杆搬上船，放置到各自的桅夹上，试下位置与松紧度，但并不安装到位，须待下水后，再调好桅杆的角度并以自身重量坠入桅夹内加以固定，之后才开始绑帆和治缆的工序。

一切准备就绪后，再择吉日良辰在新船的船底用木板铺成滑道，在一块块可抽动的垫木上涂上油脂，然后用云车(木制立式绞车)将船一步步地拉下海。

福建传统造船业按十二地支给海船上的十二种部件取名，但是不同地域及造船派系的命名方法有所不同，因此这并非唯一的叫法。清代赶缯战船也有使用类似的方法："子属鼠曰鼠桥"；"丑属牛曰牛栏"；"寅属虎曰虎尾"(指牵舵头之绳)；"卯属兔称兔耳"；"辰属龙曰龙骨"；"巳属蛇曰水蛇"；"午属马曰马面"(指桅杆尾部的垫木)；"未属羊曰羊角"(船头斗盖上面的椿木，用以隔开碇绳)；"申属猴曰猴头"(指集束风帆缭绳用的木滑车)；"酉属鸡曰鸡胫"(指大篷的抱桅缆)；"戌属狗曰狗牙"(指鹿肚勒)；"亥属猪曰尾猪"(即闽南语的桅抵)。

八、航海性能与安全性能实验

在以四丈六尺赶缯战船为原型的1号实验船建造过程中，我对船体及构件进行实物测绘，再交由专业人员用3DMAX软件在电子计算机上绘出实时动态三维图，至复原工程完工，再交由船舶设计专业人员按照木帆船设计规范及检验规则，制作出线型图、总布置图的AutoCAD工程文件，并编制船舶说明书，以备船籍登记之用。所得出的主要尺度数据如下：

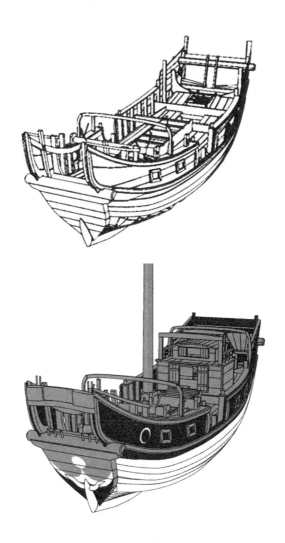

复原赶缯战船（过程）3DMAX图／上图　　　复原赶缯战船（完工）3DMAX图／下图

总　　　长		15.76 米
两柱间长	L	12.60 米
型　　　深	D	1.55 米
型　　　宽	B	4.66 米
设计吃水	T	1.15 米（实际吃水含龙骨高 1.40 米）
长宽比	L/B = 8.129 < 11	
宽深比	B/D = 2.877 < 3	
干　　　舷	0.40 米	

压载后的 1 号实验船在离岸 10 海里以外的台湾海峡顺风顺流时的最大航速为 6 节，在迎风 45 度时航速最高。2008 年 2 月 12 日从深沪自航到厦门时，在东北风 7～8 级、阵风 9 级的天候条件下，该船已表现出极限航速。

1 号实验船的试航结果表明，赶缯船型初稳性极好，但中国传统帆船航行中侧移严重的问题在 1 号实验船试航时也相当明显。因为该船船身短，侧移必然严重，航速越慢则侧移越严重。特别是由于船体水下部分接近 U 形，当侧倾 10 度以上时，龙骨高于船底舯部，对横向水流的阻力已大大减小。

摆舵系统的下金无嘴扣，导致舵叶与舵杆摆动较大，并且勒舵索长，收缩率大，航行时操作较困难。在遇到风向与流向成相反角度时，该船的舵会发生瞬间剧烈振动，导致舵柄大幅摆动，容易伤

试航中的 1 号实验船（摄影：乔阳）

人并导致舵暂时失控，航向较难把持。同时舵杆频繁撞击下金，则可能引起金拴与艉板的结合部松动。这早在明清时代的册封舟就是个问题，至于如何避免或解决，尚在观察与研究中。

有关甲板水密及排水的问题，文献材料未具体涉及位于船只两舷的排水孔各有多少及其规格大小，1号实验船按民间造船工匠的实际经验予以设置，在工料定额的基础上，还增加了用于甲板面左右舷过水的通槽数量和规格，并且在舱盖加固定锁扣以加强水密性和牢固性。

清代有关赶缯战船的古籍皆未提及底层甲板及压舱物如何放置，在压舱石与船底板之间是否需要铺设一层厚3厘米以上的中空垫板，不同地域的师傅间存在分歧，最终决定重新加铺一层下甲板，压舱石放置其上。

赶缯战船船底采用平口钉接，龙骨与船底板的结合度是整船较为薄弱的地方，航行过程中一旦出现问题将可能导致龙骨脱落、船只迅速进水乃至解体。该薄弱处一方面缘于所采用的钉接结构、钉接工艺、钉接材料及木材与铁钉的结合度，另一方面则来自船只行驶海域的外力，船壳因受浪拍击可能导致船板向内折断，以及灰缝脱落。这是航行实验中关注的重点。

史料记载清代赶缯战船部署在整个中国大陆海岸线及台湾岛，这种船型往来中国沿海包括台湾海峡应该没有问题，但是否可以用以横渡太平洋以及是否适合在其他海域航行，还需经过一系列航行试验后才能得出结论。

九、结论

1.《闽省水师各镇标营战哨船只图说》和《钦定福建省外海战船则例》是记载清代前中期水师战船样式及建造工料定额的官方档案，原本用意在于杜绝官办战船厂的弊端，因其详尽的记录与写实的图式，而成为造船史上最完备的技术典籍。这两部古籍的发现，解开了清初作为外海主力战船的赶缯船船型样式及大小之谜，同时也为赶缯船的设计及建造复原研究提供了原型。清代赶缯战船构件的名称融合了福建福州、泉州、漳州三个地区的民间造船术语，其中约有80%仍沿用至今。

2. 赶缯战船复原研究在很有限的资源条件下，采用文献研究与田野调查相结合的研究途径，通过史料所载构件规格的互相印证、史料所载构件规格与设计模数的互相印证、史料与民间有关设计模数的互相印证等方法，确定出赶缯战船原型的规格，还原出设计方法与比例模数。对于历史文献未见记载的造船工艺及建造工序，则采用代代相承的福建传统造船法式由最后一批木帆船老工匠以手工具进行施工，通过复原实践，初步解开了清代福船建造技术之谜。

3. 四丈六尺赶缯战船的复原建造过程遵循传统造船法式，仅凭草图、模型和样板，未采用具有现代造船工学意义的施工图纸，未使用螺钉、塑料、化工胶等后世的材料。至复原工程完成，古籍构件清单中尚有 5% 未解读出，此外帆装系统未采用古籍所载的篾篷，对于历史原型的复原程度计达 80%。复原建造出的 1 号实验船的底型较方，舷弧明显大于 20 世纪 50 年代测绘的福建省渔船及运输船，其外形与我后来搜集到的乾隆末年英国来华使团画师绘制的水师战船及外海商船颇为吻合。今后如有条件，计划改换不同造船地及承造师傅，再复原建造出 1 至 2 艘实验船，争取更接近清初赶缯船历史原型，以得出更完整的结论。

4. 福建传统造船业历来就近取材，随处造船，造船师傅对船型的设计、材料的使用及施工的方法积累了丰富的经验，善于在规定法式的基础上灵活使用，这些生产实践中的精华史料记载往往未有涉及。赶缯战船的复原建造过程中留下密集的图片、数字电视、三维模型记录及相应的监造与航行实验日志，为进一步的专项研究提供了可靠的资料。

London Published Aug.t 13.th 1811. by G. and W. Nicol. Pall Mall.

1796 年的水师战船画作

London Publish'd March 1st 1799 by G. Nicol Pallmall.

1796 年的外海商船画作

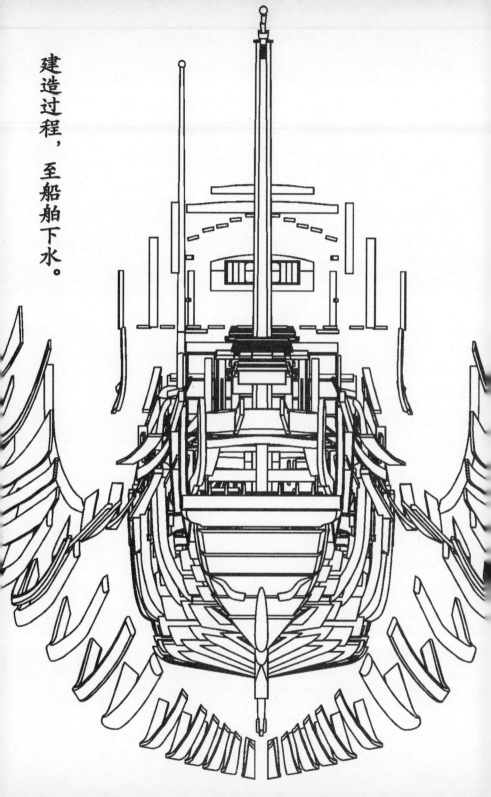

建造过程，至船舶下水。

第七章

『太平公主号』

2007 年 1 月 1 日清晨，我和老刘、金华各自带上背包和水壶，悄悄关门下楼，发动夏利小轿车，顶着渐渐亮起的晨光一路驰往深沪。这天要去跟陈芳财师傅签订"太平公主号"木帆船的建造合同。

从位于厦门岛南端的厦大海滨东区教工宿舍 25 号楼，出东校门上环岛路，绕行到厦门岛北端，过厦门大桥，在集美收费站上沈海高速，到水头收费站出高速，途经安海镇，走乡镇公路到晋江市深沪镇陈师傅家，车路 120 千米，开车 2 小时，这是近两个月以来我跑的第六趟。闽南发达乡镇的公路道口设置比较混乱，从安海到深沪之间比较容易开错的路口，都被我开错一次以上，连续几趟走下来，现在已经轻车熟路了。从沪江路主干道菜市场对面的一个小路口转进去，穿过三座并排的 4 层出租楼，迎面就是陈芳财师傅家的两层半独院。小院北侧外面的一间彩钢瓦临时建筑，是陈师傅的船模作坊。

上午 8 点半，陈师傅正眯着眼睛，专心致志地用木工刨推一片细长的木片。这是一路准备钉到船模上的船底板，用大木作的手工具来做小模型，可谓大器小用，力道要把握得恰当。陈师傅穿着白色保暖内衣、青色长袖衬衫、灰色羊毛背心，外罩深色条纹西装，头顶盘旋着稀疏的灰色头发。此时，阳光已经照进院子，也从南面的开窗照进了作坊。

这一天也是陈师傅为赶缯战船模型竖龙骨的日子。福建传统造船的习俗，大凡开工、竖龙骨、安龙目、下水、立桅等重要节点，都要看日子择良时，拜神祈福后才动工。福船龙骨的前段和后段有一定角度的向上弯曲，很难找到合适的天然曲材，一般用三段木料接成。艏龙骨与主龙骨的搭接匙之间，要垫进一片棕叶；艉龙骨与主龙骨的交接匙之间，则垫上一块红布，曰"前棕后红"。我注意到了船模的主龙骨和艉龙骨搭接匙的中间也垫进去了一小块红布，两侧多出来的部分，陈师傅用了一点胶水把红布粘在龙骨立面上。

船模的龙骨，其实已经和底梁、隔舱板和初始几路船底板钉在一起。模型竖龙骨，实际上是把原来倒扣的船体结构翻正过来固定在船台上，这步做法与真正的造船有所差异。模型制作船台的两头各安有一组龙脚，一前一后卡住船模的龙骨。陈师傅让老刘、我和金华依次在固定龙骨的龙脚上敲进一锤小铁钉，这算是仪式完成，我们在模型旁边跟陈师傅合影，也给今天的顺利签约带来了一个好彩头。

船台上的赶缯战船模型是按 1：15 比例缩小制作的，也就是说，

"太平公主号"实船是这艘模型的 15 倍大。放样模型是建造实船之前的琢磨和打样，从模型上可以很清楚地看到，十四堵隔舱板把船体分隔成 15 个船舱。陈师傅不动声色地继续做着模型，我和两位伙伴也似乎若无其事地继续围观陈师傅做模型，貌似平静却风云涌动。陈师傅在 32 岁时因目睹传统造船业和海洋渔业的没落，掷斧立言不再造船，时隔二十六年，他是否又想重新执斧向世界显露身手，我和伙伴们的梦想和计划能否跃过起跑线，今天是最后的关键时刻，因为一旦签约，就得马上把带过来的 11 万元现金交付给陈师傅，意味着项目启动就没有退路。

我看得出老刘还是有些犹豫，感觉作坊里的空气让我窒息，便走出来到院子里。陈家院子大门两侧，一左一右摆放着两个练武用的方形石凳，每个大概有 200 斤，在靠椅面的地方打进去两个凹槽，是用来提起的把手。我蹲到石凳的后面，手指扣住凹槽，站好步子，调整呼吸，慢慢地提起石凳，让重力拉住全身的每一根神经和每一块肌肉。提过右边的石凳，再去提左边的石凳，当石凳放回地面时，我的紧张心情也舒缓了一些。平目望去，陈家楼房正门两侧的石柱上，镌刻着一副陈师傅自己写的对联："怀壮志永兴家业，具胆略可转乾坤"，看上去颇具宗师的气派。

另两位伙伴黄剑和王杨也从福州赶到了，东南卫视还派了一部采访车，由副台长洪雷带队前来。洪副台长是邻镇东石人，能与陈师傅讲晋江腔闽南话。黄剑和王杨架上电视摄像机，这些都是在为最终签订造船合同加持。

我们5人团队于是又一次聚齐在陈师傅家。

暖冬的阳光晒得人很舒服，我和伙伴们与陈芳财师傅围坐在二楼阳台上，一条接一条地商定着冰冷的合同条款。双方磋商的要点集中在部件的选料规格界定、质量的保障与工期的控制，比较难预设的是，如何按照我编制出来的需求规格书施工，以及后期可能的易地施工，比如经过外海压力试航之后的整改。外海压力试航，在我前面制订的计划中并没有提及，现在准备进入建造阶段，它就成为第一个重要的节点，而这也是我们日后能够安然航向世界的一个保障。

合同载明交船期为2007年5月26日。有关造船款，双方协定采用以下方式分期支付：

1月1日，签约当日，支付11万元备料；

1月16日，支付7.3万元；

2月1日，支付6万元；

3月1日，支付5万元；

4月1日，支付5万元；

试航成功，支付2.3958万元尾款。

试航成功，按合同造价36.6958万元的15%~20%支付给陈师傅当利润收益。

如果因工料和技术产生严重质量问题，陈师傅要赔偿造成损失金额的 30%。

　　我是在四天前拿到陈师傅的 36.6958 万元报价的，加上价外的龙骨和大桅料钱，还有帆装、压舱和油画的费用，整船造价才 40 万元出头，实在是很良心的报价。这种基于成本而非基于市场的生意逻辑，来自闽南地区每斤 16 两的衡量传统，现在却只在台湾还有延续。菜市场的小贩凌晨去大盘商那里以千克为单位进货，天亮出摊时以台斤（1 台斤等于 600 克）为单位用同样的标价出售，赚取 40% 的毛利，承担减损和滞销的风险。大盘商那头的毛利也只有一两成，制造商和手工业者的毛利也是基于成本的估算，整个链条的价格体系已经成为行规和社会规则，令人心安。

　　不过，陈师傅将耗费五个月时间承造"太平公主号"，毛利只有 5 万到 7 万元，折算下来相当于厦门一个中层稍高白领的月薪水平，却还要承担建造责任和航行中由船身质量导致的风险，这其实很不匹配，我个人心里过意不去，但作为团队的代表却要硬下心来往前推进。

　　谈到天色渐暗，夜幕降临，我们转入二楼客厅内，继续谈。晚上 6 点 04 分，我读了一遍经修改达成一致的"太平公主号"木质帆船复原建造合同，盖上福龙中心的朱红公章，代表甲方郑重签下名字。6 点 17 分，在老刘和金华的注视下，黄剑扛着摄像机，王杨端着相机，我瞄着陈芳财师傅也签下了名字，不由得露出一丝笑意。

伙伴们暂时放下各自的心思，心情和气氛变得轻松而愉快，大家都希望此刻的顺利签约，能为即将开始的大工程开个好彩头。

终于可以启动了，此刻我的心里充满了欣喜，也带着一点侥幸和疑惑，不知道陈师傅为什么会接下这个没多少钱挣却又充满风险和挑战的工程。或许他周边的人也正在想，这帮怪人为什么要这么辛苦地斤斤计较费钱造一艘已经被时代淘汰的古式帆船。

这一天连续工作了 16 个小时，当周围都安静下来时，我反而感觉有点儿恍惚。我走到陈芳财师傅选的造船地，就在他家院子后再连着两座房子外面的海边，用 GPS 测量了"太平公主号"的即将诞生地坐标：北纬 24 度 37.09 分、东经 118 度 40.46 分。

从深沪带着造船合同返回厦门后，老刘、金华和我三人开始每天在厦大 25 号楼宿舍密集开会，讨论急迫的传播与招商问题。大家商议向媒体、政府、商家三个方向全面推介，老刘自报负责给《国家地理》杂志和"发现"频道写邮件跟进，我负责跟先前有联系的上海中国航海博物馆筹建办和《纽约时报》北京分社推介，老刘和我一起做了一个项目计划书 PPT 文档交给金华，他负责跟路桥集团五缘湾建设公司联系和汇报。我们讨论了在维持与东南卫视现有合作的基础上，与凤凰卫视这个更大的媒体平台合作的利与弊。我们甚至还讨论了要不要联络当红英国作家孟席斯（Gavin Menzies），为他的"郑和发现世界"假说提供再现式航行的场景和资料，以换取紧缺的造船资金，暂且不管他的假说立不立得住脚。

我提议重新搭建项目网站，我来负责设计栏目结构和准备内容。志愿者招募也需要同步启动，首批定向招募有英文、美工、网页维护、文案专长的人选。

两天之后，继续开会，我们三人分别对各自任务完成情况进行检讨，并重新分配了工作，把向北京的中国帆船帆板运动协会申请体育运动船籍证这件事也列入工作任务清单。老刘通报了与一家意向运营商电话沟通的情况，与金华修改并定稿了我草拟的志愿者方案和新一版的项目计划书。我草拟的志愿者方案，借鉴了北京奥运会的相关做法，强调志愿者的权益，什么可为，有什么好处，以及什么不必为。

我们还商定项目网站的域名为 zhuna.org。"zhuna"是闽南语"船团"的发音和意思，名字取得小，事情才会勇壮。大家还通过了我提议的福龙机构标志 —— 一幅康熙五十八年（1719）出使琉球的册封舟图绘。

紧接着，我带着老刘和金华前往福州，向东南卫视汇报造船项目的进展和航行计划的宏图，而实际上是来请 10 万元的赞助款，东南卫视是目前为止最大的金主。孙副台长直入主题，提出东南卫视方面目前最担心的问题：万一航海出现意外怎么办？我们向孙副台长讲解了前一夜赶制的 PPT，从西方世界既往的探索案例，到"金华兴号"的航行测试，再到"太平公主号"的结构和造法，努力消除和转移他的顾虑。我们再次申明，东南卫视与福龙中心的合作，对于双方而言都是一个很重要的机会，最大的意义在于引导公众亲近海洋，让他们知道大海是可以接近的。

元旦签约十多天来，都未去打搅陈芳财师傅，一开始的放松和放任有必要。

倒是陈师傅不时给我打来电话，商议一些部件规格更改和选料的细节问题。这几天他一直在邻近山区的木材市场找龙骨的木料，终于物色到一棵天然弯曲的进口原木，虽然没有人能说出这种原木的学名，但陈师傅对此天成的纵向材料赞叹不已，于是我鼓励他代为买下。先前考虑到寻觅堪作龙骨的原木材料的难度，造船合同约定龙骨原木的选购费用由我们单独支付。因为原木太长，只能在木材市场就近开锯成粗材，再伺机运回深沪镇造船现场。我想去木材市场亲睹奇材的真容，但陈师傅并不赞同，不知道是不是他还不想让我知道太多行业的底细，有点遗憾。

1月13日，我专门跑了一趟福州，第一次从福龙中心的银行账户支出注册资金。回程时拐去深沪镇，给陈师傅送去了第二笔7.3万元的造船合同款。陈师傅家的模型工坊里面，"太平公主号"模型已全部安好了隔舱板，船艄的八字也装了，两舷各上好了三条舷，整个船壳已经基本成型。

此行主要与陈师傅探讨并初步确定"太平公主号"的生活设施、机电设备的布局方案，如水柜、通风、睡铺以及航灯、天线、发电机、蓄电池、水泵的位置等。我对其中属于现代装备的部分一直提不起兴趣，好在这是老刘的专长，便交给他处理。

"太平公主号"的建造与航行计划，在学术研究方面的意义是对明清赶缯船的实验考古，也就是应用实验方法，模拟赶缯船在当时历史背景下的工匠、选料、造法，进行复原建造，继而采用与当年同样的操控技术在类似海况中航行，其后才是采用罗盘、更香、沙漏、水砣、针路和航海图等工具，从一港到另一港的天文导航和地文导航，以上可归结为造船实验、航行实验和导航实验。

时隔四百年，今天的外海航行环境已经大不相同，大型船舶和高速船舶等同处于一片航行海域，因此我们的复原实验帆船也需要配备现代通导系统，作为与传统导航平行应用的另一套保障，这方面我与团队伙伴的观点是一致的。造船事大，然而刚开工就捉襟见肘，根本顾不上后段的航行实验和导航实验，还没有考虑届时要不要关掉现代通导设备仅采用传统航海术走一段。

当天我感兴趣的主题，是向陈师傅请教深沪当地帆船属于福建刀形硬帆的缭绳系统。所谓"三支篙一条缭"古例，是指风帆上每支竹架篙尾端所绑的缭绳，相邻的三条缭绳通过俗称猴头的木质动滑轮形成一组，每一组再由一条子缭绳连接俗称通关的总滑轮，总滑轮的一端连接一条俗称缭母的主缭绳，由船艉的船老舣掌控。通过这样的绳索与滑轮系统，能使布帆的帆面保持最能够兜风的形状，又可以随时通过收或者放缭母来调整受风角度。古代大帆只用一套缭绳，20世纪60年代开始改用上下两套绳，缭母固定长四十八尺。

我还向陈师傅请教综索、麻索、竹索三种材质的船上用绳的各自特点，得到回复说，综索不怕海水可耐用两年，麻索在五个月的使用期之内牢固但怕湿，竹索要包芯。最后，我还取了一些下脚木料作为样本带回。

黄昏时分，陈师傅领着我走到他家院子后面的海边，站在寒风中感觉实在是冷。路边一个用空心砖圈起来的临时矮墙内，造船用的木料已经备了不少，宽二尺厚半尺的大片樟木散发着阵阵清香，有些令人激动。樟木树径粗大，材质坚硬而柔韧，福建帆船向来选用樟木来做传统结构的横向材料，如底梁、含檀、甲板梁和形同肋骨的侧梁。船体纵向结构的纵材，则采用杉木、松木等规格长但木质相对松软的木料，如船底板、甲板、船舷舷板，可以定期翻修抽换。几小块樟木下脚料留样带上车，满车厢顿时比樟脑味还要香，是一种清神醒脑的自然香。

可惜龙骨还没运到，只看到那棵龙骨原木裁下的余料。

回到厦大25号楼宿舍，我们继续开会，讨论造船工程款项的筹措。半年前老刘在团队会议上表示过他先垫付40万美元的造船资金，后来就一直没有后续，筹款的任务也落到了大家身上。现在老刘提出，务必马上落实备妥50万元，大家分派筹款任务。他说他手头有12万元，还要设法再筹8万元，请黄剑催促东南卫视合作意向书项下的10万元赞助款到位，我必须筹10万元，金华必须筹3万元。

次日，我们向路桥集团五缘湾建设公司的两位陈总等一众高管汇报造船与航行计划的进展。老刘照例演讲了一遍 PPT，我则对一份拟与路桥签订的合作意向书文本做了简要说明。其中一位陈总提出可提供现有十几幢水岸临时建筑中的一幢，作为建造作坊兼复原展示，待"太平公主号"成功返航后，可再改造成博物馆式的停泊和展示。只是双方都没有提到目前最重要的赞助资金的话题，陈总表示下周末将向领导做简报，择日再带他去参观深沪造船现场。

我们紧接着又去拜访新格企划公司。苏晓东总经理指出目前"太平公主号"计划面临困境的主要原因，在于没有完成从事件到项目的转化，没有形成市场合力，面临时间计划的压力，缺乏项目成功的保证，项目管理没有商业上的标准和规范，参与者的理由和利益不明晰。新格企划很乐意友情提供项目化与商业规范方面的支持，并在此前提下承担招商运作。此外，苏总强烈建议项目向媒体曝光，时机到了。

晚饭后我与老刘散步，经过曾厝垵西边社的一个残旧老院时突发奇想，可否把老房子拆下来的石构件拿来当压舱石。适逢前几日厦门报纸报道过，本土艺术家曾焕光在繁华的中山路步行街，摆了几十吨捡到的石构件搞装置艺术，他恰是我们认识的朋友。我和金华赶紧摸黑奔往他在曾厝垵的工作坊，大家一拍即合，做一个双方都不花钱的行为艺术，压舱石解决了，有点儿得来全不费工夫的感觉。

1 月 19 日下午，陈芳财师傅来电通知龙骨已经就位，他算好了时辰，开工仪式将提前在第二天凌晨进行。接电话时我们还在拜访潜在赞助商，更不巧的是隔天是我父亲的忌日，怕相冲，要回避，不宜出场。复原船开工这一时刻的到来，我已经等了三年，就这么错过吗？心里快速思量一遍，尽管无人同行，我还是驶上熟悉而孤独的夜路，不能一个人被落下，我要赶在零点之前，先去现场感受一下。

黄剑、王杨已从福州早先一步赶到深沪镇，准备拍摄记录开工仪式。夜晚 9 点，陈师傅家院子后面的海边，一根粗壮的龙骨静静卧在龙枕之上，看上去有十余米长，艗头朝南昂起，艗尾则看似一块厚实的基座，依扶着龙骨。我盯着龙骨，脑海中现出了整艘船的样子——头狮、大桅、官厅、舷面、拜棚……不禁兴奋地跟黄剑唠叨："这里是我们的尾楼，将来老刘就是在这个位置看海图，这里会是我们的厕所，你和王杨的设备放在前舱……"

一向沉着的陈师傅也很激动，反复跟我说："龙骨都是用两根或者三根拼接成一定的弧度的，五十多年还真的从来没有见过形状和长度这么完美的龙骨！"他从 14 岁开始造船以来，第一次找到这样一根将三段龙骨合成一体的天然木料，可遇不可求，真是大家的福气！船身长四丈六尺赶缯船，龙骨长度为四丈二尺，也就是 12.6 米。

海风凛冽，内暖外寒。

回到陈师傅家里的小作坊，我们定制的赶缯战船模型已经做到舷面，含檀已安好，主桅立起来了，整个船体基本成型。原本是为了辅助料件拼合研究及外观陈设的模型，现在真正具备设计和放样用途。我又想起了"手制小舟，才数寸许……"，在中国造船传统中，先设计制作船模再依此放样造大船的方法，自宋代开始就累有文献记载，一直为福建民间造船师傅沿用至今。陈师傅这次终于被我磨得有点不耐烦，指着模型跟我讲解了一个重要的部件——目里，它反复在赶缯船古籍里出现，当代传统造船工匠却无人知晓它到底指的是哪个部件，因此这个疑问在我的心里也盘桓了一年有余，现在终于恍然大悟，原来就是用来竖立含檀的两块底座，用樟木做成，紧贴着船底板，卡在含檀堵营的经底，上面要开凿笋孔来接鹿耳的。

陈师傅和两位工匠用了一个半月时间才做到现在这样，大约五分之二的工程，估计要费三个月才能完成这艘一米长的船模。他对着黄剑举着的摄像机说："许路一直催我要快一点，造船的事急不得呀！我用二十天也可以做完，但是那样的效果和现在比就会差远了！……造大船更急不得呀，木头锯好得放上三个月滤水风干，这样造的船才可以用上一百年。"陈师傅的意思是，甲方希望当年6月就能出海的计划，实在太着急了。他的目标可能是造一艘凝结一世功夫的百年古船，而我最需要的是一艘能够成功跨越太平洋的实验船，应用目标和技术标准有所差异，我也只能对着黄剑的摄像机镜头表示无奈："我们没钱也没有时间。"

虽然未能亲历开工，此行还是向陈师傅和陈师娘了解到一些当地造船开工仪式的程式：先跟船主选好吉日吉时，一般要在选好时辰的一开始进行。燃香，敬拜，烧纸金，放鞭炮……师傅提着斧头顺时针绕着龙骨走，边走边用斧背敲打龙骨，口中大声念诵"顺风、顺水、顺人意，得财、得利、得天时"，用斧头劈下艕头左上角的一小块木头，用红纸包好交给船主，交代日后放在船上的妈祖像前一起敬供，以求护佑。

一路飞奔赶离深沪镇，我必须在子时我父亲忌日之前离开"太平公主号"工地所在的地界，回程时的心境说不清是乱还是静。回到厦大25号楼宿舍楼下时，老刘和金华正下楼准备出发前往深沪镇，开工仪式将在卯时进行。

开工仪式完毕，大家返回25号楼宿舍后马上召开临时会议，讨论严峻的资金问题。与意向赞助商的接触和谈判虽然都还没有落定，但其中有对东南卫视相当不利的内容，老刘和金华要求暂时先对东南卫视和黄剑、王杨保密，我决定还是及时通报给两位伙伴。作为纪录片的工作者，为了避免参与过多而影响判断，不够客观，黄剑在一开始就主动提出他不参与福龙中心的决策。但黄剑和王杨都是福龙理事，福龙中心还注册在黄剑的市郊住所，他费尽心思地让东南卫视先站出来，出资10万元资助造船工程，不能因为新找的赞助商可能对东南卫视不利，而他们是东南卫视的员工，就把他们排除在外。

我请黄剑直接跟老刘电话联系，老刘在电话中告诉黄剑目前招商谈判的最新进展，意向赞助商提出将为我们的航海费用保底提供50万元，如果运营及筹款顺利的话有100万元。未来双方组成执行机构理事会，具体的投票权，除了老刘是船长占两票，赞助商、金华和我各占一票。黄剑觉得很不能接受，就像本来是找一家物业管理我们的小区，最后变成物业说了算，小区也变成归他们所有了。船长只是航行阶段的职责人，航行和造船是"太平公主号"项目的两个阶段，如果老刘担任船长在航行阶段占两票，相应地，我担任监造在造船阶段也应该占两票，黄剑、王杨和东南卫视各占一票。但在这个时候，我不便将这个问题提出来。

黄剑对老刘说："我不参与决策，但是我有知情权，如果不打算把我排除在外的话，请对我公开。"老刘表示要跟金华和我商量一下，再给他答复。

这段时间以来，伙伴们跟老刘的交流都很不开心，可以理解老刘面对项目资金缺口的巨大压力，不得不妥协，改为站在赞助商的立场来考虑问题。前期大家对赞助资金来源和老刘的募款能力太过乐观，反差过大，导致现在一谈到资金就很急躁。船已开造，箭已上弦，付款时间把一笔一笔的款项，分割成一段一段的压力，摆在我们眼前的是，月底又要付给陈师傅第三笔造船款 6 万元。福龙中心登记成立的 15 万元注册资金，支付第一笔和第二笔合计 18.3 万元的造船合同款还不够，老刘拿出 10 万元入账应急，现在账上只剩下 6 万多元。

我跟黄剑电话通报完现况之后，连吃晚饭的胃口和精神都没有了。找出李白的《行路难》，冠上"长风破浪会有时，直挂云帆济沧海"作为题目，用邮件发给黄剑共勉。

金樽清酒斗十千，玉盘珍馐直万钱。

停杯投箸不能食，拔剑四顾心茫然。

欲渡黄河冰塞川，将登太行雪满山。

闲来垂钓坐溪上，忽复乘舟梦日边。

行路难，行路难，多歧路，今安在。

长风破浪会有时，直挂云帆济沧海。

老刘随后给黄剑发去还在与赞助商拉锯中的协议草案。黄剑终于看到这份被一改再改的文档，其中显然对东南卫视和我们每一位伙伴都十分不利，他抑制住火气，当即给老刘回了一封口气还比较温和的邮件：

老刘：

协议草案已阅，有一点不是很明白：

第一条：乙方代表甲方与丙方负责行使本活动与招商相关之营销、企划设计、合作约定、媒体合作、合约签订与活动执行，以利本活动之操作，甲方与丙方若以任何形式，未获乙方同意进行上述行为，视同违约。

意思是不是说此前和东南台的意向书也视同违约？我的初衷只是希望完整记录这个意义非常的事件，从这份合约生效开始，我的纪录片的拍摄、制作和播出是否都需要乙方的同意才能进行？

　　我理解这件事情之不易，不过希望将来还是多沟通。

　　我都不知道说什么好了。

　　祝早日扬帆，船上有我。

黄剑
29/1

　　自此，"早日扬帆，船上有我"，成为我和伙伴们背着老刘心照不宣的个人愿望和目标。我对意向赞助商最不满意的地方，是其纯商业化运作趋向和做派，诸如统管掌握船身广告、船只所有权、无偿捐献、话语权、版权、决策权、保底金额等要项，动摇了整个复原船计划和团队伙伴最初的纯粹宗旨。老刘建议向意向赞助商做出让步，金华也表示有多少算多少，先拿到钱再说，我则坚决反对退让，眼看着计划一步步变形，其他原则亦将随之失控，我只能充当异议者角色。

　　不同的立场或许只缘于不同的文化背景，但造船资金的缺口问题始终迫在眉睫。内忧外患，还得紧紧捂住，一丝也不能让外界知道我们项目遇到的困难，否则日后将难上加难，我只能用一次又一次的深呼吸，度过难耐的长夜。

　　1月30日，再次前往深沪造船地。这趟我不想再约老刘和金华同行，而是带上了儿子，此时唯有跟儿子在一起才能感受到真实。

在深沪菜市场的海蛎煎排档外，和刚从福州过来的黄剑、王杨会合，一行人迫不及待直奔海边造船工地。细心的黄剑发现，我才开一年多的夏利车里程表，刚好跳到33333千米。

海边造船工地一派忙碌，却有条不紊。陈芳财师傅正和工人拿着样板，用墨斗在木料上弹出隔舱板的轮廓线。海边堆放木料的料场现在已经大不一样，靠北的墙根用造船的备用木板铺平，上面画着十几道隔舱板的边线，平台的大小恰好被框在空心砖围墙内，却又能够铺盖其中最宽的那道隔舱，成为"太平公主号"的放样工作台。福建帆船因地制宜就地造船的巧思，在这里处处显现。

马路对面的建造工地，我们的龙骨已经加工完成，在正午的阳光下闪烁着柔和的亮光，黄灿灿的竟然让我联想起年糕。龙骨的前方，是一幕似乎只在电影里出现的场景——两位着传统衣物的惠安女，一来一往地拉动大锯，正在剖开一棵十几米长的原木！对开的原木是用来做"太平公主号"的笨抽，也就是甲板下方的纵向支撑结构的。海边的风很大，惠安女穿着白色短上衣，披着朱红底小绿花的披肩式头巾，头上一改过去的黄色斗笠，变成了缀花的牛仔帽……这正是福建传统造船的标志性场景，记得第一次看到这样的景象是在十几二十年前的厦门曾厝垵海边，最近一次则是2005年年底在惠安的田野调查中。

在现场约有七八个工人忙碌着的样子，一位师傅正在用锛斧刨着一块樟木梁座。我爬上马路对面的一处房顶，整个建造场面一目了然，背景就是海滩和礁盘，再远一些则是大船过往的航道——这真是一处理想的机位，日后可以持续定位做延时拍摄记录资料。

或许因为没看到成型的船，儿子显得心不在焉，兴趣更多是在工地下面的礁石到处爬，似乎有些辜负为父的拳拳之心。

转回陈师傅家。模型的斗盖、兔耳、头犁壁、前桅、艄舭，还有官厅的部分板身已经完工，看上去十分精致漂亮！儿子霎时来了兴趣，盯着模型到处研究，差点要把那些七弯八翘的船体部件拆散，然后注意力很快就转到工坊内的木料，搬出去院子里搭桥。

黄剑一直扛着摄像机和相机切换着拍摄，不时还跟我打趣道，哎呀，这个镜头重要，但恐怕要被没收，不如等几年后合同效期过了再拿出来。

难得暂时放下烦恼的快乐一天！

2月1日，农历十二月十四，辰时一到就是我们的竖槽仪式。

深沪当地所说的竖槽，就是铺设龙骨，是造船工程的一个重要里程碑。福建海船形如弯月，龙骨的前后部分皆有较大角度的向上弯曲，天然曲材可遇不可求，通常由三段木料接成。前面一截短的艄龙骨与中间主龙骨的交接匙要垫棕叶，后面一截短的艄龙骨与中间主龙骨的交接匙要垫红布。这种"前棕后红"的习俗，当地有歌谣唱道："头棕，渔船讨大宗；尾红，日子膨膨红。"竖槽仪式的核心，就是在搭接艄龙骨与主龙骨的交接匙上钉进第一颗头钉。

前一晚赶回厦门，凌晨4点半，我再载老刘和金华摸黑上路，在早上7点前赶到了深沪镇，与这两天留驻在造船工地的黄剑、王杨会合。

趁陈师傅还没到，伙伴们各自从不同角度把龙骨拍个仔细，或许都带着要趁与赞助商的合约未签订前先来点私人小珍藏的心思。

我发现其中一点不对头——一颗长螺栓。

上午7点半，陈芳财师傅和陈师娘到了。师傅娘提着一个红色的篮子和一个红色的袋子，悄悄地朝我招了招手，我赶紧也向同伴们招手，示意一起跟着师傅娘走。

往上走过两排房屋，眼前是一座漂亮的小庙，初升的朝阳照射在装饰精美的飞檐屋角，五彩斑斓。原来这是村里的玄天上帝宫，供奉道教的神仙真武大帝，也是水神。伙伴们依次燃香，敬拜。师傅娘示意我们团队中年龄最长的老刘，在一张彩纸中间书写"玄天上帝"，两旁则写下"祈求""平安"祈文。再燃香，再敬拜，烧纸金。然后师傅娘把彩纸放进红篮子内，让我捧着下到海边的造船工地。

把篮子连同里面装着的柑橘和几沓准备烧掉的纸金，放在艏龙骨下方的地上，燃上香。陈师傅将写着祈文的彩纸恭敬地贴在艏龙骨的橹边，然后指挥工人将最靠前的龙脚往地上钉牢固定。团队伙伴们也依次燃香，手执三炷香对着龙骨礼拜三下，而后把香插在水果篮内。接着，陈师傅在龙骨的艉部两侧各贴上一块红布，象征着主龙骨与艉龙骨相接处的尾红，这个习俗在元旦那天模型竖槽时已有预演，只不过现在"太平公主号"的龙骨一气呵成，不用相接。

工人们纷纷转身各自干活去了。一炷香燃得差不多时，也就是还不到半个小时，师傅娘再领着我们烧纸金，最后点燃两串大鞭炮，仪式便完成了。

我招呼几位伙伴赶紧合张影，虽然各有心思，但团队的士气还是最重要的。其后大家又与在场的 11 名工人合影留念，看看日后同样在这里会有什么样的变化。

其间陈师傅悄悄向我解开刚才发现螺栓的疑虑。我再次重申，"太平公主号"是复原古船，古人在造船时没有用到的东西，我们也不应该有，船体结构的连接部分绝对不能使用螺栓。陈师傅对着黄剑的摄像机保证，螺栓只是用于搬运龙骨原木，而不是用于结构连接，届时会锯断给我们看。

船体结构的连接是否采用螺栓，是复原帆船与仿古帆船的分水岭。金属螺栓是 16 世纪欧洲的发明物，在福建传统造船业一直到 20 世纪六七十年代才广泛采用，也是我从几年来的田野调查中提炼出来的一种标志性和关键性的器，只要我问一位师傅他造的木船用不用螺栓，我就大致知道他的底细，如果我再告诉他说我的船不用螺栓，师傅也就大致知道我的要求。这也像是一种江湖上的过招，是文比。

陈师傅蹲在造船工地的墙角，手捧着一个不锈钢大饭缸，一边吃着稀饭，一边跟我说："这样造起来我心里面还担心，船的结构因为你不用螺栓，全部是钉子，这不是在开玩笑。""还有一个大问题，"我心里一惊，他接着说，"我就怕你到了太平洋风浪太大，你这个木头在那样的大浪里，要考虑啊。我有一个朋友当过海军，他说他们的军舰跨太平洋的时候，一跨过去再回来，军舰外面的油漆全部褪得光光。"这个说法我就比较怀疑了，不过目前暂时还不用操心这个。

尽管是虚惊一场，但我也隐约感到监造不到位与掌控力度欠缺的无奈，我们无法 24 小时盯在造船工地上，而陈师傅又很有自己的坚持。

老刘、金华留下来在菜市场边的小餐馆里招待造船工人，这是按传统造船每逢重大工序节点的礼数。老刘作为福龙中心团队里的年长者和台湾人，代表船主的面子和态度；出身东山渔村家庭的金华，更善于同工人们打成一片；我则赶往福州，给陈师傅补办第三笔工程款。

夏利小轿车飞驰在晋江乡镇杂乱的水泥道上，途中我一边和坐在副驾位置上的黄剑交流对当前局面的看法。黄剑对于参与"太平公主号"计划的方式有了新的想法，不再局囿于造一艘船去航行。他说，我们自己好好拍一部《福船》吧，也许这才是我们留给后代最值钱的东西，但是这想法先不与其他人提，此前福建海岸行和田野调查时的很多发现和素材都可以用得上。拿出一部《国家地理》或国家地理频道（NGC）播出级的纪录片，也是我一直以来的目标，这就如同一颗缓释技不如人痛楚的药丸，让我在复原中式帆船和实验考古的路上继续走下去。

与意向赞助商的谈判，因为我一再坚持船身广告在航行时不可做，停泊时也不可在船身披挂五花八门的广告旗，再加上赞助商方面对盈利的预测也不明朗，双方的预期差距太大，暂时搁置合作。

深夜，老刘、金华和我在厦大 25 号楼宿舍各点起了雪茄，庆祝这件事情终于尘埃落定，大家又变回充满理想的穷小子，没有隔阂，患难与共。我给黄剑发去一张宿舍里 3 个人重新凑在一起的自拍大头照，现在我们重新成为自己人，大家团结在一起。

我向伙伴们提出了一系列反思：造船与航行的时间计划是否定得太急切？往北跨越太平洋的航线计划是否可以更改？是否可以根据造船进度及资金到位的时间调整？此外，对于福龙中心的内部规范，我也比较强硬地提出要明文规定、按章办理，而不能只是想简单地利用一下机构的名头和户头，这是我作为社会组织法人的职责。

伙伴们没有回应。

资金问题虽然还没有着落，但造船计划仍在快速推进，我们开始提前寻找适合做桅杆的木材。历代造船桅杆选料当属最难，十几二十米高的天然杉往往只有跋涉至深山老林方可寻着，因找不到桅木而延误造船逾年的史例屡有记载。

明代万历年间夏子阳《使琉球录》载：

先是，因地方怠玩，人情龃龉；桅木未得，致误去年行期……看得封船大桅，乃航海要棋，数百人司命也，贵在全材，关系非细……今所取用大桅，则偶闻得之汀州府宁化县山中；议者据该县申文，咸以为深阻艰难，而必不可出矣。时逼岁暮，抚臣又在杜门；臣等忧惶无计，亟恳求之。幸而抚臣行道勘验，而延平府推官徐久德还报，得其不难之状；入今岁正月，尽得其实，决计取用。虽尾围稍小，未尽如式；幸有前萧子衔一木可以帮之。次桅，则得之侯官县天仙庙木，中空丈余；姑取裁用之。然此虽云得之甚艰，运之则又甚易；据运官称：上下山坂、涉历险滩，运行如飞，若有神助。此皆仰藉皇上威福，山川百神奉职，故地效其灵、天助其顺若此耳。从二月间桅木已即运至，三月已即安竖；今船已完备，汛期在途……其后遭飓风，摇拽仅如竹杖而损裂有声；人皆危之，至不敢挂篷。吁！亦幸矣。后之用者，切宜鉴之！

时至今日，即便只是确定进山寻找桅木的行程，也一波三折了。

开始是因为有关资金募集与招商的取舍还在拉锯中，与持续谈了两个月的意向赞助商宣告终止之后，才回到大家最初约定的复原宗旨。有关项目计划的时间表，赶工是否会因为由木料的干燥不足影响质量的问题也在关注中，大家认为应该依陈师傅的判断，结合向其他异地师傅咨询的结果，优先考虑质量而后考虑时间，亦即开航时间和航线可以调整。另外，东南卫视资助的 10 万元日前到账，团队内部的沟通也明显增进，各种迹象显示利好于继续前行，这才可以出发了。

　　2月8日，开了一天的车，连过4个县境，黄昏时才到达位于671县道边的漳平五一林场。进入山区后，仿佛回到过去户外探险的熟悉场景，已经好几年没有这样进山的体验，只因重担在身不容分心。

　　黄昏，落日，山城，江边，一群寻桅人在铺设人行道的漳平市区中散步，时光倒流，五百年前寻桅的先辈不知曾经有过多少次这样的经历，五百年后又会不会还有后人重遇这样的黄昏呢？他们想告诉我们些什么，我们又能传递给他们多少？

　　前一晚赶完一篇福建古代造船技术概论的文稿，在这进山的前夜，正是拿出来向同行的造船工匠请教的好时机。康建国师傅是我们专门从福建传统造船地惠安小岞镇请来挑选桅木的，这一年刚满40岁的他应该是最后一代跟着师傅建造过传统木帆船的造船工匠，再年轻些的就不会使用全套的手工具了。康师傅有一双粗糙的手，骨节奇大，布满老茧和伤疤，就像是一副机械工具。

　　惠安小岞和晋江深沪，分别位于泉州外湾的东北海湾和西南海湾，历史上同属泉州府。小岞的漏尾与网艚，深沪的大排与牵缯，各为两地传统木帆船代表船型，造船法式大同小异，互为补充。我与康师傅相处甚笃，当晚请教的收益，得以比较系统地把先前对福建民间造船设计草图的了解连贯起来。传统的四母营、五线图、施工顺序顿时从纸面跃然眼前，不知道这叫顿悟还是渐悟，心中有一种明亮的感觉。同行的王杨学习和收获也不少，他一直在做四丈六尺赶缯船的3D绘图，这下可以知其然而绘制了。习武的北方人王杨憨厚少言，大学一毕业就进入东南卫视当黄剑的助手，在团队中被安排学习各种软件以绘制船图。

还有两个意外收获。康师傅解释了"一地师傅造一澳船"与"外埠师傅听从当地"的技术逻辑，并为我解开为什么福建造船经常可以看到惠安妇女锯大木的谜团。前者是因为船只形制和性能与作业环境密切关联，后者是女工的工钱最为便宜的缘故。

第二天早上，按照事先联系好的线路进山，因为黄剑在省林业厅有一些关系，五一林场专门派人派车协助我们。一路从省道、县道、村道、林耕道转成徒步和爬山。进入伐区，工人们正在作业，胸径十余厘米的杉木被裁成 5 米长左右，装进农用车，估计是拿去做建筑施工的辅材。这个林场最老的杉木，有将近四十年的树龄。领路的黄科长说，正在采伐的林区没有发现我们需要的大木，还要继续往深山里找。

桅杆是帆船的动力传送中心，在航行中要承受巨大的风压和反作用力，因此不仅要求结实强硬，还要有相当的柔韧度。康师傅说，再好的水泥电线杆也代替不了一根木头。我们最初的计划是找天然福杉做桅杆，因为天然木成长周期慢，木质化程度高，强度要超过人工林。但要找到符合古籍中赶缯战船大桅"围大四尺五寸"的选料要求，亦即胸径 40 厘米，而长度和尾径也刚好符合经陈芳财师傅解读的 15 米与 0.20 米的平直福建杉，在整个偌大的林场中即便是人工杉也不容易找到。

　　时近中午，我们穿越两个林区依旧没有找到合适的大树，林场的黄科长自己都有点信心不足了，建议我们说是不是转去闽北武夷山区找找，可是武夷山路途遥远，把 15 米的原木运到闽南海滨，太费周折。走过林区的第四座木桥时，传来康师傅的喊叫声："这棵！"这大概是这片人工密林里最粗大的一棵，笔直，离地 2.5 米处含树皮的胸径有 46 厘米，15 米长，尾径估计不小于 0.20 米，黄科长说这棵是 1969 年种的杉树。我们在现场当即就砍伐、倒树、下山的方式进行预评估，梡木用材在采伐过程中需特别注意不可有内伤，而这棵大树要从山里扛到半挂车可到达的车道，起码得有十几人费上一整天的工夫。原木本身由黄剑设法请林场友情提供，但工费、吊装和运费的预算也是不小的一笔费用。

　　用 GPS 记录下目标梡木的位置，寻梡任务初步完成，但我总觉得还应该有更理想的梡材。继续寻找的路上，黄剑在小道边上发现一株高大的刺杪椤，领路的林场工人说场内还有许多株，看来这里的生境保持得不错，杪椤是古老的蕨类植物，很难适应变化太快的生态环境。林场工人继续带我们往深处走，来到他印象里最大最直的一棵杉树前。康师傅绕着这棵大树走了两转，说："可惜可惜，这棵树身上的节疤太多了。"节疤是树木生长过程中的天然缺陷导致的木纤维转向或断裂，会很大程度影响木材构件的顺纹抗拉强度。

　　午后离开漳平，逐次跨越 8 个县的地盘，行程 300 多千米，傍晚把康师傅送回小岞镇，再转道直走深沪镇，东南卫视给报销房费，这次我们入住深沪镇一间僻静的酒店。

次日一早饱食一顿自助早餐，退了客房，来到造船工地时，陈师傅和工人们已经上工了。

与上次所见大不相同的是，十七道隔舱板的底梁，还有最后面的一道尾禁，已经架设在龙骨之上，船底两侧的水底板也都已钉到了第六路，整个船体已成型大半。唯略感遗憾的是，船艏第二至四道隔舱板以及自船舯第十道隔舱板之后，一共十一对高出甲板线的肋骨，这在外人看起来很有张力和气势的结构，是会遭到严谨的技术史学者乃至我自己的非议的，因为一般认为这种可能受了西方造船工艺影响的结构，在明代万历年之后才有史料记载在福建采用。更早期的船，类似肋骨的隔舱板扶强只有在船壳几近完工时才会装上，而且高度一般都只到甲板下缘，甲板以上的舭极，亦即一种 L 形的舷墙扶强，则选用自然弯曲的樟木树杈或树根，这便是中国传统帆船最迷人的特色之一。

尽管先前看到模型时，我已经知道了"太平公主号"会是这样，但我当场还是被很大的遗憾困住了，我们实在无力做到完美，因为各方面的资源非常有限。留存下来最早的赶缯船古籍图文资料是清代雍正至乾隆年间的记录，里面记载的作为船体横向结构的侧梁，亦即民间工匠俗称的肋骨，是有可能受到明末时期西式造船工艺的影响。

有关中国海洋木帆船的建造工序，史籍中的相关描述极少，造成今人产生"船壳法"和"结构法"的诸多疑问与争议，其实建造工序取决于船体结构，中国帆船最独特的横向舱壁式结构，一直以来都是用近似"船壳法"的工序建造。

我还是向陈师傅述说了我的遗憾和无奈。师傅开导我，造船工艺本就不断在吸收和进步，先前是由于连草图都没有而只能采用"四母营法"，即先安隔舱板，再依次固定艎，然后才逐一将扶强加工好并钉上去，就像现在造小木船的方法。采用了模型和草图放样之后，部件加工时尺寸可以更准确，这样的工序调整省料又省工。

陈师傅采用的工艺和工序，是明代万历之后才见诸记载的横向舱壁"肋骨法"，这可以理解为中国古代的"船壳法"糅杂进了西式的"结构法"，确实是符合赶缯船的史料记载的，只是我有更高的期待，我期待用更加古老的法式，也就是先安隔舱板，上艎之后才钉扶强，但显然这次没有机会了。

只能作罢。

第一次踏进未完工的船舱，杉木的清新与樟木的芬芳沁入耳鼻，满目是崭新的木纹，感觉自然而舒适，我招呼各自在一旁忙碌的黄剑和王杨，一同端坐在还只有三面壁的官厅，留下了一张合影。

灰工已进场，尾营与底梁之间的接缝已经捻了灰。接下去的工序，应该是上艎，安装头八字、笨抽，铺设甲板，安装斗盖，钉翻身，安装甲板面横向结构，钉耍水……只是赶缯战船模型后期制作的时间让位给"太平公主号"了，陈师傅无暇分身，这会儿正与另一位老师傅协助两位惠安妇女拉大锯开木料。

　　有关木材干燥度是否影响质量、是否需要推迟工期的问题，陈师傅说目前整体进度还在计划中，但是否推迟要根据春节期间的雨量再定，还有一个影响因素，桅木从采伐到安装的间隔，最好也是要两个月以上，这是陈师傅对新采伐木料自然干燥时间的最短时限。

　　我当日开始对建造中的"太平公主号"进行测绘，水底板厚度5厘米，船身板厚度6.5厘米，现代俗称肋骨的船极厚度9.5厘米，底梁厚度9厘米，龙骨宽度21.5厘米，阿班营隔舱板厚度15厘米。在车站等待班车回厦门的空当，我想了下又返回到不远处的造船工地，替下老师傅拉了将近一小时的大锯，好累的活儿！

　　午后的鞭炮声频频响起，问过工人得知恰逢农历二十三，系深沪本地送神的世俗日子。这天下午，传统闽南人家会在自家门口搭好桌子，摆上糕饼水果，燃起香，再烧纸金，祭拜灶君，把百神送回天上，向"天公"玉皇大帝述职。过年到正月初四，复请灶君和百神回位，称为接神。我在陈师傅家品尝了喷香的煎卷美食，连同昨夜偶然瞄到当地报章拾得的深沪行船歌谣线索，为这趟深沪之行两项意外收获。

　　2月14日，我选择与儿子还有伙伴们在深沪镇度过。我是前一天中午临时决定拉上儿子先出发上福州的，那里有他一看就会喜欢的乐高拼装帆船玩具。上午走在榕城市区的几条支路上，发现路旁满是粗壮的樟树，密密的细叶闪耀着嫩绿，很是可人，看来福州的木材市场一定不缺樟木，造下一艘船也就有底了。

其间厦门媒体朋友刘丽英的采访也完成了。采访陈芳财师傅的线索和基调是我提供的，主题为老工匠与当地传统造船术，任何与我们造船及航行计划相关的提法全在禁涉之列。刘丽英去深沪镇看过造船现场，意犹未尽，又写了一篇《那些寻船的男子汉，那条古老的木帆船》，但因"太平公主号"计划尚未公开，文稿不能发表，只能发布在她自己的博客上。

傍晚到达深沪镇，途中黄剑儿子和我儿子被大人们带去看横跨海湾的宋代洛阳桥，小朋友开心地在光滑的巨型条石桥面上奔跑，丝毫没有领会这是在让他们感受宋朝制造。

晚上登门去看望陈师傅。师傅这几天的心情不太好，今晚更是有些激动。因为前些日子运送木料的农用车在卸车的最后一刻，把一棵准备用来做艉的杂木颠折了，寻找新的木料花了师傅五天，把大料锯开又花了六天，导致木作师傅停工了三天，生出不少额外的费用。傍晚小工在收拾工具时，又把用于固定大艉的拴给卸了，眼看着刚刚弯曲成型的大艉噼里啪啦地松开了，陈师傅赶紧招呼工人们重新上栓固定，匆忙中把自己的手指头给挫伤了。结果，艉材在一处有树节的地方开裂了。陈师傅说，这是少数几处因为采用外力定型导致的木料横行裂开，经过修补之后并不影响强度，以前他造的船在安船身板时断裂得更厉害，但我看过去还是觉得难看。

我看到陈师傅右手食指缠了一大圈纱布，看起来伤口不浅。

这天晚上，呼啸的北风十分寒冷，感觉从外到里的寒冷。我和王杨来到漆黑的造船工地，打开夏利车的大灯，在短暂的明亮中，各自抱了根支撑船体的柱子咧嘴自嘲，度过了一年中的情人节之夜。

回到酒店，把在两张床之间穿梭飞跃的两个小孩分开，安顿好睡下。儿子熟睡后，我打开电脑记录监造日志，王杨也打开电脑开始绘图。

第二天早上到达造船工地时，工人们已经开工好一阵子了。

船舷两侧已各装上第一条艍，两只长长的尖角伸出船艏，加上庞大的身架，犹如某种远古巨兽的骨架化石。我注意到了艍上面的木料节疤比较多，还有少许的裂痕，陈师傅说影响不大，只是看起来比较难看。现代木船建造技术规范对木料含水率、密度及不同木纹方向的弹性系数有具体的要求，但我选择依古例，靠造船师傅的经验。灰工正在为最后一道隔舱板与尾禁之间的缝隙填灰捻缝。在临时造船工地用来挡北风的空心砖矮墙墙角，几块石头支起了一口大铁锅，生着火正在烧开水，看来马上就有精彩的表演，就是我们常听说的，用开水浸淋木料而后弯曲成型的工艺。

福建传统帆船外壳的船身板和大艍，如果分拆出来逐条观察，可以很明显地看出从头到尾其实是呈三个维度方向的弯曲，先从侧面看是一道两端向上的弧形，再从上面俯视则是一道中间饱满而首尾向内的弧形，最后从船艏方向前视近观，每条木板近端头的一节相对于垂直线又是向外倾斜的。要把一条几百斤重的长直大木向三个方向变弯，传统技艺是靠不断地淋大量的开水以软化木纤维，再用粗绳索将长木慢慢绞近预先搭好的辅助定位用的原木构架，最后成型时再同步用大船钉钉牢在各道横行隔舱板上，同时还要用粗绳绞住继续固定一段时间。

陈师傅说，工人将上工到农历二十九，也就是明天，然后放假过年，预计正月初六再重新开工。

开发中的厦门五缘湾是我们预选的"太平公主号"停泊与封闭水域试航地，路桥集团五缘湾建设公司的几位高管一直对"太平公主号"的建造、展示及航行实验活动很感兴趣，有意促成赞助，因此特地促成厦门市分管领导春节期间私访深沪造船现场，于是我也欣然带路领着路桥集团先遣人员到深沪镇打尖。

返回台北准备过年的老刘开启新一轮的与意向赞助商的谈判。我鼓励几位同伴说，只要船造得起来，团队的士气还在，航行的钱大家一起想办法，除非有外界不可抗力阻止，我们一定能够很快乐地成行。此外，航渡北太平洋的航行计划需要再议，显然目前的准备工作已经来不及赶上适航季候，我们面临更急迫的任务是修改航向，制订新的航行计划。

深沪是一个能让我暂时撂下担子忘记烦恼的好去处。

这是农历年前的最后一个上工日，一场阵雨来得不小，工人们纷纷蹲在船身下躲雨。一日不见，两舷各三条舷已只剩下帆边的最后一条还没上。我见陈师傅不在场，便和王杨拉开卷尺开始从龙骨测绘起来。我计划在春节停工期间，用已经造出来并且组合上去的部件的尺寸，与根据赶缯战船料件则例制作的"太平公主号"需求规格，逐项列表比照。王杨则争取用 3DMAX 软件，把每一块实测的部件组合成船体立体结构矢量图。

其后按照老刘的交代，我向陈师傅问明了"太平公主号"预计的满载最小干舷、最低舷墙、水柜所在的舱位及其设计方案等数据。感觉只有 0.1 米的干舷，超出我的想象，这样稍一侧风倾斜，甲板不就会从排水孔灌进去海水了？

离开工地前，热情的师傅招呼我们挽袖帮忙，一同将地面上的六条笨抽长料逐一抬上甲板，好准备正月初六开工即可进行甲板面的施工。出了一身汗，我们逐步在从旁观的界面转变，越来越多地切入船体。

一帆风顺

顺　　　　　得

风　　　　　财

顺　　　　　得

水　　　　　利

顺　　　　　得

人　　　　　天

意　　　　　时

　　除夕上午，在厦大 25 号楼宿舍的金华、王杨和我，起来后用文火慢煮了一小锅地瓜粉，把这副引自陈芳财师傅口诀的自制春联，工工整整地贴在入户门上。随后，金华返回东山老家过年去了，老刘几天前已经返回台湾，我和王杨核对这两天分头测绘的龙骨及隔舱板数据，王杨在电脑上同步绘制，我们发现测绘记录的数据还是缺了一些，没有办法把船体围合起来。时近中午，除夕的校园显得格外宁静，我突然心生一念，再到深沪去。

　　路面上空荡荡的，犹如此时的心境。到达造船工地时，已经快落山的阳光分外柔和，这是一年中最安静也最美的时候，好像回到我儿时和父亲去做客的诏安大帆船，那些黄昏的橘色光线仍然闪闪烁烁地裹在缭索上。

　　在固定机位留下几张记录图像后，我和王杨立马钻进船舱，从第十道隔舱板开始往前逐一测绘。不知不觉两个多小时过去了，到了打着小手电都看不清哪儿是哪儿的时候，王杨提醒我说，今天再继续忙乎下去还是完不成一半，是不是可以先撤？我这才感到又累又饿。

　　夜空中不时升起了焰火，鞭炮声此起彼伏，王杨说现在最想的是放鞭炮，"走，买去！"一打方向转入路边的集市，省省地买来了一小袋焰火鞭炮。"到哪儿放呢？""海边吧。""那就到'太平公主号'边上吧，只是得当心别把我们的船和工地点着了。"

　　晚上 8 点，这是气候急转成暖冬的一天，穿着短衫在海边点火放炮，一点不觉寒意。回程的路上我们几乎在硝烟和焰火中穿行，但一进入厦门的地界，一切似乎又回归了冷清。车上的 CD 播放着一首法语歌，王杨说更想听越南歌，如果有哪个女孩这会儿能用这么充满情意的声音为他而唱，不管长得怎么样一定会娶她……我呢？或许哪天开船去法国、西班牙看看姑娘吧。

10 点半，我们终于坐在厦门大学围墙外的韩国餐馆，吃农历年的最后一顿晚饭。一人要了一份石锅拌饭，小店员工的团圆饭就在邻座热闹着，我们有幸成为小店的最后一拨客人，老板娘替我们多加了两道菜，不常出现的老板热情地过来倒了两大杯苏格兰威士忌。

劲酒缓愁肠。

农历新年的头两天，我和王杨都在 25 号楼宿舍里做功课，第九和第十隔舱板之间的水柜舱三维示意图已绘出，可以据此设计水柜方案了。这事还需要抓紧，舱内的水柜没有装好，可能会影响甲板的铺设进度。

电视上好几个频道在播的现代古装剧《武林外传》，成为此间工余最好的调剂。王杨因此学会了模仿好几个角色的台词，还会亦歌亦舞地表演"十娘给你煮面汤"。

初三上午，我和金华、王杨乘着路桥集团的专车前往深沪镇，为厦门市分管领导的到访做准备。师傅娘领着我们敲开店家的门，买了两对大红灯笼。领导的随行人员交代得把造船场地布置布置，于是我请教陈师傅，师傅说在当地建造中的船好像没有张灯结彩的旧例，得去问问老一辈，问询结果是可以。

带着路桥集团的面包车，抵达临近的金井镇围头港等候许久，终于把一早与魏军船长从五缘湾驾着帆船出发的领导接上车。原本的计划是让他们驾飞虎 10 米小帆船直接到深沪造船地，囿于当天的风力风向及潮水的时间，在最后 10 海里不到的地方上岸，有些遗憾。沿着新建的海滨大道返回 15 千米以外的深沪，夕阳西下，空气清新。

来到造船工地，"太平公主号"的前后各挂上一对红灯笼，灯笼之间是两道红色织锦制成的横幅，上书"福星高照"，果然很有气势。领导面露笑意，向陈师傅和我了解了一些细节问题，没有做什么表态。

同车返程途中，我权衡再三，没有把昨晚赶写的一份材料"'太平公主号'复原的学术依据与现实意义"拿出来交给领导，我直觉这家企业对"太平公主号"项目的兴趣其实并不大。

王杨和金华还留在深沪镇，进行测绘和了解定制金属薄板水柜的细节。传统帆船的水柜是直接做在木质隔舱内，老刘担心越洋不间断航行的时间长，水质难以保持，要以他的经验采用金属水箱。对于船员生活设施方面偏离复原的部分，我没有跟他一起纠结。

在台湾过年的老刘前一日匆匆回到厦门，被我马上拉去一道拜访艺术家兼艺术品商林嘉华先生，参观他先前委托陈师傅母亲缝制的讨海人衣衫样式。林先生是陈师傅引荐的，陈师傅此前为林先生承建的博物馆工程定制过船模，算起来林先生和我们在陈师傅面前算是"同门"。

在林家别致的厦门港半山别墅里，我看到薯莨染制的斜襟粗布衫比想象的更有味道，当即向陈师傅家定制20套。林先生是性情中人，早前也有念头造仿古大船近岸巡游，现在看到"太平公主号"这一在建的先例，遂关切起造价等细节。他也看了我们前期拍摄的《寻找中国帆》纪录片，评价很到位：极富感性而不失理性，在执着的下海和走出去上感性，在严谨的研究与复原上理性。他还建议我们在搭载物品上要多呈现在地的传统文化。

大年初五，工人还没上工。这趟到深沪的主要任务是落实水柜、睡铺、通风、排水泵、发电机及蓄电池、电线的布局方案，我还专门邀请了陈延杭老师一起去看船。陈芳财师傅捧着装满稀饭的不锈钢大碗，把早餐搬到了他的模型作坊，针对我们一众人的各种问题，先对着模型把我们的布局问题解答一遍。或许是因为更年长的陈延杭老师来访，陈师傅当天的兴致颇高，领着我们去深沪渔港码头，看一根前一年被当地拖网渔船从海泥中拔上来的老旧舵杆。约6米长的盐木舵杆上圆下扁，木料的材质看起来还很硬实，师傅介绍这可能是船长约有40米的广式帆船所用的，估计有五六十年历史，可以考虑买过来当我们的备用舵杆。

一行人走在路上，陈师傅对陈老师揶揄道，他发现了身边一个一直在窃取技术的大间谍，他认识城里管这事的官人，准备报官抓人。我知道指的就是我，我向他问得太多，逼得过急，他的嬉笑之外也有一两分提醒自己及时闭口、亡羊补牢，也有给我下通牒的意思。我把师傅的趣语转述给不在场的王杨，待他日复原船实验大功告成，我再向陈师傅道出真相。

看到高高立在造船工地的"太平公主号"，满头白发的陈延杭老师非常激动，径自观察，看得十分仔细，仿佛在逐一与他书房里一墙图书和论文的描述和论述做比照，我用相机把老人家的表情记录了下来。上一次他这么激动，还是两年多前和我们一起登上"金华兴号"的时候。

我也正式向陈师傅提出以下顾虑：

1. 干舷仅有 0.1 米够吗？甲板会不会总是上浪？

2. 每个肋骨之间开 0.06 米 × 0.06 米的排水孔够吗？涌进甲板的海水能迅速排除吗？

3. 为防止船艉水底板逆风行驶时被涌浪拍断而外包铜皮加固可行吗？有没有明确的先例？

4. 双圆形下金舵孔可行吗？遇到严重的海况下金会不会崩裂？

5. 龙骨与船底板采用平接方式比开槽企口连接牢靠吗？脱落解体的可能性有多大？

6. 泡过熟桐油的木料还能涂得上白蛎灰吗？船体外壳的身板有

没有人刷过桐油？

　　陈师傅说，这艘船的航速不好，但是稳性好。讨论到甲板的排水问题时，陈师傅说，航行中如果船舷上的水仙门板被风浪打断了，船就不能再走了。我没有再追问水仙门板被打断意味着什么，目前还没有精力关注到这个。

　　虽然师傅逐一做了解释，但事实究竟会怎么样，只有等到试航后看结果了。

　　农历初六，我邀请惠安小岞康建国师傅与住在厦门的洪志刚师傅前去造船工地观摩，这趟我没有到场，据说场面比较紧张，两地的师傅意见相左，险些发生冲突。

　　当日看过在建中的"太平公主号"之后，康建国师傅一回到惠安就赶紧打来了电话，谈他的看法和建议：这种船的型制没见过，据自己的经验判断，稳性可能不错，航速不会太快，担心横移过大，具体性能有待试航时观察；舱采用密度大的进口木容易使重心升高，若用杉木更好；龙骨用料可能为"波罗格"，比杉木重，如与底梁不用螺栓连接恐有脱落可能；船身自重不会太过分。

　　几天后在一家我和伙伴们的定点小饭馆里遇到洪志刚师傅，自然又聊起对建造中的"太平公主号"的观感：选料宜尽量使用杉与樟，舱和笨抽用了进口料成本低，但不耐久，比重大也会导致船只重心上移，影响稳性；关于船艉水底板逆风受涌浪拍击耐受不住的担忧，可采用一至五舱以木料和桐油灰填实来解决，在水底板外包铜皮没有用；龙骨可能用的是进口山樟，偏重，纵向连接未开槽会影响牢靠；船体自重过大，导致压舱减少，承载力受限。

稳性是指船只在航行中，受到风力和涌浪的作用力而发生不同维度的倾斜时，靠自身重力和浮力恢复到平衡位置的复位能力，也可以简单地理解为船只抵御倾覆的平衡能力。建造中的"太平公主号"的船体结构的牢固程度与抵御倾覆的稳性，是我最关注的两个要项，其余问题在这个阶段则是次要的。

陈师傅对我们的做法很不高兴，他右手端着一杯水，左手的食指和中指并拢在一起成剑指，一字一顿地对老刘和金华说："在我们这个地方，八十岁九十岁的还不敢跟我讲高低，这是我在吹牛讲大话。"跟着话尾他的剑指顺势在模型作坊的工作台上一点，响起清脆的一声，然后继续说，"但是呢，实际上你去调查，还是这样子。"他把水杯换到左手，右手望窗外一摆，然后继续一字一顿地敲在工作台上："因为我这个人比人家想得多，比人家认真，因为你们跟我讲的是要造明代的船，螺栓你不打，要钉钉子，我们就要有根据，往前讲得过，往后讲得清，不欺骗历史……假如他没有走，就给他通知我讲这个话，你就把他抓住，问根据在哪里？你懂到哪里？"边说着左肩一缩，右肩一送，右手一把轻轻抓住老刘的胸襟，"我会这样的啊！"老刘手里也端着一杯水，微笑着默不作声，转头朝金华苦笑了一下。师傅娘在模型作坊隔壁的厨房炒菜，空气中只有锅铲划过铁锅的声音。

陈芳财师傅事后不高兴了好几日。

在监造过程中，请异地造船师傅前来深沪造船现场做交叉检查，从技术角度出发是在计划之中，但于情于理，是应该事先跟陈师傅打招呼的，不管他表示出乐意还是不太乐意，我在忙乱中把这个环节忽略了，无意中伤到了陈师傅的感情。加上老刘急中出错，代入了我作为监造负责人的角色，把我几天前质询过陈师傅并且已经得到解释的问题，又不合时宜地提了一遍，搞得我们自己很被动。先前团队的分工是我负责监制把关，就事论事扮白脸，我对造船业和造船师傅比较了解，基本上能够罩得住。老刘负责筹款和经手给陈师傅款项的出纳工作，他是团队中的年长者，备作圆场唱红脸，这下子把角色搞颠倒了，我只好去做缓和的工作，默默听陈师傅讲。

其间我一直在思考船开往哪里去的问题，既然向北跨越北太平洋已不能赶上适航季候，那么向南有哪些适合的主题呢——波利尼西亚？澳大利亚？柬埔寨？香料群岛？非洲东海岸？花了几天工夫，针对每个方向分别整理了一份背景资料发给同伴们，让大家一起来发散思考。

德国的布罗曼博士发来邮件，对我发去的春节贺卡中的"太平公主号"及造船工地图片，表示印象深刻，非常古典。他还特别关心"太平公主号"是否会装辅助机械动力的问题：

亲爱的许路先生：

谢谢你们的新年问候，我们的新年和问候比这早几个星期。

这艘中式帆船的图片和建造过程场景令我印象非常深刻。此外，造船工地看起来非常自然，像在早期没有现代建筑的环境。离厦门近吗？

你打算使用辅助发动机吗？在欧洲，大多数西式重造的传统帆船都有一个引擎，用于进港和恶劣天气下的安全和航行，还为了赶回家吃晚饭……

祝你有美好的一年，在建造中取得成功。

你的

乔布斯特

令我感到意外的是，装置舷外机辅助动力的想法，已经被老刘写进航务设施与布置方案书。我坚决维持最初发起项目时三大原则之一的无机械引擎，即便"眼睁睁地看着它漂向礁石"，我不拒绝采用外力对复原船顶推与施救，但是一旦装置了关键时候可以发动的备用引擎，那跟那些安装了动力引擎的仿古船有什么两样，那么整个实验设置、船员心态和活动的意义就值得反省。

这次跟老刘、金华的三人会议气氛比较紧张，关键是没有结论。我把情况传递给黄剑，他也觉得目前到了又一个关键点，团队内部的议事规则需要先建立。

三天之后，在 25 号宿舍再次召开临时会议，黄剑也在场。议题是"太平公主号"是否装辅助动力，这次采用投票制，每人一票，投票结果如我所愿，否决。

我再次提起讨论和确定团队的议事规则，大家达成陆地事务与海上航行采用不同方式的规则，陆地事务重大事项 5 人投票，3 票以上为通过。职责分工方面，我和老刘主管造船，老刘筹款，我监造。航行由老刘全权负责，金华负责总务兼财务，商务与公关负责人待定。黄剑和王杨做纪录片拍摄，独立于团队的日常事务之外。

在监造深沪造船现场的同时，我也在搜寻当地与航海和渔事有关的民俗，"太平公主号"复原活动要有自己的背景音乐。闻说一条有关深沪行船歌的线索，我便奔赴晋江青阳镇，接着又转到深沪镇，记录到一些歌谣，但都还不是理想的音乐元素。

2 月份最后一天的深沪造船工地上，陈师傅正忙于加固帆边中部第一条舱开裂的部位，其他木工、灰工和小工也都各自忙开。趁着歇息的片刻，我把舱裂补强后的强度问题、船艏船舱填实的问题、笨抽的选料问题，一并向陈师傅提出。陈师傅的看法是：这样的补强可过洋；第一舱已填实，但第二舱、第三舱和后面几舱如果也填密实则浪费空间，填也未必好；古船与机帆船不同，因桅高舱浅笨抽受含檀之力，非粗大硬木不可当，这正反驳了惠安康师傅和洪先生前面关于舱和笨抽不宜用进口料的意见，也又增加了一个悬念，

"太平公主号"下水航行的实际表现会很有意思。

离天黑还有点时间，我抓紧在笔记本上手绘了全船的隔舱板结构示意图。

深沪镇的夜晚还是很冷，在从下榻的宾馆搭乘摩的前往陈师傅家的路上，寒风吹得眼泪鼻涕哗啦啦地流，想起了两年多前在福建云霄县峛屿镇追踪牵风船，也有同样夜行的一幕。

继续与在家中端着大碗吃稀饭的陈师傅探讨雨篷、船体、艇架、拖带、厨房等方案，这都属于我应该负责的监造工作。

夜晚回到宾馆，终于可以冲一杯乌龙茶放松一下了。聊起竹钉篾帆古船的事，黄剑的创意差点儿让我激动得睡不着：自己动手在院子里造一艘自己的船，带上两家的小孩去远航；对了，可以按照《真腊风土记》的行迹，真腊、湄公河、吴哥……

昨日的余兴尚未尽，一早又来到了造船工地。

这天的现场除了陈师傅还有 7 位工人在工作面上，当地叫作"翻身"的舭龙骨、斗盖、尾八字正在制作中。有两位路过的老渔民正和工匠聊天，我也凑了上去。工匠中最年长的吴老伯从十三四岁开始学造船，有五十年的造船经验，儿时曾听老一辈说起他们所见过的篾帆，应该百来年前还普遍在使用。谈到船型，讨海的和造船的都说，没见过类似"太平公主号"的这种船型。谈到作为辅助动力的橹，说一柄尾橹要 3 至 6 个人来摇，所谓"大摇大走，小摇小走"。我还趁机请教了船艇一些部件的当地称法，比如头犁壁、猪母嘴、头插极和直径。

热心推广中式帆船的老前辈、退役海军少将郑明先生在福州组织了一次传统福船座谈会，邀请当地的高校学者、工程界人士和我们团队三方出席，意在为"太平公主号"项目牵线搭桥相互沟通。老刘和金华去了，本着"一个人能办的事不需要两个人去，两个人能办的事不需要三个人去"的节省原则，同时考虑到这样的场合并未能得到多少技术方面的建议，我本人婉拒了赴会。这次座谈会隔天被中新社一则专稿报道，厦门地方媒体也有转载，朋友看到后来电询问，我把网上搜索到的报道稿发给大家，提醒伙伴们"太平公主号"计划首次正式曝光了。

研究和监造之余，活动铺垫的工作也同期进行中。先是与先前认识的《纽约时报》北京分社恢复联络，告知"太平公主号"活动计划并初步约定开航时前来采访。其后在雅虎中式帆船邮件组发布"太平公主号"建造的信息，以征询国际同行的看法，很快就收到了不少回复。同时，把首次曝光"太平公主号"项目的中新社新闻，转发给各地的朋友及意向赞助者。

我们继续开会，讨论走哪条航线的问题。造船工程的进度因为资金不足导致滞期，合同原定的5月26日交船肯定要延后数月。是否更改航向正式提上议事日程，我负责继续寻找活动的主题。这是一次实验考古的复原建造与航行，选择哪条历史航线来做再现实验非常重要，这涉及航行背后的历史背景和故事，也将对应不同的活动主题和宣传方向。如果依旧向北走美洲线，此时的气象和海况能否支持比原计划推迟两个月开航？同时北线缺乏明确的主题，诸如徐福东渡等。要是推迟到明年再开航，届时的关注度恐怕会被北京奥运会冲淡。南行线路，往澳大利亚找不到能感动自己的理由。欧洲方向，只有历史上的关联，没有文化上的主题。剩下的只有西线的非洲了，那就先制定一条以非洲东海岸为折返点的备用航线，取元代汪大渊《岛夷志略》之大体，直抵非洲之角，然后横渡印度洋返回大洋洲的线路。如果一切顺利的话，西线可以在一年以内完成。

这段时间以来，看到老刘的大部分时间都是他端坐在电脑前的标准姿势。他在忙于寻求"太平公主号"的风帆系统的最佳配置方案，凭借其西洋现代帆船的环球航行经验，计算三个风帆的总面积和比例分配，他也在准备南线的航行海况资料。金华结束了在顽石航海俱乐部的合伙人身份，现在除了上英语课，大部分时间都空了出来，开始更多地接手总务工作，诸如正式会议记录、顾问聘请、内部账务、公函草拟等等，从他房间外经过时，看到的也经常是亮光的屏幕和黑黑的背影。我想同伴们经过我房门口时，看到的大都也是类似的景象。虽然三台电脑的直线距离不超过 5 米，但更多的事务沟通，主要是通过主线横跨太平洋的国际互联网，辅以隔三岔五的面对面例会。平时大家偶尔在客厅一起看看厦大闭路电视的译制大片，但一起到操场运动或外出晚餐时是不谈工作的。在一起生活的日子久了，或许人就从感性变成理性。

其间我和陈师傅保持着热线联系。陈师傅说，再继续日晒或北风吹两到三天，甲板就可以捻缝了，一天中最好的上灰时机是中午最干燥的时段。如若等到长的雨季到来，或是刮了南风起雾了，木料就更不容易干燥。他叫我准备过两天到造船现场。

深沪镇所在的晋江市正在组织申报非物质文化遗产项目，其中的一个主要项目就是传统福船的堵营结构，由陈延杭老师担任客座研究员的泉州海外交通史博物馆（简称海交馆）承担具体的材料组织工作。海交馆方面要求前往深沪参观并拍摄"太平公主号"的内部结构，当陈老师就此事打来电话询问时，我已胸有成竹，趁机开放一次造船现场，我们其实很需要关注和传播。当然公对公的手续还是需要的，我让泉州海交馆出具了一份公函给福龙中心载明事宜，再安排陪同馆长前去深沪造船现场。

在泉州，又一次看到海交馆水池中展示的 16 米三桅钓艍，我对着它想象着尺度相当的"太平公主号"轮廓，看起来"太平公主号"应该要比它高大巍峨得多。利用等待馆长和客人们到齐的一点时间，我再次把海交馆内的船模浏览了一遍，经过展示 1974 年发掘宋元古船的展板和模型前停留的那个片刻，我对赶缯船的复原研究路线有了新的想法。

从泉州市区到深沪镇，见跟在后面的馆长他们还未到，我径直登上甲板先做自己的测绘活计了。这一天工地没开工，我想先不用去打搅陈师傅。不料大概半小时后，一列车队浩浩荡荡地停到了工地边，黑压压下来了二三十号人，有几位扛摄像机拿话筒的，陈师傅也在里面，场面闹腾。原来是泉州、晋江两级政府的文化官员和深沪的镇干部，陪同北京来的国家非物质文化遗产评选专家团前来参观，看来规格还搞得挺高。其中十几号人大大咧咧地招呼着涌上甲板，或寻找新奇或拍照留念，陈师傅也很配合地逐一做示范讲解。有记者凑上来欲做采访，我的面上想必流露出很不和悦的样子，其实内心是很无奈的，因此只是简单地重复一个词："抱歉！"

我对文化部专家把福船堵营结构以水密隔舱名目申报非遗的想法提出异议，因为这样割裂了传统造船工艺，将船体结构中某一部分功能和表现抽象出来做保护，实在有违技术逻辑。况且，这样的结构既非福船独有，更非晋江发明，而在现代船舶上又运用得最普遍，这有什么保护的意义？于是，我和北京专家们议论了起来，为首的评选专家祈庆富教授有点不耐烦了，转身对着海交馆的两位馆长说，让你们这样申报就照做吧。

来宾们旋即呼拥着离开，造船工地恢复了平静，我继续测绘和记录细节。"太平公主号"甲板部分的五路肚脐帮、笨帮和笨抽已经全部铺设完成，甲板面上的横向结构如含檀、转水、斗盖、尾通梁也都已就位，船身部分的舭龙骨和高出甲板的第一条船舷板也已安装，整个船体已经像模像样了。马路对面的木料场内，三副樟木曲手极也都已备妥材料。

当天还就施工顺序、部件名称再和陈师傅过了一遍。"太平公主号"的施工顺序是竖龙骨、铺水底板、安隔舱板、安极、上艓，因为有用到画图和放样，可预先加工出极。而最早的古法造船，则是先安隔舱板、铺水底板、上艓，船宽的形状出来之后，逐一将极削形至贴合船壳，再钉上去。

返回厦门当晚，儿子前来厦大 25 号楼宿舍投宿。半夜里我做了一个梦：台风中的五缘湾，风浪交织，一艘在港内避风的高速客轮挣脱了缆绳，不断地撞击着港内一处明礁，忽地客轮猛然被吹上岸，滑过绿地停车场，穿过汽车的缝隙，最后重又滑进海湾。奇怪的是，那样折腾的客船，看上去居然安然无恙……有道梦是心灵记忆的释放，但我心里还是没有答案。

有关赶缯船的复原研究，从第一阶段的纸面复原设计，进入到第二阶段的实船建造，技术路线愈来愈清晰，青灯孤影中亦开始品味出菜根的清香。找齐了 16 世纪中叶至 17 世纪上半叶记载有福船的 8 部明代兵书书目，准备仔细通读，提取其中有关福船与赶缯船的叙述做阵列，再进行比较研究，从而形成更丰富的文献依据。另外，有关宋元时代成型的几项重要技术如船尾舵、横向堵营结构、尖底造型和三段龙骨结构，对于留存古籍与考古发掘海船实物的印证资料也在逐一整理中，前途似乎一片坦荡。

在郑明先生的一再鼓励下，我终于专门抽出时间来，把一年多前写的《海澄郑氏造船图谱解读》研究论文改了一稿，投给《海交史研究》学刊。温故而知新，看到自己以前幼稚与老成参半，感觉到了现在的进步，尽管其中仍隐藏着几处至今我还搞不清的疑问。

3月16日，再一次到深沪造船现场。这次的主要任务，是与陈师傅讨论甲板上层建筑的样式，做船体测绘，拍摄模型配上帆装的图片，以提前征询驾船师傅对风帆系统的建议。年初我已将所能找到的明代古籍的艉楼画作复制下来，剪贴成监造建议书，交给了陈师傅。老刘也为风帆动力系统的监造做了功课，这周以来正困扰于陈师傅画的帆图前帆是否过小的问题。我们还安排了已录取的"太平公主号"项目厦大学生志愿者，一道随车到深沪造船工地感受现场。

照例天一亮就启程，到达造船工地时还不到平日的上班时间。因为持续的阴雨，当日工地没有开工，却也是测量的时机，昨晚新买到的一副4.5米长卷尺很快派上用场。

与一周前相比，"太平公主号"最显眼的变化是两舷的舣板都上到了第三路，站在甲板上已有凭栏远眺的漂浮感，越来越是船了。甲板面上中转水和后转水之间的艉楼也起了第一路面板，舱楼立柱已竖了六根，含檀后的一对曲手极已经在水仙门旁就位，可惜自然弯曲的樟木树杈被削得过分规整了，反倒少掉几分原有的古朴。

此次有充足的人手帮忙，一口气实测了甲板长、水线长、龙骨长和吃水深、型宽、水线宽、各隔舱板处甲板宽等分组数据，这才有点满意地移步陈师傅家的工坊。

赶缯战船模型的两层艉楼已经基本完成，就差顶棚了。美中不足的是，一层艉楼的侧面门窗制成类似圆形舷窗，凭直觉这肯定不对，圆形舷窗是西式帆船和现代船的设置，我告知陈师傅必须修改。对明代以前中式外海帆船甲板以上装置的复原，目前为止实在还是不太靠谱，使用"积木法"在甲板上部建筑的复原方案尚未成功，只能找古籍画作资料参考借鉴，先行过渡。

接着直奔风帆的主题。陈师傅面露神秘道，纸面的帆图与实际的帆装侧视图并不一样，实际的帆面因为自重和内置帆筋整形的缘故，平铺在地上缝的时候是一个形状，装上桅杆立用起来的时候则是另一种有差异的形状，纸面的帆图只是一个投影图，因此不能简单地拿着设计图去问驾船师傅。这倒是我第一回听说，门道实在很深。不过我们还是举着纸面帆形图和模型一起拍下了合并的图样，回头要将其修改为模拟帆装图。此外，陈师傅还拿出备选的两种帆布布样，供我在厦门同步询价，整个主帆系统的重量可能会达到1吨，除了帆布，还有木质顶称和下称，作为撑条和帆桁的竹竿，以及缝在帆面上的作为帆筋的绳索。

有趣而又意外的是，当向陈师傅请教当地传统造船业如何表示斜度的老问题时，师傅不解题意，却解释起龙骨的设计方法，尽管最终我还是没能确定斜度究竟如何表示，倒是另有了意想不到的收获。此外，我还向陈师傅问明白了当地设计模数系以官营为母，"太平公主号"官营对于龙骨位置为35：65，造船木作的公差在0.01米以内是捻缝可解决的。至于龙骨设计的模数，还有龙骨长度到底是指料长、直线长，还是水平投影长度，忙乱中一时没有记录下来。

在陈师傅家时，遇到深沪镇干部陪同泉州海交馆的技术人员上门请教，当地的"非遗"申报工作正在紧锣密鼓进行中。中午在饭桌上，我代表伙伴们向深沪镇干部伸出了橄榄枝，诚恳地表达希望深沪所在的晋江市出任"太平公主号"远航计划总金主的期望。

陈师傅借待客之机，又调侃起我是技术间谍，令我有口难辩。

趁热打铁，再次前往泉州，拜访海交馆王连茂老馆长和丁毓玲新馆长。我提出希望海交馆牵线泉州市政府关注和参与"太平公主号"项目，把"非遗"申报工作做活。如若能促成，则欢迎海交馆设置研究课题，选派随船学者，通过实地考察探索书斋研究未能解读的历史谜团，诸如始由元朝旅行家汪大渊《岛夷志略》和《明史》记载的南亚次大陆西南部古代王国古里的季风、海况与水道等等。

回厦门后接连几天，我都在厦门港老社区采访当年渔船和商船上的老舣工，有关前帆的比例大小和甲板泄水孔的大小及数量等一系列实际问题，成为近期田野调查工作的主题。从庄行杰老舣、曾锦堂阿伯和老一辈厦门港讨海人处获得的反馈，归结起来大致如下：头篷的作用主要在于辅助舵，渔船近风可以走到20～30度角，侧顺风船速最快可达5～6节，顺风时走10～15度角最好操控，帆形尖则顶称比较不吃力，没装动力引擎前帆可改大一些，等等。

再一次去海澄拜访郑俩招师傅，想起距离上一趟来竟已时隔一年，能向老人继续讨教当地造船法式，是一件多么幸运的事。海澄的港汊、作坊、街道、住家、"格外春风"竹帘，一切如旧。此行除了向郑老师傅请教目前造船遇到的桅帆和水孔问题，还请他继续解读郑氏家传造船图谱。虽然那篇解读造船图谱的论文已经发表，但图谱中未有记载的主桅长度的模数关系、龙骨前后段长度的比例、大船与小船隔舱板数量的确定、干舷的高度、龙目的尺寸、新船的船底是上桐油还是白灰，这些沉淀多时的问题需要持续解开，进而又找出新的问题，这就是做学问的螺旋式上升吧。现在似乎到了着手对福建沿海几处代表船型的主尺度模数开始定量对比研究的时候了。

一日，在家的老刘和金华通知我，经他们两人研究，一致要求我提交个人的海澄郑氏造船图谱研究和赶缯战船复原研究报告给团队，并再次催促我画出福船部件名称示意图，以辅助大家与师傅们沟通时使用。我当即交出已经发表的海澄船谱研究和已定稿的赶缯船复原研究两篇论文，福船部件名称示意图则多费了几日工夫，我要先手绘出一幅赶缯船线描底图，再在上面标注出各个主要部件的汉英双语名称。

老刘和金华自行去请东山县铜陵镇的制帆师傅许锡辉，一起去深沪进行现场探察，反馈回来的消息听上去有些令人沮丧。许师傅出身造帆世家，自己却是造船6级工，他看过"太平公主号"后，提出笨拙的进口原木系用陈年的睡山材，已失木质，非抽换不可，此外水底板所用的木料是人工杉。这个说法，着实给了老刘和金华一个沉重打击。至于帆，许师傅选择了大号比例的前帆。随后在电话中，许师傅也诚恳地告诫我要让陈师傅尽量选用好木料，这个我很明白，但就是没办法，我们的预算很有限，因此我也没再跟陈师傅提。我倒是注意到许师傅提到的另一个说法，他说"太平公主号"很像考古队资料图片里标注的开浪船，其实在明代专论福船的基本兵书中已经很清楚地指出了，开浪船和赶缯船这两种称法都是用于同一种船型。

几位外围造船师傅的唯一共同的建议，就是桅杆的实际长度决定风帆的尺寸，应先去采买桅杆。于是进山看木料的事宜，再次摆上了台面。古籍造船则例中赶缯战船"大桅一根，长六丈、围大四尺五寸"，亦即桅杆用料为长 18 米，陈师傅解读这样的桅木做出来的桅杆规格为长 15 米，胸径 0.43 米，尾径 0.20 米。

"舟之所恃以为命者，桅与舵也"，"大桅乃一船司命"，"运舟巨舵为一船主宰者"。自古以来一木难求，明清两代横渡黑水洋册封琉球的册封舟，更是留下许多声泪俱下的寻桅磨难，甚至有航行中裂桅断舵的惊骇记录。

嘉靖十三年（1534）陈侃、高澄出使琉球，所造五桅封舟之大桅系以五木合一，归程过洋途中桅舵俱折，舟人呼得天妃至矣，乃得吉兆，方易舵化险。

嘉靖四十年（1561）郭汝霖、李际春出使琉球，归途亦历断舵之险。

万历四年（1576）册封使萧崇业、谢杰于福州造舟，采木经年，取桅尤难，"往寿宁所伐最钜为桅木却为里豪于梢半潜锯五、六寸，欲伤而利其材"。继而"报出闽清有巨杉，然道路岌嶪，力不可猝致，乃取寿宁之次等杉木以代用"。"木既巨，非数万人之力不能运。如木过一乡，即以一乡之夫拽之；隔一程，有夫来换，前夫即遣归。二程、三程，以后皆然。众轻易举，原不甚劳。但骤览其名，则一乡用夫三、四百名，十乡即三、四千名；沿途所经府、县，似有十万之数。"万历七年（1579），出使封舟返程途中，棍牙数数折伤，舵叶亦为巨涛击去，独舵以铁力木得存。

到了明代最后一次出使球时，册封使夏子阳、王士祯于万历三十一年（1603）造舟，万历三十四年（1606）开航，故事便更加曲折了。

先是因地方怠玩，人情龃龉，桅木未得，致误一年行期。继而堪用巨木先后在政和、安溪、大田又被地方纵奸民凿毁，后仅能以两木合为大桅。迨至归航途中，大桅"振撼损裂，摇拽欲仆"，而系舵大索连断其四，运舟巨舵连失其三，"以一无舵之舟簸荡于烈风狂涛中，颠危倾仄，几覆溺矣"。

幸亏上述四次册封屡逢天妃神明，每每显灵相助，方得以化险为夷。故历次封舟开航之时，必至广石谕祭海神，使琉球录必载天妃灵应，册封使登岸庆生之后必修广石庙碑。

上月首次进山选桅之前，曾经波折连连，现在状况又更加多了，福龙中心账上的钱刚刚只够4月1日必须支付的5万元第五笔造船合同款，而越了位的老刘又跟陈师傅发生了比较大的矛盾。然而桅杆实在过于重要，必须排除各种困难，哪怕"坑蒙拐骗"也要尽快完成。

3月27日，终于出发了。此回进山采木，心情轻松了许多，因为陈芳财师傅被"绑架"随行，我已备足问题准备"拷问"他。

车行一日，下午开始沿闽江上溯，愈近上游，秀色愈佳，复引出竹钉篾帆古船缓缓而行的浮想：找一个会开船的姑娘一起远航，就像1922年"厦门号"帆船的沃德船长和秋怡。

黄昏时分进入南平地界，许多年前乘蒸汽火车停靠小站的记忆渐渐苏醒了，滋润着闽北山地的三条干流建溪、富屯溪、沙溪在这里汇成闽江，公路两旁到处是堆得像小山一般高的木屑，我们到了被称为中国杉木之都的顺昌县。穿过富屯溪，再穿过铁路，就是系挂着我们期待的洋口林场，这里也是团队伙伴黄剑的出生地。

暖暖的夕阳覆盖着静霭的大地，留下长长的投影。热情的林场主人为客人们安排的第一件事情是将行李卸在自家的招待所，第二件事就是喝酒吃饭。于是，太阳还未落山，就在林场食堂后面的竹楼里摆开了美食阵。晚上8时许，酒足饭饱之后，我开始干活了——"夜审"陈芳财师傅，探囊取物。

虽是机会难得，但还应不失条理，首先得把住宏观，亦即造船法式要项。在陈师傅的房间内，我带着王杨纸笔香茗伺候，满怀着发自内心的恭敬，看着师傅逐一亮出深藏的功夫。当晚，陈师傅画下了木帆船传统建造法式的龙骨与四母营隔舱板草图样式，然后对照我随身携带的"太平公主号"部件规格表，逐一标明哪些是已解读的部分，哪些属于余下未解开的 10%。自 2007 年元旦与陈师傅签订"太平公主号"建造合同后，我自己就没有时间再投入到赶缯战船古籍料件里未解读部件的研究，而是把部件的解读推给了陈师傅。现在，他解读出哪个部件，我也跟着解读出这个部件。

难得的酒后多言，陈师傅眼神如炬，声若洪钟，逐一向我解开这段时间以来的一系列疑惑。有关船身选用进口木料的问题，首先用上去的是替我们采购的龙骨原木的余料；其次是考虑赶缯船型船舶阔而桅头吃力，作为纵向结构件的鼓仔或俗称为翻身的舭龙骨和觞，取料要前后两端厚而中间薄，需要大料；最后，其实进口木料的价格更高，并不是为了减少成本才做的选择。

我想起裁缝在裁剪布料时，是要把每一块用料尽可能地排满在一块尽可能短的矩形布匹上，造船大师傅在选料时也是这样，裁缝剪裁是平面，而师傅选料则是立体，更有甚者，还要考虑木料密度、节疤的强度和韧性等问题。想象一下，造船大师傅已经把承造的帆船分解成部件，一一印在头脑中，选料时摆在他眼前的是一根原木，出现在他大脑里的则是几个或十几个部件的紧密排列，如果材质和价格合适，他便订下这个原木，然后找下一根、排下一组，直到基本排完当期工序所需的所有部件，再做一番调整，最后付钱买下那些原木材料。

陈师傅说，在深沪，以前有甲板的帆船都是大船，当地大船的上限为龙骨九丈九尺。造船的规格配搭甲路传承自师傅，而用料则听凭主人，所以一般民间的船谱、船尺簿皆不显示部件材料的厚度。此一点恰好可以作为海澄郑氏船谱疑问的一种旁解。早年陈师傅在永宁镇、祥芝镇一带造船时，有一位老师傅因年龄偏老，领悟和干活儿都比较吃力，时时受工友们责怪，而年轻的陈师傅自己的活儿干得快，常常帮老师傅完成活路，几个月相处下来，深得老师傅的喜爱。后来，老师傅领着陈师傅到自己的家中，亮出一本家传的明代造船簿，"里面有一艘配置 4 橹 10 桨的大船……"，除了其内有一艘配置 4 橹 10 桨的大船外，陈师傅不肯透露更多的细节，书名全称无可奉告，老师傅的名字也无可奉告。

此外，深沪当地传统的造船师徒传承规矩是，学徒需经三年零四个月才可出师，当学徒是没工钱的，只有在年底师傅才给做一身新衣服。

接下来就是陈师傅自己的故事了。与师傅接触了近半年，除了造船正事，发现师傅还有不少富有传奇色彩的隐秘之处。

师傅是否武林中人？这个谜是某晚陈师傅的朋友们在他家议论什么事时，被我无意间听出了一点门道。后来有更多的机会和师傅闲谈，终于探知，因为师傅年少时的不说话，从 10 岁至 14 岁、16 岁至 19 岁、20 岁至 24 岁，先后有三位身藏功夫的怪人主动教陈师傅习武，师傅因此吃了许多苦，比如说睡觉时只能躺在类似体操平衡木的一条窄木上。24 岁开口说话以后是否继续练武，他不肯透露，就不得而知了。

　　至于师傅家每天晚上鱼贯而来、神色凝重窃窃私语、随后又不知如何隐去的朋友们，那就更为神秘了，乃至我屡屡借用黄飞鸿时代的红灯照、白莲教等场景来想象。这回谜底终于揭开，原来由于陈师傅的公正和名望为乡里认可，远近的朋友凡有纠纷、找人和出主意的事皆常上门求教，陈师傅家于是便门庭若市，花去师傅几乎每天晚上的所有时间。日久天长，难得清静，师傅有时也不胜其烦，因此在二十年前从繁华的老街搬到海边偏居一隅，养鱼逍遥，可没想到过不了几年，周围的海滩也到处盖起楼房别墅，一切便又归于喧嚣了。不过师傅说了，帮人好过被人帮，心安。

　　这一夜和陈师傅聊了很久，也是第一次没有过多谈及"太平公主号"的技术问题，如同回到之前的田野调查，一些专业，一些乡土，一些人的故事。

　　山乡的清晨虽是养眠，大家还是纷纷早起，或寻根，或观鸟，或摄影，或晨练，或喝茶发呆……浓雾中的白墙墨瓦翠林，别有风味。

　　通往伐区公路的左侧是铁路，右侧是宽阔的富屯溪。上路约5分钟后，铁路后侧一座古建筑出现在眼前，我仔细一看，竟是一处规模壮观的天后宫！在这福建省内陆的山区，委实很特别。问过同行的主人，原来另有一片历史的天空。

　　顺昌县建于五代后唐长兴四年（933），至今已有一千多年历史。境内水系发达，流域面积50平方千米以上的河流有10条，其中富屯溪为闽江上游干流。顺昌县水运历史悠久，宋元以来，笋干、毛边纸等大宗土特产，皆经由水路运出外埠，原木则是直接放排到福州南台。到了明代，富屯溪沿岸的富屯、双溪和洋口，形成供过往帆船停泊的码头。洋口镇河面宽广、水流平缓，由闽江逆流而上的海船与自富屯溪、金溪顺流而下的内河船聚集在此易货换载，逐渐成为两河流域的航运中心，到了清代更拥有小福州之美誉，还曾被称作福建省四大名镇之一。

清末民初，洋口河面集中的民船常达四五百艘，每日有数百艘民船从这里开往各地，各地籍的船工形成赣帮、浙帮、闽清帮、福州帮、汀州帮及本地帮等各种船帮。其中讲福州话的十邑，闽县、侯官、闽清、古田、永泰、福清、长乐、连江、罗源、屏南十县船民和客商筹资，于1912年兴建洋口福州会馆，并从湄洲祖庙奉请妈祖分灵到洋口，落成了天后宫。洋口天后宫的建筑沿用了闽北清代寺庙建筑的形制，每年的妈祖诞辰日都要举行盛大活动，周边的建宁、泰宁、将乐、邵武等地船民，都要来闹热。

洋口繁华一时，纸伞与皮枕、镜箱并称洋口三大名产，畅销福建省北部和西部及湘、赣等地，姑娘出嫁皆以有此三件嫁妆为荣。我外婆在她的晚年，睡的就是一个小小的洋口皮枕，深棕色的皮革上，还有黑墨绘的几笔竹枝，几行小楷。洋口的笋和毛边纸，也在海内外市场享有盛誉。

顺昌县森林资源丰厚，珍稀树种繁多，主要有樟、楠、檫和三尖杉、红豆杉、银杏等。杉木的插条造林人工栽培历史悠久，古时有"吃不尽的浦城米，砍不完的高阳杉"之说，所谓高阳杉就坐落在顺昌。境内的一棵杉木之王，早在1988年测量时胸径就已达84厘米，树高37米，冠幅18米，单株材积约13立方米，树龄估计已有一百五十年了，至今仍长势不衰。

陈师傅以前也曾多次在福建省北部山区选取天然桅木，那时每逢三四月份丰水期，桅木及其他造船长材可以上自闽江支流一路漂流到福州马尾的出海口，再由海路运抵深沪。

进入伐区，一行人用了仅30分钟时间就选了四棵杉木，测量离地2.5米处胸径，扣除树皮后最大的有48厘米，最小的也有44厘米，挺直度及尾径看上去也合乎陈芳财师傅要求，美中不足的是树龄皆不长，1973年的人工林。陈师傅悄悄告诉我，他判断其中的一棵，去掉树皮的真皮层后，假皮外表应会带有小刺，说明其木质品种应该接近天然林，不过还是得最终伐下以后才能确定。

我们分别在备选的四棵杉木上做了记号，林场与我们约定等天气转好，林耕道路挖通了之后，将这四棵杉木全部放倒，再通知我们前来选购。协调穿越伐区的通信和电力线路也是个不小的问题，不过林场方面有办法。至于放倒的方法，我们也说好要求采用拉钩和横山倒，以避免桅木内伤。

马上打道回府。

途中，陈师傅不时念叨着想看看这一带及周边常见的廊桥。我没料到师傅还有此雅兴，不过得来并不费工夫，很快路边就出现一座新修的廊桥，桥中有寺，我便请司机靠边停车。可是没等我走到桥中，陈师傅却已经在1分钟之内看出门道并扭头上车了，然后由衷地称赞其支撑桥梁的木柱榫对结构的巧妙，大有英雄识英雄的感觉。我问他是否会用在船上或是造船工艺方面用得上，师傅说不会，但在搬运重物时这种结构颇为好用。

回程途中再次抓住机会，意图细问陈师傅有关"太平公主号"部件规格表中，他已解读而我尚存疑的条目。酒醒后的陈师傅拒绝了，反问上次布置给我的帮他解读"做净每折见方"问题完成了没有，还让我自己再仔细研读几遍先前复印给他的《钦定福建省外海战船则例》，提醒我好好领会前言后语。我只觉得可惜，昨晚对陈师傅的"拷问"，没有做到究竟。

陈师傅倒是和同车的年轻伙伴们讲了许多他做人的道理。

有关竹钉篾帆古船复原设想是否可行，我也仔细请教过陈师傅。师傅建议关键地方需螺栓加固，否则航出外海恐没把握，后来我们一致达成用棕绳箍船加固的方案试验看看。

黄昏时分回到了深沪镇，还赶得上到造船现场做一些记录。时隔上一趟来已经有十多天，"太平公主号"也大为改观，船舷板除了船艄部分还剩下一两路以外已经全部就位，侧视已经很有样子了。船艏托浪板全部封上去了，船舷下金已装，橹边竖筷也已立在下金之上，前含檀之后和船艄两对伸出甲板面的木极被锯去，换成两对樟木曲手极，甲板上的经豆和舱盖都已完工，其中的过水槽结构巧妙，舱楼也建好了一层。

此时陈师傅工坊内的赶缮战船模型，完成的程度恰好与"太平公主号"的进度一致。

返回厦门后赶紧补做作业，整理出了一份建议书，提交给陈师傅和伙伴们，意图破解之前有关笨抽、舲及水底板选用材料是否存在质量隐患，桅杆能否选用人工杉，主帆与前帆的大小比例这三大问题。

另外，新一版的"太平公主号"项目计划书也定稿提交，其中航线改为西线的非洲东海岸。

一位朋友送的一大瓶葡萄牙原产红葡萄酒，在夏利车尾箱放了许久，终于有机会开了瓶，老刘、金华和我在一顿已不经常了的加餐中喝完了酒。

准备了一段时间的家人深沪游也终于成行了。

老妈、老姐、儿子、儿子的表姐、儿子的妈妈一行，浩浩荡荡，在深沪镇菜市场内的老店用完小吃后，直接奔"太平公主号"造船工地，小朋友们不需引导就径直登船到处蹿了起来。老妈看过"太平公主号"后，应该可以放心让我航行去，毕竟半个多世纪前她当水警的时候也经常登上帆船。

仅仅隔了四天，"太平公主号"变化挺大。最后一路水底板已经封好，缝看上去也捻好了，这样理论上就可以请它下水了。船舷板全部安上去就位了，船艄刀形舭板内侧的扶强也已经衬上去，天然弯曲的樟木极很像鳅鱼极的形状，不知其中是否含有暗喻。船艉一对竖筷立于下金之上，外尾花、金字帮皆已安上，"太平公主号"重载时的吃水线要刚刚漫过下金。船上舱盖内的过水槽继续精雕细琢中，舱楼在建第二层了。陈师傅对着粗大的舵杆在和工人比划着，在马路对面的矮墙内，老木工正忙着刨碇身。

看得出碇身用料来自旧的硬木，陈师傅说这是属于硬木类的盐木，比水重。我拿了几块边角料带回宿舍，放入水盆里试了试，可还是浮出了水面。

造船工程进行了整整三个月，按陈师傅的计划已经完成了五分之三。已建造完成的部分与近时代的木帆船大同小异，接下来即将建造的部分将更偏向古船，相对就要更难了，进度也会放慢，因为每个部件的施工细节工人都得向陈师傅问明白才懂得下手。

此行我又给陈师傅提供了几份建造建议书，主要是元、明两代古籍中官造河船的工料单和隔舱示意图，以及英国科学博物馆藏"金合福号"福建帆船模型的艉部外观。

临告辞时，陈师傅拿出一卷资料倒过来请教我，原来是晋江市申报传统福船堵营结构国家级非遗项目的表单，其中有大部分文字来自我的论文稿和内部流转资料，这样的被使用我并不知情，但也只好认了。而陈师傅对深沪镇地方官员将临村一支据称已传十三代的造船门派传人添列入申报材料，与他并列作为传承人也表示不满，看来事情背后比较复杂，我们其实也无力且无暇干预。

　　回到厦门，我拨通福州闽侯县造船师傅方诗建的电话，请教有关主桅桅木的规格、树龄、生长环境等条件对风帆系统的影响，以及在福州是否也有埋海泥预处理的做法。方师傅说，山坡上的树木比山坳里的好，四五十年树龄的杉木可用，先前他建造出口日本的丹阳船，桅杆长25米，尾径25厘米，采自武夷山。另外，福州没有木料浸埋海泥之说。

　　春日陡然降温，寒冷的一周。

　　航线由北向改成西向之后，一直还未找到明确的主题，我把不少时间用在翻找宋元时代有关西线的四部中外古籍《诸蕃志》《岛夷志略》《马可波罗游记》《光明之城》上，找寻相关的只言片语。

　　热心的厦门港造船家族后人汪锦树先生念念不忘我们的计划，一天特地打来电话聊桅木，谈到1958年"大跃进"时，为了土法炼钢砍伐了大量的杉木，点明了我对现有人工林树龄皆不过五十年的困惑。汪老先生还告诉说，小时候看过大人用黄槠木贴住大桅加固。

　　我现在对我的夏利轿车作为团队主要出行交通工具的费时与费钱开始谨慎和保守，但按时间计划已经到了应该再去深沪确定风帆详细方案的时候，于是准备就绪便又出门了。

　　"太平公主号"原型四丈六尺赶缯船采用矩形篾篷，虽然制篾工艺在福建沿海造船地仍有工匠掌握，此前我也和东山师傅小组研究篾篷帆面的解决方案，但篾篷的操控系统和方法尚未挖掘到有史料记载，实际的用法也已经失传，"太平公主号"的风帆系统未按照篾篷原型复原，只能改用清代中后期的薯莨染色布帆。

我载老刘早早到达造船现场，工人们已经开工了。这天已经是4月9日，时隔一周，"太平公主号"舱楼上的护栏立柱已经立了上去，看起来足够粗壮，艉甲板上的狗罩和艉舷倒角的客鸟尾也正在安装。

陈师傅已约好了当地做帆的友阿，一位有四十多年经验的老师傅，大名曾炳南，看上去是一位很严肃的老人，制帆功夫看起来也会一样的严肃。友阿师傅制帆系家传，八十多年前其先辈从惠安县獭窟移居到深沪，他的住家就在陈师傅家的后面。友阿说他的祖父做过草帆，但没有做过篾篷。

见面后大家直奔主题。风帆系统是个相当复杂的活计，因为涉及空气动力学许多看不见摸不着的问题，我退居其次，主要看老刘如何应付。

这回可是大开眼界，友阿对老刘提出的高端问题"风袋"并不陌生，而且还有自己的一套说法，所谓"做帆都一样，绑法不一样"，意思是帆师可以只负责制帆，风帆四边的绳子"四方抽"则由船东自行绑扎，放松一些风袋就深而大，绑紧了就浅而小。讨论结果是届时由帆师指导我们绑主帆，这就解决了风袋的问题。

中国式四角硬帆的空气动力学原理，其实很类似于飞机的机翼，这就能够解释帆船为何能够逆风行驶，老刘说的不希望帆的后部风袋比前部大，也是同样的道理。

　　我感觉老刘对中式帆船的性能和表现还不够了解和信任，总是想拿他的西式帆船经验和知识来掂量师傅，过于相信科学化的方法和视角，而缺乏田野调查的知识积累和信心。他的担忧、不解和坚持，临到现场往往被师傅们的三言两语或某样轻巧的做法化解掉，做了无用功。

　　根据友阿师傅的经验，每种船型都配有特定的帆，他做过的帆有近似钓艚的大排帆、牵缯帆、网艚帆、运输船帆和舢板帆，"太平公主号"的帆跟牵缯相同。一般"一尺官营四尺帆"，而帆高则为桅长的70%，主桅在顶称前四后六的位置，古船的帆形方正故而顶称较短。有关桅杆对应于龙骨或船长的位置，以前未借助滑轮，舵大使不动，故桅杆通常要前置，后来才慢慢后移，另外东山帆船因主桅偏后而前帆就大。为了让帆面平衡受力，也为了保护帆布，帆面缝入横竖并排的绳子，形成一个个的菱形，风一来就成了所谓的风袋。

　　硬帆指的是帆面有数支竹架篙作为帆桁或撑条，友阿师傅说架篙都是要单数的缭绳才刚好绑，一般前帆7支篙，大帆9支篙，尾帆5支篙，再各配上下称。较大的主帆由上下两大片组成，中间连接的地方就是中支篙，对于近代状如扇形或刀形的船帆，帆的宽度则以中支篙为度。这样的帆在七八级风时可全升，风力再大才要缩帆。帆面的布一定要用四角日织法的，斜纹布不适用。船上一般也不需要备用帆，备一块顺风布就行了。帆面要及时修补，所谓"小孔不补，大孔叫苦"。我想起"金华兴号"大桅上千疮百孔的旧帆，原本一直也用得好好的，在 2004 年 8 月初被一个突如其来的热带风暴打到，一下子主帆的帆面被撕破几十个帆兜，无法再做缝补，只能整张更换，我记得汤裕权船长苦笑的模样。

友阿师傅允诺当月开工，工期约一个月。

陈师傅说，舵做了一半停下来，这五天他找过 8 位老人请教摆舵的缚法和缚绳的具体位置。古船的舵式多为摆舵，其绑缚系统有三组，分别为升降、固定和勒肚，汕头以南的帆船在 50 年代还有这样的舵式。1952 年对岸飞机时来闽南沿海轰炸，深沪的渔船都南下到汕头以南作业，由于对当地海域和港澳不熟，两地渔船常互换船老舦上船帮带，因而深沪的老渔民对采用摆舵的汕头帆船有所了解，陈师傅找到了其中的两位老人，但只是用过却讲不出来。

我对舵的转角突然有了兴趣，请教陈师傅，得知舵的转角极限为 40~45 度，一般 35 度就够了。陈师傅还提出了一个他自己琢磨许久的问题：舵叶一般只有一半在水线以下，那么上面那截有什么用处。他曾经请教了许多船老大，答案是顺风行船时，船艉会激起尾流，尾流的水线就会漫过整个舵叶了，这样舵效就能达到最大了。

当日还弄明白了主桅杆相对于龙骨的位置，也就是记成文字的诸如主桅在龙骨的 30%，到底是指两头向上弯曲的龙骨的水平投影长度的 30%，还是假设把龙骨掰直后的 30%？结论是由弯取直的料长。这些知识对于外行人而言肯定玄乎得很，但于建造一艘船而言则是差之毫厘，谬以千里。

4月中旬的一天，我又去了一趟泉州开元寺内的古船陈列馆，再次参观三十多年前在泉州后渚挖掘出土的南宋后期至元代早期古船。这是国内一个里程碑式的船舶遗存考古成果，尽管与实物遗存同时代的相关文献记载还是一片空白，但中国古代造船史上的几个重要技术进步如 v 形尖底、三段龙骨结合、横向隔舱、桅井结构、升降舵、钉连技术等已悉数呈现其中。这些技术在"太平公主号"的复原建造中也大部分都采用。隔着三十多年和一百余公里的时空，到今日才得以借"太平公主号"穿越回大海，复原一艘古船，说容易其实也容易。

这趟没有白去，在感叹先辈所造之船宽广惊人的同时，我也习惯性地四处乱扫，猛然看见在一个斑驳的玻璃展柜内，摆设的展品里竟然有一册《船尺簿》，看上去像惠安圭峰黄氏造船家族 20 世纪六七十年代的手抄本，这是我一直在寻找的东西！余下的任务，便是考虑如何破柜取物，拿出来看看到底是原书，还是假书道具。这趟泉州古船陈列馆给我留下印象的还有，从深沪湾打捞出的宋代铁力木长木碇，展厅外环境很亲和的海交馆员工平房宿舍和小小的庭院。

从泉州转来深沪造船现场，远处一艘带着小面前帆和小面主帆的灯光渔船正在开出海湾。

陈师傅和其他 7 位工人在现场。"太平公主号"的船艏头狮板、船舷两侧的黑艒和舭艒、木碇的木作和舵杆都已基本完工，目前工作主要是船艉部分的建造和摆舵系统的复原。

这回找了一个新的视角，爬到边上一艘废弃渔船上，记录了"太平公主号"建造过程的后视图像。登高了才注意到，不远处一个也是临时围起来的造船作坊内，三艘硕大的铁壳渔船已经焊得有形有款了，记得"太平公主号"开工时那里还是一片沙滩，后来不时有载钢板的手扶拖拉机经过，现代的东西做起来，果真要比古老的东西快得多。

晚上在师傅家享受可口的家常工作餐，师傅娘和80多岁的陈师傅母亲一起下的厨，有我很喜欢吃的煎卷，一种蛋皮里面包着豆腐干和嫩笋丁的油煎美食，餐桌上也是旁敲侧击向师傅讨教的合适地方。

第一个问题是木碇。陈师傅说碇长一丈船载 20 吨，碇长两丈船载 160 吨。白天量得的"太平公主号"木碇刚好长一丈，对得上，而昨日在泉州古船陈列馆看到深沪湾出水的宋代铁力木碇杆，碇身长超过两丈五，那船又有多大？

第二个问题还是龙骨的量度。师傅说当地旧称龙骨为"皂"，全长以头尾的直线为距，而实长则以水底板料长为准。

再多的问题，师傅的口风就紧了。陈师傅说现在觉得疲惫，因为对"太平公主号"的解读用脑过度，开工前才弄懂 80％，做的过程懂了 8％，然后一点一滴地向人请教和自己琢磨，才又悟出 0.5％，感到越来越难了。

　　另外，让陈师傅最着急的是主桅桅材需尽早到位，那样才能够进行桅杆系统其他部件的制作。选购做主桅的原木，按合同约定是由我们团队负责，我赶紧电话联系顺昌的洋口林场，场方告知正在协调穿越采伐区的电力和通信线路，估计在一个月之内便能够采伐到我们备选桅材所在的伐区。

　　我想了解陈师傅是怎样向老舦公们求教有关摆舵的构造，于是师傅带着我在深沪穿街走巷重走了一趟。寻索的主题是如何缚紧舵，如何操控这种舵。

　　陈著吉师傅，出生于1929年，从24岁到70岁一直在当舦公。1956年加入合作社，后来到厦门航运社当二三十吨运输船的老舦，那时候厦门还有两艘缯头运输船，1963年才回深沪。陈著吉师傅看过但没操过摆舵，他说大船才用摆舵，勒肚索孔在舵叶尾部，进港时船舵摆起，必检查勒肚。

　　热情的陈老太太特地拨通已移居香港的同乡黑爷家的电话，黑爷师傅比陈著吉师傅小1岁，在有摆舵的帆船上当过二手。

　　还有一位老人以前曾驾深沪牵缯渔船在汕头以南讨过海，他说那边用摆舵的船叫包帆。这种渔船船型我不陌生，几年前研究晚近广式帆船时有看过一些资料。

　　詹师傅，先跑商船后驶渔船，走厦门、石码等近海，没用过摆舵，但知道摆舵的搬胸是拴在水仙门口。

　　周师傅，到他走船的年代，沿海只有最大的一艘木帆船"金仙泰号"还使用摆舵。这艘载重量为 82 吨的商船名称，在当地水运史资料中有记载。周师傅也说搬胸拴在水仙门口。

还有一位 79 岁的陈师傅，14 岁开始讨海，也曾去过汕头以南，但对舵系细节已经不记得了。

这趟我还专门拜访深沪镇政府，期待他们能促成晋江市作为"太平公主号"重走海上丝绸之路活动的起点城市，并给予资金上的支持。

其后连续两个多星期没有去深沪造船工地。

金华给伙伴们发了一封邮件表达自己的困惑，有关活动的精神和主题、燃眉的经费问题、策划营销公司的介入需求等。我旋即跟进，希望大家把各自手头正在进行中的工作多多通气，这样才有助于群策群力提高成效。其后在 25 号楼宿舍的伙伴开了两次例会。会上确定"太平公主号"航行的主题改为西向非洲东海岸的海上丝绸之路，我提议建立给拥有相关资源的人士发送不定期简报的制度，以期得到更多的可能的支持。在经费赞助来源方面，大家都提不出什么有起色的想法，尽管按照造船合同，到"太平公主号"下水试航之前，我们暂时不需要再给陈师傅支付造船款项，但账上也没有余额采买桅杆原木、涂装和做帆。福龙中心的"太平公主号"项目网站的内容，我也花了不少时间做了充实和更新，基调与最新版本的计划书保持同步。

从东山孔师傅处得知，他在邻县云霄的木材商朋友能找到堪做栿木的内山原始杉树。我将信将疑，金华自告奋勇，前去内山现场察看，测回来的数据是成材长度超过 15 米，胸径 0.44 米。数据和图片报给了陈师傅，答复可用。另外在同一座山也找到可以做前栿的杉木，两根栿木运到深沪造船工地的全包价为 2.2 万元。接下来是资金的问题了，大家已走到内部募集各自掏钱的关口。

其间我继续做功课，先后开了宋元古船实物与福船建造技术、福船的形成与发展体系表、福建地方传统造船技术调查提纲、木帆船与晋江海外交通史等几个题目。一个大雨滂沱的下午，一位"太平公主号"项目的志愿者同学用她的借书证，让我混入厦门大学图书馆。在图书馆检索更多明清两代提及福船的兵书，遗憾的是还没有查到赶缯船进一步的身世。

这段时间也一直边乱看片子，边寻思我们的福船纪录片如何能打动人心。比较清楚的思路，一是技术的，二是人性的。而这两种元素实际上也一直贯穿于福船的演变历史，并存于一个接一个的历史人物中。

解读中国造船法式，复原建造古帆船，再现式航行实验，实验考古的真正意义是什么？人类社会的发展需要提高生产力水平，工业时代的到来将机器应用到了船舶，彻底改变了航海器具的推进方式。以一种自然力作用于另一种自然力的传统帆船，势必被以人造动力作用于自然力的机动船舶所取代，古老而落后的技术，自然会被现代的新技术所淘汰。但是，人造动力需要能源，而当下能源依赖于对地球矿产、石油和天然气的开采，消耗量高于增加量，能源总会有枯竭的一天。

在海澄时，郑俩招老师傅有一天跟我说，眼看着世界上的石油越来越少，将来的人如果要重新使用这么好用的木帆船，却已经没有人会造船了，也没有留下来什么记录，那可怎么办？

自己也说不清为什么要竭力继续这个故事，幸运的是故事还在继续。

一个完美主义者编织的完美故事，往往不会有完美的结局，因为完美太过真实，太过敏感，太过脆弱，也就太容易陷落。于我而言，却是因为可能找不到更重要的事情可做，日子过得像一名古代浪人。理想、荣誉、名利、放浪……在这一点上，我其实像是另一个陈师傅，而陈师傅则可能是另一个我。当故事结束时，这些东西也会随风飘散，曾经的伙伴该干什么，还得各自回去再干什么，留给自己和这个世界的也仅是一个故事，只是版本不同而已。

5月长假莫名其妙地到了，在厦大25号楼宿舍的日子，已经没有周末或假日的区别。伙伴们在自己的房间里各自忙碌，精神略显萎靡。时过中午，愈感躁动不安，在我的提议下，大家决定稍微歇息后前往深沪。

蓝天、碧海、白云，天气晴朗得很。陈师傅和5位工匠在"太平公主号"工作面上，船体木作部分的结构、船壳、舱楼、帆架、双层甲板、护栏、炮眼，以及舵、木碇、绞车等工属具已基本完成，捻缝上灰工序同步进行中。陈师傅选购了两根旧的硬木木料，分别用在船艏的虾箍梁和船艉楼后的横梁，旧的油漆痕迹都还在，漂亮！这出自我的建议，传统造船本应可以更多地采用循环经济。

我掏出卷尺和图纸，专心投入了甲板面构件的测绘，一直做到天色渐暗，便决定今晚住下来，继续与陈师傅探讨。于是上街买了顶十几元钱的尼龙蚊帐，拿出夏利轿车后箱内常年自备的防潮垫枕头被子什物，在陈师傅工作坊内的木地板上打好了地铺。这是我第一次在师傅家过夜。

当日讨论的主题，除了下午在船上和陈师傅商定了帆边船舷�孔的开启位置，确定了做一柄备用舵放置在甲板上外，其他主要是涂装事宜。如，水底部分是否沿用传统的白灰？白灰是否如师傅开始说的一周后会脱落？生桐油加壳灰涂刷船内可行否？睡舱铺板是否用油漆以防风湿？生桐油与熟桐油分别用在哪里？还能找到会煮桐油的老师傅吗？陈师傅的方案是整船舱内用生桐油加海蛎壳灰调成灰粥涂刷，用于防霉；睡舱铺板要油漆，避免风湿；水底板如果按传统方式刷石灰，只能抵用一星期至十天，后面就会脱落，建议改用现代木船防污漆；涂装画花的部分，用熟桐油，当地还会煮桐油的老人只有 2 人，以前通常都是去惠安买。

我也一直在和师傅娘联络随深沪进香团前往湄州妈祖庙请香的事宜，晚餐的餐桌上，听陈师傅讲述往年三次组织庞大的村民进香团，从海路前往湄州进香的故事。

一早起铺来到海边，欣赏晨曦中的"太平公主号"。

上午，顶着烈日把一门硕大的摆舵测绘完毕，真无法想象这个长5.52米、宽0.97米的大家伙是如何安上船艉去的，又是如何操得动。

木工陈著纯正在精削细磨一副牛角状的构件，在收工前钉在了船艉托浪板的下部，这个叫勒肚扒的部件，是用来固定拴住摆舵的勒肚索。采用摆舵与否，亦是区分古船与近代帆船的标志性符号之一，意义重大。

船艉头狮板上的狮头木雕正在安装，我一看心中发凉，这哪是头狮，分明就是动画《狮子王》里的动画版非洲狮，经过再加工后越看越像狗头。大家看过都觉得不对劲，陈师傅亦觉得有理，必须重来。头狮的图形在清代乾隆年赶缯战船古籍已载有分形图，而18世纪末英国马戛尔尼（George Macartney）访华使团中的随团画师则留下精彩的彩绘记录。

中午伙伴们在师傅家搭伙用餐时，陈师傅问老刘看自己为人如何，这是一个很有趣的问题。或许因为老刘是我们团队伙伴中的年长者，年岁跟陈师傅相当，或许是老刘自己的做事风格跟陈师傅结下了矛盾。陈师傅随后自语道，做人则实实在在做人，从来没有一个人技术会到底，所以他天天都在学。有关用料的问题，陈师傅再次解释因贪图龙骨的天成型材，造成余料甚多，只能用在甲板及舱内铺板上，外观就不如杉木，不好看了，但不影响质量。

"太平公主号"开工以来，陈师傅已经瘦了19斤。上次他接泉州闽台缘博物馆展厅内的半艘陈列帆船订单，做完交工时瘦了 15 斤。

午后，跟着师傅穿过街市到南门木雕师傅黄师傅的工坊，"太平公主号"上的妈祖塑像就是在这里请的。风俗和旧例的复原和记录，也是赶缯船复原研究项目的组成内容。深沪的老街风景有别于镇区的嘈杂和时尚，低矮幽暗的木构建筑，崎岖不平的石板路留下漫长岁月的痕迹，间有两幢分别建于 20 世纪四五十年代的番仔楼，形似而秀美。

回到厦门的次日，伙伴们召开临时会议，老刘提议内部募集 1 万元，以解桅木之急。大家一致赞成，商议由负责募款的老刘当召集人，于是隔天大家收到这样一封邮件：

亲爱的伙伴们：

大家好。

我们的复原船计划进行至今已进入重要阶段，（"太平公主号"）复原建造工程自 2007 年 1 月 1 日正式启动已历时四个月整，目前的进展如下：

1. 船体木作部分的结构、船壳、舱楼以及舵等已完成，如有连续十天的晴朗天气即可进行船壳的捻缝上灰工序。

2. 我们一直未能突破的风帆系统，在极不容易的机会下于云霄县内山找到两棵六十年树龄天然桅木，因而可能得以解决，但价格还未能谈下来，原计划进度滞后。

3.依照我们现有资金的状况，目前较急迫的需求为两支桅杆的资金，预计2万元。为解决目前资金短缺的困境，建议先由我们内部发起合力凑款1万元，待将来资金较为充裕时再行返还给各位伙伴。如此我们较有机会得以将船及早完工下水，期待各位好友的支持及意见。

金华回邮表示，已先代垫了上一趟去云霄山上考察桅木的差旅费用1000元，另仅有的一点小钱投资做了个小生意，现金目前无法回收，由于目前没有其他收入，所以此次内部凑款无法出钱。

其后王杨表示可出1000元。

我拿出超过银行卡里流动资产一半的1万元，凑款买桅木和支付请妈祖神像的费用。另外，我建议伙伴们紧急代垫的凑款要先存进福龙中心的对公账户，日后如无法返还，则可开出捐赠收据。

这段时间由于王杨受伤不能出门，我的主要工作中添加了一项绘制"太平公主号"局部立体图并标记测绘所得数据，再结合部件的照片，远程提供给王杨绘制3DMAX图。工作量有些大，但出门前夜完成第一张后，自己越看越美妙，油然升起了一缕成就感。

画着图想着船，当晚居然没睡着。

农历三月十九这天，一大早赶到深沪镇。敲开木雕师傅的家门，付清了费用，小心翼翼地将妈祖塑像请进事先准备好的一个红色篮筐，再披上红丝巾，一路捧到深沪后山沪江天后宫。

此时天后宫内已是一片红衣人海，红色长袖 T 恤衫和黄色棒球帽是本次进香团的制服，由深沪当地的制衣厂捐赠。

天后宫的神龛右侧，摆放着一艘两米多长的三桅帆船模型，来往于深沪有大半年了，今日才第一次看到，这是一艘王爷船，虽被香火熏得乌黑，但还是很有样子。

进入香火缭绕的宫内，按照当地的古例几番请香拜拜，口中念念有词：保佑"太平公主号"顺利下水、顺利开航、顺利到达、顺利返航，保佑"太平公主号"上的每一位航员平平安安，我愿与我的同伴在所到之处弘扬妈祖的慈悲护航……然后，捧着塑像跨过地上一字排开的六个小香炉，出了庙门，就可以汇入村里前往湄洲岛的进香团，准备上车出发了。

趁庞大的阵仗整队出发过程的一点时间，我赶到海边看船，雨后的"太平公主号"木质外表被淋成深色，与平日看起来不太一样，被笼罩在一层薄雾中，有一种未知的神秘感。艉楼上的一对舵车车架已做好了。

回到陈师傅家，师傅娘递给我一个红色袋子，里面有一件红色长袖 T 恤衫和一顶黄色棒球帽，还有一个红色的胸牌，上面烫印"进香证"三个字。我再一次动员陈师傅也一道同行前往湄洲，可是他推说，稀饭太烫，车又不等人，只好作罢。

等再次赶到天后宫时，满载红衣服的二三十部大巴已鱼贯开出，我成了最后一辆车的最后一位乘客。途中了解到，这次是由沪江天后宫组织的第四次村级进香团，距离上一趟已有六年之久，总人数有 2139 人，村里按户配额，不少外村人士踊跃参加，除了每人缴费50 元以外，其他费用由天后宫董事及信众捐赠。活动的具体组织者大都是当地的企业主，对这样大型的活动采用了一些企业化的管理，秩序井然。

适逢纪念妈祖诞辰 1047 周年，湄洲岛已十分热闹，两千多号人的深沪进香团一上岛，便到处都是红衣服的身影。如同当年在墨尔本，无论何时何地，只要有人群的地方，睁开眼睛，必定能瞅见黑头发黄皮肤的中国人。有趣的是，即便深入僻巷田边的民居寻找临时家庭旅馆，也都能看到有几簇红衣服早已在那儿候着。好多岛民当天晚上一定是在厅堂打地铺度过，因为大人小孩的床全腾出给客人了，有头脑灵光的户主居然搞起了床位拍卖。幸运的是，我找到了三年前在福建海岸行时第一次上岛时下榻的沿街旅社，住进了最后一个单间。

在湄洲岛上没有带电脑无所事事的半天，正好难得地歇一歇，与妈祖雕像为伴。有过"金华兴号"从云霄到珠海的长航经历，其后又两趟驾乘现代西式帆船重走同样航线的长航，时隔三年再拜妈祖祖庙时，感受已经大不相同，这趟过来心里更加平和放下，也更加喜乐。

次日凌晨 4 时，起床后走到旅社背后的妈祖庙，一看已是一片红色人海。深沪进香团包了妈祖祖庙当日的第一个时间段，院子里挤满了来自深沪的香客，此时只有红衣服才是唯一的通行证。臂扎毛巾的两排红衣大汉控制了祖庙的大门，只有同样臂扎毛巾获准参加仪式的红衣服才准予进入殿内。吉时一到，身穿蓝色长衫的本村长者点燃一炷香，随后红衣大汉用八抬大轿将深沪天后宫的妈祖塑像一阵风地请进庙内，旋即又退出庙门，如此进进出出，气势无比激荡，之后才摆放到祖庭的妈祖像右侧。其他深沪天后宫的神尊亦依次左突右冲地被请进请出，场面非常壮观。

我臂扎毛巾，把"太平公主号"的妈祖神像也捧进祖庙的大殿内请了香。仪式旋即完成，两千多号的红衣服随即排成一溜长队，跟着开路的大旗沿途呼喊着"发（财）了哇！"行往渡口。穿着红衣服手捧妈祖像走在队伍之中，此时我也是虔诚的一员香客。

过渡后等待巴士的空隙，我沿澳口走了一圈。这里还有好几艘旧的木船，其中一艘大约三五十吨的运输船尾金尚在，显然先前是艘帆船，其船艏甲板上依次排列的虾箍梁、碇车、转水、含檀，与"太平公主号"的甲板布置颇为相似。

乘坐最后一部编号的大巴车回到深沪镇，先行到达的红衣服已散坐在镇外路边等候了多时。等我们大巴车上的最后一位香客下了车，进香团再次列队，一路锣鼓喧天鞭炮齐鸣走街串巷，最后才回到沪江天后宫。香客们进宫后点了三支香，完成最后的仪式，便四下散去，整个镇子很快恢复了平静，连穿红衣服的都难再碰见一位，十分不可思议。

互联网传播了不少有关"南海 I 号"整体打捞位移工程的新闻，目前已公布沉船长约 24 米、宽 9.6 米，和泉州后渚沉船的比例相似，考古部门猜测该船发自泉州或泉州以北港口。我很想有机会与"南海 I 号"以及广东水下考古机构，在古船船体及部件鉴定方面进行交流和共享，将获得的第一手船体遗存资料与"太平公主号"做一番相应对照，同时也希望将已掌握的福船及部件分形的文献资料和实践研究共享出来，帮助其解开船体遗存之谜。

适逢之前由我负责不定期编发的"太平公主号"工程简报得到一些专家学者的回应，我便趁机与其中的福州市文物考古队林果队长进行了一番探讨。

林果认为，目前中国沿海发现的沉船遗址数量远远多于其他区域所发现的，而在福建省以外所发现的沉船遗址基本上以运载外销瓷的福船为多。但福建省在水下考古方面投入的力度并不大，而且多以口惠为主。"南海 I 号"实际上比已发掘的泉州古船小很多，只比"碗礁 I 号"略大，但其船型究竟怎样还不明确。目前的关于"南海 I 号"及"碗礁 I 号"沉船的图样，也还与实船遗存在较大偏差，尤其精确到可复原层次的细节更少，因此需等到整体发掘后，可能才会有多一些的了解，届时我的合作设想也才有落地的可能。

最近研究福船的年代不断上溯，对南宋时代的社会背景也有所了解。1127 年，宋高宗赵构南渡称帝，建都临安，史称南宋。时因中原失落，战事频繁，国库难继，宋高宗遂依靠市舶之利，修缮港口灯塔，鼓励造船远航，大力发展海外贸易，南方的手工业和农业生产也同步发展，短暂的王朝应该是福船的黄金时代。只是留存下来的南宋有关远洋帆船的史料记载几乎空白，甚至够不上对同代古船考古发现进行比照之用。

上回湄洲进香返回深沪后，把"太平公主号"的妈祖像请置于沪江天后宫内，农历二十三这天，宫庙里的仪式已全部结束。师傅娘几次打来电话催促我们赶紧来深沪把妈祖塑像请走，事不宜迟。我急忙临时前往深沪镇。

又有一艘张着矮帆的灯光渔船正开出港。陈师傅和工友们奋战在烈日下的"太平公主号"，鹿耳和桅、备用舵皆在制造中，头含檀的中央也已开一个方形斜孔，插头桅用的。灰工们正在往船底的缝隙捻进麻丝。陈师傅再次催促我尽快将主桅桅木采买到位，否则木工将面临停工。另外，师傅要求从下周起我们要轮流派人驻守造船现场，以便实时协调木工定制、涂装及人工下水等事宜。

午饭时，陈师傅聊起他重出江湖的因缘。

三十多年前，陈师傅曾郑重地托某位船老舣，把斧头扔到了外海，意为金盆洗手，其后陈师傅屡屡拒绝邀约，直到十几年前在这处当时的僻静之地养鱼时，还有乡人上门求造船。后来村庙占卜，让造庙里摆放的王船，说是大船不造小船得造，陈师傅只得改行造模型。再后来，深沪镇文化中心建馆，说是全镇的公益不可以推托，于是陈师傅又造了一批小船。再再后来，承接晋江市博物馆展项工程的林嘉华先生慕名前来，陈师傅推托不成，再造了一单小船。再再再后来，我领着白发苍苍的陈延杭老师上门做田野调查，他感动于我们的执着精神，于是从协助解读古籍到承接模型制作，再到造大船，一步步就走到这儿了，现在体重瘦了近 20 斤。

陈师傅家侧门两边有一副对联："举步三思怀壮志，坚心万事可成功。"这是师傅自创的。

妈祖像暂时请回了厦门，供奉在厦大东区 25 号楼宿舍的客厅中，我每天都要敬拜一下。

工程很快将进入涂装工序了。有关船体的木质表层保护，有传统和现代两种做法供选择：一种方案为水线以上用煮熟的桐油或生桐油拌少许壳灰的"灰粥"，水底部分采用白灰涂抹；另一种就是防污漆加普通化工油漆了。哪种方案更可行而妥当，我把这个问题写入简报中，询问专家组的老师们。

金华和王杨深入云霄内山，终于把主桅和前桅的两棵老杉木放倒了，传来短信说，现场异香芬芳。当地村子与村子之间的道路要么被挖断，要么总有一部坏了经年的重载拖拉机横在路中，进到内山要更换很多次交通工具接力，每个村口都有闲坐的老人拉住盘问一番，就差搜身了。好在金华讲的东山本地话跟云霄内山方言接近，又有熟悉沿途村子的本县木材商陪同和担保，总算有惊无险，全身而出。最危险的是王杨藏在行李里面的摄像机，万一被发现了恐怕性命有忧。当然也要拜当地特有的香烟制造经济模式和民风所赐，难得保留住被我们采伐来做"太平公主号"桅木的百年原始杉树。

5月14日一早，接到陈师傅的电话，准备钉船眼睛了。船眼睛一般在临下水前择吉日由船主钉入，在造船工程中也属于里程碑式的节点。

不知道从哪个年代开始，福船船艏两舷安有一对船眼睛，亦称为龙目。船眼睛用樟木制成，其大小形状都颇有讲究，福建沿海的传统是龙骨每长一丈配龙目长四寸，而清朝古籍记载的赶缯战船系列无论船只大小龙目一律长一尺五寸。渔船的眼睛往下看，意在寻找鱼群，商船的眼睛朝前看，意在观看航路，就是不知道战船的船眼睛往哪儿看。

这天造船工作面上比较热闹，4位灰工和4位木工，加上陈师傅和小工一共有10个人。

和师傅们打完招呼，便扑上"太平公主号"，继续我的部件测量记录工作。局部测绘图的手绘工作已有点上瘾，更多的应该是成就感，简单又更容易满足，同时也是让"太平公主号"复原工程具备更高的可重复性和可传承性。

师傅们依旧各自忙碌着，陈师傅在刨椇。船底壳正在捻灰缝，木作进入扫尾。固定桅杆的鹿耳已制好，备用舵即将完成，尾椇用一根旧的天然杉木也已制成，目前木工的工作预计三至四天后完成。陈师傅再次催促桅杆尽快到位，以及尽快确定随船小舢板的尺度，这样工人的活计才能够连续。船宜尽早下水，以防暴晒后木料开裂，陈师傅预计桅杆到位后，约用五天时间制作桅杆系统，随即进入涂装，然后就可下水了，下水之后，再另行择日竖桅杆。陈师傅还给我们建议，刚采伐下来的桅木可去掉树皮，用盐水淋过，过半天后再用清水淋过，这样可以比较快干燥，木料去掉水分减重，也比较容易搬运。另外为保护船体，船主最好自行或请人，每天早晚两次用海水将船体表面各淋湿一遍。

在我的要求下，陈师傅让我见证并记录其将几处固定龙骨与底梁之间的螺栓取出的过程。

在师傅家的晚餐时间便是讨论的时间。师傅边一口一口地吃着稀饭，边锁着眉头说，一直在思考樋如何架设的问题，当地老人说听过但没见过，又说方头船需要而尖头船不需要……

师傅和师傅娘已看好钉船眼睛的吉时，就是第二天早上的辰时之始。师傅说，"太平公主号"工程属于一开始就按照简单礼仪，尊传统而不繁杂。如若是按旧例，单铺设龙骨时的程序就很复杂，主龙骨与尾龙骨之间的交接匙处要起出一个八卦形的木片，凹孔里面用纸包裹五种含日月之意的物品，比如铜钱、铜镜等，而后木片钉回去的时候每位船主要各钉一颗钉子。每次的仪式，船主还都要给工人包红包。泉州后渚沉船龙骨的保寿孔内，就放有北宋铜钱13枚和一面直径10厘米的铜镜。

关于船舷两侧舷板上左右所绘的一对龙鳅，陈师傅也道出当地的说法：古时船队过软水洋浮力突然变小，船尾往下沉，船员祈祷海神相助，游来两只龙鳅鱼，分别撑住船尾两侧的尾通梁，于是船只安然渡过软水洋。这种说法与我先前在同安大嶝岛田野调查中所记录的传说，以及海澄有关七甲社龙船抢标赛的来源，相互呼应。

早晨 7 时，陈师傅和木工纯阿师傅已在造船工地，正往船眼睛的黑仁上面涂墨汁，然后将五颗船钉分别系上红布条钉在眼珠与眼白之间，方钉的分布位置呈龟首龟足状。测量了一下，师傅做的船眼睛长一尺四寸、宽一尺一寸五分。纯阿师傅先钉上左边的船眼睛，再钉右边，方钉没有钉到底，师傅说等下水时，再由 5 位船主每人钉进一颗。

陈师傅这天心情很好，主动带我去看制帆和参观深沪镇区内的古迹。

帆师友阿家隔着陈师傅家两三幢房子，制帆工坊就设在自家的大厅，地上堆着小山般的白色帆布，老两口正在埋头穿针引线，显得相当和谐自在。他们已经开工十余天了，这是"太平公主号"主帆的第一片，预计还有一个月才完工，之后将交由陈师傅去联系古法染帆。

在湄洲进香时，听到进香团里的乡党讲到一段深沪典故：古时靠岸标导航，一个大雾之日，有船只驶进，问岸边老人此为何地，答曰"中九上六下十三"，船员没听懂，遂掉头驶往外海，最后落在金门岛，如今金门那边有一个角落也同样名山后，那里的陈氏祖堂还挂着从深沪带过去的蓑衣。"中九上六下十三"是过去深沪海滨的一处地标，现在不是每个当地人都知晓，此前我也没听说过，只知道金门有一处地名叫作山后。

师傅领着我做了一次真正的深沪穿越，从他家所在的海滨出发，穿过镇心的繁华地带，来到深沪烟墩山背面的海滨。这里一边是倾斜的石坡，一边就是小澳口了，一道石板路蜿蜒其中，石阶往上的地方就是"中九上六下十三"，我数了数一共正好二十八阶。路边是稀疏的老民居，形成了一条街，石墙上有几处摩崖石刻，感觉是一处风景，与以往所见的深沪大不相同，一时有回到2004年福建海岸行的恍惚。这是一处背风停船的好地方，我想也是"太平公主号"下水后停泊的首选之处。

接着去看了一处沙滩边石头上的三个钉眼，传说是高人用扇子钉进的大铁钉，现在还能看到三个孔眼四周的铁锈，有点神奇。但师傅也没找着另一处传说的"三宝街"，最后登上了深沪最高点烟墩山，这里可以远远俯视到我们造船的地方和曲折起伏的海岸线，再远处就是台湾海峡和太平洋。

有关涂装的方案，陈师傅介绍当地的习惯，是在船舷画太阳祥云文房四宝，后来也画人物。至于刷桐油的工作，5位伙伴加上志愿者便可以胜任。

与此同时，在船舶实验考古复原技术方面的研究也有突破。一位热心而神秘的网友 MS 先生对我撰写中的晚近广式帆船考释书稿，提出相当内行的建议，包括要多介绍船舱内部、水线以下结构，特别是主桅固定系统及尾舵固定系统的结构与原理等。我在积极回应的同时，也热切地请求他给建造中的"太平公主号"提一些意见。MS在随即的回复中对"太平公主号"的外观和建造过程的古朴韵味表示了赞赏，希望在涂装方面最好也能有考究及品位，并且提到中国帆船漂洋过海的能力已经由"耆英号""宁波号"，以及19世纪中叶就到美国加州捕鱼虾的广东单桅小渔船证实过。MS在邮件中还附了一幅日本藏明代《倭寇图卷》彩绘局部，这是我第一次看到明代海船彩图，有参考价值。

另一方面，有关中国帆船何时远航非洲的资料也在关注中。在学术界，皮尔斯和施沃茨认为中国帆船在南宋时远航非洲东海岸，戴闻达、柯普兰则认为直到郑和下西洋时中国船只才到了非洲，而奇蒂克等人认为，15世纪以前中国人从没有航行到非洲。中国学者黄盛璋先生和许永璋根据贾耽的记载，认为唐代中国船只已经远航到波斯湾和非洲东海岸。

然而，老刘根据意向赞助商的新想法，提出拟将"太平公主号"的开航时间延至2008年夏初，而目的地又改回了北线的美国。

再一次来到深沪造船现场时，雨中的"太平公主号"显得形影孤寂，尾送已经制好了，横放在"太平公主号"的帆架上。

东山造船工匠孔师傅满怀期望想参与"太平公主号"工程，热情地提供了诸多工艺方面的建议和批评，我每月一半的通讯费都用在和孔师傅的双向交流上。遗憾的是高期望与低回报的不对等，越处在项目外围越是残酷，甚至连信息的知晓权都消失了，这种希望微弱的坚持，没几个人能挺得下去。这让我感到内疚，却也无能为力。

资金短缺始终是头号问题，福龙中心账户余额已告罄，我自己手头上也没留几个钱，连开夏利车出一次校门都要精打细算一下，更不用说个人投入的人力和时间成本。为了突破某些一直以来的保守和谨慎，我费了一番时间编制出一份"赞助商纲要"，明确有关原则、需求、权益等方面的内容，并简介了托尔·海尔达尔（Thor Heyerdahl）、提姆·谢韦仑、尹明喆的再现式航海探险活动先例，希望有金主能够看明白。

1947 年，挪威人类学家托尔·海尔达尔和 5 名伙伴，依照古代印第安人的原始方法，用 9 根原木扎制成一只木筏，命名为"康提基号"（Kon-Tike）。"康提基号"凭借着风力和洋流，用了 101 天横渡 4000 多海里的太平洋，抵达波利尼西亚，验证了石器时代人类是可以从南美洲迁徙到太平洋中部的学术假说。海尔达尔记述此次航海探险的《孤筏重洋》，也是我们团队伙伴人手一本的随身读物。

适逢在厦门参加一个帆船活动的现代帆船航海界老朋友郭川有半天空闲，我遂热情邀请其前往深沪参观造船现场，希望他也能加入我们的队伍，或许能够给我们带来生机，摆脱目前的困境。

"太平公主号"的水仙门内侧前端安上了木制锁扣，结构形同陈师傅家二楼大厅双开木门的暗扣，作用是防止水仙门板在越洋航行中被大浪打落。桅杆固定系统的桅井结构也做好了，我认为它才是中国古代造船史上最重要的发明创造，主桅及桅井是整艘帆船的动力中心和受力中心。风帆经受的推力或合成的拉力作用在桅杆上，传送到从左右两侧加进桅杆下部的鹿耳和横在甲板上的大块樟木含檀，再传送到鹿耳的固定底座、桥杠和经底。

木工师傅正在安装的护舷板斜度太大，并且前面的第一块要安在船眼睛的前面，那岂不成了碍眼之物，并且与古籍上的船图样式差异也较大，我赶紧叫停。中午与陈师傅沟通后，取消了前面的第一块护舷板，而炮眼及其间隔的舷膜，则无论如何也回不到船图上的方形风格，我怎么早没注意到呢，这下只能暗暗叫苦了。

我还发现船楼官厅内的甲板和睡舱的舱门都已做成密闭式，通风条件肯定很差，应更改为可活动栅栏式。其后我告知了陈师傅，师傅说等你们驻场时再一起花几天修改。

拍摄、测绘和记录依然靠伺机而为，此行比较详细地记录了主桅系统的固定结构，只是还来不及仔细测量。此外，还向几位师傅请教并梳理了一遍船艉部件的当地名称，发现与福建战船则例古籍的称法相距较大，前者更趋向于实用性，比如舭栓、尾碰栓、尾送趴等。

在工程进度方面，经向陈师傅及工人了解，如不下雨，灰工还有两天完成，然后需要十天左右的风干，船壳内部再涂刷桐油加少许壳灰，外部涂装，之后即可下水。其间桅杆等木作工序有足够时间完成，正常的情况下，下水时间最快应该在二十天之后。

炎日高照，郭川仔细参观了"太平公主号"的里里外外，表示很有感觉，赞叹说真是很不容易，下水时一定到场祝贺。虽然没有达到预期的入伙支持，但也得到了有关船籍证办理的新思路和方法，比如到香港注册落籍，悬挂香港特区紫荆花旗。

福建省船舶及海洋工程设计研究院林大华院长先前已应邀成为福龙中心的顾问，在郑明先生的招呼下，林院长欣然承担了"太平公主号"申报船籍证所需的制式线型图及布置图的绘制工作。这天，林院长和一位同事专门从福州驱车前往深沪造船现场考察，我也专程前往作陪。

灰工正在进行船底板外部的捻缝，从陈师傅及灰工处了解到最新进度，如果不下雨，灰工还有四至五天完成，然后再需要一周左右的风干，即可进行外部涂装。

老木工正在绘制船艏画饰的线图，我赶紧上前请教，当地的说法叫开山镜，意为遇障碍即能化解，而有关镜架等细节就不清楚了。另外，在赶缯战船古籍中记作鳅鱼极的龙鳅，在当地叫作胡溜，也称担梁，传说船只航行过连鸡毛也会沉的黑水洋时，它能够挑起尾通梁，这个说法与陈师傅上回所说的差不离。

两位现代造船工程师看了"太平公主号"后没提出什么问题，倒是用DV做了许多记录。

因为下午我在厦门还有工作安排，中午顶着烈日驱车赶回厦门，途中竟然迷糊了几个片刻。当按时回到厦门时，夏利轿车的里程表刚好跳到 40 000 千米。

6月初金华带客人过去深沪，回来后的通报情况显示，请陈师傅出具工资单有难度，合格证所需的造船厂公章未能确定，尾端发现蚁窝问题的前桅桅木只能按贱卖价折算……都是负面的消息。此外，陈师傅强硬地提出，从 6 月 1 日开始，看护"太平公主号"的责任就移交给我们了，因为工人已经退场，陈师傅的工作暂告一个阶段，现在等我们安排涂装，其后再竖桅安舵。

这段时间继续给王杨发去"太平公主号"的测绘图解与部件图片，从 3DMAX 模型生成的立体图，看起来已经越来越有专业味道了。为配合制订涂装方案，我让王杨提前输出了两幅渲染效果图，白色的船底，黑色的船舷，红色的托浪板和梁柱线条，效果还是很漂亮。

"太平公主号"涂装初步方案在 5 月底也完稿了，分发给福龙中心顾问和专家们，现在正在收集各方的反馈和建议。其中水底部分的白灰如何牢固地附着在木板的表面，以及色粉上色如何防止遇水脱色等工艺问题，一时转为我研究和工作的重点。先前的田野调查和文献挖掘从未涉及这么末端的技术细节，看来还需要进一步以用求学。由此展开涂装工序之煮桐油与上白灰工艺的电话调查，向福建省沿海的十多处造船地师傅逐一问过，慢慢地有了些眉目。

宏观研究方面，找到了一幅 1644 年荷兰画家的大员岛图，在一大堆西洋帆船中夹杂着一艘中式帆船，这应该是现存最早的福船写实画作，虽然上面没有涂装。

我开始列出提纲，回顾中国帆船的历史作用和地位，这方面在国内从未得到太多的关注。从中国帆船在西文字典的名词演变入手，是一个很有趣的研究角度，如因马来语的"djong"、葡萄牙文和西班牙文的"junco"、荷兰文的"jonk"、英文的"junk"、法文的"jonque"、德文的"dschonke"和意大利文的"giunco"等等，还有19世纪末20世纪初，日本将英文的"junk"翻译为"戎克"，回到福船的鼻祖地闽南，现在竟然不时也有人本末倒置地跟着叫戎克了。

一日傍晚，在厦大运动场锻炼完毕，迎面走来一位小伙子自报姓名，拿出一本《海洋考古学》相赠，令我感动了一番。这是中国第一本海洋考古方向综合教科书，由厦大教师吴春明编写，我通过书中提供的线索查阅到不少重要资料。

再一次去深沪造船工地前，我请陈延杭老师带队，先拐去泉州海交馆。我们直抵海交馆在开元寺内的古船馆，按照馆长的私下交代，悄悄地使劲搬开沉重的老式木制展柜，取出早已准备好的起子和铁锤，设法将展柜的背板撬开一道缝隙。我探进半个身子，把摆放在展柜里当道具的那册《船尺簿》取出来，翻开第一页时发现是真书而不是道具书，一时很兴奋。《船尺簿》记载惠安圭峰黄氏造船家族，自清代光绪至民国初年期间所建造的11种海洋帆船的主要尺度及以含檀梁为基数的配搭，也正是黄文同师傅记在小学生练习本里前辈师傅造船口诀的全本，看似20世纪60年代至70年代间由黄氏造船家族某位族人口述，泉州海交馆的某位工作人员记录下来，但没有归档登记，也未做相关研究。

连续的雨天，深沪海滨的"太平公主号"看起来蒙上了一层旧样，尽管此行我特地选了一个新的最适合第一眼看船的角度。舱楼内的甲板有较多水迹，部分已经发霉，船舱内积水约5厘米深，现场只有安徽籍小工在看护，陈师傅在家中作坊制作模型。主桅已经制好了，尾端看起来有点偏细，我抢时间进行了测绘。

有关进度问题，陈师傅说帆面需等待可晾晒的晴天到来时再开染，不会受资金是否按合同到位的影响，该下水、该试航、该完工时都不会拖延。即便尾款没付清，他也不会因此要把船留下，该开走时就开走。此时的陈师傅，应该已经把"太平公主号"当作自己一生中最重要的营造作品，尽管跟我们的合作有些吃亏，但比起船来并不重要。

当月发生了一些事，其后我开始以游泳作为身体锻炼的主科目，除了为"太平公主号"的航行储备体能，也是在工作的同时享受一点简单的快乐。

6月下旬，跟意向赞助商签约的最后时限已到，鉴于"太平公主号"必须马上下水，对于商务合作我表示不反对了。合约终于由在台湾的老刘转发了过来，那一天正碰上我中了暑，已无心情打开文件，只是交代伙伴们，"你们定就行了"。

我们手头上的钱已经用光了，现在只能坐等钱到。到目前为止，"太平公主号"建造合同累计已付 34.3 万元，其来源除了东南卫视最早资助 10 万元，项目志愿者吴程军资助 2 万元，余下的缺口主要由老刘代垫，以及我、金华和王杨的个人募集，其中老刘代垫的第一笔 10 万元是他跟意向赞助商的个人借款。

夹在几方之间的黄剑，因为对赞助商合约里一些条款的抗议被无视，也烦恼透顶，不免怀念起上船就拍、拍完走人的轻介入方式。黄剑说，老刘的决断力太过软弱，对赞助商协议中涉及东南卫视的权益问题不够重视，未能解决问题。基于这些不顺畅之处，东南卫视或将不提供协议签订之前的素材与作品，黄剑一直在悄悄记录他的工作日记《梦想起航》，我则告诉他，我在悄悄记录这本《造舟记》。

明朝是离我们最近的一个汉族王朝，更因为我们的民族集体性格在明朝完全定型了，明朝种种制度、文化基因还顽固地活在今天。明清以来中国社会的近古形态，今天也没有质的转变。

李勇（笔名十年砍柴）的上述观点，再次引起我对福船历史作用及地位的反思。

无论郑和下西洋的故事有多么精彩，从明代开始，海上中国已不复存在，今天我们只能从宋、元时代留下的历史遗存去凭吊那时候中式帆船纵横七海的传说。在同样的黑暗光阴里，明、明末清初或清的界限实际上已经不是太重要，不像收藏古董的那样讲究什么"整清破明"，而我自己则更希望"太平公主号"具有古代福建人的神髓，让我们有勇气穿透千百年的黑暗光阴，寻找到隐藏在孤本和片板内的火种，试着再点燃一把大火。

一家龙海造船厂愿意友情提供建造合格证手续，福建省船舶设计研究院林工亲自义务绘制的工程图亦近完成，又咨询到香港的小型游乐船保险费率为每 100 万元收 3000 元，舟山仿古帆船"绿眉毛号"已以地方休闲渔船船籍证成功出访了韩国。"太平公主号"船籍手续解决方案的前景，现出一线光明。

将"太平公主号"涂装方案发给 MS 先生征询意见之后，我们有三个来回的交流，每次 MS 先生都慷慨地提供了许多令我瞠目结舌的中式帆船图片，令我兴奋无比，亦令我更加谨慎。MS 先生的回复和解疑让我一次又一次反思赶缯战船的复原研究和"太平公主号"的建造过程，我也坦然提出福船的船身自清代才见涂装的疑问。MS 引梁思成之言，"以刀凿为攻，通绳墨之诀"的木构营造技术方法，与我一贯所坚持的研究方法不谋而合，甚为欣喜！

其间两下海澄，请郑俩招老师傅帮忙做壳灰涂底和桐油刷木板面的试验样板。近一个月来涂装工序的研究，从电话调查进展到了自己动手做。87 岁的郑老先生口述，他的儿子郑水土师傅一边解释，一边和我轮流拿着小石锤槌打石臼里的壳灰，这回不再仅仅是纸上谈兵了。

在已磨成面粉状的海砺壳灰中拌上一点米汤，机械地不断槌打，直至大脑手脚皆麻木不堪时，壳灰就成了面团状，据说此时黏性也就产生了。然后用米汤稀释，薄薄地涂布在木板的表面，晾干之后再涂一遍，这就成了可拿来做试验的样板。庆幸的是，壳粉、色粉、生桐油在当地都买得到，临近的白水镇有一煮桐油专业户，而且郑水土师傅也表示乐意承接"太平公主号"涂装的业务。

海砺壳灰加桐油的桐油灰捻缝，海蛎壳灰加米汤涂刷船底，煮熟桐油刷木板，这三项福建传统造船业普遍使用的工艺，不知道传承年代已经有多久，奇怪的是极少听说这三项工艺有用到陆地上的木构营造。海砺壳灰从前倒是大量用在陆地上盖"不见木"建筑上，是石灰的主要原料，诏安老家秋雄哥年轻时跑涂槽帆船的诏安航运社内河船队，就是以运载海蛎壳灰为主业。

6月30日，"太平公主号"工程整整走过半年，可是我没有找到去深沪造船工地的理由，而是在海澄郑师傅家度过这平实的一天。

郑老先生见来了客人很是高兴，又一次从屋里捧出一堆图纸娓娓道开，我发现其中一卷残破的造船图谱，上面的字迹和线条与一年半前发现的那本郑氏船谱相同，都是出自郑老先生的父亲。发现这第二本船谱可谓意料之外，连郑水土师傅都不知道它的存在。郑老先生1949年前承造的帆船在20吨到30吨，后来造过最大的船是

65 吨运输船，系邻镇的石码帆运社用来跑广州至上海的沿海运输船。周边许多船老舰每逢新船竖桅，都要求厂东一定邀请郑老先生到场坐镇，方才放心。

老人家手中一定还有许多没亮出来的珍藏。

天气持续放晴，陈师傅通知要开始染帆了。

传统造船采用天然染料浸染棉质布帆，使水汽不容易渗入棉纤维内部，用于提高帆布的使用寿命，这道工序称为染帆。福建省早时大都采用薯莨块茎，捣碎浸汁作为染料，也有用荔枝树作为染料的红柴汁。薯莨为一种多年生长的较为粗壮的藤本植物，分布于中国西南、华南、华中和华东，以及东南亚地区。薯莨块茎富含鞣质，所提取胶液呈红色，干后呈铁锈色。

福建沿海渔民和船民也用薯莨胶汁，将白棉纱布缝成的斜襟布纽衣衫染成赤褐色，称薯莨衫。薯莨衫挡阳光耐咸潮，好洗易干，只是布纽扣钉在右斜襟和腋下，有点像古早时代老婆婆的穿着。我期待的是布纽钉在前胸正中，这样看起来周正而孔武。陈师傅说，你不知道，纽扣钉斜边才不容易被绳网挂到，很适应海上作业时穿着，否则有可能一颗小小的布纽扣就把人挂下海里。

我也从厦门布料市场买了好几十米西洋布，请陈师傅 80 多岁的老母亲帮忙缝制了 20 套薯莨衫，备着到启航"作秀"时穿。

过去，广东顺德的能工巧匠用薯莨汁液浸泡本地桑蚕织物，再以塘泥覆盖曝晒，成为面赤底黑的薯莨纱，后得雅号"香云纱"。香云纱做的衣裳，穿在身上会发出沙沙声响，十分逍遥。遗憾的是，曾经风光了好几世的香云纱，到今天已难得一见，成了稀罕之物。

薯莨染色要靠烈日炙烤，日晒越强，染作的效果就越好。从昨日开始，"太平公主号"的风帆和薯莨衫要连染7天，每天染两回，工人要从凌晨4时开工到上午太阳高照，再从中午12时干到太阳落山。这让我联想起《三国演义》里的孟获藤甲军，那些反复用桐油浸泡和阳光晾晒过据传能够刀枪不入的藤甲。

我们用的薯莨从江西买来，要先用菜刀切成块，再用木榔头锤成渣，然后倒入石头凹坑中，用水搅和出红色的汁液，接着捞出薯莨渣，舀起薯莨水过滤到白铁桶，用扫帚扫净凹坑，再倒回薯莨水。帆布叠成长条，再卷好，先把一端放入凹坑，用脚踩踏浸泡充分，再把前端一节节地卷起，后端一节节地浸染。整面帆染完后，就得马上张开，在太阳下暴晒。

染坊就在距离造船作坊百来米的一处小山坡上，"太平公主号"和周围的场景尽在视野中。石头山的一个小凹坑成了染帆池，旁边的大石坡就是晒帆石，一切皆为天造。白天时薯莨衫和"太平公主号"的船帆一道开染，平摊在海边的石坡上晾晒的薯莨衫，活像马王堆考古发掘的出土文物。

清晨6时，朝阳照射到石头山上，两位已在深沪干了好几年染帆活的四川籍工人，已将当天要用的薯莨块砸得差不多了。我突然有了动手的冲动，于是要过工人手中的木榔头砸将起来，榔头撞击在薯莨块上，下面的东西瞬间成了渣渣，流出红色的汁液，产生了一种难以言状的快感。

其后的工序按部就班，一道接着一道，最后，硕大的主帆覆盖在大石坡上，薯莨衫围绕其外，湿漉漉的帆面和衣衫折射着朝阳的光线，焕发出美丽的红褐色。

下了山，赶紧去陈师傅家解决更加实在的问题。

首先是向师傅提出大家想了许久的搭盖遮阳棚的建议，陈师傅一口否定："没用！"理由是导致木材干裂的热风来自四面八方，光遮顶上解决不了问题，还是得在灰工完成后，用水泵浇水维护船体，而且只能用海水不能用淡水，海水含盐分易返潮从而起到保湿作用，淡水则易发霉。

有关船帆绳索系统的木制滑轮，陈师傅坚称明代古船上的猴头是不用滑轮的，甚至与赶缯船型类似的近代深沪牵缯渔船，猴头都不装滑轮。"太平公主号"上全船用了五个滑轮，分别是主桅顶吊帆，吊物之用；前桅顶吊帆，竖桅之用；以及船艉吊舵之用。中式帆船上出现滑轮的年代我还没考证到，属于晚近广式帆船的"金华兴号"上，帆缆是有滑轮的，其主桅则使用了外国制造的钢制滑轮。

工程进度方面，陈师傅说再过三四天就可以请灰工进场，但具体用几个工作日，要等灰工到位后根据其人数才能定。竖桅的时机，在麻绳到位后有三四个工人就可以进行了。如果延迟到船只下水后再竖桅，因船在水面上浮动，就需要很多的人手。其他部件中，滑轮、竹撑条、铁箍、棕绳已有着落，麻绳出处还没落实，其中棕绳是找了十六七天才在莆田找到的。师傅表示这些是他先前允诺下来的工作，虽然找寻的过程费了很大力，也多花了许多额外费用，但坚持自己的承诺，不会抱怨什么。我没想到今时之社会，找麻绳、棕绳都这么困难。

涂装工序，陈师傅解释了为什么不愿意接这活儿的理由。主要是当地的师傅不容易请得动，请来的又不容易完全按照自己的意思做活，涂装的效果我们还不一定满意。尽管深沪当地还有 3 位识画饰的师傅，但这道工序只能交由我们自行解决了。

最后是下水的问题，如果用人工推拽，大约需要 100 个劳力至少做一天。

正午时分，我回到"太平公主号"工地继续测绘工作。主桅头部在齐胸高的地方，用两道铁箍固定住一块樟木，称作桅鼻。桅鼻下部开一横孔，用来穿桅闩，竖桅和眠桅时，桅闩就是整根桅杆的支点。吊主帆用的顶称比我预想的还要粗大，有将近 10 米长，上面钻了 11 个小孔，大概是穿绳系帆用的。前桅则比原来预备的规格小，全长只有 8.57 米。

也不知为什么，这趟我有些不同寻常地未到固定机位拍摄"太平公主号"，也没有爬上船甲板。

陈师傅家工作坊的"太平公主号"模型，头狮板上已经刻了头狮画饰，这回就很有模样了。我想起应该向杨熺先生汇报，也有一些问题想登门请教，就先给老先生去了一封信。

杨老师：

　　您好！

　　大概两个月前和您通电话时，您嘱咐我把正在进行中的福船复原建造和航行活动写信寄给您，很抱歉前段一直忙乱于造船事务，直到今天才得以静下来向您汇报。

　　2005 年去大连拜访您的时候，我们的复原中国帆船远航计划已经筹备了两年多时间，那时的工作主要在福建沿海做田野调查。

　　2006 年 10 月我们确定了活动的宗旨和具体的计划，即采用福建传统造船法式复原建造一艘赶缯战船样式的中式帆船，沿着公元 8 世纪开辟的海上丝绸之路航线，验证古代中国帆船远达阿拉伯半岛和非洲东海岸的航路与史实，向世人展示中国科技与文化遗产对人类文明的重要贡献。11 月份定制了供放样用的 1∶15 模型。

　　2007 年 1 月份签约委托福建晋江的造船师傅按照传统法式复原建造。目前船体部分的木作、捻作已基本完工，正在等待天气持续晴朗后上色涂装。预计本月底可以下水。

　　复原建造采用经古船实物考古验证的宋元时代福建造船技术（如尖底型、水密隔舱、升降舵、钉连技术、榫合技术等），以及留存至今的明代中叶有关福建战船形制的系列论著和图形，根据清代乾隆年间记录的福建外海战船系列最小一号赶缯船的工料单和分形图，以民间代代相传的传统设计与建造法式，不装设辅助动力引擎，不使用螺钉和现代合成材料。主要尺度如下：

总长：	15.80 米
甲板长：	13.13 米
龙骨长：	11.44 米
船宽：	4.45 米
吃水深：	1.5 米
主桅杆高度：	15 米
排水量：	25 吨

我们一共有 5 名伙伴在福建省民政厅正式登记注册非营利性社会组织"福建省福龙中国帆船发展中心"，作为福船复原建造和航行活动的组织和执行单位。

结合同期对福船生产技术史的研究，我想以赶缯船的复原研究为主线撰写一篇福船考略的论文，希望更多地听取您的指导和意见。

感谢您在三年前我首次拜访您的时候欣然赠送您的《中国木帆船建造技术》书稿。我一直想有机会能拜读您 50 年代发表的《中国古代船舶》《中国造船发展简史》《中国古代海运活动》等开创国内船史研究的奠基之作。这封信寄到后我将给您打电话，同时希望您能拨出时间来对我们的复原建造和航行活动以及我个人的研究给予指导，如果允许，我亦将在近日前往大连再次登门求教。

致礼！

学生：许路

2007-6-11

前往大连再次拜访杨熺先生一事已准备了许久，在7月初终于成行，距离上一次告别已经整整两年。杨熺先生与同代的船舶技术史老前辈周世德先生、中国帆船海外贸易史老前辈田汝康先生等学者，在各自的研究领域执牛耳，是我学习的榜样。

天下起小雨，老先生带着两把雨伞，站立在学校后门等候我，86岁的前辈看起来与两年前没有太大的差别。

这次拜访的主题，是向杨熺教授报告赶缯船的研究和"太平公主号"的复原建造情况，并请教他的看法。看过"太平公主号"的视频和照片，老先生说比他原来预想的要精细得多，希望我们多考虑"太平公主号"的价值和用途。老先生还聊到，中国科学院自然科学史研究所陈美东主持的中国科技史编撰项目，其中交通卷的造船史部分，第一署名人换成了席龙飞教授，现在名气很大，当年他跟随过老先生，从造船工程改为船史研究。

我同时还向老先生提出三个一直在关注的问题：明代以前有关海船的古籍为什么留存极少？福船起源于何时？福船龙目为什么清

初才见记载？先生也一样没有答案。我猜想老先生可能退出江湖已久，需要一些时间回想。倒是老先生给我讲述了过去的许多亲历故事，中国的知识分子的命运。

杨老先生和我是校友，还曾是同行，只是时空及系统不同。到了告辞的时候，天还在下着雨，他打着雨伞，坚持把我送到学校门口，目送着我离开。

在大连还见了前来参加帆船活动的郭川船长，和郭船长聊起来要放松得多。参观了停泊着不少帆船的游艇码头，感到北方的民间帆船航海氛围似乎要超过南方了。

在互联网上搜寻到一个网页 —— 世界古董帆船大全，刻板的德国人把当代全世界的古船、复原船和仿古船排排坐，就差"金华兴号"和"太平公主号"，我给网站编辑写了信，请求把我们的资料补充上去。

从互联网上还找到两幅图《抗倭图卷》和《倭寇图卷》，分别为中国国家博物馆和日本东京大学史料编纂所收藏，据说都出自明朝画家仇英之手。我注意到其中一艘小战船船舷两侧的长方形盾牌，与赶缯战船图说手稿里面的朴竹分形图如出一辙。

上回陈师傅坚称赶缯船的帆缆系统所用猴头皆不带滑轮，事后我一直在嘀咕这个问题。我先后找出"金华兴号"的图片和 *Ships Of China* 书内所附彩图，以及伍斯特和奥德马书中的插图，有无各半，看不出具体的名堂。于是又借往海澄取涂装样本之际，专门请教了郑老先生，特地请他留下笔墨，可是还不是太明白。

北上大连后，再次到碧山路第三菜市场拜访庄行杰老�公，请教前面没弄明白的整体帆缆系统及猴头与滑轮细节。虽然在昏暗的菜市场路灯下，拖住抱病的老先生连环发问，实在相当过分，不过79岁的庄老先生还是很有精神，坚持要看到"太平公主号"，再对着实物当场给我更加细致地解说。

首先帆的尺度需与船的尺度配比，其次与桅杆的尺度配比，再次绳索的长度与帆的尺度相配比。裹缝与镶缝在帆面上的绳索有纵筋、边筋及抱桅绳，连接帆面的绳索系统又有各司其职的分系统，如吊帆索、定帆索、拢帆索、缭索及缭母、升帆索，所连接的猴头或滑轮结构也各不相同，如单滑轮、双滑轮、对滑轮等等。

这回终于融会贯通，可以绘制出具有实用价值的帆缆系统详图了。

采访庄老先生收获的副产品，是了解了不少1949年以前船上以及开航的习俗及旧例。其中有关船上的茅坑是设在船艉的左侧还是右侧的说法，与我先前的认知不大一样，庄老先生说茅坑应该设在橹边。其他的旧例，我对照记忆中的"金华兴号"航行经历，基本上是吻合的。

郑明先生给我和伙伴们又写来了一封信，热情鼓励之余，也提醒虽然"木已成舟"，但能否确保顺利跨洋航海？有何技术质量检验证明文件？该船设计审查、船级检验认可证书、航海出国许可证书等将由哪个部门审发？目前是否已沟通申办渠道？船主单位与船籍注册登记母港城市的政府关系是否已建立和明确？地方政府对该船驻泊、维护、航海、营运等各有哪些保障措施与政策规定？船员培训有何安排？船员国际航海证书如何获得？哪些部门已在协助办理？

针对上述问题，郑明先生建议充分就地依靠福建省船舶设计研究院林大华院长等专家，协助完成根据设计规范的计算工作，提供成套有效设计文件，并由他们邀请有关专家组成有资质的监理组，在下水前后对船体结构、工艺质量、船舶性能进行检验评估，提出技术报告，为向主管部门申报检验认可等证书做好必要的技术准备。明确该船注册挂靠港口，取得当地政府及有关港务、海事部门的支持。

从大连回到厦门的第二天上午，金华招呼临时开会商量，因为陈师傅一连打了无数个电话，催促我们作为船主赶紧过去深沪，以配合灰工的进度涂刷甲板。我和师傅电话确认后，一面告诉金华没有时间再讨论了，赶紧准备材料、人工和车辆明早赶去开工，一面通知海澄的郑水土师傅传统涂装方案可行，请其代备熟桐油、三种色粉、壳灰，后天前往深沪开工。

10分钟之后，金华打来电话传达老刘的指示，经过权衡决定船底不采用传统的蛎灰涂刷而改用化工防污漆。我表示如果这样不如水线以上的船体内外也简化为用合成油漆涂刷就行了，不必再折腾，反正这世上也没有"八成处女"之说。虽然这个比喻相当尖刻，老刘还是表示能多一点传统就多一点。

老刘和金华带着在厦门花700多元采购的防污底漆和面漆去了深沪，当晚金华短信告知甲板和干舷内侧涂刷灰粥，用料生桐油28千克，用时5小时。

原计划船体上部涂装色粉的日期推迟了一天，我直觉到现场的氛围有点异样。当晚与回到厦门的老刘和金华了解深沪现场的灰工进度及与陈师傅沟通的情况，两位伙伴绕了一大圈，才说和陈师傅吵了一架，而且吵得相当凶，几乎到了动手的临界。陈师傅用一根木棍猛拍桌子，老刘怒不可遏站起身来指着他的鼻子说你怎么能这样！陈师傅上前一把抓住老刘胸前的衣服说我这个人吃软不怕硬……这可很不妙，在这最艰难的节点上，于事无助的观点、看法、原则有什么可争执的？

涂装又推了一天。我给陈师傅打了电话，师傅委屈地在电话中诉说了一个小时，细节部分与昨晚两位伙伴的描述基本重复，听得出师傅十分生气和想不通。争吵的焦点是钱的问题，老刘认为按协议书文本目前为止并没有欠陈师傅任何一分钱，没交船之前的任何问题都属于师傅的责任，而陈师傅则认为自己的实际工作和付出已经超过协议书约定范围很多，因为不可预计的因素已经亏了3万多元，其中天气导致的灰工返工就多费了5000多元，而这都是为日后越洋增加保险的做法。他说老刘实在不讲义气，4月初说你们账上没钱的时候，陈师傅自己还垫过 3 万多元，告诉老刘不用急，现在请老刘预先支付他的酬劳以还欠款，却没有想到得到这种回报。至于下水的时间，一要等棕绳、麻绳、下水工具到位，二要看自己凑款的进度了，总之目前无法预期。

昨日后来平息争吵的做法是，老刘和金华当场算账付清了陈师傅代垫的 3000 元费用，并且预付了协议里陈师傅利润部分的 3000 元。

两位伙伴这趟出行比较有益的收获，是听过陈师傅的描绘后，又决定暂时不刷防污漆，重新考虑采用传统的蛎灰涂刷。据老船工介绍，船底要薄薄地涂十遍蛎灰，才能保持耐用。

暑热，我觉得心力交瘁。

涂装再次推迟两天，确定在 7 月 17 日。前一天晚上，我请王杨加班更新两幅"太平公主号"3DMAX 模型渲染图，打印出来给海澄的 3 位郑家师傅做参考，他们都还从未见过"太平公主号"。

临近中午，我开夏利小车带着海澄造船师傅和百来斤材料到达深沪造船现场，黄剑、老刘和金华也先后赶到，到陈师傅家打招呼的时候，气氛有点不同往常，我当即黑色幽默了一把道："牛鬼蛇神都到场啦！"

先前老刘跟黄剑沟通时，说了句："看了东南台的条款，我感觉我们是在为东南台打工。"黄剑暗自大吃一惊，难道不是应该相反吗？我们觉得和老刘的距离正在变远，这是一种可怕的苗头。来深沪的路上，黄剑还接了好几通孙副台长的电话，让他转告给老刘说首先我们是朋友，是想帮助这件事的。孙副台长提出两个条款作为东南卫视的底线：1.东南卫视享有优先参与帆船的起航归航直播权；2.东南卫视在帆船活动相关节目产生的经济利益与他人无关。孙副台长甚至还表态说如果需要资金可以再谈。这两条底线和老刘与赞助商商谈中的条款有很大的差距，但这是最早接受东南台资助10万元的时候就已经商议通过的，在时间上优于后期的任何合作。鉴于东南卫视与老刘出现了原则上的分歧，黄剑让王扬提供手上的素材资料时暂时有所保留，现在他看老刘和金华时的神情都有一点怪怪的，我则没有心思去看人，看船比较重要。

大艞和船底板的表面确实开裂得厉害，抹了油灰依然裂痕斑斑。3位海澄师傅简单过午饭后马上开工，领头的郑水土师傅用手拌起鲜亮的金光红粉，一时间我又有了染帆时的那种实在感。边上的看客们纷纷端起各自的"长枪短炮"，到场的4位福龙伙伴计有专业摄像机2台、业余摄像机兼数码相机1台、其他数码相机3台，王扬因脚再次扭伤而未能到场。

首先是往船舷边线及横向梁柱涂刷拌了熟桐油的红色粉。师傅们顶着太阳干活的同时，我钻进桅舱测绘主桅固定系统的结构，金华和当地渔民讨论船底蛎灰的方案，黄剑则与老刘交流东南卫视版权的问题，大家各忙各事。傍晚，红色部分的涂装全部完工。

晚上在宾馆的房间里，黄剑回放了白天陈师傅向他倾诉吵架事件的采访素材带，这是我第三次温习故事，细节基本一致。镜头里的陈师傅穿着白背心在模型作坊里，眯着一双眼睛慢慢地说："我这个人吃软不怕硬，因为他很大声啊，两个人吵得很凶啊，我说你假如用这个坚硬的手段，我不怕，我怕你讲软话，我这个人一生中都是这样。但是呢，没钱不能假，我就慢慢做。"老刘则戴着一顶草绿色解放帽，后脑罩着毛巾，蹲在造船工地对着镜头说："到今天他自己也受很大压力，很多木头的钱还没有付，铁工的钱没有付，去买竹子没有钱，去买绳子没有车钱，因为他当初错估了，错估了很多情况，这是每个人都会发生的，但他的压力会转到我们的身上，那我们能够把压力转到哪里去？现在这个最后一秒钟我们还能怎么办？但是，其实船下了水，开了航，什么问题都没有了，都抛在岸上了，海里面是一片宁静，但在宁静之前我们会碰到一些也许是状况，也许是风暴，但风暴会过去。"

次日早晨，看起来当天太阳不会太大，这对涂装并不是好事。来到"太平公主号"跟前仔细一看，果然昨日的红色涂料还没干，这就不好接着往下干了，于是请师傅们用了一顿休闲早餐，尽量把开工的时间往后拉。

老刘发现排水孔周边的木质有腐烂，舷上的这条板因采用的木料不是杉木而是进口木料，原本就在老刘的担忧之中，这回看到其与舷之间的缝隙，油灰间有裂缝及剥落，更是脸色难看。我的建议是沟通、评估、处理，光是看着和想着或者吵架，并不能解决问题。

　　有关船底的处理方案，现在确定为用龙骨钉铁钉，水线以下的涂装又改回用防污漆。金华想雇用海澄郑家师傅完成涂装后接铁钉的活儿，被我否决，这些简单的工作交给安徽籍看船小工小赵，在他空闲时慢慢做就行了，不必劳驾特地从外埠请来的师傅。郑师傅还特别提醒要待到下水的前一天才可以刷防污漆，要不漆性就废了，看来伙伴们的功课没有做到位，幸亏对用传统方法还是现代方法处理船底有所犹豫，耽搁了几天，才没造成错误。于是这趟除了涂装，似乎就没有其他项目可做了。

　　时近中午，海澄师傅们开始往舣板上黑色涂料了，我赶忙在师傅的刷子到来之前贴好隔离纸，刷出来的效果确实边界分明。

　　老刘去了陈师傅家，又扯起自上月初起的船只看管责任及小工费用问题，因作为当事人的我不在场，论理不成。老刘觉得这个原则问题应该立即论个分明，我则认为比起下水大事此则微不足道，拒绝专门就此问题前去论理。

　　"太平公主号"何时能下水的问题却含糊不了，伙伴们商量之下决定还是必须和师傅正式讨论一次，于是先后离开涂装现场前往陈师傅家，我还特地关照黄剑先架好摄像机。等我最后到场，却发现伙伴们都在围观陈师傅忙活。几天前师傅新接了一个厦门林嘉华先生的模型订单，比"太平公主号"模型要长一倍，师傅正忙着放样，不过这时我们可不是来参观的。

　　大家坐定后都不开口谈正题，我只好充当起主持人。虽然有之前吵架的阴影，当日又因为小工费用之事争执，但陈师傅仍然表示很理解我们希望船早下水的心情，长时间放在岸上晒太阳则质量不保，所谓"下水三年，岸上半年"。

讨论的结果，下水的时间主要取决于滑道木料的到位，竖桅杆用的绳子的到位，5 到 6 个旧轮胎，刚下订单的 90 斤四爪铁锚要十天后可取，棕绳说要到还没到，麻绳要跑江西一趟去看，猴头则得等绳子到位才能定尺寸，滑轮已订了二十八天还没做好，篷竹还缺 11 支。至于木工的收尾和压舱石，等下水后再来也不影响。总之，陈师傅的意思是事情要快就需多花钱，自己会尽力去解决资金的问题，有朋友已经答应要借钱给他，能做到的事情尽量去做，但没办法答复到底哪天能下水。

我代表福龙中心团队表示，滑道木料、尼龙绳、轮胎这些我们所能解决的问题由我们负责，同时也会争取筹款再预付陈师傅部分利润，以协助解决其流动资金之困难。

另外，有关排水孔边木料腐烂的问题，师傅解释此系木工未按工艺要求修边所致，解决的方法是将孔扩大，四边修平再用油灰涂抹。这道板与大舷连接处的灰缝问题，师傅则解释下水浸泡几天就没问题了，如一定要返工，叫个灰工花 200 元做两天也行。

金华暗自问我是否接下去跟陈师傅理论船只看管责任的问题，我说要是那样说到晚上 8 点都还走不了，话毕先行撤退，奔回造船作坊。

"太平公主号"已基本涂装完成，红色的朴竹、牛栏、梁柱、炮眼，黑色的船舷和船艉，白色的大舱……已剩不多的夕阳照射在船艉的一角和舱楼，红色的龙鳅跃出一股生机。令我感到骄傲的是，这部分涂装全部采用天然材料和传统工艺施工，保持了一份古船应有的纯洁和质朴。剩下的船艉彩绘是全船涂装的精华部分，工作量及资金预算都较大，待有条件时再开工吧。

晚上 9 时，我载着海澄师傅们最后一拨离开深沪镇。涂装项目的另一个得意之处是将漳州地区的师傅及工艺，参与到"太平公主号"工程中来。和乡土师傅们在一起总是让我很开心，我还意外知悉海澄师傅对帆船部件的叫法，有九成以上和深沪的师傅一模一样，他们对桅杆系统等关键部位结构的了解，也与深沪的陈芳财师傅相当。另外，海澄师傅常年承造的龙舟大都采用原始福杉，有较佳的采购路径，我对下一艘复原船的选料比较有底了。

临走时再看了一眼"太平公主号"的暗影，想象它在朝阳中华丽丽的样子，这一刻暂时放下背后的各种拉锯战。

这趟，抱回 20 套陈师傅老母亲缝制的薯茛衫。

回到厦门之后，日子重又过得平淡，伙伴们平日都不大提"太平公主号"的事，似乎造船这事并未发生。自从我退出商务方面的决策，有关事宜只剩下老刘与金华两人窃窃私语。

也许我太自我，25 号楼宿舍里老刘每天大部分时间都在书桌上的电脑前面忙，金华也没闲着，这一两个月来他们跑深沪的次数并不比我少，日前还专门跑了同安台商工厂去定制尼龙绳。老刘其实把商务的重担挑在了自己身上，我跟黄剑说，为了钱，老刘把自己"嫁"了两遍。但是当听他说只要船一下水一开航，什么问题都没有了，都抛在岸上，我又感觉特别不妥，这不是传说中的"断见"吗？

为了缓解资金缺口的燃眉之急，我跟老刘提议现在可以请东南卫视先付清陈师傅的模型制作款了。老刘说，模型我们自己要了，如果福龙中心最后没钱支付，则由他个人付款要走，因为陈师傅已经不可能再造第二艘"太平公主号"模型。记得先前大家达成的方案是由东南卫视出资定制，模型完成后先由福龙中心在新闻发布会上使用，完事后再交回东南卫视陈设在台长办公室，黄剑还领着我在财务室预先沟通了付款手续，就等着凭发票领现款了。

这个出入有点大。金华跟黄剑说，东南卫视可以出钱买下船模，再把船模捐赠给"太平公主号"，最后船模随"太平公主号"捐给博物馆，东南卫视享有名誉。气得黄剑想踩他几脚。

其间我们按陈师傅提供的规格，分头寻找下水滑道所用的旧木料，未果。下水的方案原本有三种，分别是人工、电动卷扬机和吊车，现在师傅为了省事提出以吊车为首选，伙伴们没有表示异议，都认为最为省钱。我则明确表态，如果为省一点钱而来个不古不今，如何对得住一直以来出钱出力参与"太平公主号"项目的各界朋友？届时我肯定不会出场。老刘温和地说，当然了，大家都希望用传统的人工方式下水。

报审版本的"太平公主号"线型图、布置图等工程图纸及船舶说明书如期收到,这还是林大华院长义务为我们亲自操刀了一个月的成果,其间林院长为了确定繁杂的数据,每每深夜时分还拨通我的电话,各自对图远程会战,细致有加。MS先生也连续来了两封信,关心涂装的进展,并叮嘱详细记录桅杆系统的结构。

面对这些社会人士的热心,我们却只能保持距离适度回应,内心愧疚。

其间在学术研究方面却没有投入多少时间。我一直想手绘一张英汉大词典插图式的"太平公主号"图解,含部分剖面图示,有200个以上的汉英对照名词,部件按功能归类,略注用途。这大概得花个一年半载的时间慢慢做,只能先从目前最急需的风帆图解入手,不过也一直迟迟未动笔。

一直想去深沪看看传统涂装经过一段时间放置后情况如何,同时也想再次评估下水的时间计划。于是,我以要专程载去以备竖桅杆和下水时做护垫用的旧轮胎,没有空位为由,婉拒了老刘及金华的跟车,而带着儿子及妹妹一家前往深沪。

这趟行程工作与旅游兼顾,进深沪镇之前先去参观了海滨的镇海宫,宫内开阔的广场上塑有一艘十余米长的三桅帆船,船号"华境顺",传说是清顺治年间一艘漂到深沪湾海滩的王爷船。镇海宫内还专门建筑了一座船公殿,神龛里面供奉着一艘王爷船模型,这在福建沿海也属罕见。

随后沿白沙绵绵的深沪湾，通到"中九上六下十三"澳角外口的滨海大道，再到深沪菜市场内的小吃店，最后才是"太平公主号"造船工地。

卸下后备箱内的 4 个旧轮胎，儿子和外甥袁明对滚轮胎的兴趣显然远远高于看船，童趣无欺吧。

我的主要任务则是现场观察。

十天前完成的第一次涂装，红色、黑色涂刷着色效果良好，但大舺部位的白色涂装褪色较严重，需要再刷几次。上次向陈师傅提出的泄水孔四周木质腐烂问题，已经翻修解决，孔洞四周扩大了，并涂抹了桐油灰。目前尚看不出船体木材有新的开裂，安徽籍小工每天浇三次水，有渗水的地方皆已及时通知陈师傅处理。另外，小工已用铁钉钉完龙骨头节的两侧及一小片龙骨中部的左侧，我看不大对劲，立即通知他改为先钉龙骨的底部，再钉龙骨侧面。我还请小工有空磨去船壳外部的涂装污迹，以图美观。

午后的天气十分炎热，妹妹一家是第一次参观以往只是听说的古船。几个月前我已动员老妈和大姐来过，只有先让家人及周围的人了解我们在做什么和为什么这么做，才能得到大众的理解和支持。

儿子一上船就往舱楼顶上爬，扶着帆架挺直身子，神情庄严地抬起右手伸向前方，看起来比船长还有气势，犹如多年前我预想中开航那天的情形。这一刻我看到了希望，感到了自豪，儿子的身上或许多少已经有了远古以来闽南人的血性。陈师傅家中作坊的"太平公主号"模型，照例更吸引大人小孩，纷纷说这个更好看。

此行给陈师傅带去了老刘和金华定制的尼龙绳规格、数量和部分样本，供他量绳定制滑轮及猴头用。有关下水前的准备，也请师傅预估人工方式下水所需滑道木料的费用。我告知陈师傅，我们决定采用人工方式下水。

次日，夏利车又带着另外 4 个旧车胎，一路轻松地奔往深沪，路线还是和前一天的一样，一路风光悉数照顾到，最精彩的留在最后。这趟跟过去 3 位朋友当志愿者，给"太平公主号"的睡舱刷熟桐油。

还是在深沪湾畔的镇海宫，船公殿内几方有帆船图形的彩色影雕"祷神起碇""仙女护使""仙草救商"，引起了我的关注。正殿右翼的厢房里，一艘老旧的"华境顺号"王船模型则令我大开眼界，布满烟尘的模型样式相当写意，看上去制作年代比较早，最独特的地方在于船眼睛，一对拟人的丹凤眼栩栩如生，不同于以往看到的龙目，倒是有几分像清乾隆《闽省水师各标镇协营战哨船只图说》中的凤眼图。回厦门后对照查阅图说手稿副本，果真形神兼似——"凤眼即赶缯双篷平底花座等船之龙目，惟八桨船有此制，用樟木一尺五寸"。

深沪湾沙滩的沙子颗粒细如粉状，色泽也相当白，风吹起舞。正午时分，在高高的街口看过"太平公主号"后，我领着大家先到陈师傅家稍作休息，下午再干活。陈师傅正在院子内径自埋头忙着，那艘林先生定制的大模型已经造到了艠，师傅家门旁那块比较小的石墩压在模型上，是起稳定作用的。师傅还没吃饭，要等下午工人来上工时交代好了，才能停下。上一趟来深沪，就看到两位原来造"太平公主号"的木工老颜和纯阿一起在造大模型。师傅说："要在六十天内赶完，时间很紧张啊！""人家对我们好，我们就要做好给人家。"这话好像是特地说给我听的。不过这艘同样是十五隔舱的大模型，怎么看都像"太平公主号"，这要老刘看出来了，岂不得再闹一回知识产权之争？

师傅拿出一个铁木结构的大滑轮说，这个前桅的桅顶滑轮刚拿到，前后费了四十一天的时间才定制好。另外有一个巴掌大的木制双孔猴头样本，师傅说这个做得太粗糙，要改进才可用。"你看，每一样东西都不像你们想的那么简单。"我看过来自诏安老家的林金元师傅在"金华兴号"帆船上用斧头削猴头，也并非像陈师傅说的那么难，后来我特地打电话向林师傅求教，证实在滑轮及猴头方面，诏安师傅要比深沪的水平高。此前我已和老刘、金华招呼过，备用缭绳系统的滑轮和猴头可能请诏安的林金元师傅承制。

做帆桁撑条用的第二批竹篙已到了，陈师傅让他女儿昨日去江西省看制麻绳的原料，每千克4元，平海的棕绳供应商却一再推托送货时间，师傅可能需要我载他跑一趟去看个究竟。再过两三天吊车有空即可竖主桅了，竖好后马上再用吊车将主桅卸下，待下水后再用人工方式竖立。下水前的物质准备，就剩下木滑道和叫作站车的土制立式木绞车了。我表示我再去找找看有否可征用的旧物，同时再次请陈师傅帮忙做个新造的预算。造船事无巨细，每一样都很费精力。

此行我的另一项任务是做陈师傅与几位团队伙伴的关系修复及评估其对下水的影响，得出的结论是，下水的具体时间取决于福龙中心预付师傅费用的时间，感觉一阵冰凉凉的。

陈师傅又把和老刘吵架的事复述了一遍，说着说着激动了起来，未做提示便把自己当老刘，拿我当那天的他，做了一次情景再现。只见他模仿那天的老刘，从大模型的那头一个箭步疾蹿我面前，粗壮的手指顶着我鼻子，让我感觉压力很大。看得出师傅一定很生气，现在还是很生气，还好师傅在这场演示中反串了角色，要不然岂不让我这个假想敌老刘准备拆招？

现在我越来越清楚那天吵架的起因了。陈师傅提说去江西找麻绳原料缺钱，问老刘能否支付利润的一部分，他一直以为利润可以先付，老刘表示按协议一分未欠，利润是交船后的事。老刘说陈师傅说话太大声，师傅说自己没文化说话声音就是大，老刘则当着师傅大女儿及襁褓中婴儿的面跳了起来，于是就有了前面的那幕。我没想到跟陈师傅复原建造中式帆船的过程中，还复原了一个吵架争执的现场。

师傅承认前期对木工返工率和寻找传统绳索的费用估算错误，导致已亏损了 9000 多元，加上他承诺无论什么原因自己都会承担下来的灰工返工费用，又多花了 6000 元工料费，目前还欠着铁工、帆工和木材商的钱。其间陈师傅还为我们费了其他许多工夫，"造船原本是两个人同穿一条裤子，不是一方的事情"，"现在人情没有了价值，你尊重我，我尊重你；你跟我细算，我也跟你细算"。"台湾人了不起？"要把合作双方变成老板与雇工的关系。师傅的结论是，下水准备事宜将是筹到多少钱做多少事，不会再替我们垫钱和白费工夫了，下水用的木料等钱到了再去采购，自己的工费也要分厘照算。陈师傅承造"太平公主号"，原本耗费五个月时间，毛利只有 5 万到 7 万元，现在时间已经用了八个月，自己累计亏损了 1.5 万元，却只拿到我们预付的 3000 元毛利润。至于成本估算错误和返工损失，陈师傅毕竟时隔三十年重新执斧造帆船，很多材料和工钱很难准确预估，有一些物料甚至早已在市场消失，必须费时费力才能找到定制的地方，缺乏时下商务经验的他没有预估不可预测部分的费用，而具备商务经验的我们也没有在合同中列明不可预测费用，这部分费用按理要双方分担。

师傅又一次提起福龙中心应付安徽籍小工工资的问题，6 月份的双方各付一半，7 月份的要福龙中心全付。我只能表示目前一切工作以下水为重，等下水以后再付吧。

评估的结论，陈师傅和老刘个人及其代表的关系已经不可调和，师傅生气的主要原因在于自己辛辛苦苦、友情相照，结果发现老刘却从来就以老板和雇工的关系看待，以为台湾人就了不起？现在只有钱才能下水，对我请教的问题，陈师傅已经推说没空而不理了，可能只剩下黄剑还能跟师傅磨一下。陈师傅说那天要是黄剑在，可能就不会吵得那么凶。

不过我还是向陈师傅问明白了两个问题。舵的转角两边各备有40度的自由行程，虽然行驶中只用到30度；"太平公主号"因船小，而没有做前桅的桅夹。其间我还抽空去了一趟制帆师傅友阿家，在家的师傅娘回答我的问题说，当地帆船主帆缭绳一般是4支竹篙一托，共分上下两托。一托和两托，其实就是半年多前我问过陈师傅的一套缭绳和两套缭绳，分上下两托或两套缭绳是20世纪60年代之后的做法。另外。师傅娘说要等月光眠的日子，才能请到不出海的当过舡公的老渔民们花一天时间来绑帆。

时候已不早，我们上船各自入舱，开始往隔舱板涂刷熟桐油，这项活真是上等桑拿啊。不过男女搭配，隔舱传声，志愿者的活儿干得特别起劲，原本还有点象征性刷几下的想法，结果一刷起来连摆拍的工夫都没有了。天黑前，大桅后各舱的隔舱板基本涂刷完毕。

回到厦门后，我及时向黄剑通报了此次形势评估的结果，并叮嘱他自己心中有数就可以了。现在福龙中心内部似乎形成两个组别，老刘和金华一组，我与黄剑一组，而更糟糕的是，这似乎无可回避。

黄剑将造船的故事写成一万多字的地下文字，从他对意向赞助商协议的感觉开始，主要描写人物活动，赤裸裸毫不掩饰；我所记录的则是人船各半，生产技术史和社会人类学两条路线并举，夹杂着笔记和感想，还用足了替代符号和时间隐藏，所以别人看起来特乱，这也无妨，本来就是给自己做备忘录和原始索引的。

黄剑一直在安排东南卫视的台长们前去深沪看船，东南台是"太平公主号"项目迄今为止最大的赞助方。8月2日上午10点，黄剑发来短信说他陪梁章林台长刚刚出发，问我这边最迟几点出发。昨日黄剑已将梁台长的行程计划通报了老刘，老刘以没有适合的交通工具为由表示不方便会面，实际上他一直想跟夏利车去深沪做"太平公主号"的航仪布线丈量。我这趟得抢时间出城赶路，来不及再折腾回厦大宿舍接老刘，只能自己先出发。

到达深沪时，梁台长一行已经先到陈师傅家有一会儿了，寒暄过后，我带着梁台长从小巷步行往观景台，这是我总结出来看"太平公主号"的第一眼最佳角度。梁台长看罢显然比较满意，对船只大小和结构外观皆比较放心，并半开玩笑地说，给他留个铺位。

"太平公主号"与几天前相比没有什么变化，师傅作坊内的"太平公主号"模型也没有进展。梁台长匆匆赶回福州，为了看这15分钟而往返7个小时，当领导也累。

趁还有一点时间，我转往帆师友阿的家，继续上回没请教成的问题。"太平公主号"的三面帆布因陈师傅尚未付清工钱，还搁在友阿家的客厅，师傅娘说单这主帆的帆布就有一百多斤重。

这回师傅拿出一张画有"太平公主号"帆图的小纸片，把三面帆的布面尺寸和绑好后的尺寸都一一说明。我还瞅准师傅起身接电话时，对着小纸片及上面的符号拍了照。用作帆骨的架篙数目及长度，这趟也问明白了，主帆 9 支不含顶称和下称，前帆和尾送各 7 支，下称也是用竹篙做的，只是更粗壮一些，并尽量用整材，其他的架篙则是两头在外，中间对接。有了这些数据，应该可以画出"太平公主号"的帆缆系统详图。

当晚，黄剑到厦大 25 号楼宿舍记录我们的生活片段。大伙都凑齐后，我提起下水的话题，似乎并没有引起其他同伴的讨论意愿，很快得出等钱到了再说的结论。黄剑原本还打算打地铺借宿一夜，被老刘一句"谢谢你来看我们"的客套话吓走了。

黄剑此次是被我拉来一道去探访海澄周边的画饰、打钉和煮桐油师傅，这些关系人都是郑水土师傅的下游供应链。

我是在海澄九龙江边豆巷老街中段，偶然注意到经常走过和敬拜的小关帝庙街亭，居然有三维立体画风格的葫芦和芭蕉扇彩饰，那正是涂装方案中"太平公主号"艉部的画饰。然后我告诉郑水土师傅，要找的就是有这等功夫的民间画师。

郑师傅特地停了半天工，专门带着我们往邻镇的乡村去，那位画庙的画工当天在那里帮人修复旧厝。来到一处空旷的古老大厝前，一位很有精神的中年小个子已经在茶桌旁等候着，42 岁的苏安辉师傅无师自通，自小因好奇本村那些老厝的精美画饰，琢磨经年，12 岁时开始跟着村里的油漆工外出做工，专事大人不会的画饰活计。这样三十年下来，苏师傅便远近闻名，丙烯、水彩、颜料、油漆、色粉多种壁画工艺皆应用自如，木雕、泥塑、瓷塑全在行。

我向苏师傅说明了艉部画饰的需求，并拿出一张"太平公主号"艉部的图片，示意他在两侧八字帮上绘制凤和凰的位置。苏师傅应该是领会了这是在考师傅的意思，接过我手上的一根蓝色圆珠笔，在那张纸上画了起来。凤凰凤凰，雄为凤，雌为凰。凤有三盏尾巴，居于右翼，为大边；凰尾则有九盏，位居左侧。苏师傅说话的工夫，寥寥几笔很快把草图画好了，一对栩栩如生的凤凰跃然纸上，测试通过！

其后郑师傅又约来一位造船工人，领路前往九龙江对岸的邻镇紫泥，这是打钉师傅所在的地方。几经周折，打钉师傅郭向阳终于同意见我们。这是一位形容枯槁的中年人，从他木讷的神态看得出日子过得很不如意。郭师傅的口音像是晋江人氏，他说自己是崇武镇人，年少时随支援龙海县渔业生产的造船工人迁移到这里，那时还没水没电。后来就一直在紫泥镇这个简易的打铁作坊内打船钉，现在就只打 7 厘米和 8 厘米两种规格的小钉了。我看郭师傅很简陋的打钉作坊，看他一双伤痕累累的手，看他整个人本身就像简陋作坊里的一件简陋工具，眼泪差点儿掉了下来。

领路的造船工人就是在这里定制的船钉，走出打铁作坊时他说："一天只能赚十几二十块辛苦钱，很艰难！"

木质帆船被铁壳船和玻璃纤维船取代，手工制作被工业生产替代，打钉、打灰、削猴头缭母、染帆等传统造船下游行业的各种工艺也丧失了用武之地，匠人们的个人生机和命运，也同中式帆船一样，被抛弃在时代的汪洋大海中，找不到归港。

紫泥镇内港道纵横，河网交织，渔家小船可以开到自家门口的巷子上，令人称奇。2006年初我曾偶然在这里做过一次穿越，那是和一位姑娘最后一次自驾出行，午饭就在打铁作坊巷外的路边店吃的，回想起来也十分伤感。

煮桐油和打蛎灰的作坊就没接着去了。

外出海澄期间，老刘和金华租了车子也去了深沪，陪客人参观，并做了机电设施布线所需的测量。晚上金华回来后告诉我，他们这趟没有和陈师傅照面。

几天后老刘和金华又去了一趟深沪，这回是送去在同安台资工厂定制的尼龙绳，我交代金华和陈师傅沟通有关下水的事宜。初步的买木料、加工、买沙平整坡道预算将近1万元。伙伴们单方面的目标原本设在上个月也就是6月28日下水，农历大潮之际。

一直想安排陈延杭老师、汪锦树先生和庄行杰老舵公三位古稀老人一道去看船，特别是听听庄舵的专业意见，8月12日终于成行了。只是庄舵因诸多不适而临时缺席，但也捎来话说先前跑船人顾及下金如命，建议"太平公主号"的下金也要箍铁箍，外海风浪的力量非山顶人所能预想。

父辈厂号三九造船厂的后代汪锦树老先生虽然未继承家业，但儿时在船寮滚爬也积攒了一些见识。仔细观察过"太平公主号"之后，汪老先生提出了自己的一些看法，如船壳上的大号船钉钉头未用钉虎或钉母工具打入木板内 1 厘米深，上半片舵叶未开孔恐不好回舵，舱盖下通槽口未凿斜以利泄水，等等。最重要的是发现大桅根部木芯部分枯空了。按理老树中空并不少见，所以桅木难求，但问题是这已是"太平公主号"的主桅。汪老先生捡起地上的一根木条试探了一下，枯空的部位起码有十几厘米深！不过也有办法处理，汪老先生说，可以用油灰灌实填平，当然强度已受了影响。

黄剑、金华等几拨人先后到达深沪，福龙中心四位伙伴不约而同地在"太平公主号"上照了面，却是各忙自己的工作。当天陈师傅家很热闹，一下子挤进了将近二十位访客，师傅看起来很高兴。上午进镇前再次参观镇海宫时，看到里面两艘王船的主帆顶称都没有结缭绳，而其他地方的海船却有，陈师傅微笑地肯定了"太平公主号"上也没有，并且耐心地做了简要的解释，有木制顶称定形这一格，不用缭绳拉风帆也不会变形。这天还弄清了顶称上开 11 个小孔的一头是朝向船头。

两天后，我为赚 200 元工钱而受雇于金华，协助他到五缘湾驾驶飞虎运动帆船为戴尔公司的员工拓展提供服务。

天气不大好，但主办者决定风雨无阻，我们这艘船上了 9 位年轻的戴尔雇员。风大浪大，于是只升主帆，未升前帆。不料原本十分敏捷的飞虎帆船解开锚绳后一下子变得跑不起来，帆倒是鼓得满满的受足了力，船身都很倾斜了，好像船底龙骨挂到湾底的什物，或是船底的凝结物太多，船随着退潮的海流漂向五缘湾大桥南侧的桥墩，给头回坐帆船的客人先来了个下马威。

折腾出五缘湾后，飞虎帆船迎风奔同安湾外直去，天下起雨，浪更大了。我赶忙跟金华说掉头吧，结果没有前帆助力，换了几次舷就是掉不了头，关键时刻机器又发动不起来，看着船上东倒西歪硬撑着的客人，我嗅到了危机。

魏军船长开着快艇终于赶到，跳上飞虎帆船，在即将撞上一艘停泊在外湾的货轮的最后一刻，成功地顺风掉了头，方才化险为夷。那一刻我再次感受到老魏就像传说中的老母鸡，用宽厚的翅膀罩住无助惊恐的小鸡们，带给大家最需要的安全感。

在岸上换了干衣服，喝了一口热茶，回想刚才的一幕幕情形。"太平公主号"的航行过程一定会有更多这样的险境，到那个时候，老刘也会像传说中的老母鸡吗？

2007 年第 9 号台风"圣帕"预报将于周末从福建省登陆，深沪正处于福建省大陆海岸线的正中央，看来影响在即。深沪岸上"太平公主号"将如何面对台风的到来，我很想亲眼见证和记录，虽然这种冷静和客观似乎十分冷酷。此外，我也很想带儿子去追风。

几个月前从报纸上看到一则对晋江市音协主席潘老师的专访，介绍其收集并改编了不少当地民谣，其中就有行船歌。我们在复原建造过程中，也一直在寻找有关当地造船和行船的民间音乐元素，要是请到能够将行船歌演绎成变奏曲配乐的当地作曲家，则堪称完美。于是

"圣帕"台风到来前的这个白天，我和王杨相约拜访潘老师。

潘老师、王老师夫妇都是晋江当地人，20世纪60年代毕业于福建省师范大学音乐系，一直在当地城镇中学任教，直至退休。位于街市一隅的潘宅闹中取静，挑高三层的大客厅让我见过大世面的儿子也不禁感叹——哇！楼下门厅的三面墙上都悬挂着潘老师开作品音乐会和接受采访的图片，看得出主人十分在意自己的声誉。

十分热情的主人，十分热情地在酒家请了我们一顿鱼翅午餐，其后又赠送了两张他自己作曲的歌舞片光盘，并且欣然接受我们的邀请，尝试为纪录片编曲。我又一次听到了熟悉的行船调。上一次是2004年听陈延杭老师在安平桥上唱过，这次则是由两位老师合唱的，不知道我们能否寻获更加具有冲击力的民间曲调。

当夏利轿车穿过雨幕，行驶到在建中的深沪滨海大道的尽头，正是风大雨大的时候。停泊在澳仔内的船舶激摇而不失节奏，看来"太平公主号"要是停泊在这里，问题也不大。

下午4点半到达造船作坊路口，远远看着"太平公主号"依然在那儿立着，于是先抓着儿子冲进雨中，抱住岸边的石砌栏杆看滚滚而来的大浪。王杨早已换上冲锋衣，用塑料袋裹住相机和DV，打开车门冲将出去。昨日黄剑在电话中聊起三年前走福建省海岸行时，很遗憾没能摄录下来我和儿子在圆沙洲的那个场景，只拍下一幅鼓浪屿炮台山上的父子图，但是，6岁的儿子回不了3岁，他不愿意在王杨的DV前摆姿势。

　　一个大浪迎面打上岸，溅起来的浪花从顶上盖下来，把儿子吓了一跳，惊叫着再也不敢站在岸边。稍微落定后儿子问我："怎么海水是咸的呀？"我想这次他又见到点世面。给儿子换了干衣服，在车内安顿好之后，我和王杨再次穿进雨幕，该工作了。

　　"太平公主号"船艉后面的挡风墙被吹倒了，砖头散落一地，船体两侧多了几根斜顶的支架，看起来顶不了什么事。看船的小孙从工棚内探出头来，说砖墙是上午10点多被风刮倒的，那些支架是他临时支上去的，陈师傅一直在忙，没来得及过来看。

　　我想船体起码得牵住几条绳索吧，要不潮水万一涌上来岂不把船卷走？

　　登上"太平公主号"，在风雨中飘摇的木船与平日并没有什么差别，不一样的只是浑身被浇透的我们。不知道当台风到来时"太平公主号"会不会还是安然无恙。

　　街面上流水成河，有些路段车开上去感觉软绵绵的，有些像那天五缘湾内被胶着的飞虎帆船，又有些像传说中的船只航过软水洋，颇为玄幻。

　　晚上去了陈师傅家，寻问有否更保险的防风措施。师傅看上去胸有成竹，对即将登陆的台风影响轻描淡写，明确告诉我们：潮水涨不上来，即使涨上来也漂不走；台风来不了，就是来了对船的影响也不大。至于那面倒掉的墙，本来船造好后也该拆除了。

　　我紧接着问起新船下水流程和礼仪，陈师傅不耐烦了，回答等有钱再说，"看你们没什么钱，也舍不得花什么钱，说了你们又做不到，还是不说为好，一切简单"。其后师傅又把与老刘吵架的过程详细地向王杨和我演练了一遍，神情激昂，并且重申了现在的姿态。这回轮到儿子有些不耐烦了，不断地问，我们什么时候走啊？

深夜，滚动的台风消息越看越没劲。一直情绪激昂的儿子撑不住睡着了，我把客房窗户打开一角，也放心地睡觉了。

王杨带来一册当月的户外刊物，上面登载了8页黄剑写的"太平公主号"故事，这个幸运的家伙不签与赞助商的合同，可以不受限制。

"圣帕"台风在百里开外的惠安登陆，深沪一派风平浪静，"太平公主号"毫发无损。

挡风墙被刮倒了，这下反而可以拍摄到"太平公主号"船艉的后视图完整版，亦堪称难得，能算是此次深沪之行的意外收获吗？

登上风雨洗礼之后的"太平公主号"，儿子有很好的表现，就像当年在"金华兴号"帆船上一样。我掀开第九舱的舱盖，舱底还是有一两厘米高的积水，可能是从尚未盖严实的桅舱渗入的雨水，通过堵板下方的过水孔，流到船舱的这处最低点。

第九舱是船员的主要睡舱，我在舱壁相当于大艗的位置发现了两处涓涓细流，其中一处是从堵营与舱壁相接的灰缝处渗进来的。

其后去师傅家告辞。大雨过后的陈师傅家作坊显得十分忙碌，有4位工人正和陈师傅一道忙活着。大船模的船体部分已经告成，尾封的样式与"太平公主号"不甚相同，另一艘大排渔船模型也开始组合堵营了。"太平公主号"模型小有进展，两侧舷板的炮眼都装上了，师傅说还要 30 工才能完成。

我向师傅提起主桅根部中空的担忧，师傅说没关系，中空的老树强度才更好，只要空洞不要高过胸部。这种说法与册封史录的记载相左，对此我有所保留，正确的答案也许只有在航行时才会得出，希望到那时还能够从容地记录，并得出到底是还是不是的答案。

我未向伙伴们通报有关主桅根部中空和舱壁灰缝渗水的问题，这个时候不合时宜。

这段时间，金华很失落，先前所有的努力，换来的就是一张船票，与赞助商的协议生效后，他实际上就成了打工的水手。这样的一个实验考古加上海洋公益的活动，到头来还是金钱说话，"实力"决定一切。先前期待的商机化成泡影，因为按他对字面上的理解，一切可能盈利的尝试皆需先征得赞助商的认可，一切相关的商业利益归属赞助商……眼看其他伙伴似乎各有所获，而他自己却一无所有，"我发现自己是最大的傻瓜！"金华现在在猛学英语，已上完了好几阶培训班，白天晚上深夜，卧室厕所阳台，都是一片念诵声。

深夜，金华为自己下一步该做什么而烦恼，请我帮他出出主意。积蓄已剩不多，离开航时间为期尚远，他现在大概有三四样选择：去外省卖豪华车，去邻市造船厂上班，代管一个古典船造船厂，或是自己成立一个买卖古典船的皮包公司。我很冷酷地给他泼了一大桶冷水，让他先考虑市场在哪里。

这天午夜，在夜店喝多了酒的金华，竟冲上台去拔掉电源，他说想看看那些舞动的男男女女突然间静下来会是什么样，结果跟看场的保安混战了一架，捂着肚子呻吟着回到宿舍。

我希望和我一起做项目的伙伴们各得其所，但我从来就不敢妄想能从"太平公主号"的远航活动中分到什么商业上的利益。它只是我研究计划中的一个实验项目，我设计了这个项目，我招呼伙伴们一起把项目做完，我更关注的是实验项目的物理结果，虽然我对围绕这个项目的故事也感兴趣，一种社会人类学角度的观察和记录。理想中赶缯战船的复原项目还要计划再做两份，原则上要三个样本才能得出实验考古研究的结论。但是，我也问自己，这样折腾有意义吗？

至于赞助商，他们在这个项目即将无力做完的时候，以苛刻的条件助了一臂之力，然后变成项目接下去的策划公司，按照他们的方式把实验项目变成一个可盈利的商业项目，赚的钱由他们独得，我也只能认赌服输。就像你费九牛之力，创意、设计、建造一座住所，还没完工时资金链断了，眼看着就要破产，关键时刻热心的物业公司来了，垫付了急缺的现金，帮你把住所建好，让你和你的爱人共度时日，只不过产权你就不需要了，你家的秘书、管家、帮工等，都得由物业公司审核或干脆由他们指派，当然他们都跟你同住在你的住所，一段时间后你就该走人了，物业公司要把你的这个住所收走，作秀也好，行为艺术也好，幕后交易也好，一切都与你无关。尽管如此，你还是会接受，因为你别无选择。

"太平公主号"的故事，就像是一场拔河，一头是理想，另一头是现实，时间则是一把在拔河绳上一道一道划口子的刀子，理想的这一头几次被拉到悬崖的边上，金钱有时在理想的这头拉，有时却跑到悬崖下面拉失败的那头，更多的时候则是变成另一把刀子也在割着拔河绳……

生活也是一场拔河，同样一头是希望，另一头是幻灭，只不过"太平公主号"的拔河绳和爱情、亲情、友情等等拧成一条更粗的拔河绳，有时拉近希望，有时却被拉向幻灭，快乐和痛苦参半，但只要活着，我们就不能松手。

先前通过网站留言与香港海事博物馆建立了对公联系，目标还是直指那件馆藏的19世纪福船商船模型，"太平公主号"涂装方案中的船体外观风格就从中吸取了一些元素，此次希望前去进行测量模型，并且了解更多的背景资料。左丽爱馆长客气地发来了邀请，香港之行遂开始运作。

我顺便带着儿子做幼儿园毕业旅行，到达香港的第三天，专门安排出一天时间到香港海事博物馆访问交流。

公共巴士在依山傍水的狭窄道路上蜿蜒行进了许久，再次体验美过厦门的香港的环境和景观，最初发现这里的郊野之美还是在十几年前。我按先前约定的时间准时到达香港海事博物馆，等待了 10 分钟，馆长终于出现。

颇具风度的左丽爱馆长职业又不乏客气，见面后差人领着我儿子参观去了，然后直入主题，询问我对她的提议有什么看法。"哥德堡号"仿古船在香港逗留期间，与香港海事博物馆合办的公众参观互动活动取得过很好的效果，而眼前的赤柱湾更是理想的停泊参观地，"太平公主号"决定在香港起航或停留了吗？

我曾听老刘说起香港海事博物馆有一女士打来电话关注"太平公主号"活动，却从未知晓提议之类的细节。"你看过我写给你们的信吗？"——碍于老刘依据策划公司协议的条款，对外联系情况未在团队伙伴中通报，这个问题实在没法回答。我只有申明今次系作为技术史学者来访，主要意图在于造船工艺和航海技术史的交流而不谈"太平公主号"，后者只能与已经成为运营商的策划公司联系了。馆长很有风度地表示理解，然后合上笔记本，"那就以后再说"。

我赶紧一件接一件地呈上"金华兴号"在东山湾的 DV、《寻找中国帆》纪录片、发表海澄郑氏船谱解读的《海交史研究》学刊……这都是送给博物馆的礼物。待主人重新坐定之时，我再次说明自己的福船与广式帆船造船技术史研究者的身份，以及与香港海事博物馆开展几方面交流的意向。不过我感觉找错人了，看来应该找那位刚才过来打招呼的博物馆总监戴伟思（Stephen

Davies）博士才对头。

我提出拍摄几张那艘陈列的福船模型的请求，左丽爱馆长欣然答允，并留下副馆长陶西女士作陪。我装模作样地拍起照片，其实同样的拍摄角度，在一年多前上一次造访时，我已偷拍了许多，主要还是想继续聊聊。

左馆长显然对"金华兴号"帆船一无所知，对馆藏的福船模型背景了解也没有更多，也不清楚其中我看过去很眼熟的那两艘模型其实是向陈延杭老师订购的，甚至对福船的船艏船艉还分辨不出。

难道花费了我一半存款的香港之旅的海事博物馆站，就只给儿子挣得一张免费门票？

正当我满怀遗憾地收起相机准备走人，左馆长拿来一本博物馆小册赠送，翻开印有福船模型的那页，上面的图片正是从我无法拍到的后侧角度拍摄的，从中可以清楚地看出艉部鹰板上绘制的木鹩头部朝上，终于窥得其完整面目了，看起来和英国科学博物馆收藏的福船模型"金正福号"十分相似。

回程时在巴士的终点站尖沙咀码头下车，拉着又困又累的儿子在岸边的长椅上发呆，好在天滴起小雨珠，让纷杂的心歇息了一下。一些老人在周边独自闲坐，一个妇女在遛狗，还有几位男子在钓鱼。在日日匆忙的香港，时间在这个角落似乎慢了半拍。踏上过渡的小轮船，开船后还意外地看到了被当成香港标志的仿古游览船，只是才升了小小的前帆和小小的尾帆，看上去相当怪趣味，当晚被儿子画在他的日记本上。

这段时间，惠安小岞洪志刚先生、圭峰黄文同师傅、同安陈亚胜师傅和厦门的汪锦树老先生等，一直在关心"太平公主号"何时能下水，我几次问过陈芳财师傅，具体的时间还是不好说。

时至今日，"太平公主号"下水的因素剩下木工、竖桅、绑帆、滑道几项，最后还是归结到一个钱字。木工们外出打零工，每日有200元的收入，而在陈师傅这里一工才给95元，正逢修补渔船的旺季，不能不让人家出去赚点钱。请吊车竖桅同样需要几位工人帮手，这也要等模型作坊的几位工人手上的活暂告一段。绑帆需要五六个渔民干好几天，得等月光眠大潮时渔船回港才请得到人手，况且制帆师傅的工钱还没付完。用于做滑道面板的松木已买了，可是人家不给裁片，要付清上次的木料欠款才开锯，另外两根6米长的大木没买，在临村找到可用的旧料，但租用事宜还得去争取。这些后续工序的开支，根据造船合同属于福龙方面的责任。

陈师傅算起来大概还欠着铁匠、木材商、帆师三家的款项2万余元，虽然现在师傅手头有了林先生的大模型预付款，但不可能垫进"太平公主号"了，只有指望福龙中心适时支付陈师傅以造船款总价15%～20%计算的利润款，即5万到7万元。陈师傅不时摊开双手，将话题绕了回去。

至于下水的时间，还不能选大潮的日子，因为滑道看似可以减短一些，但要是一个潮汐时间内没有完成下水，一涨潮了，木绞盘和滑道都要被水淹。

想象"太平公主号"下水的场景，大致在船艉后面斜坡快到水面的地方左右各立一部立式木绞盘，在古籍《天工开物》的图例中称为云车，在深沪当地称为站车。各有一条缆绳固定在木绞盘上，两根绞棒成十字形插在绞盘孔上，每个绞盘各有八员大汉推着绞棒转动绞盘，用以拉动缆绳。于是船沿着滑道徐徐下滑，船体两侧不断有身手敏捷的汉子抽掉后面的滑板铺到前面来，直至入水。

下水的礼仪，师傅还是坚持简单为好，工人们一直以为陈师傅在每一个节点的仪式都独得了东家的大红包，却也没见东家按习俗宴请大家一番，陈师傅也没办法做解释。礼仪和闹热都得花许多钱去铺设。

陈师傅特别强调对"太平公主号"涂装的意见。首先对画水线的做法坚决反对，即便要涂防污漆也是顺着大舺的弧形，否则哪像古船啊？还有防污漆外面还可以刷白漆，当地的船都是这样。至于用蛎灰刷底的传统方法，和船底板的光滑度没有什么关系，关键是要照步骤老老实实，船员自己做，适时修补，以前邻村的好几艘蛎灰刷底的船底就一直是白刷刷的。另外，战船只有上面的舭舺是涂成红色的，下面的舭舺则也是黑色的；还有炮眼的外框白色，中间才是红色，颠倒了。

红色和黑色的舭舺都有案可查，选双红舺主要是为了整体的视觉效果；至于炮眼的配色，我也不清楚当初怎会犯这颠倒呢，可能是走神了，现在反思起来十分懊恼。

师傅家模型作坊内4名工人各自在忙着，陈师傅说自己每天也起码要做12个钟头的活儿，楼下的手工活儿做完了，楼上还有细活儿。"太平公主号"模型重新换了舱板，前帆已经开始绑了。林先生的大模型一艘艉楼已起，改成与"太平公主号"不大相同的商船式样，另一艘大排渔船船体也已基本完成。西洋船的线型图画了一半，林先生下的新订单则要推到下一年9月份以后了，看来陈师傅的生意还是兴隆，也桩桩比"太平公主号"省事挣钱。

师傅请喝茶时，情不自禁地又细说起和老刘吵架的情形，这回我终于看到了传说中师傅奋起击桌的那根木棍，原来是只有拇指一般粗的小段木尺。

时隔十日，回到"太平公主号"上，除了白色涂料，其他自然色粉的彩饰几乎都褪光了，其他的倒没有什么变化。色粉加桐油的涂装为什么这么快就褪光呢？古人是怎么处理的，我们怎么办？

云南昆明的一位朋友欧阳，自行设计了一种木质运动帆船，也已开工，预计下个月下水，这个消息重新引发了我的湄公河之梦，从深沪开车回厦门的路上，策划了一番待"太平公主号"下水落碇之后，另做一次西南扬帆之旅的计划。

9月份到来了，黄剑开始对纪录片《造舟记》进行非线性编辑，王杨忙于制作纪录片片头的动画，金华去了福州闽侯考察方诗建师傅作坊，为进入仿古船生意做准备，在台湾的老刘把他的"跨世纪号"帆船卖了。我则裹足两日，一气分别给德国的布罗曼博士、洛特兹理查船长（Capt. H. C. Loetzerich）和香港海事博物馆的左丽爱馆长、戴伟思总监写了四封英文信，意图寻找研究工作所需的资源和可能的合作机会。紧接着又给郑明先生写了一封长信，表达参与撰写《图说明代海船》一书的希望及合作意愿，即从明代文献、画作资料、明船遗存考古、传承下来的民间造船与操船技艺口述资料四个方面，尽可能原原本本地呈现出明代的海船到底是什么样子，如何建造出来的，等等，发酵出可以传给后世的历史原型。另外还建议尽可能多地参考海外馆藏的资料，特别是同期的画作，例如明代中后期各国东印度公司至今尚完好留存的档案资料，弥补《中国古船图谱》在这方面的缺憾。此外，还给郑明先生提供的明代海船文献及画作目录，补充了13部文献和3幅画作的索引资料。

香港海事博物馆总监戴伟思博士在我邮件发出的三天后给我回了一封长信，主要分析其馆藏的福建船模型只是普通的商船而并非我判断的武装商船，理由是这样的木结构无法承受自重达2吨的12磅大炮。戴伟思先生谦虚地称自己是清代中后期的中国海图史专家，而非中国造船史专家，其观点仅仅是来自一个老水手的常识。遇到这么细致的高手，我的精神为之一振，尽管这信要用英文回复，很不容易。

洛特兹理查船长也回了信，信中说前段因爱妻病重已把预算造船的钱耗尽在医院，只能找机会争取当一名船员而不可能再是船主了。

某日，在厦门游艇行业协会的一次漫谈会上得到灵感，以2008奥运会青岛帆船赛作为切入机会，争取获得赞助商的支持再复原一艘赶缯船。我花了三天时间，做了一份赠送组委会中式嘉宾船的计划书，托人送交组委会，看对方是否感兴趣。几天过后，组委会朱部长回复说，这是一个好创意，并且船不需要赠送，无偿使用就可以了，但奥运会的规则很严格，不允许显示任何广告，除了船名可以松动。这样，加上船只可以使用奥运标识，赞助商也可以取得奥运会帆船赛区嘉宾船赞助商的名义，剩下的就看有没有商家有这个造化，促成这艘20.08米长的赶缯复原船的建造。

前一年曾经参与"太平公主号"复原船建造方案比选的福州闽侯造船家族方氏兄弟，自行去了一趟深沪造船现场，对"太平公主号"的评价如下：第一，像渔船，结构尚好，做工粗糙；第二，用料差，放置久，下水后肯定渗漏，建议在岸上先做灌水试验；第三，舵叶太宽，航行时舵事有得折腾；第四，稳性和压舱一定得好好把握；第五，估计造价仅二十几万。方诗建师傅还对当初未择其承造"太平公主号"颇感委屈。

另外，方师傅初估20米长的2号赶缯复原船造价约45万元，另配置福州生产的80匹东风柴油发动机动力系统还得加20万元，总报价也并不便宜。

南京宝船厂的两位老总此时正在福州与方家师傅洽谈，表示很想前来找我切磋一下。技术交流之事我一年多前早已伸出了橄榄枝，估计他们的仿郑和大船计划一直进展不顺利，这才会想起我。

伙伴们谁也不愿意主动去询问陈师傅有关下水准备的进展，似乎大家都不急，都没什么所谓了。这段时间厦大宿舍的伙伴们都成了作家，各自忙着杂志社的约稿。

有半个月没去深沪了。9月13日，陈师傅突然给我打来电话，说准备给"太平公主号"竖桅了。

我从厦门飞驰到深沪，陈师傅已在海边，正与3个工人忙着整理绳索，一边等待吊车到场。"太平公主号"船艒斗盖绑上了主桅的铁芯大滑轮，粗大的尼龙绳一头固定在碇车上绕了两圈，另一头余下很长的绳子，放着。3个工人把大鹿耳上的桅闩慢慢地打了出来，这是一支固定桅杆用的钢钎，"太平公主号"桅杆系统设置成向后眠桅，支点就是穿过桅鼻横孔的这支桅闩。

趁还有些空闲，我沿"太平公主号"转了一圈，察看船底板和灰缝的情况。杉木材质的外板看起来还行，木色鲜活；杂木制成的艉颜色就逊了一筹，艉与艉之间的灰缝出现了细细的裂缝；一直处于重压之下的龙骨还好，看不出有什么异样；一对鹿耳各有一道深深的纵向裂纹，帆边鹿耳上的树木结疤似乎更加难看了。

吊车终于到了，就来了司机一个人，紧靠着"太平公主号"并排停妥，开始吊装作业。

传统造船的竖桅是一项大工序，首先桅杆、鹿耳、含檀和经底下、目里、桥杠等部件要做到严丝密缝，除了桅杆之外的部件形成一个桅井结构，桅杆的根部用粗绳兜住，粗绳卡在鹿耳的上方。造船大师傅指挥伙计们拉住另一头系在桅杆顶部的绳子调节位置，大师傅瞄好角度，一声令下："斩！"一位伙计闻讯用斧头斩断兜桅杆的粗绳，桅杆应声落入桅井之中，插在两片鹿耳之中，根部距离龙骨还有大约一尺高的空隙，古时功夫高深的大师傅，敢把头放在这个空隙中，表示对自己的设计和技术能够拿自己的性命担保。其后桅杆在航行中随着自身和帆具的重力，越摇插得越紧。

陈师傅安排的竖桅改用现代方法，也就是借用吊车，省时省力还省钱，在这个节点我没有坚持使用古法，因为时间和费用无法支撑，也就没能记录到那精彩的瞬间。吊车把大桅吊起，陈师傅指挥工人们拉住另一头系在桅杆顶部的绳子调节好位置，然后插入桅井，松开吊钩后大桅就位，陈师傅钻进桅舱内检查无异，再指挥吊车将大桅提起，桅尖向后眠倒在帆架上。

安装船舵之前，先要把备用舵吊上船放好。一条旧绳子穿过舵柱上的舵柄孔打了一个活套，伸出绳子的两头再穿过叶上的吊舵孔打个套结，这样形成的四股绳子刚好把朝上的舵叶夹住吊起，相当的简单巧妙。高高吊起来的舵，划过澄蓝的天空，如同一枚古代的刀币。作为船只定向工具的舵，在使用时舵柄孔是用来插舵柄的，而吊舵孔则是可升降舵上穿吊舵绳用的，当舵被搬动时，又成了绑绳子的地方，这便是民间工匠的功夫所在。

接着，吊车又把船舵吊了起来。

2007年9月13日下午5点，船舵、主桅、前桅皆顺利吊装调整完毕，"太平公主号"的建造工序全部完成。

陈师傅家中作坊还有两位工人在忙乎着模型。"太平公主号"模型已经完工了，每个部件都一一就了位。特别显眼的是船艉两侧和船艏托浪板分别描绘了木龙和日月镜，与"太平公主号"实船一模一样。两舷的水仙门上画了太极，这倒是"太平公主号"还没有的。木碇模型也做好了，就架在船艏斗盖上。模型的船帆还没装上去，舱楼两侧原来的圆形窗户也改成了方形，还加了窗门。我转回海边去看"太平公主号"，还没装窗门。

林先生的两艘大模型中，商船也已基本完工了，三支桅杆都就了位，艉形完全是密艉的，现在看起来与"太平公主号"就很不一样了，渔船倒还是上回来时看到的样子，没有进展。

回到厦门，针对老刘与策划公司合计的"太平公主号"美洲行启航前25项任务，我在时限之内完成并提交了分派给我的部分，主要是有关赶缯船的考古依据与复原设计资料。

下水的时间还是没定下来，更糟糕的是没有人在定，我实在憋不住了，便问老刘说，到底还有哪些问题？沟通的结果是，先不管测深仪安装和木工细作的问题，去深沪和陈师傅沟通，看下水的问题有哪些我们能帮忙解决的。

于是，夏利车再一次载着老刘和金华从25号楼宿舍出发，直奔深沪。我领头与陈师傅逐一讨论了"太平公主号"下水事宜的影响因素，陈师傅要求福龙中心出具涂装工序自行负责的证明。此行还抽空绘制了主帆猴头与缭绳的布置图。

9月底10月初，我做了一次自己的相亲旅行，我第一次到中国西南地区，去到了僻远的云南藏区，与热线了两周的乔阳首次见面。乔阳是金华介绍的，最铁杆的伙伴王杨随行。

在昆明逗留期间，跟欧阳约了去他的家族工厂，参观他自行设计的木质带帆游艇。由胶合板用环氧树脂粘接成型的船体已经完工，正在进行涂胶，只是位于滇池边的车间内部环境比较糟糕，与先前参观过的飞虎帆船和红龙帆船制造车间里的气味无异，令我穿越回更早之前上过班的网球拍工厂，感觉不太好。然而回到了闹市区街边的驼峰青年旅舍多人间，呷几口啤酒，展开对日后航行的想象，前面的污浊便很快被盖过。

这大约是我这几年来相对的放松，在"太平公主号"筹建和监造期间的种种努力和压力，在雪山下缓解了一些，山高水阔，让人回望自己的人生旅途种种际遇时，多了一些理解的空间。然而我也明白，所有烦琐的细节会立刻追索上来，"太平公主号"项目必须持续下去。

在梅里雪山下手机信号时有时无的雨崩村，接到"太平公主号"准备下水的通知，立即买了很贵的机票。乔阳陪我下到中甸，次日早晨在客栈门口道别，我钻进一辆绿色三轮载客摩托前往机场，一站站赶回，对于自己与"太平公主号"的下一步已胸有成竹。

一下飞机便连夜赶到深沪。到了造船工地，摸黑跟老刘、金华和先行赶回的王杨一起碰了个面，他们还在赶下水之前的航灯布线。

2007年10月16日，早上7点刚过，陈师傅已在"太平公主号"船后的斜坡，指挥十几二十位工人清场和铺设滑道。两台木制站车前后错开，立式轴辘上粗大绳子的另一头拴在艉龙骨上，"太平公主号"的主桅向后眠倒在篷架上。

老刘和金华在船上，王杨也在船上拍摄，我则在岸上不断地变换机位记录。上午9点整，金华在前甲板上点响长串鞭炮，垂到船舷下，4位工人飞快地转动车子，经过高出地面的缆绳时要接连跳起，犹如舞蹈的韵律。站车缓缓地拉动"太平公主号"，走走停停，另一组工人不慌不忙地把前面当滑道用过的木板和垫梁，拿到后面来铺好。

衣着整齐的陈师傅娘在人群中出现，提着一个红色的篮子和一个红色的袋子，悄悄地朝我招了招手，示意一起跟着她走。再一次往上走过两排房屋，来到村里的玄天上帝宫，2月1日"太平公主号"竖立龙骨时，我们来拜过。师傅娘拿出一把黄色的香，交给我点燃，礼拜神像祈求平安。师傅娘再拿出一把红色的香，交给我点燃，礼拜土地感谢护持。红色果盘上摆了5个橘子，下面4个，上面1个，果盘下压着一沓纸金。

上午10点半，"太平公主号"已经下到水边，工人把一半泡在海水中的站车扛上海滩，在近岸的海水中打了一根木桩，缆绳绕过木桩，盘在站车上，慢慢把船往海里拉。11 点 20 分，潮水涨高了，看到了海水中"太平公主号"在晃动，船浮起来了，下水顺利完成。

老刘上了岸，脸上笑成一朵花，勾着我的肩说："期待已久的终于水到渠成。"我搭着他的背，堆笑地附和："哦呀！"这是我新近学会的滇西北藏族人表达赞同的口头语，王杨在很近的距离处拿摄像机对着我们拍。

当晚，陈师傅通过他儿子的电子邮箱，给我发来一份"'太平公主号'设计制造说明"，载明设计主要依据《钦定福建省外海战船则例》用料账本，经过一年的研究，才明白其中的 91%。制造过程中，委托方拒绝他的以混凝土取代压舱石、重要部件用螺栓紧固的建议，船只因此存在的隐患及如若发生的事故，与承造方无关；现代人不容易操控摆舵，容易发生事故，另外船型造成船速慢很多，起降帆和锚碇比较慢，其已尽告知义务。我把陈师傅的来函转给大家，伙伴们没有回复。

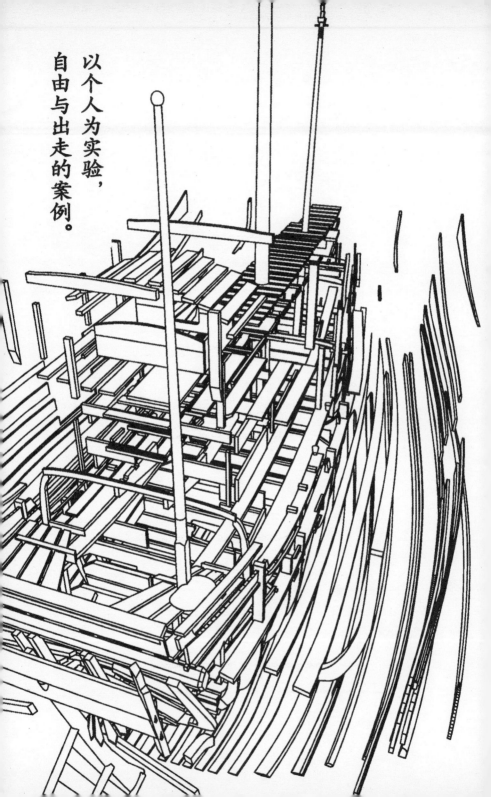

以个人为实验，
自由与出走的案例。

第八章

完成与未完成

　　"太平公主号"下水次日，伙伴们在厦大 25 号楼宿舍开会，这段
时间黄剑在外地拍片，已经有两个多月没有出现。老刘开场说，在
大家的共同努力下，"太平公主号"终于下水了，人船平安，不容易。
接下来还有两个项目，就是绑帆和试航。我强调必须安排分别在静
水和受风条件下做压舱与平衡试验。

　　船只方面，下水之后待完成的工作有绑帆、主桅就位、油漆、
压舱石就位、试航、移泊厦门五缘湾。有关油漆的材料，我表示不
坚持、无所谓，大家表决通过采用化工油漆重新涂装，责成我提供
彩饰方案图。同时，需要列出时间计划，与陈师傅确定最后收尾、
试航和结算的方案，由福龙中心正式发一封公函给陈师傅。另外，
也要由福龙中心写公函向东南卫视索要此前所拍摄素材的母带，交
给即将成为"太平公主号"航行活动运营商的策划公司。

　　金华按老刘的交代，参照策划公司下达的 25 个任务项目表，做
了一份"扬帆美洲之旅倒计时表"，启航时间以 2008 年 5 月 25 日至

6月6日为目标，梯次航行横滨、温哥华、旧金山，12月31日前到达夏威夷，次年2月启程返航。只是各时间节点的工作事项执行人只有老刘和金华两人，黄剑、王杨和我皆不在其列。

11月初，乔阳来厦门，我带她去海澄拜访郑俩招老先生和郑水土师傅，还带她去深沪看"太平公主号"和陈师傅，当日的工作笔记里却未留下工作记录。我站在岸上，看着临时寄泊在深沪码头外小澳里的"太平公主号"，心里升起一股莫名的虚幻感，它的前世今生与我如此密切，而它的明日未来却似乎与我毫无关联，若即若离，捉摸不定。

乔阳返回云南后，我在厦门大学校园内的勤业楼租到一处单间教工宿舍，跟老刘和金华商议后很快搬了出去。海滨东区25号楼宿舍的乌托邦式集体生活，维持了一年多后正式崩析，我将承租人代表转为了金华。勤业楼新居所距离原来的25号楼集体宿舍，开车仅5分钟。

"太平公主号"作为复原项目的一个实验样本，有必要请第三方做检验评估，我又没有可开支的资金，便请居住在厦门的前惠安小岞造船师傅洪志刚先生再次友情出马，悄悄过去一趟深沪。回厦当晚，我根据洪先生的口述意见，打印了一份验船报告分派给团队伙伴们：

1.有关压舱，目前压舱石放置正确，建议等水箱充满、设备及

长航补给就位后，测定满载水线，再看压舱是否增减和移动。洪先生强烈建议压舱石与船底板之间加铺一层厚度 3 厘米以上的横向垫板，以分散不规则的旧建筑石构件的压力和冲击力，压舱石之间需加设隔板进行固定。

2.有关隔舱与水密性，目前隔舱板未见纵向扶强加固，如遇某一舱进水可能抵挡不住水压而迸裂，建议逐舱做灌水试验，再看是否加固。目前甲板下的两个船员睡舱为相通式，如进水充满后船只基本再难操控，建议封闭两舱相通的门。判断此船如果舱内进水，排水的难度比较大，建议封闭船艏第一、二舱。另外舱盖的水密性和牢固性不够，建议加固定锁扣。

3.有关甲板排水，目前船舷两侧的排水孔不够，连通甲板两侧的大通槽数量少、口径不够，可能导致甲板上浪后排水太慢。建议调整，把船开到风浪大的海域试航，进行排水演练。

4.大帆卧车靠船舷侧的车耳用料不够，建议加固以防受力变形时车子脱落。车子用料目测系进口杂木干巴，容易老化，建议更换。大桅路边侧的力耳有开裂，建立两边力耳各加一道铁箍加固。舱楼的门、窗及其木槽遇水膨胀不易开关，建议全部改换成吸水性比较小的杉木。

5.船艉竖筏与尾支梁之间的结合部仅用一枚长钉，建议特制铁箍加固。

6.船舷挽绳用的将军柱太过低矮，绳索容易脱落，建议改进。

7. 摆舵可能比较难操控，勒肚索受力很大，舵柄需要加滑轮组。

8. 长航前一定要到类似惠安湾风口，进行压力试航。

12月中旬，回25号楼宿舍参加一次例会。我建议由金华把惠安洪先生的验船报告和先前福州闽侯方师傅的建议，罗列进行比较和综合，相应做出改进方案。我还提出船只的所有权模式与相应的福龙中心账务处理方式，亟须与策划公司方面明确。跟厦门海事局询问了有关船只所有权登记的手续，另外路桥公司也确定免费提供五缘湾临时泊位。

有关压舱石，陈师傅认为除了已经放下去的旧石构件还要再压6吨，并建议买5车小拖拉机的沙袋或石头。另外舱底不需要垫木板，因为船板受海水的压力向内，没听说要用垫板的。

12月底，再回25号楼宿舍参加一次例会，当务之急是绑帆和试航。按日程安排隔天就可以开始绑帆，目前的消息是陈师傅希望绑帆和试航在一天内完成，然后我们把船拖走了事。伙伴们推举我当即给陈师傅打电话进行沟通，结果被陈师傅直接搁了电话，不接。

2007年的最后一天下午，我开着夏利小车载老刘去深沪看船，各自请对方帮忙在船前拍照留影，以做"太平公主号"复原建造工程一周年留记。7月份时用桐油加矿物质色粉做的传统涂装，黑色的部分几乎已经完全脱落，红色的尚留存超过一半的深度，白色的则隐约还能看出，"太平公主号"重新显露出本的木色，看上去虽然有点沧桑，却也还积蓄着力量。水线以下的化工防污漆是 10 月中旬下水前一天才刷上去的，倒是存留挺好。"太平公主号"临时停泊在造船工地北面几百米远的货船码头内侧，涨潮时浮起在小湾内，退潮时坐底在绵软的沙滩上，停泊地还很理想。

2008 年 1 月 5 日，老刘付清了模型制作的尾款 2000 元，把"太平公主号"模型从陈师傅作坊带回到 25 号楼宿舍，现在模型属于策划公司所有。

乔阳从云南高原下来厦门过冬，我们结婚了，我带她再次去了一趟海澄，然后她随伙伴们来深沪当"太平公主号"油漆义工。

老刘已经先行来船上刷了几天油漆，形容枯槁。黄昏时分，黄剑也来了，给乔阳和我拍了些工作照，夕阳斜射在正被缓缓上涨的海水拂动的"太平公主号"上，柔和而宁静。乔阳最近以注册会计师的身份帮福龙中心整理造船的账务，这天她刷了桅前橹边舱内部分的红漆。

第二天上午再次来到港边，右舷基本重新油刷好了的"太平公主号"浮在海上，格外显眼。黄剑和王杨晃晃悠悠地拉着小木排，上船去拍摄。我带乔阳去深沪镇文化中心的船馆，参观出自陈师傅之手的模型。我们上了烽火台山，俯瞰即将围住一大片海湾的环海大通道工程。然后又去了那处僻静的小澳，整个深沪最有诗意的角落。回到熟悉的造船地怀旧，一艘灯光渔船挂着半截船帆经过，开足马力返回深沪渔港。

下午，几位当地驾船师傅来到"太平公主号"，做试航前的调整和准备。陈师傅请了十几位渔民，在他家门外的空地上，用了一天时间把"太平公主号"的大帆绑好了。

2008年1月28日，期待已久的试航终于来临，此时的"太平公主号"还可以算是我们的船，我还算是项目的发起人。于是，我争取到了如下的安排：6岁的儿子许心宇和比他稍大一点的黄剑的儿子黄玄霖随船出海试航，但只能待在舱楼内的前部；乔阳背着她的尼康D70，与美国《国家地理》的特约摄影师，在一艘雇来当拖船兼摄影船的机动小木船上拍摄；《华夏地理》杂志的撰稿人陈一鸣也在"太平公主号"上。我和老刘、金华、黄剑、王杨5人皆在船上，但是陈师傅没有出现。

天气很冷。潮水涨上来了，下午1点20分，请来的几位老渔民与福龙伙伴们一起升主帆，大家费了不少气力，"太平公主号"微微一震，开始起来了。1点55分，两个铁锚前后起罢，前帆、大帆、艉送三面帆皆落下，35匹马力的机动小木船把"太平公主号"拖行到深沪湾口南崎角半岛小澳外侧，一处比较宽阔的水域上。

左舷舱楼前部的顶盖板上面，是设定未来用来安放妈祖神龛的，我将已备好的6串香蕉、6粒柑橘、一包香和一沓纸金，摆放在神位上，燃了三支香，祈求妈祖保佑"太平公主号"试航成功。然后把香插在香蕉之间的缝隙里，伙伴们也依次敬拜，因陋就简。

7个汉子用了5分钟再次升起主帆，升起前帆，艉送没有升，"太平公主号"于 2 点 15 分开出湾。浪有点大，主持试航的当地船老舦陈阿雄估计，当天东北风有 5 级左右，浪高 1 米至 1.5 米。很快发现了问题，左转舵的行程只能达到 30 度，大帆与前帆受力后会相碰，大帆未能完全升到顶，于是师傅们把前帆降下三分之一，暂时解决了两帆相碰的问题。15 分钟之后，"太平公主号"换舷掉头返航，途中先后落下主帆和前帆。2 点 40 分，机动小木船靠上来，把"太平公主号"往港内拖行。3 点 15 分，"太平公主号"在原停泊处下好了前、后锚。

刚才的返航途中，我伺机向驶过二三十米长牵缯和大排的雄舦请教舵转角的问题。雄舦说一般牵缯可以转到离中心线 45 至 50 度，"太平公主号"的摆舵不像深插舵，需要与前帆配合才堪用。另外，用来转动舵杆的舵柄，倒也不需要用猴，亦即滑轮组助力操作，因为船并不大。

5 分钟后，与请来试航的 3 位驾船师傅雄舦、杨象、陈成加在甲板上开会，我们表示总体上比预想的好，船速还比较快，舵效也还好。师傅们说，主帆不会太大，可以将猴抽索拉紧，让主帆后移一些，解决与前帆打架的问题。目前帆头索太长，导致帆形不好看。对于舵转角过小的问题，师傅们建议放松勒肚索，舵转角可以增加到 40 度左右。老刘说，西式现代帆船的有效舵转角也只有 35 度，超过了只会成为阻力。

2 月 7 日，进入建造尾声的"太平公主号"工程过了第二个春节，我和乔阳开着夏利车，沿海岸线北上，做了一次公路之旅。大年初一，我们到惠安圭峰拜访造船师傅黄文同。这些年来来往往的这么多造船师傅中，黄师傅是与我最投缘的一位，似乎前世的因缘，跟他的邂逅，也堪称奇。

2004年，我带一位将去意大利学歌剧的朋友去泉州海外交通史博物馆缅怀闽南海洋传统，经过馆外水池时，看到有工匠在修理那艘在池中展示的钓艚帆船，便习惯性地过去攀谈。得知他们分别来自惠安以造船闻名的大岞和圭峰，我为造船工匠拍摄了一些他们劳作时的镜头，其中一位黄姓师傅留了地址和电话。后来给他们悉数寄去了照片，偶尔打个电话问候，保持着联系。到了2005年的某一天，突然想要去拜访，于是驱车到当时还比较难抵达的惠安圭峰。黄文同师傅曾在厦门水产造船厂务工二十年，可以用厦门音的闽南语交谈，我才知道他出自圭峰黄氏造船家族，一个明代从福州黄巷分支出来的官营福州造船厂工匠大族。我惊诧地看到黄氏族谱上记录的明代洪武年龙骨总长一十五丈二尺（45.6米）的大船舟规，以及黄师傅手抄的光绪至民国年间的黄氏造船《船尺簿》，这都是他第一次拿出来给外人看。

黄师傅沏好一壶重火烘焙的乌龙茶，差内人去巷口买来又热又香的番薯炸糕，再搬出他的手抄本和绘制的船图让乔阳翻看，其后又带我们到海滨木麻黄防风林中的小作坊。

天气很冷，海风很透，矮小杂乱的防风林东倒西歪，树木整体上偏向陆地一侧，作坊很小，十分老旧，四面透风，各种乱七八糟的木作工具和木结构部件堆在一起。我们在门口等了好一会儿，听黄师傅在里面噼里啪啦乱翻的声音，然后他从低矮的门内探出头来，手里拿着那个比他自己的肩胸还要宽的旧船眼睛给乔阳看。

这个看起来就是一块稍作雕琢的色彩褪去的圆木头，其实暗藏密码。懂得它的人，可以立刻根据它的尺寸，脑补出一艘有着基本船只尺度、桅杆及风帆尺度的中式帆船大致的样子；根据眼睛样式的细微差别，分辨出它属于哪个港口的船；根据眼睛的方向，分辨出它是商船还是渔船；大约还可以想象这艘船的船上生活，有多少水手，他们如何工作生活。根据泉州地区的造船模数，亦即船只主尺度与部件尺寸的配搭法则，龙骨每长一丈配龙目长四寸，或含檀营每宽一丈配龙目长一尺，这个六七十厘米长的船眼睛，对应的船只长度应该在 25 米以上，说不定就是 20 世纪 70 年代那艘最后的圭峰黑舨五铳眼。

黄师傅捧出这个船眼睛时，形容瘦弱且略带悲苦，他同样掌握绳墨之技却无用武之地，但是他的眼神发光，代表了背后一个熠熠生辉的世界，在我眼前掀开了过去时光鲜活的一幕。但是圭峰地处僻远，哪怕黄师傅的功夫再好，项目运行成本太高，注定很难有机会来此地造船。

继续北上的途中，接到金华发给伙伴们的临时通知："太平公主号"拟于 2 月 12 日从深沪拖航到厦门五缘湾。是日大年初六，下午

4 点半满潮，清晨 5 点半启航，预计下午 1 点至 3 点到达大担岛以内海域。从深沪经金门外围航道从大担口开进厦门，航程 50 至 60 海里，务必赶在退潮之前到达，否则顶风顶流的航速就很缓慢了。计划雇请一艘 120 至 200 匹马力的渔船将船拖到大担口外，再由一艘 140 匹马力的快艇接应，拖行进入五缘湾帆船港码头。

从厦门提前一晚到达深沪的有魏军船长和厦门帆船航海圈朋友王铁男、老九、小秦、徐毅、二帅，再加上老刘、金华、王杨和吴程军，还有陈师傅雇请的几位深沪驾船老师傅。我看"太平公主号"是要拖行而非自航，便打定主意不上船随行，计划在北上旅行的回程途中拐去深沪，先跟陈师傅相辞，然后把伙伴们送上船，再开车先一步回到五缘湾码头，做接船靠泊的准备。

不过途中因路况耽搁，我没有去成深沪，直接开车回厦门。"太平公主号"也因金门外航道风浪转大和遇到退潮，从大担口进到厦门湾之后没有继续拖往五缘湾，而是临时停泊在曾厝垵外的海面，全程没有升起风帆。老刘、金华和王杨留在船上看船，其他人在黄昏时分被快艇接到鹭江道第一码头上岸，魏军船长等和我打过招呼后分头散去，我把几位急着赶回家的深沪驾船老师傅载到不远处的长途汽车站，让他们赶上返回深沪的末班长途车。

2008 年 2 月 14 日，"太平公主号"终于被拖进已改名为五缘湾的厦门钟宅湾，靠上帆船港的趸船码头。当天，我早早就到五缘湾大桥中点的桥面上守候，"太平公主号"被一艘木质渔政船从曾厝垵拖行绕过半个厦门，缓缓进入帆船港。采用木船来拖木船是我们的坚持，这艘停泊在五缘湾的渔政船此次是友情帮忙。

当天稍迟，我去 25 号楼宿舍参加 4 人例会。老刘提议预定 5 月 15 日开航，需要把开航前的准备重新做一个任务与分工时间表，诸如船籍手续与人员签证、活动预算、船只的改进，以及水电、起居设施等。乔阳在我的工作笔记上旁注："那天我们大家出去东北菜馆吃饭了，还是很吵……大家都很累，就当庆祝情人节。"

金华按照老刘的要求，于次日发出第一版任务与分工简表。简表的内容有 7 项，其中 1 至 4 项是中帆协船证、香港船籍、厦门船只所有权证以及人员签证，第 5、6 项分别是试航后帆与舵的改进，第 7 项是船体的改进，前面 4 条分别是船头加挡浪板、主桅甲板水密重做、绞车的车子做一批备用、压舱石增加 5 吨石头，最后一条赫然写着——安装两台 12 匹闽江牌发动机。

这样的改变很大，大到触及了伙伴们最早订立的项目基本宗旨。"太平公主号"项目进行到现在，最早订立的三项宗旨和基本原则，已经悉数放弃。但是任务与分工表上的各项工作完成责任人中没有我的名字，我成了持有一张船票的普通乘员。

次日老刘分发了他修改的第二版任务与分工简表，就上述第 5 项加按了一段："寻求老船长，讨论、观察、确定如何处理修改或调整中帆、前帆。"在完成人一栏填了他和我的名字，这样我终于有事可做了。

我也很快给伙伴们发了我修改的第三版文本，在老刘第5项前面的那句，续上了"压舱及其他须加固及改善的部分"；在第7项发动机的后面，表明了我的态度——"此事宜慎重考虑，个人持反对意见"；添进了第8项："增加惠安或漳浦海域较大风浪条件下的压力试验。"

"太平公主号"拖行到厦门之后，我觉得拖船那天自己没有去跟陈师傅相辞，做法很不妥当，遂专门补跑了一趟深沪，正式向陈师傅道谢和告辞。

到了深沪的第一站，先去造船地看一眼船去人空后的场景，然后再上门去拜访陈师傅。师傅在作坊里带着两个工人，专心致志地继续制作林嘉华先生定制的模型，我上前轻轻地跟他打了下招呼。陈师傅看到我，愣了一下，过了一会儿才慢慢回过神，仿佛过去一年多承造的"太平公主号"工程并未发生过。其后我才得知，那天在拖船之前，到场的伙伴们并未跟陈师傅打过任何招呼。当准备拖船作业时，有乡人上门来跟陈师傅通报，问钱都结清了没有，要不要放他们走。陈师傅回答说，没关系，剩下的钱他们想结就结，不想结就不结，船想拉走就让他们拉走吧。

2007年10月"太平公主号"下水当晚，陈师傅发来一份"'太平公主号'设计制造说明"，表示船只的管理权已经移交给福龙中心。但是建造合同款尾数未结，双方没有签署交船文件，在法律上和账务上，"太平公主号"仍是一项福龙中心委托陈师傅承造的在建工程，因为造船合同规定的尾款和利润款都尚未付清。

陈师傅还跟我谈起"太平公主号"存在危险的五个主要因素，并教给我航行时万一遇险的求生秘籍。乔阳又在我的工作笔记上批注："我担心，都没有操纵木帆船的经验，太自信就有问题。请汤裕权船长来就好了。"

想起来有几年没有见到汤船长了。

事不宜迟，我和乔阳马上前往云霄崀屿，拜访恰好回家过春节的汤裕权船长，征询他重新出马的可能。时隔三年半再来汤家，一切还是如旧，我和汤家班偷偷将"金华兴号"帆船驶走的情景，仿若就发生在昨天，只是汤家已经永远失去了他们的船。我向汤船长详细介绍了"太平公主号"的研究和建造船只的过程及船只的现况，希望他能出任"太平公主号"领薪执行船长。汤船长建议我们请诏安林厝造船师傅林金元到厦门，现场评估一下"太平公主号"。诏安林家和云霄汤家是经历了两代人的老搭档，从1986年"金华兴号"卖到云霄崀屿起，汤家就一直请林家承担修造。我明白了老汤的想法，他也要看老搭档的评估意见再做决定。

于是我和乔阳又转到诏安林厝。2004年我随"金华兴号"出海捕鱼时认识了前去修船的林金元师傅，其后做晚近广式帆船调查时再拜访林家，说起来我跟林瑞池、林金元老师傅父子也是持续了两代的交往，我的厦大住所内还摆着林瑞池老师傅早时手制的"金华兴号"模型。

　　林金元师傅依旧穿着油腻的工装在海边的作坊外钉船，跟几年来我每次不约而至时所看到的场景一模一样。他欣然接受去厦门看船的邀请，也明白我的心思，答应过几天即约汤船长一起到厦门。

　　回到厦门，再次去碧山路菜市场拜访船老舦，拿出"太平公主号"试航的视频和图片给他看。老舦们建议，现在主帆的帆形是大肚帆，需要移中约1米，否则不好驶。帆面要改，第5支篷以下要削去50厘米。主帆上称相当于桅杆的位置在四六开，现在只是二八开，后端还需要再往上翘，目测上称太细，直径要到35厘米，否则需要加固。船艄需要在秀面帮上方加装挡板，否则容易上浪。前帆不够前，不够倾，传统帆船的前桅兼用来吊木碇，因此桅尖要伸出船头。老舦认为前帆不用太宽，而老刘则认为前帆已经过小了。

　　汤船长和林师傅如期来厦门看"太平公主号"，林师傅首先指出，前桅可前移30厘米，可增加一块含檀。其后林师傅在与汤船长、我和老刘一起讨论之后，初步形成了以下改进方案：

　　后舱盖加固；改善舵杆在侧浪航行和掉头时激烈晃动问题；舵车滑轮组做省力设计、主桅下加系缭虎齿，改善主桅与甲板连接缝渗水问题；渗水处的船底板检查；做电池组箱；舱盖固定锁扣船员住舱内开、其他舱外开，船艄加挡浪板，甲板加通风口。

　　目前用直力升的主帆加装一对滑车做省力改善。另外，甲板抽的用料是比较差的杂木，会吸水，但无法更换。

此前我综合其他验船师傅建议而强烈要求的压舱石加垫板，林师傅和汤船长也强烈反对石构件直接坐底在船底板上，特别在浪区航行时，强烈建议加垫板，与船底板隔空 10 厘米高作为通风空间。

有关加装辅助动力，老刘说，这个事情虽然我力主反对，但他力主促成，要装 12 匹马力的挂机，但只在试航时和进入内港时才用，开航时一定要拆下来。

林金元师傅表示，他再叫一个搭档师傅，两人一起做这些改进工作，几天就可以完成。虽然他没有明说，但看得出来他对"太平公主号"是认可的，汤船长对船只的远洋航行能力也是认可的。延请老汤上船有望，我感觉轻松了许多。

2 月 27 日，接到了陈芳财师傅的电话，他让儿子专门带他来厦门，找到了我家，坚持送了一个藤摇椅给我母亲。陈师傅家的二楼客厅里有一个同样的藤摇椅，他常坐，我也不时去坐。我明白了陈师傅的意思，他作为"太平公主号"承造方的礼数已毕，今后船只跟他就没有关系了，尽管我们的尾款和利润款都还没有支付。

按照当地传统，承造方在工程完工结算完成后，礼数上会给相处得好的东家回送一个红包，以表示相互成就，十几天前我去他家补作告辞时，陈师傅便要塞我一个厚实的红包，我哪里能收？福龙中心还欠着师傅的尾款，结果就这样推来推去，我差点儿被他推到墙角，领教到陈师傅的武术功力，但这已经不重要了。陈师傅回敬红包不成，这又买了摇椅亲自送到了厦门。我们造了一艘古法的船，也遇到了一位古法的大师傅。

其后陈师傅让我带他到五缘湾，他执意在岸上远远地看，不上"太平公主号"，也不见其他人，我为他和"太平公主号"拍摄了一张合影。想起十多天前我带乔阳到深沪，去看陈师傅和船去人空的造船工地，有些怆然。

3月初我和乔阳去柬埔寨旅行，这是我自2000年之后的重游。一年前为调整"太平公主号"的航行计划做功课，真腊与吴哥航线曾经是一个选项，在最困难的时候，我也曾靠编织自置小船于湄公河航行的梦想，度过了那些压抑的日子。

对于航行到吴哥的想象，来自温州人周达观1297年的《真腊风土记》，一篇8500多字的游记，以及更早几百年前记载的扶南舶和抚南乐。周达观的记述中讲到巨舟，吴哥巴戎寺遗址有一幅帆船浮雕，自李约瑟博士在《中国之科学与文明》里将它指向中式帆船后，中国人更乐于坚信那就是中式帆船。时隔七年，两次到吴哥遗址参观，我的第一件事都是去看这幅浮雕，我仍存疑。

沿洞里萨河上溯到洞里萨湖，这是周达观搭船前往吴哥的航线，虽然我们乘坐的是机动快船，但我相信即便相隔几百年，沿河两岸的场景并无多大改变。"以一巨木凿成槽，以火薰软，用木撑开。腹大，两头尖，无篷，可载数人，止以棹划之，名为皮阑。"时至今日，在洞里萨河仍常见两头尖的小船，由儿童妇女划着，载人运物，不知是否就是"皮阑"。

这样的轻松航行容易产生梦幻。

其间诏安林厝林金元师傅带着两位伙伴来厦门五缘湾，将"太平公主号"压舱石塞紧之后封上厚木板固定，并且按计划做了一些调整和改进。

3月15日，"太平公主号"迎来在厦门的首次航行。前几天深沪的友阿师傅被请来五缘湾改帆，忙了几天，现在终于一切就绪，这也是由林金元师傅完成改进工作后的试航。老刘、金华、汤船长、林师傅和我都在场，乔阳却已返回云南。

我注意到了新安装在船艉帆边角落里的辅助动力装置，机器铭牌上写着：双鸟柴油机，型号 ZS195B，燃油消耗率≤251kw·h。我上网查了一下，这款发动机的功率为12匹马力。

下午2点30分，"太平公主号"开动发动机驶离码头，10分钟后在五缘湾大桥外的同安湾升起主帆。主帆的帆形现在很好了，我体验了一下扶舵柄掌舵，不会太吃力，45度迎风时，跑起来的船速最快。下午5点钟返航，开挂机，"太平公主号"用机帆船的方式穿过五缘湾大桥桥洞，进入到内湾后落下帆，用了一刻钟时间停妥在浮码头边。

次日，东山县孔炳煌师傅和厦门魏工来看船。魏工是专门设计现在已经越来越少见的木质船的工程师，他出具的图纸船检机构会受理，只是福建的生意越来越少，他把公司改设在海南。魏工看过"太平公主号"说，帆面的受风面积可以，现在的帆不同于古代，系受力点下降演变而来。船钉的钉头没处理好，这是晋江师傅的通常做法。主帆缭绳的总猴木纹不对，一定要换，避免风大受力时崩裂。最重要的是压舱石要架空，船底板不能受力，否则可能因震动而脱离。总之，船只要用帆就要依靠船老舣，船是有脾气的。我对其中船钉的钉头没处理的说法有所保留，陈师傅可能有他自己的考虑和做法。

孔师傅掀开一个舱盖看了后说，通槽不够，建议加安竹筒。一些看上去强度不够的大猴头、猴目要换，以及要吃黄油保护木头。

我借机请教单桅篾篷竹钉小船的技术可行性，从柬埔寨回来后这个念头越来越强。魏工建议要从结构上重点考虑，来弥补对钉接的依赖，另外可以采用竹钉和木钉交替。孔师傅表示如果这个计划比较确定，他可以代为向老师傅们请教和切磋。

龙海海澄画师苏安辉师傅也来五缘湾现场看船，确定画饰方案和预算，约定大概一周后前来施工。苏师傅报的总预算相当低。"太平公主号"的涂装由我全权负责，画饰布置图示也由我提供，图形和色彩则交给苏师傅自主发挥。船舷的画饰是重点，除了船名和鹢鸟，八字帮龙边画凤，虎边画凰。画饰材料采用二手土补平，用磁漆打底，丙烯颜料作画，再盖一层熟桐油保护。油漆材料的档次为，磁漆优于调和漆，调和漆优于酚醛漆，油漆品牌百花优于龙江。

诏安县梅岭林家师傅完成了对"太平公主号"的船只改进后，准备返回。临行前我突然想起还需要一架桅杆顶的风向旗，林金元师傅二话不说，捡了一块木头，拿出斧头劈劈劈，几分钟之后一只惟妙惟肖的木鸟摆到了我眼前，确实是真正的大师傅。木鸟的尾巴钉上一块红布，插到主桅顶的桅珠上面，这是古代福建帆船的风向旗。各地帆船的风向旗样式不一样，这也是古代在海上区分船只来处的一种方式。

汤裕权船长再次来五缘湾，正式上船任职。原"金华兴号"帆船上的汤家班，汤船长的大侄子阿成和小儿子"鱿鱼"也来五缘湾探船看人，待了一小会儿便返回。2004 年我在云霄县崂屿随"金华兴号"出海打鱼时，44 岁的汤裕权已经当了十五年船长，22 岁的汤顺成是船上的大力水手，19 岁外号"鱿鱼"的汤锦城在船上当厨子兼小工。昔日的海上好手阿成说，现在已经习惯了岸上生活，他成了印染厂的调色大师傅，不用再风里雨里，每月有六七千元的收入。他的堂弟"鱿鱼"，也就是汤船长的小儿子，现在东莞的另一家印染厂，也有固定的工作。

汤船长的父亲汤坤海有 4 个儿子和多个孙子孙女，原本掌握全家的财权，依托着"金华兴号"帆船、养殖池和不多的农地，汤家保持着当下很罕见的大家长制度。卸任后的汤家大家长于不久前过世。我不知道"金华兴号"2004 年被我们发现之后的大起大落是福还是祸，庆幸的是，现在我们有"太平公主号"，汤船长被请来当了执行船长，延续了前缘。

汤船长在上次航行训练收工后悄悄对我说，哇，这艘船拿来牵风下网捕鱼足够好。这话不禁又让我反思了一番，复原中式帆船的目的到底是什么？"太平公主号"要真能拿来牵网捕鱼就好了。

船上的厨房已经可以开伙了，蓄电池组也在底舱下装好。

伙伴们在"太平公主号"上召开三人小会。老刘说，香港之行倒计时只剩下 15 天，各项准备工作需要抓紧。金华说，要由外轮代理公司办理海事局离港证、海关、边检、检验检疫四关。第一批船员名单目前暂定福龙团队 5 名伙伴，外加 2 名配合宣传活动的志愿船员，还有 2 名顽石航海俱乐部的水手。

3 月 26 日，"太平公主号"在厦门进行第二次试航。下午 1 点 57 分开机离开码头，老刘、金华、汤船长和我都在船上。启航 8 分钟后，"太平公主号"在同安湾内升起主帆和前帆，关掉发动机。航行了几个来回之后，于 3 点 20 分返航，穿过五缘湾大桥的桥洞，其后降主帆、开机，然后用了 21 分钟停泊在浮码头。

试航后伙伴们再次在"太平公主号"上召开例会，老刘通报时间计划，大家各自领受十余项开航前的准备工作。

目前的时间计划如下：4 月 5 日敬拜妈祖仪式，4 月 6 日上午 8 时开航，4 月 9 日到达香港，4 月 18 日在香港海事博物馆举行记者招待会，4 月 28 日返航，5 月 1 日参加五缘湾水手节，6 月 1 日厦门开航。

老刘负责航线制定和海图准备、备用 GPS，金华负责置备救生设施、个人安全锁，我负责购买粮食、干电池。柴油及润滑油、太阳能板估计费用比较大，则没有人表示负责出钱购买。策划公司汇入的钱由老刘掌管，但他也没有做出开航前准备的支出预算，开支还是由拿到船票的伙伴们自觉认筹。此外，我、黄剑、王杨和金华还要备妥船员基本安全合格证书。老刘还要求大家统一口径，在国内声称策划公司是福龙中心为办理"太平公主号"船籍而专门在香港成立的，另外造船的木料没有使用樟树。

3月30日，"太平公主号"继续在厦门同安湾进行航行训练，连续跑了两个航次。

下午2点10分，汤船长召集行前小会，分派工位。金华和我负责前帆，王杨和吴程军负责主帆缭绳，王杨还负责解缆，小吴还负责用竹篙撑离码头。

2点20分，"太平公主号"启动辅助动力挂机，10分钟后驶离码头，在五缘湾内绕了两圈以测试林金元师傅用斧头削出来的木制鸟形风向标，然后穿过五缘湾大桥桥洞，于2点54分升好主帆。升前帆时，滑轮很涩，猴抽太紧，用上了3个人的力量都难升到位。右舷迎风，以同安湾北岸的刘五店码头为航行目标。3点47分，"太平公主号"回到五缘湾，先后降下主帆和前帆，11分钟后顺利靠泊完毕。

汤船长指挥船员对前帆做了调整，4点40分，"太平公主号"再次离开码头，7分钟后升好前帆，这次比较快，但也上了3个人。5点40分，第二航次结束，停靠码头完毕。

航行训练后的复盘讨论，检讨了船只难以转向掉头的问题。目前在右舷迎风而顶流的情况下无法实现迎风掉头，只能采用比较危险的顺风掉头，容易发生甩帆，也容易被压往更下风处即近岸处，这就更危险了。另外，进出港辅助动力的柴油发动机，因排气管出口距离船舷太近，点着舱壁，着火了，幸亏被汤船长及时扑灭，他的手也轻微烧伤了几处。

着火被烤黑的艉舱一角比较难看，痕迹存留了好几天。

我和黄剑、王杨、金华被关在厦门海员培训中心，与一帮开了大半辈子木船的船老舣一起接受了三天的集中封闭训练，包括高台跳水，其后领到了基本安全技能培训证和海员证。

春水绵雨季节的雨天稍有间隙，龙海画师苏安辉师傅带着他的搭档师傅终于来到了五缘湾，马上用"太平公主号"上的缆绳和垫板做好了简易脚手架，连草稿都不用打就画开了，晚上就睡在船上。用了不到一天半的时间，画饰工序便告完成。现在，"太平公主号"看上去美轮美奂，真正成了一件艺术品。

我当即结清了工钱，金额很小，只是我没有预算也没有权限多付一点。老刘看了画饰非常满意，又拉住师傅，请他在临时找出来的一片大木板上，额外又画了十二生肖图，说了不少赞美的话，但没有给师傅加付工钱，令我觉得很不妥当。

我也没法有什么表达，唯有开着夏利小车将师傅们送回龙海，他们还有很多其他活计等着去做。回程途中，我还是借称为了存档需要，拿出来早已准备好的一张 A4 纸"太平公主号"后视图，请师傅们留下画饰的线描草图，并签上他们的名字。

这些年来，在福建海岸线田野调查中认识了很多师傅，他们总是如同父兄一般宽厚，并不计较能多获得一点什么，令我一直怀着愧疚之心。

4月5日，"太平公主号"再次在厦门同安湾航行训练，汤船长主持，老刘、黄剑、王杨和我都在船上，金华缺位。

下午4点25分，"太平公主号"开机离开码头，10分钟后，6人上阵在杂乱中升好了主帆，再3分钟后3人升好前帆，关发动机。南风，航向东偏南100度，右舷后侧顺风，航速从1.5节提高到3.2节。5点20分，右舷掉头完毕，航向210度，左舷45度迎风。5点35分，左舷掉头完毕，航向115度。5点45分，右舷掉头完毕，航向270度。6点10分，开发动机，航向270度驶向五缘湾大桥中点。10分钟后过桥洞，降主帆，再20分钟后靠泊完毕。

次日，25号楼宿舍四人例会，老刘宣布如果顺利的话，4月9日启航香港，5月1日回到厦门。老刘还宣布"太平公主号"美洲之旅从香港算正式启航，然后返回厦门时是"途经"。参加例会的汤船长，坚持要搬石头调整压舱。

"太平公主号"继续在厦门同安湾航行训练，由汤船长主持。

下午4点05分开机离开码头，4点12分迎风升帆，2人加1位帮手用了4分钟升好主帆，再用1分钟不到升好前帆。4点22分关发动机，驶出五缘湾大桥桥洞。航向 45 度，左舷侧顺风，航速 2.2 节。掉头，航向 120 度，风向 145 度。再次掉头，航向 230 度。4 点 35 分，汤船长开始给大家上 10 分钟的现场课，熟悉船上各舱的通用名称和功能，主帆车刹车的正确使用，大帆上的拢公功能与使用，剪角原理和操作等。5 点 55 分，降好帆，开发动机，13 分钟后驶进桥洞。

4 月 8 日，"太平公主号"继续在厦门同安湾航行训练，团队全体伙伴难得再次聚齐在船上，汤船长主持，海峡卫视《飞越海西》纪录片摄制组租用飞艇，在上空进行航拍。"太平公主号"抵达厦门后的六次试航，我都全程参加，我越来越意识到这可能是和它在一起的最后时段，因此一次比一次更加珍惜，生怕错过什么，漏记什么。

下午 3 点 04 分，"太平公主号"开机驶离码头，王杨和我负责前甲板。升前帆，升主帆，3 点 45 分出五缘湾大桥，航向 85 度，风向 110 度。4 点进入五缘湾，在湾内航行，5 点 35 分降帆，5 分钟内降帆完毕，再 10 分钟后靠泊完毕。

当晚在 25 号楼宿舍四人会议，汤船长也参加。老刘提出用 ATA 单证册出口的船只产权疑问，亦即香港海事处会不会据此认定"太平公主号"产权方为福龙中心，而拒绝接受老刘在香港专门成立的公司的船籍登记申请。另外，贸促会（中国国际贸易促进委员会）收的 5 万元保证金能否退回。如果改用在巴拿马注册临时船籍的外贸商品自航出口，需要加装无线电台，以及需要在一天内完成验船。老刘还转述香港海事博物馆左馆长来电，询问"太平公主号"可不可出关，可不可准时抵达。总之是否能够开航，还有一堆问题要落实，希望船只和人员都能够从厦门出境，而非在大家更不熟悉的深圳办出境手续。

关于购买临时船籍登记手续，先前伙伴们还找过俄罗斯和朝鲜，朝鲜的船籍最为便宜。但我们还是选择费用相对贵的巴拿马，"太平公主号"总不能飘着俄罗斯国旗或朝鲜国旗进入美国。

进入最后的倒计时准备，每天在市区和码头之间奔忙。我按先前的任务清单，采购了粮食和食品、青菜、面包、巧克力，并主动用夏利车装了满满一车厢的 6 个 30 升桶的柴油，以及发电机用的 3 个 30 升桶的汽油，还给每个船员买了一套电工作业安全绳。尽管我很清楚这都要自己破费，不可能再有报销，但还是毫不犹豫地买了，因为我的好伙伴们在船上，汤船长在船上。我已经确定自己不会上船，不会驾驶自己一手策划和主持的赶缯战船复原船"太平公主号"，去做下一步横渡北太平洋的航行实验。因为一旦使用此前所有努力换来的那张船票上船，就要接受策划公司目前和后续对船员的限制条件，就意味着我不能发表前期赶缯船复原研究和今后"太平公主号"的复原实验论文，甚至可能要交出所有研究成果，冠以别名，这我做不到。

很多年前，我在墨尔本霍索恩区公寓里被春节闽南语麻将趴所困，十年后又在金边一个高级公寓里遭遇了一个多国华人麻将跨年趴，每每回想都不禁冷汗。一些中国人虽然人在境外，但还是被以往的生活和文化习性裹挟和封闭，也被周遭其他同样自我裹挟和封闭的同胞所影响，最终也没有真正走出去。如果我上船，亲自完成横渡北太平洋的航行实验，看上去似乎实现了最早的梦想和计划，其实心还禁锢在岸上，并未随身而行，没有获得真正的自由。让曾经的伙伴们驾船而去，各得其所，而我径自留在岸上，貌似失去了所有，身心反而可能走得更远，获得更多的自由。

2008 年 4 月 13 日早晨 6 点刚过，天才蒙蒙亮，伙伴们都赶到码头上了船，分头准备各项工作，大家轻声说笑，仿若要一起去做一次轻松的巡航。

我和乔阳把每个人的安全绳的尾端一一缝好固定，然后用船上的塑胶桶打了一桶海水，帮大家把饭碗重新洗过，再接一瓢淡水涮了一遍。早饭是白米粥配榨菜和豆瓣酱，伙伴们纷纷捧着密胺大碗吃了起来，他们招呼我们一起吃，但我婉言推辞，说不饿。其实我们是饿的，但这是船上的伙食，我们不上船，不应当有我们的份额。老刘在一旁给吃早饭的伙伴们讲解和示范安全绳与救生衣的正确使用方法，大家则在自己的安全绳上写上名字。

时间很快到了上午 8 点半，伙伴们依次燃香，向固定在左舷官厅楼板上的妈祖神龛礼拜，然后在一个红色的金桶里烧纸金。8 点50 分，开航的时间到了，"太平公主号"启动挂机引擎，解开船缆。老刘微笑着跟我说，留在船上吧，我们一起去香港。我微笑回复，你们先走，我飞过去参加记者会。然后，与乔阳跳上浮动码头。

我在前一晚的行前会议上，正式宣布自己将不上船，并自此退出"太平公主号"今后的运作。伙伴们都不觉得意外，但老刘还是客套地挽留了一番。现在，这艘由我发起组织并担任复原监造的赶缯战船复原实验船，已经不再和我有什么关系了，一起朝夕相处了四年的伙伴也变成了前团队伙伴。

上午9点09分，我和"太平公主号"挥手告别，注视着他们驶离码头，穿过五缘湾大桥。我走出码头，跨过环岛路，站在岸边，目送着"太平公主号"慢慢远去，最后消失在视线中，天气阴沉，层云密布。它的风帆一直没有升起来。

4月18日，我乘坐最早的一班飞机，从厦门飞到香港，乘地铁到港岛，再从中环乘巴士到了赤柱。从巴士站下到赤柱大街，远远就能看到停靠在码头旁的"太平公主号"，我一路拍着照走近，看到船的大�随着浪涌不断地在与码头的橡胶护岸碰撞，此时正午，海湾内的风浪有点大。

船上的伙伴，还有老刘的女友安吉拉和在厦门登船的新船员休·莫罗（Hugh Morrow）。他们穿着运营商定制的红色 POLO 衫和米黄色长裤船员制服，正在船艉配合摄影师摆拍，并没有注意到岸上的稀疏围观者中的我。

我转身先去位于码头边美利楼一层的香港海事博物馆，此行其实是博物馆总监戴伟思博士约我来的，并不是老刘。此前我跟戴伟思博士早有合作，由博物馆雇请专业翻译将我的福船考略等文稿翻译成英文版，并由他修改，等待适当的展览活动配合发表。戴伟思博士还希望我提供手头的中国海洋木帆船船图资料，让博物馆扫描作为馆藏资料，这次我把书籍图本也悉数都带了过来。

博物馆大厅里，工友们正来回忙碌地布置记者会的会场，我谈完正事，跟左馆长等几位有过联系的馆员打了招呼，又沿着小小的博物馆参观线再次边看边拍了三圈，"太平公主号"的伙伴们先后入场，看到了我，互相打招呼。运营商公司的代表彭先生也来了，第一眼看到我时似乎有点错愕，我上前微笑着跟他们说，是戴伟思博士邀请我过来的。彭先生找了一件还没拆的红色 POLO 衫制服，交给我说，等下记者会上船员上台亮相时一起来吧。香港海事博物馆这次与运营商公司合办的"太平公主号"美洲之行记者发布会和实船展览活动，是由左馆长负责对接的，而博物馆总监戴伟思博士是左馆长的上司。

我没有换 POLO 衫，挺着腰杆，面带微笑，精神饱满地不时跟人低声交谈，其实腰酸腿酸，肚子饿得咕咕叫。

然后看着不知从哪些角落突然汇集过来的绅士、大班和华商大佬齐聚会场，用英文先后发表了我半懂不懂的简短演讲，又不知从哪里突然汇集过来的记者们一阵闪光灯。轮到"太平公主号"船员上台亮相的环节，老刘热情地跟我招呼一起上去，我微笑着摆手婉拒了。

人潮很快散去，博物馆恢复了半个小时之前的冷清，工友们在收拾会场。我跟大家告别，帮黄剑扛着大包小包，搭伴辗转赶回内地。回头再望一眼停泊在美利楼外码头的"太平公主号"，感觉它已经有几分陌生了。

乘坐港岛巴士，再搭的士，换乘港深巴士，赶在关闸之前入关，再换小巴士出深圳到宝安机场，已经赶不上最晚的航班了。在机场边的一个村子里的小宾馆住下，吃了一顿难以言状的饭，我当天的第一餐。当我们终于坐在客房里喝杯浓茶时，黄剑给我讲了他们从厦门到香港航程中的历险，14日夜航时差点迎面撞上一艘集装箱大船，关键时刻，当班掌舵的王杨在金华协助下及时把摆舵拉到底转向，"太平公主号"与那艘在黑暗中如同幽灵船一般的货轮相距十几米擦身而过。

次日一早飞回厦门，我跟乔阳刚好错开，她回了云南。我看到她昨晚在我笔记本上写下的几行字：

"你去香港了，记者招待会不知道怎样，太平公主怎样？翻看以往几年的工作笔记，壮志未酬，太累了。真有一日，有钱自己造船，任意江海，一定要实现你心中的所有梦想。"

根据收集到的"太平公主号"香港航程中船只的性能表现，以及4月18日在香港赤柱对船只的观察，我就船只适航能力与修缮问题，分别征询了陈芳财等造船师傅的看法，于4月30日给"太平公主号"上的前伙伴们发了一封邮件，提出如下建议：

1. 有关艉舱漏水的问题，可能系舵杆频繁撞击下金而引起下金栓与艉封板的结合部松动，其出自构造上的问题，下金栓不是由艉舱内打出来，即内粗外细，而是由外面的下金打进艉舱，即外粗内细。这样的施工缘于当初船只小而艉舱的施工空间太小，无法容纳把下金栓从里面打出来的作用行程。处理的方法是，船只上坞灌水检查，找出漏水处。如属上述原因，一要避免舵杆频繁撞击下金，二要设法重新改正下金栓的紧固方向。

2. 有关摆舵频繁撞击下金的问题，陈师傅先前已经在其出具的船只说明书里指出使用注意事项："舵是按照明朝的制造方法制造，使用方法也和明朝的摇摆舵一样，但现代人恐怕不习惯使用此方法，即使经过专业培训，使用过程中仍然存在极大的事故隐患。原因如下：下金无嘴扣，摆动很大，勒舵索长，收缩率大，航行时操作十分困难，容易发生事故，务必高度重视。"处理的方法是，请林金元师傅访问广州饶平曾经驾过摆舵帆船的老舣了解他们如何应对这个问题，再事解决。至于是否要把摆舵改装成不用勒肚索的深插舵，要考虑舵与船只底型的相配，慎重决定。

3. 有关船只侧移严重的问题，由于船体水下部分接近方形体，在侧倾 10 度以上时，龙骨高于船底舭部，效能丧失，这也是出自结构上的问题。处理的方法是，加高龙骨或加装中插舵。

4. 有关加大前帆的问题，陈师傅强调如果加大前帆对转向当然有利，但越洋时的危险性将倍增，具体原理还待我去进一步请教。

5.有关左舷大艕被撞裂的问题，须仔细检查其所造成的结构影响，并请造船师傅评估其严重性，再提出解决方案。

在邮件中，我再次提醒前伙伴们铭记当初大家约定的共同宗旨，以及先前常说的安全与运气话题，当自己终于成为当事人时，更需谨慎行事，务必在船只与人员都达到适航的最低保障线时才可以开航，为自己负责，为每一位船员负责，也为中国帆船的复原能够继续下去而负责。

前一封邮件发出去后十多天，没有收到任何反应。我只能再以赶缯船复原研究学者的第三方身份，就"太平公主号"船只的安全性和航行的安全性，再发一封邮件给前伙伴们，做出如下郑重告知：

1."太平公主号"是福船复原研究系列第一艘航行实验船，根据清代前期的记载采用传统造船技术复原建造，复原程度约70%。该船原型赶缯船是清代用于沿海及台湾防御的战船，是否能适合于北太平洋或印度洋的越洋航行尚不得而知，更是本次航行活动的主要实验目的和内容，这样的航行本身具有一定的风险和不可预知性。

2."太平公主号"船体采用钉接，龙骨与船地板的结合度是整船最薄弱的地方，并且在航行过程中一旦出现问题将可能导致龙骨脱落、船只迅速进水乃至解体。该薄弱处一方面缘于所采用的钉接结构、钉接工艺、钉接材料及木材与铁钉的结合（赶缯船原型龙骨与船底板均采用松木）。承造方陈芳财师傅 2007 年 12 月 8 日提供的"'太平公主号'设计制造说明"第二条第三款有相关提示。

3. 上述船体薄弱处另一方面缘于"太平公主号"在建造后期未采用传统福船技术的压舱石垫板结构，直接将压舱石放置在船底板。尽管我本人在"2007.12.11 洪志刚先生验船报告"第一条已转述其强烈建议，其间经历反复坐滩以及深沪至厦门航行，直到 2008 年 2 月 27 日林金元师傅和汤裕权船长对"太平公主号"进行诊断时再次提出强烈建议才得以着手改良。孔炳煌师傅、魏工于 2008 年 3 月 16 日前来看船时同样提出强烈质疑和建议，林大华院长事后知道也感到很吃惊。总之，此对船体结构造成不可逆转影响的程度，应进一步评估。

4. 有关船艉下金接缝处是否导致艉舱进水的问题，我在上封有关修缮建议的邮件已有论述。

上述 2—4 点我有请林金元师傅在船只进坞出水时加以仔细检查并做出评估，然后再事修缮。不知道是否得以执行。

5. 针对上述船只安全性以及先前相关邮件提出的其他安全性方面可能的潜在危险，采取循序渐进的航行实验方式是必须的，这在我们当初讨论复原船方案时已达成一致，并且洪志刚先生等多位联络较多的造船师傅以及陈芳财师傅亦屡次强烈建议。我再次申明，"太平公主号"在进行梯次风浪压力实验前，不适宜做外海长距离航行，希望船长及活动主办方郑重考虑。

6.船上的工具招是福建传统帆船用来配合掉头的重要工具，目前"太平公主号"尚无人会用，希望在开航前的训练加以熟练掌握，反之过分依赖加大前帆辅助转向，须慎重评估其副作用。

7.作为一项海上科学实验，其不确定性和风险性当然存在，这就更需要有诸如中途修船、求救，乃至弃船、海上自救等一系列处理预案和充分的训练。类似厦门至香港航行之后尚有船员不知晓救生筏的位置甚至不知有否配备救生筏的现象，应该让我们反思是否不够理智？贸然的航行是否有违大家先前共同订立的宗旨？

作为研究学者，我希望每一位船员在跟主办方签约之前，都能得到有关"太平公主号"船只安全性及应变预案的详尽告知，以及获得充分训练的保证。忽视风险可怕，隐匿风险更可怕，只有居安思危，才能临危不惧，请各位前伙伴们珍重。

有关"太平公主号"航行安全性的问题，我一直放不下心，遂在5月15日约了回到福州的王杨再次前往深沪，跟陈师傅进行了两天的仔细探讨，逐一记录陈师傅做的技术分析和提醒：

1.总体而言，有关越洋航行船只有哪些安全隐患，最有可能出现问题的薄弱点，以及如何处置的问题，陈师傅说约有20处，过台湾海峡没有问题，越洋会有问题，但是他宣称具体细节要老刘亲自问他，他才会一一说明。

2. 有关龙骨与船底板，陈师傅说保证龙骨没问题，船底板越洋遇恶劣条件时可能发生：（1）船壳因受浪拍击导致船板向内折断，（2）灰缝脱落。深沪渔船曾发生过这两种情况，案例也非个别。这也是他建议压舱物用混凝土的原因。这个问题危及性命。

3. 有关前帆的问题，陈师傅认为加长了前桅和相应增大前帆尺寸，当洋面浪高五六米时，船只如在浪峰往下冲，将可能造成重大意外。具体解释，陈师傅也是需老刘亲自问他。但再三提醒，要把前桅改回原来的长度，这个问题危及性命。

4. 有关转向工具招，陈师傅说这是转向的重要工具，有时转不过还得在船尾用橹来加以配合。

5. 有关艉舱进水的问题，陈师傅认为不可能是船头或中间的水流到艉舱，也不是甲板上的水渗入，具体原因，很多师傅肯定查不出来，需老刘亲自问他。但这个问题不危及性命。

6. 该船遇到风向与流向成相反角度时，舵会发生瞬间剧烈振动，导致舵柄伤人，同时舵失控，航向较难把持。这跟摆舵结构有关，至于如何避免或解决，陈师傅认为这个历来由船老舣自行设法解决。

7. 侧移严重的问题：因为"太平公主号"船身短，侧移必然严重，航速越慢则侧移越严重，该船如加装中央舵没有多大效果，反而增添危险，因使用时如中央舵受力折断，易导致船只倾覆。

8.主桅桅车改纵向，升帆会省不少力，但遇横浪船只左右摇摆时，升帆水手不易保持平衡，导致帆的制动失利。

9.该船顺风顺水的最大航速为6节多，从深沪航行厦门时的天候条件，"太平公主号"已表现出极限航速，如果遇到比这更严峻的天候条件，将对船只不利或造成损害。至于航行过程中记录到的瞬间航速，对于正常航速而言没有意义，不足以拿来讨论。

整理好与陈师傅的访谈记录，我给前伙伴们再次发了邮件，考虑到汤船长没有电子邮箱，我用EMS给他家快递了一份纸本文件，连同先前的两份邮件及附件一起打印出来寄过去。两天之后，临时回到云霄峛屿家中的汤船长来电话说快递已收到，另外告诉我"太平公主号"前桅已经加长，从桅眉滑轮中心点到桅头的长度为10.36米。

《华夏地理》杂志登载了陈一鸣采写的"太平公主号"建造故事，同期还发表了一篇我撰写的福船历史背景资料。在策划公司的传播限制要求下，这是当时为止"太平公主号"项目唯一的深度报道。

其间诏安林金元师傅应汤裕权船长和老刘的安排，带师傅过去了两趟香港，更换了帆面上的竹架篙，重新做了尾送，对船艉八字渗水的地方重新打灰进行处理。

之后的一个月里，我没有跟"太平公主号"上的前伙伴们再多联络。福龙中心社会组织年检时，被指出"太平公主号"在手续上还属在建工程，实际上船只已经脱离福龙中心的控制，专项账目未能自圆平衡。经过一番周折，我被支去五通公安边防派出所做了船只报失登记，拿到一张回执应对年检。

6月20日晚，金华、王杨、汤船长分别从台湾打来电话，告诉我说他们是持柬埔寨旅行签证办理的香港出境，"太平公主号"上的辅助发动机在航行越过台湾海峡时有开机使用，他们现在不知道已经作为活动主办方的策划公司和老刘的下一步计划。

乔阳在我的工作笔记上写道："再也不理他们，生气，没章法。"她是为航行活动有悖当初复原宗旨以及船员的知情权被剥夺而生气。

再次前往诏安梅岭拜访林瑞池、林金元师傅父子，林金元师傅此前去香港对"太平公主号"进行越洋航行前的再次改造，刚刚返回没几日。林师傅很明确地用草图示意了"太平公主号"构件之间的接缝未打到桐油灰的地方，这也是船舱渗水的主要原因。我向他请教有关船只容易横向漂移的问题，他说因为船身短，没有办法。林师傅认为"太平公主号"最薄弱的地方在于摆舵对于下金的撞击。至于陈师傅上两个月提到的主桅桅车改纵向遇到横浪水手站立不稳，林师傅说升帆时都是顶浪，无须对横浪担忧。

之后，"太平公主号"出航了。

2008年10月9日，"太平公主号"经过69天的不间断航行，成功横渡北太平洋，抵达旧金山北面的尤里卡。"太平公主号"自8月初离开日本和歌山后，一直努力往北走，航向加拿大维多利亚，但由于启航时间迟了一两个星期，太平洋北面的几个高气压带所产生的风向一直把船只推向偏南。"太平公主号"船体笨重，航速慢至平均 4 节，但跑起来很稳。

其间只遇到一次险境。"太平公主号"航到北太平洋中部时，一直在航线南面徘徊的几个低气压带中心，遇到东北方向的高气压带影响，在洋面上产生难以预测的无规律三角涌浪，在王杨当班掌舵时，一个突如其来的三角涌浪从右舷后方袭来，将"太平公主号"的船艉举起，艉舵悬空，船只旋即失去舵效，紧接着失重坠下，船艉被涌浪推向左方，整艘船向左侧倾超过 45 度，回正时灌进了一半船舷高的海水，坐在船艉的船员安吉拉眼看着要被灌进船内的海浪带出船外，被王杨一把抓住，来自云霄崁屿的雇用船员汤阿财赶紧同王杨把舵向右推到底，摆正了船头。幸亏"太平公主号"足够稳重，也没有第二个三角涌浪再跟过来，躲过了一劫，只漂走水桶一个、碗筷若干，船艉厨柜上的芥末和调味料瓶损失了几个。

"太平公主号"越洋航行借助的现代通信和导航设备，主要是纸面海图、没有内置海图的 GPS、气象传真机、雷达反射板、甚高频（VHF）对讲机和卫星电话。其中 VHF 主要用来跟同一海域的过往船只联系和近岸时跟港口当局的联络，卫星电话在越航全程只使用过两次，一次是中秋节前每位船员有 1 分钟跟家人的通话时间，另一次是即将抵达尤里卡时跟岸上的联系人通报。另外，那台辅助发动机全程没有使用，只空转过一次做检查。

10 月 28 日，金华从旧金山打来越洋电话说，因为种种矛盾，"太平公主号"上几位来自中国大陆的船员商议，将各自尽快离船回国。他自己已决定在 10 月底至 11 月初间返回厦门，请我先帮他在厦大校园内租房子。王杨发来邮件，说他犹豫了很久，决定还是留在"太平公主号"上，尽管与老刘等有很多冲突。过了两天，黄剑发来消息说，已经说服王杨离船回家。

金华再次从美国打来越洋电话，告知 11 月 1 日晚上抵达厦门机场，希望我能去接他，并且再次请我帮忙在厦大租房。午夜时分，在机场出口外面接上金华还有他的大包小包后，立刻直奔主题，询问"太平公主号"横渡北太平洋的船只情况。

金华提供的资讯是，船体牢固，部件无损，架篙有断，帆布因摩擦而破，原先担心的前帆改动和摆舵与下金表现都很好，船身外板油漆几乎全掉，横移始终严重，如不使用艉帆则难以掉头。有关漏水和渗水的情况，舱盖与经豆的间隙进水，船楼顶板漏水。另外，舱内物品架未考虑到完全侧倾状态，备用舵未固定牢，铁皮水箱生锈严重，后来在日本和歌山全换成塑料桶装水，几十个塑料桶一共装了 3 吨淡水，越洋期间约用去了一半。

王杨跟我说，航行之后，他更加发现陈师傅是一个神人，他学着陈师傅的晋江腔普通话说："……军舰跨太平洋的时候，一跨过去再回来，军舰外面的油漆全部褪得光光……""太平公主号"抵达旧金山时，船身外壳的油漆果然褪得光光，像被抛光砂轮磨过一样。

深沪陈芳财师傅打来电话询问"太平公主号"的下落，我趁机和他讨论起金华、王杨对船只越洋表现的描述。有关甲板面泄水的问题，陈师傅说两舷排水孔再大也不及海浪的覆盖速度，只能尽量调整船头避免上浪，但如果水仙门打开，进水的速度比排水更快。有关甲板的密封度问题，中式帆船与西洋帆船的舱盖加胶条毕竟不同，海水淹没甲板时肯定要漏下去，只能固定住舱盖以避免漂走。至于横移的问题，中式帆船没办法避免。我的关注点则在于，这些"太平公主号"未解决的问题，在我未来的小船计划里如何设法解决。

我想起前一年春节陈师傅曾经说过一句话，航行中如果船舷上的水仙门板被风浪打断了，船就不能再走了。那时我没有再追问水仙门板被打断意味着什么，现在闲了下来，便过去厦门港沙坡尾向讨海人船老舵专门请教。从前厦门港的大号风帆钓鲳渔船，往往在六七级风才够风力出海，七八级风时正好进行延绳钓作业，所谓赚风涛，但当风涌更大时，就要起绳返航了。有听说过钓鲳渔船的水仙门被涌浪打碎，那是极罕见的，返航时遇到十一十二级以上的风浪，则船只抵御自然力量已经到了极限的征兆，处在生死门。那个时候如果在外海就要将前帆拆下，绑住两头和中间，再用船底舱内备的一条保家大索拴住，从船艏掷入海中，索尾要固定在船艏盖金上，再拴住大桅，这叫下浮砣，靠软力拉住帆船。更危急的时候，则改用反系大锚，掷进大海，把锚绳尽数放出，靠硬力拉住帆船，这叫下沉砣，已经走到生死步。另外，帆船两舷的水仙门板，会画有太极、道门的卦相、葫芦，或是鲤鱼，这和拜妈祖一样，希冀神灵神物的护佑，但我想起来"太平公主号"的水仙门上没有图绘。

一日中午，金华带一位客人来我的厦大住所院子里借坐，我听客人口音像台湾人。这位黄凌霄先生也是帆船航海同人，近年多次到大陆东南沿海走访求知，并在台湾定制了数艘次小型中式帆船，曾上过徐海鹏先生的仿古中式帆船"郑和Ⅰ号"航渡台湾海峡，也是"太平公主号"从基隆到琉球航程的船员。交谈中，我们就"宁波号"和"自由中国号"帆船的话题谈得甚是愉快。

其后汤裕权船长的同乡搭档、"太平公主号"雇用的船员阿财也从夏威夷辞职离船，返回云霄。我向他了解船只的质量，阿财说，甲板因使用进口软木收缩而漏水，舷板接缝处渗水，原配作帆桁的竹竿几乎全部更换，用作备用的竹竿太细且经明火烤直，容易折断，后来林金元师傅采买的粗壮竹竿则几乎没断。有关船只的遇险细节，第一次在深圳浪骑游艇会到香港航段上，他和汤船长不在船上，听说是右舷过船；第二次在东经170度的分界线附近，右后侧浪盖上船。这是我收到的最后一次船员口述。

2009年4月26日早晨，金华打来电话，报说"太平公主号"在台湾苏澳外海被撞沉。我赶紧上网检索，证实船只失事与没有人员丧生的消息。紧接着黄剑也打来电话，我跟黄剑说，这可能是"太平公主号"自己选择的归宿。黄剑说，性格与你相似，不为瓦全。

上午，看到台湾电视新闻的陈芳财师傅打来电话，说他也不觉得可惜，反倒证明了船体结构牢固，本来对水密隔舱有86%的了解，现在增进到了91%。陈师傅说，船钉的钉头没有做处理，生锈了反而更牢固，现在获得了证实。船底板他原本要用12厘米厚，我坚持要按照清初六丈四尺赶缯船的料件清单用9厘米厚，我们还因此吵过架，现在看来9厘米厚度过太平洋也没有问题。"太平公主号"失事是天意，是由正侧面撞断的，晋江先前有过十几二十起船只被撞沉的事故，只有使用螺栓紧固的木船被撞沉时才没有散掉。"'太平公主号'是唯一没有死人的撞船沉没事故，船没有散，他们每个应该在我面前叩谢才是！"

曾经参与"太平公主号"建造方案比选及对建造工程提供过建议的东山孔炳煌师傅、厦门洪志刚师傅、惠安黄文同师傅、闽侯方诗建师傅先后打来电话，对"太平公主号"失事表示惋惜，也都认可船只的结构和牢固。参与"太平公主号"工程施工和改造的海澄郑俩招、郑水土师傅，诏安林瑞池、林金元师傅，更是对"太平公主号"的失事非常惋惜。

一些上了年纪的热心人士，还积极地呼吁重建。他们的热情屡遭冷落及讥讽，个人生活也很不如意，人到晚年，他们竭力发出余光的背后，含有太多的苦楚，想来也十分心寒。我默默下了决心，日后如果我自己的船造成了，一定要请他们上船风光一番。我的小船一定不要用螺栓紧固和装引擎辅助。一定要足够牢固，船身板和甲板不渗水，水仙门板不要被涌浪击碎。

我没有把"太平公主号"失事的消息告诉远在德国的布罗曼博

士。黄剑和王杨拍摄到"太平公主号"下水时的纪录片《造舟记》，3月份在东南卫视播出了，后续的全过程长纪录片《福船》则没有再做下去了。我撰写的学术论文《清初福建赶缯战船复原研究》2007 年年底在《海交史研究》学刊发表。

杨熺先生 2008 年去世了。

几年之后，我从汤裕权船长的口述、当事的日本船员森洋治先生当天的手记与台湾"海巡署"的声明，大致还原出"太平公主号"的最后一夜。

"太平公主号"最后一段航程，是从冲绳那霸港至台湾基隆碧砂渔港，航程 300 余海里。

那天晚上，风力约有 6 级，看不见星空和月亮。"太平公主号"顺着东北风南下，按正常的航速将于凌晨进港，但为了配合欢迎仪式特意安排放慢，前帆升三分之二，主帆升三分之一。船上 11 名船员分成两班，每 6 小时轮换一班，以 6 点和 12 点为换班时间。上半夜，风强浪大，夜空中看不见星星和月亮。当时当值的是森洋治，准备接班的是汤船长，汤船长还未接班时，一个大浪打在船上，把船舷两侧 7 厘米厚的水仙门板击碎带走，持续的海浪打进船舷，从甲板上冲洗而过，漏进甲板下的睡舱，把床垫浸湿了。汤船长感觉这是危险的征兆，便要求全体船员无论值班或睡觉，全部要穿着救生衣。

那艘利比亚籍货轮"冠军快船号"，原在"太平公主号"的 10

点钟方向，彼此都有发现对方，老刘还用对讲机跟那艘船通了话，汤船长接替当值的美国籍船员拉尔斯控制舵柄，让他进官厅拿探照灯照射千帆示位，正常左舷交会是可以过的。不料几分钟后，对方突然迎面而来，那时风面很大，无法做掉头或开辅助发动机等避让动作，幸好出事的那一刻大部分船员都清醒地在甲板上。汤船长说，感觉船一下子被举出水面，然后人随船下沉，很快压舱石与龙骨脱落，船身被拦腰截断，人又随船上浮，皆聚集在剩下的后半截船体的舱房两侧。休班在甲板下睡舱里的船员森洋治、杰森和约翰依次从灌满了海水的船舱内爬出，大家清点人数，发现少了日本籍船员金城雅夫和美国籍船员汤姆，于是老汤潜入睡舱至自己的铺位探摸，他当班时把铺位换给金城，结果没找到人，潜游出来时老汤的头皮还被一颗钉子划破。大家一听说没摸到金城皆哭了，以为就此失去同伴。后来才知道在出事前的一瞬间，金城不知怎么跑到船头，船体断裂成两截后彼此都不知道对方的存在。过一会儿，汤姆也头朝上向后半截船体残骸漂过来，他受了重伤。

利比里亚籍货轮在下风处约 1 海里外停留观望，后来还打了灯，但没有施救，逗留了约半小时后开走了。留在船尾残骸处的老汤等 10 位船员先是扒在舱房顶的栏杆上，后来觉得水凉，便爬上拜坪。数米高的海浪不断地把幸存的船员打到海中，大家又挣扎着游回船体残骸爬上去，杰森不知从哪儿找来一条粗绳，把船体残骸围起来固定好，也把船员围拢了起来。"太平公主号"配备两套不同的手持式紧急无线示位标，船只失事时一台在森洋治手上，另一台在拉尔斯手中。其中一台 SPOT 示位发信机由全球星及铱星接收和传递信息，另一台 EPIRB 则由国际低极轨道搜救卫星系统（COSPAS/SARSAT）接收发送信息，在落水时自动发出求救信号和坐标位置。天刚亮时，隐约可见有一艘军舰模样的船抵达并在远处观察，"太平公主号"的美国籍船员判断是美国军舰，军舰后来消失了。随后天大亮，直升机和海巡舰艇先后抵达失事水域，大家才确信自己获救了。

"太平公主号"的失事时间约为凌晨 3 时 40 分，台湾"海巡署"4 时 21 分接获台北任务管制中心（MCC）通报，确认香港籍"太平公主号"帆船在苏澳外海北纬 24 度 51 分、东经 122 度 20 分处遇难，立即通知基隆舰、5025 艇救援，同时出动 6001 艇加入救援，于 5 时 20 分先后抵达现场。搜救中心也派出"空勤总队"2 架次空勤直升机联合搜救，于上午 8 时完成救援任务。其中直升机吊挂船员 10 人，载返台北松山机场，5025 艇载老刘 1 人返苏澳港。

"太平公主号"残余的前半截和后半截，在 11 名船员全部获救离开后，继续在太平洋上漂浮。从"空勤总队"救援直升机上拍摄的最后镜头，像极了此前已经播映的纪录片《造舟记》3D 动画片头。

郑俩招老师傅于 2009 年去世。

陈延杭老师于 2011 年去世。

陈芳财师傅于 2019 年去世。

插页五
福建省外海战船做法

第一则赶缯船，五只。内水师提标后营"清"字八号船一只：身长四丈六尺，头起舷四尺、尾起舷三尺。船头长一丈八尺，面匀宽八尺八寸、底匀宽八尺；船中长一丈六尺，面匀宽一丈三尺二寸、底匀宽一丈二寸；船尾长一丈二尺，面匀宽一丈二尺六寸、底匀宽九尺四寸。两边舣长五丈二尺六寸。计十五舱。深四尺三寸。

今将拆造前船需用工料、价值细数开后。计开：

船底松木龙骨一道，计三节：船头一节，长一丈五尺；船中一节，连交接匙头长三丈一尺；船尾一节，长一丈。均宽一尺、厚八寸。做净每折见方尺二十尺，用舰匠一工。交接匙头二处，每处用长一尺钉八个；〔又〕，每边用长六寸钉十二个。共核用宽一尺、厚八寸松木枋五丈六尺六寸 (查成规内开：大吉、中吉、浮溪、高洋四项木植，俱截去尖梢，作栏杆、灶柜、剑子、木牌等项之用。其本身木料毋庸另加长荒外，一切枋段各料有截去一二尺至三五尺不等者，亦有未加长荒者，参差不一。今将枋段各料每件长五尺以内者加长荒一寸，五尺以外者加长荒二寸；圆径樟木料一丈以内者每根加长荒二寸，长一丈以外者每根加长荒五寸一律核定。余仿此），长一尺钉十六个，长六寸钉二十四个，舰匠十工八厘。

船底板，连起魭长四丈六尺。内船底匀宽九尺六寸七分，两站各匀高四尺九寸五分；用长四丈二尺、宽八寸、厚三寸大吉木板二十八块。做净每折见方尺八十尺，用舰匠一工；锯板折宽一尺、长七丈，用锯匠一工（以下锯板用工仿此）。钉缝凑长一百十七丈六尺，每丈用长六寸钉三十个。舱缝凑长二百三十五丈二尺，每丈用灰一勼、桐油六两四钱、网纱竹丝各六两；每七丈，用舱匠一工。舂制油灰，每四十斤用舂灰夫一名（以下舱缝用工、用料仿此）。共核用围大三尺二寸、净长四丈二尺大吉木九根一丈四尺，长六寸钉三千五百二十八个，灰二百三十五斤三两，桐油九十四斤一两三钱，网纱八十八斤三两二钱，竹丝八十八斤三两二钱，舰匠三十二工三分四厘，锯匠十八工四分八厘，舱匠三十三工六分，舂灰夫八名二分三厘。

各舱内用樟木梁座十六块，凑长十五丈五尺七寸；添换舱梁十二块，凑长十二丈：均宽一尺五寸、厚三寸。松木梁头二十块，凑长二十六丈八尺，宽一尺二寸、厚三寸。硬木棍稳吊九根，各长一丈三尺、围大八寸。梁座、梁头做净每折见方尺八十尺，用舰匠一工；稳吊四十尺，用舰匠一工。钉缝凑长六十六丈七寸，每丈用长六寸钉三十个。舱缝凑长一百三十二丈一尺四寸。共核用宽一尺五寸、厚三寸樟木枋二十八丈一尺三寸，宽一尺二寸、厚三寸松木枋二十七丈二尺，围大八寸、长一丈三尺硬木棍九根，长六寸钉一千九百八十二个，灰一百三十二斤二两，桐油五十二斤十三两七钱，网纱四十九斤八两八钱，竹丝四十九斤八两八钱，舰匠二十四工八分，舱匠十八工八分八厘，春灰夫四名六分二厘。

各舱添换樟木极四十二块。内：虎头舱极二块，各长九尺五寸；冲天极二块、水柜舱极二块、担担舱极二块、油婆前极二块，各长九尺；后通铺极二块，各长八尺；下金极二块、目里前后八字极四块、下担前极二块、尾堵里极二块、舭上两旁牛头极二块、船后肚极二块、舭边一仔极二块、转水极二块、各长六尺；小官厅极二块、一仔后极二块、船头极二块，各长五尺；目里极二块，各长四尺；鳅鱼极二块，各长七尺；拜棚极二块，各长一丈一尺：均围大一尺。做净每折见方尺四十尺，用舰匠一工。每块用长六寸钉二个。舱缝凑长五十七丈八尺。共核用围大一尺樟木极二十九丈六尺六寸，长六寸钉八十四个，灰五十七斤十三两，桐油二十三斤一两九钱，网纱二十一斤十两八钱，竹丝二十一斤十两八钱，舰匠七工二分三厘，舱匠八工二分六厘，春灰夫二名二厘。

船身两旁走马二条、水蛇二条抽换，各长四丈二尺、宽八寸、厚四寸。做净每折见方尺四十尺，用舰匠一工。走马钉缝凑长八丈四尺，每丈用长一尺钉三十个；水蛇钉缝凑长八丈四尺，每四尺用长一尺钉三个。舱缝凑长三十三丈六尺。共核用围大三尺二寸、净长四丈二尺大吉木二根，长一尺钉三百十五个，灰三十三斤十两，桐油十三斤七两，网纱十二斤九两六钱，竹丝十二斤九两六钱，舰匠十工八厘，锯匠二工八分八厘，艌匠四工八分，春灰夫一名一分八厘。

船面两旁𦪖板，长四丈六尺，凑宽八尺三寸七分；用长四丈二尺、宽八寸、厚三寸大吉木板十二块。做净每折见方尺八十尺，用舰匠一工。钉缝凑长五十丈四尺，每丈用长六寸钉三十个；艌缝凑长一百丈八尺。共核用围大三尺二寸、净长四丈二尺大吉木四根，长六寸钉一千五百十二个，灰一百斤十三两，桐油四十斤五两一钱，网纱三十七斤十二两八钱，竹丝三十七斤十二两八钱，舰匠十三工八分六厘，锯匠七工九分二厘，艌匠十四工四分，春灰夫三名五分三厘。

两旁舭板，各长五丈二尺六寸、高四尺，用长三丈六尺、宽五寸八分、厚二寸五分中吉木板二十块；旁添换浮溪木舭柱十六根，各长四尺、围大一尺七寸。舭板做净每折见方尺八十尺，用舰匠一工；舭柱四十尺，用舰匠一工。舭板钉缝凑长七十二丈，每丈用长五寸钉三十个；舭柱钉缝凑长六丈四尺，每丈用长六寸钉三十个。艌缝凑长一百五十六丈八尺。共核用围大二尺五寸、净长三丈六尺中吉木六根二丈四尺，围大二尺、净长三丈二尺浮溪木二根，长六寸钉一百九十二个，长五寸钉二千一百六十个，灰一百五十六斤十三两，桐油六十二斤十一两五钱，网纱五十八斤十二两八钱，竹丝五十八斤十二两八钱，舰匠十七工六分六厘，锯匠八工五分四厘，艌匠二十二工四分，舂灰夫五名四分九厘（查成规内，舭板未载舭高尺寸。今按舭柱长丈核定）。

两旁舭边樟木舭斗四块，凑长一丈六尺、宽一尺五寸、厚三寸；樟木极龙目二块，各长一尺五寸；鸟嘴燕二块，各长三尺；舭膜添换十二块，各长三尺五寸。均围大一尺。做净每折见方尺四十尺，用舰匠一工。舭斗钉缝长一丈六尺，每丈用长五寸钉三十个；鸟嘴燕钉缝凑长六尺，每尺用长四寸钉三个；舭膜每块用长六寸钉二个，龙目每块用长六寸钉六个。艌缝凑长十三丈四尺。共核用围大一尺樟木极五丈二尺六寸，宽一尺五寸、厚三寸樟木枋一丈六尺四寸，长六寸钉三十六个，长五寸钉四十八个，长四寸钉十八个，灰十三斤六两，桐油五斤五两八钱，网纱五斤四钱，竹丝五斤四钱，舰匠二工七分二厘，艌匠一工九分一厘，舂灰夫四分七厘。

舭上前后浮溪木鼠桥板四块，各长一丈五尺五寸；压舭板四块，各长二丈二尺。均宽五寸、厚二寸。两旁中吉木舭搭二块，各长三丈六尺、宽六寸六分、厚二〔寸〕三分。两边木段猴袋板八块，各长四尺六寸、宽八寸、厚二寸五分。做净每折见方尺八十尺，用舰匠一工。鼠桥、压板、舭搭钉缝凑长二十二丈二尺，每丈用长五寸钉三十个。压板艌缝凑长十七丈六尺。共核用围大二尺、净长三丈二尺浮溪木一根一丈八尺，围大二尺五寸、净长三丈六尺中吉木二丈四尺，围大三尺五寸木段九尺四寸，长五寸钉六百六十六个，灰十七斤十两，桐油七斤六两，网纱六斤九两六钱，竹丝六斤九两六钱，舰匠五工一分九厘，锯匠二工九分七厘，艌匠二工五分一厘，舂灰夫六分二厘。

两旁大压二条、水戗二条接换，各长三丈六尺、宽六寸六分、厚三寸五分；舷面笨抽二条，各长四丈二尺、宽八寸、厚四寸。做净每折见方尺四十尺，用舰匠一工。钉缝凑长二十二丈八尺，每丈用长六寸钉三十个。艌缝凑长四十五丈六尺。共核用围大三尺二寸、净长四丈二尺大吉木一根，围大二尺五寸、净长三丈六尺中吉木二根，长六寸钉六百八十四个，灰四十五斤十两，桐油十八斤三两八钱，网纱十七斤一两六钱，竹丝十七斤一两六钱，舰匠十二工三分一厘，锯匠三工五分二厘，艌匠六工五分一厘，舂灰夫一名六分。

官厅前后用中吉木梁三根，各长一丈四尺、围大二尺二寸；官厅贴柱用木段六节，各长四尺六寸；战柜上两边楼挑二根，各长一丈四尺，俱围大三尺二寸；战柜板八块，长一丈四尺、凑宽五尺二寸八分；铺板十三块，长八尺、凑宽八尺五寸八分；冲天盖板十块，长四尺、凑宽六尺六寸，用宽五寸八分、厚二寸五分中吉木板二十九丈一尺三寸；官厅内浮溪木跳板一块、侧板一块，各长一丈一尺、宽五寸、厚二寸。官厅梁、柱、战柜楼挑，做净每折见方尺四十尺，用舰匠一工；战柜等板八十尺，用舰匠一工。战柜板、冲天盖板钉缝凑长十七丈二尺九寸六分，每丈用长五寸钉三十个。艌缝长三十四丈五尺九寸二分。共核用围大二尺五寸、净长三丈六尺中吉木三根三丈一尺一寸，围大二尺、净长三丈二尺浮溪木七尺三寸三分，围大三尺五寸木段五丈六尺六寸，长五寸钉五百十九个，灰三十四斤九两，桐油十三斤十三两四钱，网纱十二斤十五两六钱，竹丝十二斤十五两六钱，舰匠十三工一分九厘，锯匠三工六分七厘，艌匠四工九分四厘，春灰夫一名二分一厘。

官厅前通铺二块，各长一丈四尺；后通铺二块，各长一丈二尺；坐赛板十二块，各长六尺。均宽一尺二寸、厚三寸。做净每折见方尺八十尺，用舰匠一工。通铺板钉缝凑长五丈二尺，每丈用长六寸钉三十个。艌缝凑长十丈四尺。共核用宽一尺二寸、厚三寸松木枋十二丈七尺二寸，长六寸钉一百五十六个，灰十斤六两，桐油四斤二两六钱，网纱三斤十四两四钱，竹丝三斤十四两四钱，舰匠四工六分五厘，艌匠一工四分九厘，春灰夫三分六厘。

官厅两旁用溪木猫里柱八根，各长四尺；猫里柜上下袱四根，各长八尺：均围大一尺七寸。猫里墙板十块，长一丈一尺，凑宽五尺三寸；铺板九块，长七尺，凑宽四尺七寸七分；柜底板八块，长七尺，凑宽四尺二寸四分：用宽五寸、厚二寸浮溪木板二十四丈二尺七寸四分。木段猫里堵板二十四块，各长四尺六寸、宽八寸、厚二寸五分。猫里柱、上下袱，做净每折见方尺四十尺，用舰匠一工；猫里各板八十尺，用舰匠一工。墙板钉缝凑长十一丈六尺六寸，每丈用长五寸钉三十个。共核用围大二尺、净长三丈二尺浮溪木四根一丈六尺九寸一分，围大三尺五寸木段二丈八尺二寸，长五寸钉三百五十个，舰匠九工八分七厘，锯匠四工八厘。

官厅虎头舱，铺板十块，长六尺五寸，凑宽五尺三寸；用宽五寸、厚二寸浮溪木板六丈八尺九寸。做净每折见方尺八十尺，用舰匠一工。共核用围大二尺、净长三丈二尺浮溪木二丈二尺九寸七分，舰匠一工二分一厘，锯匠六分九厘。

两旁舷面战棚板添换，用长一丈四尺、宽四寸、厚二寸高洋木板十二块；各舱内堵板，用长二尺八寸、宽四寸、厚一寸高洋木板二百八十块。做净每折见方尺八十尺，用舰匠一工。共核用围大一尺六寸、净长二丈八尺高洋木十根，舰匠十二工三分二厘，锯匠七工四厘。

两旁舷上舷牛八块，各长八尺五寸；各舱口扛豆六块，各长一丈七尺：均宽一尺二寸、厚三寸。做净每折见方尺四十尺，用舰匠一工。舷牛每块用长六寸钉四个。扛豆钉缝凑长十丈二尺，每丈用长六寸钉三十个。舱缝凑长三十四丈。共核用宽一尺二寸、厚三寸松木枋十七丈二尺八寸，长六寸钉三百三十八个，灰三十四斤，桐油十三斤九两六钱，网纱十二斤十二两，竹丝十二斤十二两，舰匠十二工七分五厘，舱匠四工八分六厘，舂灰夫一名一分九厘。

各舱盖板，用长四尺六寸、宽八寸、厚二寸五分木段板六十块；舱盖下通槽十五个，各长四尺六寸、见方八寸。舱盖做净每折见方尺八十尺，用舰匠一工；通槽三十尺，用舰匠一工。舱盖钉缝凑长二十七丈六尺，每丈用长五寸钉三十个。舱缝凑长五十五丈二尺。

共核用围大三尺五寸木段十四丈一尺，长五寸钉八百二十八个，灰五十五斤三两，桐油二十二斤一两三钱，网纱二十斤十一两二钱，竹丝二十斤十一两二钱，舰匠十四工六分一厘，锯匠五工七分二厘，艌匠七工八分九厘，舂灰夫一名九分三厘。

两旁舷上，用高洋木牛栏四根。内：船头二根，各长八尺；船后二根，各长二丈。均围大一尺三寸。做净每折见方尺四十尺，用舰匠一工。共核用围大一尺六寸、净长二丈八尺高洋木二根，舰匠一工八分二厘。

船头斗盖用樟木一块，长一丈五尺、围大四尺七寸。虾箍梁一块，长八尺五寸、宽七寸；斗盖下兔耳一块，长八尺、宽一尺五寸；鹿肚勒一个，长四尺、宽四寸；托浪板四块，各长六尺五寸、宽一尺。俱厚三寸。斗盖、虾箍梁、兔耳、鹿肚勒，做净每折见方尺四十尺，用舰匠一工；托浪板八十尺，用舰匠一工。斗盖用长八寸钉十二个。虾箍梁、托浪板钉缝凑长三丈四尺五寸，每丈用长六寸钉三十个；兔耳、鹿肚勒钉缝凑长一丈二尺，每丈用长五寸钉三十个。虾箍梁、托浪板、兔耳、鹿肚勒艌缝凑长九丈三尺。共核用围大四尺七寸、长一丈五尺五寸樟木一根，宽一尺五寸、厚三寸樟木枋一丈三尺三寸五分，宽一尺、厚三寸、长六尺七寸樟木板四块，长八寸钉十二个，长六寸钉一百四个，长五寸钉三十六个，灰九斤五两，桐油三斤十一两五钱，网纱三斤七两八钱，竹丝三斤七两八钱，舰匠三工八分九厘，艌匠一工三分三厘，舂灰夫三分三厘。

中含檀一块，长一丈八尺、围大七尺；头含檀一块，长一丈五尺、围大五尺三寸。含檀梁一块，长一丈二尺六寸；头含檀闸一块，长六尺五寸：均宽一尺五寸、厚三寸。做净每折见方尺三十尺，用舰匠一工。含檀梁钉缝长一丈二尺六寸，每丈用长六寸钉三十个。含檀、含檀梁艎缝凑长九丈一尺二寸。共核用围大七尺、长一丈八尺五寸樟木一根，围大五尺三寸、长一丈五尺五寸樟木一根，宽一尺五寸、厚三寸樟木枋一丈九尺五寸，长六寸钉三十八个，灰九斤二两，桐油三斤十两四钱，网纱三斤六两七钱，竹丝三斤六两七钱，舰匠九工一分四厘，艎匠一工三分，春灰夫三分二厘。

中转水二块，各长一丈六尺、宽二尺、厚九寸五分；樟极转水鞋二块，各长七尺五寸、围大一尺。做净每折见方尺四十尺，用舰匠一工。转水每块用长一尺钉二个，转水鞋每块用长六寸钉七个。艎缝凑长九丈四尺。共核用宽二尺、厚九寸五分、长一丈六尺二寸樟木二块，围大一尺樟木极一丈五尺四寸，长一尺钉四个，长六寸钉十四个，灰九斤六两，桐油三斤十二两二钱，网纱三斤八两四钱，竹丝三斤八两四钱，舰匠五工一分，艎匠一工三分四厘，春灰夫三分三厘。

船尾用木段拜棚杠四根，各长七尺；尾楼舭柱六根，各长四尺六寸：均围大三尺二寸大吉木。拜棚板十二块，各长七尺、宽八寸、厚三寸；尾楼舭板四块，长三丈、凑宽二尺六寸四分，用宽五寸八分、厚二寸五分中吉木板十三丈六尺五寸五分。拜棚杠、尾舭柱，做净每折见方尺四十尺，用舰匠一工；尾舣板、拜棚板八十尺，用舰匠一工。舣板、拜棚板钉缝凑长二十二丈五寸五分，每丈用长五寸钉三十个。拜棚板舱缝凑长十六丈八尺。共核用围大三尺二寸、净长四丈二尺大吉木二丈八尺，围大二尺五寸、净长三丈六尺中吉木一根九尺五寸二分，围大三尺五寸木段五丈七尺，长五寸钉六百六十二个，灰十六斤十三两，桐油六斤一两五钱，网纱六斤四两八钱，竹丝六斤四两八钱，舰匠九工五分九厘，锯匠二工九分四厘，舱匠二工四分，舂灰夫五分九厘。

船尾用樟木下金一块，长七尺五寸、围大七尺五寸；大缭牛一副，长七尺五寸、宽二尺四寸、厚六寸；樟极小缭牛二块，各长四尺五寸、围大一尺；尾楼樟木上金一块，长一丈七尺、宽二尺一寸、厚八寸；七星冠一块，长一丈八尺、宽一尺二寸、厚六寸；硬木棍下金拴二根、缭牛觥二根，各长六尺五寸、围大八寸；木段缭牛柱二根，各长四尺六寸、围大三尺二寸。下金、缭牛、上金、七星冠，做净每折见方尺三十尺，用舰匠一工；下金拴、缭牛觥、小缭牛、缭牛柱四十尺，用舰匠一工。下金用长八寸钉十八个，缭牛用长八寸钉二十二个，上金用长一尺钉十八个，小缭牛每块用长六寸钉二个。缭牛觥钉缝凑长一丈三尺，每丈用长五寸钉三十个。下金舱缝长七尺五寸。共核用围大七尺五寸、长七尺七寸樟木一段，宽二尺四寸、厚六寸、长七尺七寸樟木一块，宽二尺一寸、厚八寸、长一丈七尺二寸樟木一块，宽一尺二寸、厚六寸、长一丈八尺二寸樟木一块，围大八寸、长一丈三尺硬木棍二根，围大一尺樟木极九尺二寸，围大三尺五寸木段九尺四寸，长一尺钉十八个，长八寸钉四十个，长六寸钉四个，长五寸钉三十九个，灰十二两，桐油四两八钱，网纱四两五钱，竹丝四两五钱，舰匠十工六分一厘，舱匠一分一厘，春灰夫三厘。

船尾舵边，用木段硬筋二根，各长一丈四尺、围大三尺二寸；尾楼鲂鱼翅二块，各长七尺、宽一尺、厚四寸；柯椆木软筋二块，各长一丈一尺、宽一尺、厚三寸。做净每折见方尺四十尺，用舰匠一工。硬筋头尾用长六寸钉十二个。共核用围大三尺五寸木段三丈五尺六寸，宽一尺、厚三寸柯椆木枋二丈二尺四寸，长六寸钉十二个，舰匠四工六分五厘，锯匠二分八厘。

尾楼用大吉木板六块，各长七尺、宽八寸、厚三寸。舣边，用高洋木寄菜板四块、尾座板四块，各长七尺、宽四寸、厚二寸；中吉木尾楼挑二根，共长二丈五尺、围大二尺二寸。船后松木尾里板十块，各长五尺、宽一尺二寸、厚三寸。尾楼挑，做净每折见方尺四十尺，用舰匠一工；尾楼各板八十尺，用舰匠一工。尾楼板、尾里板钉缝凑长九丈二尺，每丈用长五寸钉三十个。尾里板舱缝凑长十丈。共核用围大三尺二寸、净长四丈二尺大吉木一丈四尺，围大一尺六寸、净长二丈八尺高洋木一根，围大二尺五寸、净长三丈六尺中吉木二丈五尺，宽一尺二寸、厚三寸松木枋五丈一尺，长五寸钉二百七十六个，灰十斤，桐油四斤，网纱二斤十二两，竹丝三斤十二两，舰匠五工二分五厘，锯匠一工一分四厘，艌匠一工四分三厘，舂灰夫三分五厘。

　　尾楼下用樟木橹通板一块，长一丈二尺；橹门枋一块、橹床二块，各长五尺：均宽一尺五寸、厚三寸。楼双头蛇一个，长四尺、宽一尺二寸；尾楼车一个，长二尺、宽七寸：均厚三寸。橹通板，做净每折见方尺八十尺，用舰匠一工；橹枋、橹床、双头蛇、尾楼车四十尺，用舰匠一工。橹床，每块用长八寸钉十二个；橹通板钉缝长一丈二尺，每丈用长六寸钉三十个。橹床、橹通板艌缝凑长四丈四尺。共核用宽一尺五寸、厚三寸樟木枋三丈一尺七寸六分，长八寸钉二十四个，长六寸钉三十六个，灰四斤六两，桐油一斤十二两二钱，网纱一斤十两四钱，竹丝一斤十两四钱，舰匠二工二分九厘，艌匠六分三厘，舂灰夫一分五厘。

　　水仙门柱用中吉木一根，长四尺、围大二尺二寸；木段板四块，各长四尺六寸、宽八寸、厚二寸五分；樟木极百子舱四块，各长一丈二尺、围大一尺；斗盖下樟木牛头车耳一个，长三尺五寸、宽一尺二寸、厚三寸。做水仙门柱、百子舱、车耳，每折见方尺四十尺，用舰匠一工；板八十尺，用舰匠一工。百子舱钉缝凑长四丈八尺，每丈用长六寸钉三十个。艌缝凑长九丈六尺。共核用围大二尺五寸、净长三丈六尺中吉木四尺，围大三尺五寸木段四尺七寸，围大一尺樟木极四丈八尺八寸，宽一尺五寸、厚三寸樟木枋二尺八寸八分，长六寸钉一百四十四个，灰九斤十两，桐油三斤十三两四钱，网纱三斤九两六钱，竹丝三斤九两六钱，舰匠二工一分六钱，锯匠二分八厘，艌匠一工三分七厘，春灰夫三分四厘。

大桅座一块，长八尺、见方二尺四寸；头桅座一块，长五尺六寸、围大四尺六寸。做净每折见方尺三十尺，用舰匠一工。共核用见方二尺四寸、长八尺二寸樟木一块，围大四尺六寸、长五尺八寸樟木一段，舰匠三工四分二厘。

大鹿耳二块，各长一丈二尺、宽二尺二寸、厚一尺一寸；头鹿耳二块，各长九尺八寸、宽一尺八寸、厚八寸；硬木棍鹿耳夹二根，各长一丈三尺、围大八寸；柯枒木目里鞋一块，长三尺、宽一尺、厚三寸。做净每折见方尺四十尺，用舰匠一工。共核用宽二尺二寸、厚一尺一寸、长一丈二尺二寸樟木二块，宽一尺八寸、厚八寸、长一丈樟木二块，宽一尺、厚三寸柯艌木枋三尺一寸，围大八寸、长一丈三尺硬木棍二根，舰匠七工二分二厘。

大桅一根，长六丈、围大四尺五寸；头桅一根，长五丈、围大四尺三寸。做净每折见方尺四十尺，用舰匠一工。共核用围大四尺五寸、长六丈桅木一根，围大四尺三寸、长五丈桅木一根，舰匠十二工一分三厘。

桅尾用柯枒木马面三块，各长三丈五尺、宽一尺五寸、厚三寸；樟木大、小桅笠，共长二尺、宽一尺二寸；大桅琵琶一块，长三尺、宽一尺；头桅琵琶一块，长二尺、宽六寸：均厚三寸。中吉木大桅仡一根，长一丈一尺、围大二尺二寸；高洋木头桅仡一根，长八尺、围大一尺三寸。马面，做净每折见方尺八十尺，用舰匠一工；桅仡、琵琶四十尺，用舰匠一工。马面钉缝凑长七丈，每丈用六寸钉二十个。共核用宽一尺五寸、厚三寸柯榴木枋七丈四寸，宽一尺五寸、厚三寸樟木枋四尺六寸七分，围大二尺五寸、净长三丈六尺中吉木一丈一尺，围大一尺六寸、净长二丈八尺高洋木八尺，长六寸钉一百四十个，舰匠四工四分五厘。

大风篷一扇，长四丈八尺、宽二丈六尺；头风篷一扇，长二丈四尺、宽一丈四尺。大篷担二根，各长二丈六尺；头篷担二根，各长一丈四尺：均围大一尺七寸。做净每折见方四十尺，用舰匠一工。共核用宽二丈六尺、长四丈八尺风篷一扇，宽一丈四尺、长二丈四尺风篷一扇，围大二尺、净长三丈二尺浮溪木二根一丈六尺，舰匠三工四分。

大、小篷匙二块，凑长一丈；大、小篷踏二块，凑长一丈四尺；大、小目里二块，凑长一丈四尺：均宽一尺五寸、厚三寸。做净每折见方尺四十尺，用舰匠一工。共核用宽一尺五寸、厚三寸樟木枋三丈九尺，舰匠三工四分二厘。

大、小篷架用木段横梁二根，各长一丈四尺；架柱二根、大小篷架针八根，各长七尺：均宽一尺、厚八寸。做净每折见方尺三十二尺，用舰匠一工。共核用围大三尺五寸木段十丈四寸，舰匠十一工三厘，锯匠二工五分二厘。

大篷车员用中吉木一根，长一丈二尺；碇车员一根，长一丈：

均围大二尺二寸。高洋木车脚斜板八块，各长八尺、宽四寸、厚二寸；硬木车子棍二十五根，各长一丈三尺、围大八寸。车员，做净每折见方尺三十二尺，用舰匠一工；车脚板八十尺，用舰匠一工。共核用围大二尺五寸、净长三丈六尺中吉木二丈二尺，围大一尺六寸、净长二丈八尺高洋木一根四尺，围大八寸、长一丈三尺硬木棍二十五根，舰匠二工四分七厘，锯匠五分五厘。

水柜用樟木牛头八块，各长四尺五寸、宽一尺五寸、厚三寸；木段水柜柱四根，各长四尺六寸、围大三尺二寸；水柜板二十四块，各长四尺六寸、宽八寸、厚二寸五分。水柜柱、牛头，做净每折见方尺四十尺，用舰匠一工；水柜板八十尺，用舰匠一工。水柜柱每根用长六寸钉二十个。牛头钉缝凑长三丈六尺，每丈用长六寸钉三十个；水柜板钉缝凑长十一丈四寸，每丈用长五寸钉三十个。舱缝凑长三十二丈九尺六寸。共核用宽一尺五寸、厚三寸樟木枋三丈六尺八寸，围大三尺五寸木段四丈七尺，长六寸钉一百八十八个，长五寸钉三百三十一个，灰三十二斤十五两，桐油十三斤二两九钱，网纱十二斤五两八钱，竹丝十二斤五两八钱，舰匠七工六分一厘，锯匠一工六分六厘，舱匠四工七分一厘，舂灰夫一名一分五厘。

妈祖龛用杉木板十块，凑长二十九丈，宽六寸、厚一寸；高洋木妈祖旗杆一根，长二丈、围大一尺三寸。旗杆做净每折见方尺四十尺，用舰匠一工；龛板八十尺，用舰匠一工。钉缝凑长二十九丈，每丈用长四寸钉三十个。舱缝凑长五十八丈。共核用宽六寸、厚一寸杉木板二十九丈二尺，围大一尺六寸、净长二丈八尺高洋木二丈，长四寸钉八百七十个，灰五十八斤，桐油二十三斤三两二钱，网纱二十一斤十二两，竹丝二十一斤十二两，舰匠五工七分三厘，舱匠八工二分三厘，春灰夫二名三厘。

船面两旁，炮架六个并盖，每个用长四尺六寸，宽八寸、厚二寸五分木段板四块。做净每折见方尺八十尺，用舰匠一工。共核用围大三尺五寸木段二丈八尺二寸，舰匠二工九分，锯匠一工六分六厘。

船头用中吉木槌一枝，长三丈二尺、围大二尺二寸；樟木橹尖二个，各长一尺五寸，宽八寸、厚三寸。做净每折见方尺四十尺，用舰匠一工。共核用围大二尺五寸、长三丈六尺中吉木三丈二尺，宽一尺五寸、厚三寸樟木枋一尺七寸一分，舰匠一工九分三厘。船尾舵一门，用楮木舵栏一根，长一丈八尺、宽一尺四寸、厚八寸；舵闪板三块，长一丈四尺、凑宽一尺九寸八分；用宽五寸八分、厚二寸五分中吉木板四丈七尺七寸九分；樟木极舵夹八块，各长四尺、围大一尺；硬木棍舵牙扼二根，各长一丈三尺、围大八寸。舵栏，做净每折见方尺三十尺，用舰匠一工；舵夹、舵牙四十尺，用舰匠一工；舵闪板八十尺，用舰匠一工。舵夹钉缝凑长三丈二尺，每丈用长八寸钉五十个。舵夹、舵闪板舱缝凑长十五丈九尺五寸八分。共核用宽一尺四寸、厚八寸、长一丈八尺二寸楮木一块，围大二尺五寸、净长三丈六尺中吉木一丈五尺九寸三分，围大一尺樟木极三丈二尺八寸，围大八寸、长一丈三尺硬木棍二根，长八寸钉一百六十个，灰十五斤十五两，桐油六斤六两一钱，竹丝五斤十五两七钱，网纱五斤十五两七钱，舰匠四工九分五厘，锯匠五分七厘，艌匠二工二分八厘，舂灰夫五分六厘。

跟随战船舢板船用柯楠木龙骨一根，长一丈四尺。托浪板二块，各长五尺，均宽一尺、厚三寸。水底两旁板十块，长一丈五尺五寸，凑宽五尺三寸；鲅板六块，长一丈七尺，凑宽三尺一寸八分：用宽五寸、厚二寸浮溪木板二十七丈二尺四寸二分。龙骨做净每折见方尺四十尺，用舰匠一工；托浪等板八十尺，用舰匠一工。龙骨用长六寸钉十二个。托浪板、水底板、鲅板钉缝凑长二十八丈二尺四寸二分，每丈用长五寸钉三十个。托浪板、水底板、鲅板艌缝凑长五十六丈四尺八寸四分。共核用宽一尺、厚三寸柯楠木枋二丈四尺四寸，围大二尺、净长三丈二尺浮溪木二根三丈一寸四分，长六寸钉十二个，长五寸钉八百四十七个，灰五十六斤八两，桐油二十二斤九两五钱，网纱二十一斤二两九钱，竹丝二十一斤二两九钱，舰匠六工，锯匠二工七分二厘，艌匠八工七厘，舂灰夫一名九分八厘。

舢板船两旁水蛇二块，各长一丈六尺五寸；鲅上压板二块，各长一丈七尺；头尾添换水戗二块，各长七尺：均宽五寸、厚二寸。做净每折见方尺八十尺，用舰匠一工。水蛇钉缝凑长三丈三尺，每四尺用长八寸钉三个；压板、水戗钉缝凑长四丈八尺，每丈用长五寸钉三十个。缝凑长十六丈二尺。共核用围大二尺、净长三丈二尺浮溪木二丈七尺，长八寸钉二十五个，长五寸钉一百四十四个，灰十六斤三两，桐油六斤七两七钱，网纱六斤一两二钱，竹丝六斤一两二钱，舰匠一工四分二厘，锯匠八分一厘，艌匠二工三分一厘，舂灰夫五分七厘。

舢板船用樟木梁座六块，各长五尺四寸；梁头二块，各长五尺：均宽一尺五寸、厚三寸。樟极舢板梁四块，各长四尺四寸；牛头仔极十二块，各长二尺；冲天极二块、百子舱四块，舣艎六块，各长二尺五寸：均围大一尺。舢板梁、各极，做净每折见方尺四十尺，用舰匠一工；梁座、梁头八十尺，用舰匠一工。梁座、梁头、舢板梁、百子舱钉缝凑长七丈，每丈用长六寸钉三十个；牛头极、冲天极、舣艎，每块用长六寸钉二个。梁座、梁头、舢板梁、冲天极、百子舱、舣艎艌缝凑长十八丈。共核用宽一尺五寸、厚三寸樟木枋四丈三尺八寸，围大一尺樟木极七丈四尺四寸，长六寸钉二百五十个，灰十八斤，桐油七斤三两二钱，网纱六斤十二两，竹丝六斤十二两，舰匠三工七分，艌匠二工五分七厘，舂灰夫六分三厘。

大桅铁箍九个，各长四尺六寸；头桅箍二个、舵头箍三个，各长四尺四寸：俱宽二寸、厚五分。碇齿三个，各长一尺、宽七寸、厚五分；橹箍四个，各长二尺七寸、宽一寸、厚三分；铁环四个，各围大六寸。以上铁料，共净重一百七十斤；每正铁一斤，加耗铁一斤。每正铁五斤，用铁匠一工；每正耗铁一斤，用炭三斤。共核用生铁三百五十四斤，炭一千六十二斤，铁匠三十五工四分。

油画前船，共享乌烟三斤五两，广红五斤，铜碌四两，京红四两，南粉二斤，银朱一两，螣黄四两，蓝粉四两，杭粉一两，水胶六两，松香八两，墨二块，桐油四斤，淡底一斤，油画匠十工。

麻大桅緤索二条，各长七丈二尺、大六寸；头桅緤索二条，各长六丈、大四寸；大踏索二条，各长六丈、大四寸五分；小踏索二条，各长五丈、大二寸；大缭母一条，长四丈、大六寸；小缭母一条，长二丈四尺、大三寸六分；大帮衬六条，各长一丈六尺、大二寸；小帮衬九条，各长五尺、大一寸五分。以上麻索，共重三百六十斤。每百斤用绳匠三工六分。共核用麻三百六十斤，绳匠十二工九分六厘。

棕正碇索一条，长四十二丈、大七寸；副碇索一条，长四十丈、大六寸；大篷筋一条，长六丈、大一寸八分；小篷筋一条，长三丈、大一寸；缭仔、缭耳共十八条，各长二丈、大二寸；碇奴二条，各长一丈五尺、大六寸；大、小摘尾二条，共长十二丈、大四寸五分；舵吊一条，长三丈、大五寸五分。以上棕绳，共重三百八十斤。每撕棕四十斤，用匠一工；成绳四十斤，用匠一工。共核用棕三百八十斤，撕棕匠九工五分，成绳匠九工五分。

冲风旗一面，长、宽各一丈六尺；一条龙旗一面，长六丈、宽三尺；妈祖旗一面，长、宽各五尺；大、小定风旗三面，内一面长六尺、二面各长四尺五寸，均宽一尺。共核用幅宽一尺色布五十丈，苎线十两，裁缝匠五工。

车碇二门（齿全），各长一丈八尺、宽一尺、厚六寸。

中橹二枝，各长四丈二尺、宽八寸、厚五寸。

舢板橹一枝，长二丈五尺、宽七寸、厚四寸。

大、小桅饼七个。

大、小无底升四百个。

碇舵上配用竹绳、草绳，共享竹篾三百六十斤，绳匠十二工九分六厘，草心三百四十二斤，绳匠八工五分五厘（查原送成规内开：打造竹绳、草绳所用匠工，多寡不齐。今照棕、麻绳索用工之例一律核定）。

篷上配用大小缭毵、摄子、兔耳，共享槐藤二十三斤，藤匠四工六分。

刻字用，刻字匠三工。

竖大、小桅用，壮夫三十五名。

前船共享大小铁钉一万七千八百八十六个，刷抹钉头每百个用桐油六两四钱、灰一斤。每油灰十斤，用舱匠一工。共核用桐油七十一斤八两七钱，灰一百七十八斤十四两，舱匠二十五工四厘，春灰夫六名二分六厘。

前船共享舰匠三百四十一工一分五厘，系照杉、木植核定；内有樟、柯等硬料用匠八十七工八分二厘，每工外加匠二分，计加匠十七工五分六厘：共匠三百五十八工七分一厘。每百工加安装匠十工，计安装匠三十五工八分七厘。每舰匠、安装匠一百工加随匠壮夫二十名，计壮夫七十八名九分二厘。

以上折造前船，共享：

宽一尺、厚八寸松木五丈六尺六寸（每丈银四钱一分四厘），计银二两三钱四分三厘。查原送成规内开：松木按依十六则丈尺计算，每丈核银四钱八分一厘至三钱四分一厘不等，多寡参差；均匀计算，每丈需银四钱一分四厘。今照四钱一分四厘之数一律核定。

围大三尺二寸、净长四丈二尺大吉木十七根一丈四尺（每根银二两七钱），计银四十六两八钱。查原送成规内开：大吉木十六根。今按丈尺做法核算，应增一根一丈四尺。

围大二尺五寸、净长三尺六寸中吉木十七根一丈八尺五寸五分（每根银一两五钱），计银二十六两二钱七分三厘。查原送成规内开：中吉木十六根。今按丈尺做法核算，应增一根一丈八尺五寸五分。

围大二尺、净长二尺浮溪木十五根一丈三寸五分（每根银五钱），计银七两六钱六分二厘。查原送成规内开：浮溪木十六根。今按丈尺做法核算，应减二丈一尺六寸五分。

围大一尺六寸、净长二丈八尺高洋木十五根四尺（每根银二钱），计银三两二分九厘。查原送成规内开：高洋木十六根。今按丈尺做法核算，应减二丈四尺。

围大三尺五寸木段五十一丈七尺五寸，核长一丈四尺段料三十六根一丈三尺五寸（每根银六钱），计银二十二两一钱七分九厘。查原送成规内开：木段四十根。今按丈尺做法核算，应减三根五寸。

宽一尺五寸、厚三寸樟木枋四十九丈一尺一寸七分，核长一丈七尺枋料二十八块一丈五尺一寸七分（每块银一两三钱），计银三十七两五钱六分。查原送成规内开：樟枋二十七块。今按丈尺做法核算，应增一块一丈五尺一寸七分。

宽一尺、厚三寸、长六尺樟板四块（每块银三钱四分二厘），计银一两三钱六分八厘。查原送成规内开：樟木枋梁座、梁头，一则至十七则各长一丈七尺、宽一尺五寸、厚三寸，每块银一两三钱。托浪樟木板，第一则长六尺五寸、宽一尺、厚三寸，每块开银五钱；第二则至十七则各长八尺、宽一尺、厚三寸，每块亦开银五钱，价值参差。今俱照梁座、梁头之价一律核定。

宽一尺二寸、厚三寸松木枋六十二丈三尺，核长一丈七尺枋料三十六块一丈一尺（每块银三钱五分），计银十二两八钱二分六厘。查原送成规内开：松枋三十六块。今按丈尺做法核算，应增一丈一尺。

围大一尺樟木极五十二丈九尺八寸，核长一丈二尺樟极四十四块一尺八寸（每块银二钱），计银八两八钱三分。查原送成规内开：樟极四十四块。今按丈尺做法核算，应增一尺八寸。

宽一尺五寸、厚三寸柯楄木枋七丈四尺（每丈银五钱七分一厘五毫），计银四两二分三厘。宽一尺、厚三寸柯楄木枋四丈九尺九寸（每丈银三钱八分一厘），计银一两九钱一厘。查原送成规内开：柯梅木马面，一则至十七则各长三丈五尺、宽一尺五寸、厚三寸，每块开银二两。软筋及舢板龙骨等料，一则至五则各长二丈五尺、宽一尺、厚三寸，每块开银一两；六则至十七则各长三丈五尺、宽一尺、厚三寸，每块开银二两，价值参差。今俱照马面之价一律核定。

围大八寸、长一丈三尺硬木棍四十根（每根银八分），计银三两二钱。

宽六寸、厚一寸杉木板二十九丈二尺（每丈银四钱），计银十一两六钱八分。

围大七尺、长一丈八尺五寸樟木一根，计银七两九分八厘。

围大五尺三寸、长一丈五尺五寸樟木一根，计银三两四钱九厘。

见方二尺四寸、长八尺二寸樟木一块，计银四两四钱三分八厘。

围大四尺六寸、长五尺八寸樟木一段，计银九钱六分。

宽二尺一寸、厚八寸、长一丈七尺二寸樟木一块，计银二两七钱一分四厘。

围大七尺五寸、长七尺七寸樟木一段，计银三两三钱九分一厘。宽二尺二寸、厚一尺一寸、长一丈二尺二寸樟木二块（每块银二两七钱七分三厘），计银五两五钱四分六厘。

宽一尺八寸、厚八寸、长一丈樟木二块（每块银一两三钱五分三厘），计银二两七钱六厘。

宽二尺、厚九寸五分、长一丈六尺二寸樟木二块（每块银二两八钱九分二厘），计银五两七钱八分四厘。

围大四尺七寸、长一丈五尺五寸樟木一根，计银二两六钱八分一厘。

宽一尺二寸、厚六寸、长一丈八尺二寸樟木一块，计银一两二钱三分一厘。

宽二尺四寸、厚六寸、长七尺七寸樟木一块，计银一两四分二厘。

查原送成规内开：一则至十七则，每则用樟木含檀等料十二款，所开价值逐款核计，俱属参差；均匀计算，每折见方一尺需银九分三厘九毫八丝。今照九分三厘九毫六丝之数一律核定。

宽一尺四寸、厚八寸、长一丈八尺二寸楮木一根，计银十六两。

围大四尺五寸、长六丈桅木一根，计银二十三两。

围大四尺三寸、长五丈桅木一根，计银七两。

长一尺钉三百五十三个，每二个重一斤，计重一百七十六斤八两；长八寸钉二百六十一个，每五个重一斤，计重五十二斤三两二钱；长六寸钉九千四百七十八个，每十五个重一斤，计重六百三十一斤十三两九钱，长五寸钉六千九百六个，每二十个重一斤，计重三百四十五斤四两八钱；长四寸钉八百八十八个，每三十个重一斤，计重二十九斤九两六钱。以上铁钉，共重一千二百三十五斤七两五钱；除选用旧钉四百六十九斤七两五钱，添新七百六十六斤（每斤银二分二厘），计银十六两八钱五分二厘。

灰一千三百七十二斤十五两（每百斤银二钱），计银二两七钱四分六厘。

桐油五百五十三斤二两九钱（每斤银三分），计银十六两五钱九分五厘。

网纱四百四十七斤十二两六钱（每斤银一分二厘），计银五两三钱七分三厘。

竹丝四百四十七斤十二两六钱（每斤银六厘），计银二两六钱八分七厘。

生铁三百五十四斤（每斤银一分），计银三两五钱四分。

炭一千六十二斤（每百斤银一钱六分），计银一两六钱九分九厘。

乌烟三斤五两（每斤银一分五厘），计银五分。广红五斤（每斤银五分），计银二钱五分。铜碌四两（每斤银三钱），计银七分五厘。京红四两（每斤银八分），计银二分。南粉二斤（每斤银一分），计银二分。银朱一两（每斤银六钱四分），计银四分。螣黄四两（每斤银二钱），计银五分。蓝粉四两（每斤银八分），计银二分。杭粉一两（每斤银一钱六分），计银一分。水胶六两（每斤银四分），计银一分五厘。松香八两（每斤银二分），计银一分。墨二块（每块银一分），计银二分。淡底一斤，计银五分。

麻三百六十斤（每斤银一分五厘），计银五两四钱。棕三百八十斤（每斤银三分），计银十一两四钱。

幅宽一尺色布五十丈（每丈银一钱），计银五两。苧线十两（每斤银一钱二分），计银七分五厘。

碇二门（齿全）各长一丈八尺、宽一尺、厚六寸（每门银一两一钱二分七厘），计银二两二钱五分四厘。查原送成规内开：木碇，一则至五则每门银一两五钱，六则至十七则每门银一两六钱；所开丈尺，第一、第二、第三、第五四则每门长一丈八尺、宽一尺、厚六寸，第四则长一丈八尺、宽一尺二寸、厚六寸，第六、第八、第十、第十一、第十四五则长二丈一尺、宽一尺二寸、厚六寸，第七则长二丈一尺、宽一尺三寸、厚六寸，第十二则长二丈一尺、宽一尺、厚六寸，第九、第十三、第十六、第十七四则各长二丈一尺、宽一尺二寸、厚八寸。俱未按则分配，价值亦复参差。今按册开丈尺、则之大小，斟酌核定一则至五则每门长一丈八尺、宽一尺、厚六寸，六则至十二则长二丈一尺、宽一尺二寸、厚六寸，十三则至十七则长二丈一尺、宽一尺二寸、厚八寸；价值照依木料长、宽丈尺均匀计算，每折见方一尺需银一钱四厘四毫之数一律核定。

〔中〕橹二枝，各长四丈二尺、宽八寸、厚五寸（每枝银一两七钱一分三厘），计银三两四钱二分六厘。舢板橹一枝，长二丈五尺、宽七寸、厚四寸，计银三钱二分一厘。查原送成规内开：中橹，一则至五则长四丈二尺、宽八寸、厚五寸，每枝银一两四钱；六则至十七则长四丈八尺、宽八寸、厚五寸，每枝银二两一钱。舢板橹，一则至三则长二丈五尺、宽七寸、厚四寸，每枝银二钱；四则至十七则长二丈九尺、宽七寸、厚四寸，每枝银四钱，价值参差。均匀核计，中橹每丈需银四钱七厘八毫，舢板橹每丈需银一钱二分八厘五毫。今照此数一律核定。

大风篷一扇，长四丈八尺、宽二丈六尺，计银三两八钱九分一厘。头风篷一扇，长二丈四尺、宽一丈四尺，计银一两四分八厘。查原送成规内开：一则至十七则，大篷每扇银五两五钱，头篷每扇银一两五钱。所开丈尺，大篷长自四丈八尺至七丈、宽自二丈六尺至三丈三尺不等；头篷长自二丈四尺至三丈五尺、宽自一丈四尺至一丈六尺五寸不等，俱属参差。均匀核计，每折见方一丈需银三钱一分一厘八毫。今照三钱一分一厘八毫之数分别核定。

大、小桅饼七个（每个银七分），计银四钱九分。大、小无底升四百个（每百个银八分），计银三钱二分。竹篾三百六十斤（每百斤银一钱六分），计五钱七分六厘。草心三百四十二斤（每百斤银七分），计银二钱三分九厘。櫷藤二十三斤（每斤银二分五厘），计银五钱七分五厘。

舰匠三百五十八工七分一厘、安装匠三十五工八分七厘、锯匠八十工六分四厘、艌匠一百九十五工六分三厘、铁匠三十五工四分、油画匠十工、绳匠三十四工四分七厘、棕匠十九工、裁缝匠五工、藤匠四工六分、刻字匠三工、壮夫一百六十一名九分九厘；以上匠夫共九百四十四工三分一厘（每工银五分），计银四十七两二钱一分六厘。

又置备物件开后：

水桶二十件（每件银三分），计银六钱。铁锅二口换新（每口贴工料银一钱二分），计银二钱四分。鼓一面修理换皮，计银四钱八分。

金一面（重四斤）换新（每斤贴工料银七分），计银二钱八分。

——《钦定福建省外海战船则例》卷一

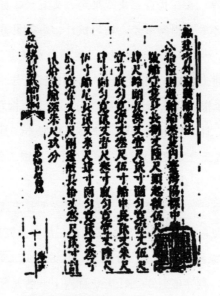

《钦定福建省外海战船则例》内页

附录
中式帆船术语表

缭索：也称缭绳、帆脚索，一端系住帆篙尾端，调整控制风帆迎风角度的绳索组，另一端通过猴头和缭母绳连接。

龙骨：明代古籍记作艐，闽南称作籤、槽，木船最重要的纵向结构部件，贯穿艏艉，突出于船底板之下，有减缓船只在风力和水流作用下侧移的功能。龙骨长度是整船尺度模数的基数，也是古代区分船只大小的主要量度。大型木船的龙骨一般由3至5段接成，建造木船的第一个工序是竖龙骨，要按当地习俗举办相应的仪式。

头舵：闽南俗称头舵，大桅的前面开槽装一副可升降的中插舵，用来减缓船体受风力与水流影响所产生的侧移。

官厅：也称关帝厅，大中型木船位于中后部最宽敞的舱房，也是船上安放神龛礼拜诸神的地方。

车筒：木制卧式绞车，清代古籍称车员，分别用于绞风帆、碇和舵。

舵：船艉中间用来操控船只航行方向的定向工具，福建海洋木帆船的舵通常为轴转式可升降，舵由俗称舵扇板的舵叶、俗称舵骨或舵杆的垂向舵柱和俗称舵牙的舵柄组成。

艉楼：船艉甲板上的舱楼，舵杆的两侧分别是舵公和副舵或船主的睡舱。

老舵：也称作舵公，木帆船上的掌舵之人，负责制定航线和将船安全行驶至目的地，相当于船长的职位。大中型木帆船上还设有一至两名副舵，主要职责是按照老舵制定的航线操舵。

橹桥：一般见于晚近中大型广式帆船，牵风船突出两侧船舷外，自前中部到船艉的两条行走通道，用于摇橹时和捕鱼起网时船员的站立。其他区域的帆船通常只用可拆装的跳板，称为橹跳，一端横设在甲板上，另一端横出船舷外，船员站立其上，与站立在舷内甲板上的船员协同摇橹。

碇：古代中式帆船的固定船位的器具，用硬木制成，两个直爪与碇杆成锐角，爪尖套有铁齿。

侧支索：西式帆船和晚近广式帆船用于固定桅杆的 1 至 3 对支索，上端固定在桅杆顶部，下端固定在船舷或橹桥，可以调节松紧度。传统福建帆船无侧支索。

猴头：用于中式帆装的木制滑轮，里面带有绕轴转动小轮的叫饼，开有光滑圆孔的叫孔，根据所需穿过动轮和定孔的绳索数目，不同的猴头形式称作几饼几孔。用于连接缭母的猴头称总猴，也称通关。

顶称：又叫上称，风帆顶部拴帆面的横木，其中间靠前部有提耳，通过滑轮与升帆索相连。

帆桁：也称篷篙、篷竹、架篙、桁杆，风帆帆面上横向撑杆，每一面帆有单数的若干根用竹篙或木杆制成，用于保持帆面的形状。每根帆桁尾端各系有一根缭绳。

舷：船只两侧高出甲板的舷墙，外海帆船的舷板高，内河船的舷板底，但各有模数尺寸。

大桅：又称主桅，中大型中式航海木帆船一般竖有三根原木长杆，前桅、大桅、尾送，用于悬挂作为全船动力装置的风帆，其中，在中间也是最粗大的桅杆就是大桅。前桅和大桅的下部插入甲板面下面的桅井结构，由含檀、鹿耳、目里、堵经、桥杠、桅抵等部件合力固定。

吊舵绳：悬挂舵以及调整舵升降的绳索系统，一端系住舵叶，另一端盘绕在位于船艉拜坪甲板上的舵车。

舵柄滑车：中大型帆船上用于辅助操舵的动滑轮组，左舷和右舷各一组。

龙牙：船艒盖金正上方的木枋插销，用于定位碇索。

五篷船：风帆时代九龙江北溪中、下游水网的主要水上运载工具，也用作渔船和居家船，单桅单帆，中部有一个用竹篾编制的拱形篷盖，前、后各有两片可移动的拱形竹篷。

托浪板：也称头犁壁，相当于现代的船艏面板。中式传统方艏木船的正面由多块板料拼接的横向船壳外板，其左右两侧与两舷的船底板、船身板相接，上面再覆盖一块称为兔耳和一块称为盖金的部件。其因承受波浪的冲击力，一般选用密度较高的木料，如樟木。托浪板在北方称搪浪板、照水板，在明代古籍称关头板。福建海船的托浪板则绘有浪峰托起的日月镜，也称为秀面板或秀面帮。

堵营：也称堵行，清初古籍称作堵经，系中式帆船的主要横向竖壁式结构件。隔舱板上阔下窄，上抵笨抽或甲板，下抵底梁，左右分别与另舷船身板的内壁相接，用于保证船只的横向强度，并分隔船舱。

载底极：也称脚梁、地梁、底梁，清初古籍称各舱梁座、梁头，指紧贴着水底帮上缘的横向骨架，左右两端与曲手极的下端相接。

水底帮：清初古籍称船底板、水底板，由多条木板纵向拼接而成的船底外壳，中间连接龙骨，两端连接舭龙骨，也就是俗称的鼓仔、水鼓和晋江称的翻身、耍水，船艏部接托浪板，船艉部接尾八字帮。

艗：清初古籍依次称走马、水蛇、水戗、大压，大型和中型木船两舷拼接的 3 至 5 条对开圆木，也就是加厚了的船壳，作为船只主要的纵向结构。

笨抽：船只两舷各有 1 至 3 条用半开圆木做成的甲板，是船只的纵向结构。

含檀：也称桅面梁，桅杆后侧高出甲板面的一道横梁，中间朝船艏方向开有凹口，嵌入桅杆和两旁夹住桅杆的鹿耳。

鹿耳：也称力耳、桅夹，两片樟木厚板夹桅杆根部，下凿笋牙安入桅座，中间开槽嵌入含檀，高出于甲板面。

龙梁：清初古籍称转水，是位于含檀前面的一道甲板面梁，用于抵住桅抵的下端。

经豆：也称扛罩，清初古籍称扛豆，指高于甲板面的舱口围板，下方接在笨抽上，上方覆有舱盖板，其作用即为防止甲板上的水流入舱内，也是一种纵向结构。

曲手：也称极、翻身，形同人的肋骨，为位于船舷两侧的内部横向骨架，下接载底极，上接甲板。甲板面上往往选用呈L形的天然木料来做固定舭板的扶强，也称为曲手。

牛栏：清初古籍指安在两舷舭板上的栏杆，对于民船指覆盖在木船两舷舭板上方的从船艏到船艉的整条对开圆木，也是船只的纵向结构。漳州民船对安在两舷舭板上的栏杆，则称为拦栏。

尾座：艉甲板面上的最后一道甲板面梁，用作舵杆的上承座。

下金：位于船艉外板中线下方的舵承座。

水目：也称危目。船舷两侧舭龙骨之间的虚线古称下平秦或下朝平秦、下角阔，各舱下平秦与龙骨顶面之间的高度，称为水目，决定木船底型从平底到尖底的程度。

球：也称度、道、危目，指船身板在各道隔舱板的位置向外拱起的弧度。球的数值越大船体越浑圆，球的数值越小船体越尖削。

舣：也称笨，指甲板。

黑艑：清初古籍称水蛇，是一条比甲板边线稍微高、分别贴在两舷舭板上的对开圆木，两船相靠或是靠岸壁时，主要接触的就是这道部件，也是船只的纵向结构。

舣墩：采用包笨结构方式的木船，甲板边缘覆盖大艑，最边缘的一路笨帮或舣帮稍微突出到船舷外，称为舣墩，意思是甲板边缘。采用卡笨结构方式的木船，甲板卡在大艑内，就没有舣墩。

甲路：也称配甲、搭配，相当于设计模数，船舶主要尺度之间和与船只部件尺度的比例。

堵口：也称大堵、官厅堵，指船只最宽的那一舱隔舱板的宽度。

秦：也称作仁，指为了设计、衡量和制作船只部件而画的各种虚线，以及这些虚线的长度。

披竹：也称覆竹、朴竹、盾笠，清初古籍称压舭板，指覆盖在船舷上缘的护舷木，也是一种纵向结构，多见于小型船和内港船。《闽省水师各标镇协营战哨船只图说》所称的朴竹则指立于舭边的盾牌。

起翘：也称牵跷、牵翘、起跷，指自下而上偏斜的角度，亦即一块部件的倾斜程度，是用单位垂直高度对应水平面的投影长度来表示。

盖金：清初古籍称斗盖，船艄覆盖在托浪板或兔耳上方的硬质半开圆木，上面间隔插有龙牙，为上下碇时碇索的依靠部件。

鲁班尺：造船木工使用的量度长度的工具，每一寸为 3 厘米，每一尺为 30 厘米，用硬木制成，尺子通常长四尺，亦即 1.2 米，也称为篙尺。

龙目：也称目周、船眼睛，指钉在船头两舷舭边的一对眼睛，清初开始出现在福建帆船上。

艉封：中式帆船的船艉是一种类似马蹄形的形状，船艉正面的下部，有称为顺风帮的多块横向木板拼合，左右外端各与两舷水底板、鼓仔、舷的尾端相接，靠中间的内端则镶嵌入船艉中间两道竖筷上的凹槽，顺风帮的上端接艉座板，上方是船艉虚艄，船艉正面的上部有数道横向厚板，左右两端与船艉舭板相接，用于加强尾端结构强度，其中一道镂刻船名，称船名板或船名帮。上述整个系统通称为艉封。

水柜：也称水井，中式帆船贮存淡水的舱室，一般位于主桅之后，左舷和右舷各一个，镜像排布。

金栓：连接艉封尾营与下金的两根硬木枋。

帆筋：裹缝进棉布帆面内的若干条呈平行状的棕绳，用以加强帆面的强度，并使帆面受风时形成众多的袋状风兜。

帆抽：也称帆边筋、四方抽，裹缝进棉布帆面四周的棕绳称内边筋，锁在帆面四周外侧的称外边筋，其中帆面前缘的那条又称篷头索，帆面后缘的那条又称篷尾索，皆用以加强帆缘的强度。

吊篷索：也称吊帆索，指悬吊帆面和架篙的绳索，呈人字形，大型的帆面的人字索的后端再派生出一至数组人字索，其接点为一个一饼猴头。吊帆索布置在帆面靠桅的一边，上端固定在桅顶，下端除了一条负责随升帆高度收放的动绳，其余人字形下端的绳角绑紧在下称。

悬门：也称鸡冠、揽公、揽篷索、抱桅索，帆面上的每一根帆篷都有一条绳索绕过桅杆，系结在帆篷上，用于牵住风帆贴住桅杆，绳子一般都穿进一排可灵活转动的骨辘子，用于升帆和落帆时减少抱帆索和桅杆的摩擦力。

猴抽：也称冲绳、定帆绳，用于调节帆面相对于桅杆的前后位置，以及帆船的垂直度。猴抽的前端是从每根帆篷的前缘端头系一条子绳，相间的一对子绳以单饼或双饼猴头相连，另一头主绳绕过桅杆，与下一对子绳的猴头再相连，通过整组绳索和猴头系统来调节帆面前缘的水平位置和垂直角度。猴抽有数种不同的结法。

帆踏：在桅杆的背面和风帆的两面，两组人字形的绳索上端各系在桅杆顶部，下端分别于桅杆前后各系住一个矩形的木框，用于风帆落下时兜在其上。

升帆索：上端绕过桅顶滑轮，通过一个两饼猴头系结在风帆顶称的提耳上，下端绕在帆车上，用于绞动帆车时升帆。

阿班营：也称含檀营、驶风营、经底，指主桅杆所倚靠的隔舱板，也是全船隔舱板最厚实的一道，用以承受住风帆传达到船体的力量。

头龙鳅：也称头八字、头龙秋、燕尾板，指船艏托浪板里面的内在结构，两道厚板呈倒八字形。

尾八字：也曾八字、尾花、关公眉，指船艉正面左右两道呈倒八字形的厚板，外缘与两舷水底板、鼓仔、艕的尾端相接。

干庚：也称罗庚、指南针，指二十四位航海罗盘，分别以中国十二天干和十二地支标示中国古代历法中的十天干、十二地支和子、午两仪，组成了罗盘的二十四字针位，每一字相当于现代 360 度罗盘中的 15 度角，描绘 16 世纪中国南方航海航线的佚名雪尔登地图（Selden Map）上的航海罗盘，可能是迄今发现最早的中国航海罗盘图绘。

针薄：中国古代计时用更香和沙漏，一日一夜定为十更，用两点之间的航行更数对应罗盘针位来记录航线就叫作针路，记载针路的专书称作针经，或叫针谱，在闽南语地区则称针路簿。针路一般会记载出发港、陆标、航向、航程（耗时）、目的港岸标，更细致的还会记录各程的水深和底质。

竹钉：船钉是用于木质部件之间拼合与连接的专用钉具，一般采用铁质船钉。在炼铁技术尚未成熟的时代和缺乏铁矿的地域，船钉也有用竹子作材料，称为竹钉。

篾篷：在中国文化区，帆面的材料先是采用竹篾，篾帆用古汉语常称作篷。篷面两边由篾片编成六角形格子状，夹住中间层的竹叶。由于缺乏考古实物证据和古代文献上的精细画作，中式帆船的篾篷的真实结构、规格、选材等还是未解之谜。

头禁营：也称内镜营，中式传统木船五母营亦即五道主要隔舱板之一，靠船艏的第一道隔舱板。

官舱营：也称斗口、堵口营、大堵、官厅营，中式传统木船五母营亦即五道主要隔舱板之一，位于船的中后部，为全船最宽的隔舱板，官舱营前面的船舱称官舱、官厅。

尾禁营：也称尾营，中式传统木船五母营亦即五道主要隔舱板之一，位于船的艉部。

油河：福州地区造船术语，指木船中后部全船最宽处的横向隔舱板，相当于东山的大闸、海澄的堵口、厦门和晋江的官厅营、惠安小岞的大堵、圭峰的八尺梁。

摆舵：固定舵杆的下金，亦即下舵承座，为开口式，遇船底擦浅时，舵杆的头向下翘，舵叶向上摆起。

勒肚：也称勒舵索，勒肚索是两条自船首斗盖从水底拉到船尾拴住摆舵舵叶的固定绳索，遇船底擦浅时，松开勒肚索，尾舵脱离下舵承座而向上摆起。

交接匙：大型木船的龙骨一般由三至五段接成，两段龙骨相拼接的部分称为交接匙，交接匙的长度一般是龙骨用料高度的 5 倍。

舭柱：甲板上舷墙的扶强木枋。

舭极：也称曲手、笨极、笨顶极，一种 L 形的舷墙扶强，通常选用 L 形的天然分枝原木。

排水孔：也称泄水孔、水孔。中式帆船的甲板面呈拱形，船舷两侧如同水槽或水沟，每隔一段距离开有排水孔通向舷外。

龙脚：开始建造木船时，龙骨在垫木上摆正测直，在龙骨两侧有数对厚板将固定在船台垫木上，此为龙脚。垫木将龙骨抬高至离地面约两尺，作为工匠在里面钉水底板的工作面。

更香、沙漏：古代航海在船上的计时工具，一日一夜定为十更，更香制成每燃香一炷为一更。沙漏则是两个连通的窄口玻璃瓶，内装细沙，以上瓶往下瓶流完沙耳计时。现存最早的沙漏图绘见于1756年册封琉球使周煌的《琉球国志略》，民船上很少使用。

水砣：用于测量水深的铅锤，底部还有一个抹了肥皂或油膏的孔洞，用以粘上来一点海底地底质，看是沙、泥还是石头。如同山地的居民熟悉他们周边的地形，在船员和渔民的认知中，海底的地形也像山地一样，有不同形状的山脉和沟谷，可以通过船只下方的海底形状和底质来估算船只在航行中的位置。成书于1765年的《小琉球漫志》有相应记载。

拜棚：位于船艉甲板上方的二层甲板，是操作吊舵的卧式绞车的地方。

目里：中式木帆船桅井结构最底面的桅座，亦即用来竖立含檀的两块底座，用樟木做成，紧贴着船底板，卡在含檀堵营的经底，上面要开凿筍孔来接鹿耳。

五线图：中式传统木船的设计通常由头禁、含檀、大堵及尾营四道隔舱板构成横剖面，与龙骨纵中剖面构成木帆船基本线型，在民间称为四母营，有的地方再加上一道中堵，成五母营。四母营或五母营的上角连线、下角连续与龙骨中线的三条线成为船体最基本的形状，叫作三线图，如果再加上通常高度要高过上角连线的船艏至船舻甲板中线，以及舭板的上缘线，整体船体形状就比较完整了，此称为五线图。

平接：同等厚度的木板以邻边平行联结，其接缝一般以桐油灰加竹丝或苎麻丝填捻。

熟桐油：桐树果实经过压榨后获得生桐油，加热煮开后成为熟桐油。也有做法是将桐树果实炒过再压榨，获得熟桐油。

蛎灰：也称壳灰，把海蛎壳碾成细粉，主要成分为石灰，可以做陆地的建筑材料，也可以做捻合木构件之间缝隙的桐油灰与涂抹木板表面的灰粥的主要材料。

水仙门：也称舭门，在木帆船左右两舷中部舭板上开设的闸门，以便货物搬运和人员上下船。

笨帮：纵向的甲板面板。

尾通梁：也称尾支梁、尾栓梁，清初古籍称作七星冠，位于船舻甲板上方的横梁结构，两端突出尾舭板，其中部作为舵杆的依靠。

头篷：前帆。

竖筷：分为软筷和硬筷，或称软箸和硬箸，清初古籍称作软筋和硬筋。其中软筷为在船内的舻部中间用于夹舵杆在两条竖柱，硬筷为在船外的舻部中间的两条竖立柱，也用来夹住舵杆，其下端固定在下金上。

过水槽：也称笕槽，清初古籍称作通槽，指安在经豆亦即舱口围板顶部的横向木质凹槽，排布在每两块舱盖板的接缝处，用于承接从缝隙漏下去的雨水和海水，再沿两端的槽口流到甲板。

鳅鱼极：船艉两舷绘制的一对鳅鱼，晋江当地叫作胡溜，漳州称木龙，也称担梁，传说船只航行过连鸡毛也会沉的没有浮力的黑水洋时，鳅鱼能挑起艉通梁，让帆船不会下沉。

外尾花：清初古籍称作鹰板，木帆船艉部虚艄的最上面一块横向艉封板，福建帆船通常在上面绘有鹬鸟。

金字帮：又称顺风帮，清初古籍称作船名板，木帆船艉部虚艄在鹰板下面的一块横向艉封板，福建帆船通常在上面书写船只的名号。

头狮板：木帆船船艏位于龙牙上方和头车前面的横向挡板，外面刻有龙四子头像。

黑艕：木帆船两舷舭板上的纵向护舷木，画成黑色。

搬胸：摆舵摆起时，固定其摆起位置的绳索，另一头拴在水仙门柱。

虾箍梁：位于船艏甲板上的第一根横梁。

翘：架设在船艏的头橹，用于紧急调转船头。明代宋应星《天工开物》有招为先锋的记述。

勒肚扒：位于船艏托浪板的下部，用来固定拴住摆舵勒肚索的部件。

"太平公主号"复原工程相关人物表

许路：赶缯船系列古籍资料研究解读者，于 2006 年发起和主持赶缯战船复原工程，"太平公主号"建造需求规格书制定人和造船工程监造人。

杨熺：大连海事大学教授，中国航海史与造船史研究的当代开拓者与奠基人，赶缯船田野调查与古籍料件清单分类与研究方法启蒙者。

陈延杭：中国造船史与航海史学者，李约瑟《中国之科学与文明》汉英版文献提供者，赶缯船田野调查、复原设计、合同签订、建造过程、试航过程的参与者和坐镇者。

乔布斯特·布罗曼（Jobst Broelmann）：慕尼黑德意志博物馆海事分馆馆长，最早研究赶缯船的汉学家摩尔（F. Moll）的论文和赶缯船古籍《闽省水师各标镇协营战哨船只图说》资料的挖掘者和提供者。

黄亚雄：厦门港沙坡尾船模制作师傅，《闽省水师各标镇协营战哨船只图说》古籍资料提供者。

　　贾浩：北京师范大学学生，《山东登州镇标水师前营北汛赶缯战船图》、蔡添略奏折等清代赶缯船古籍资料的挖掘者和提供者。

　　林果：福州市文物考古队队长，《钦定福建省外海战船则例》古籍资料线索提供者。

　　刘宁生：帆船环球航海人，《钦定福建省外海战船则例》台湾藏本资料提供者，"太平公主号"复原工程福龙中心5人团队伙伴之一，"太平公主号"船长，越洋航行活动主持人。

　　王杨：《钦定福建省外海战船则例》大陆藏本资料提供者，3D模型文件制作人，"太平公主号"复原工程福龙中心5人团队伙伴之一，纪录片《造舟记》联合摄制者，"太平公主号"厦门至旧金山航段船员。

　　黄剑：赶缯船复原工程提议人，"太平公主号"船名起名者，"太平公主号"复原工程福龙中心5人团队伙伴之一，纪录片《造舟记》摄制者，"太平公主号"厦门至香港航段船员。

　　李金华："太平公主号"复原工程福龙中心5人团队伙伴之一，"太平公主号"厦门至旧金山航段船员。

　　孔炳煌：东山铜陵造船师傅，赶缯船复原设计方案提供者之一，四丈六尺赶缯船工作模型制作者，"太平公主号"桅木采购联络人。

　　许锡辉：东山铜陵造船师傅，赶缯船复原设计方案提供者之一，四丈六尺赶缯船工作模型制作者，"太平公主号"建造过程质量评估建议人。

方诗建：福州闽侯造船师傅，赶缯船复原设计方案提供者之一，"太平公主号"建造过程质量评估建议人。

黄文同：惠安圭峰造船师傅，赶缯船复原设计前期建议提供者之一。

郑俩招：漳州海澄荣休造船师傅，赶缯船复原设计前期传统造船法式启蒙者。

郑水土：漳州海澄造船师傅，赶缯船复原设计前期建议提供者之一，"太平公主号"涂装工序承造负责人。

洪志刚：移居厦门的前惠安小岞造船师傅，赶缯船复原设计方案提供者及"太平公主号"承造报价方案提供者之一，"太平公主号"建造过程质量评估建议人。

陈荣谅：晋江深沪造船师傅，"太平公主号"放样模型的联合制作者。

陈芳财：晋江深沪造船师傅，赶缯船复原设计者之一，"太平公主号"放样模型与"太平公主号"的承造负责人和执斧大师傅。

吴婉明：陈芳财师傅的太太，我们的师傅娘，"太平公主号"工程传统敬拜仪式引导人。

杨友筑：陈芳财师傅的母亲，我们的师傅嬷，"太平公主号"薯莨衣船员服制作人。

杨良盾：深圳造船师傅，"太平公主号"木工承造师傅。

吴庆溪：深圳造船师傅，"太平公主号"木工承造师傅中的最长者。

陈著纯：深沪造船师傅，"太平公主号"模型和实船的木工承造师傅。

曾炳南：晋江深沪制帆师傅，在地人称友阿司，"太平公主号"风帆承造人。

王月雅：制帆师傅曾炳南的太太，"太平公主号"风帆承造人。

两位锯大木的惠安女工。

两位染帆的四川籍工人。

小赵：安徽籍小工，负责看管和保养在建的"太平公主号"。

其他十余位未记录下姓名的木工和灰工。

黄师傅：深沪木雕师傅，为"太平公主号"塑造妈祖像和雕刻头狮板。

康建国：惠安小岞造船师傅，友情前往漳平五一林场寻找堪做桅杆的原木，"太平公主号"建造过程质量评估建议人。

郑土：漳州海澄造船师傅，参与"太平公主号"涂装工序。

郑海明：漳州海澄造船师傅，参与"太平公主号"涂装工序。

陈春来：陈芳财师傅的儿子，参与"太平公主号"绑帆。

杨良星：晋江深沪老师傅，参与"太平公主号"绑帆。

陈绍志：晋江深沪老师傅，参与"太平公主号"绑帆。

陈小薯：晋江深沪老师傅，参与"太平公主号"绑帆。

蔡敦成：晋江深沪老师傅，参与"太平公主号"绑帆。

其他数位未记录下姓名的参与"太平公主号"绑帆的师傅。

陈阿雄：晋江深沪船老舣，主持"太平公主号"首次试航。

杨象：晋江深沪驾船师傅，参与"太平公主号"首次试航。

陈成加：晋江深沪驾船师傅，参与"太平公主号"首次试航。

林金元：诏安造船师傅，主持"太平公主号"在厦门和香港的三次改造。

林金辉：诏安造船师傅，参与"太平公主号"在厦门和香港的三次改造。

吴群龙：诏安造船师傅，参与"太平公主号"在厦门和香港的三次改造。

苏安辉：龙海民间艺人，承担"太平公主号"彩绘工序。

方海忠：龙海民间艺人，参与"太平公主号"彩绘工序。

MS(网名)：郑敬，未见过面的网友，为"太平公主号"外观涂装提供大量中国古船图绘和照片资料。

郭川："青岛号"帆船船长，"太平公主号"建造期间前来考察，提供到香港办理船籍证的新思路和方法。"太平公主号"后在香港注册落籍。

林大华：时任福建省船舶及海洋工程设计研究院院长，"太平公主号"建造期间前来考察，友情将原始测绘图和3DMAX文件修改为遵循现代船舶设计规范的线型图和布置图。

魏工：木质船舶设计工程师，对"太平公主号"建造方案和建造后的改进友情提供专业意见。

林植：专程前往刷船舱内桐油的义工。

张晓蕾：专程前往刷船舱内桐油的义工。

郑一萍：专程前往刷船舱内桐油的义工。

张乔阳：甲板面刷油漆的义工，"太平公主号"首次试航摄影师。

吴程军："太平公主号"复原工程现金资助人，参与"太平公主号"从深沪到厦门的拖行和厦门试航。

魏军：顽石航海俱乐部创始人，"太平公主号"从深沪拖行到厦门的领航船长。

王铁男："太平公主号"从深沪拖行到厦门的船员。

老九："太平公主号"从深沪拖行到厦门的船员。

小秦："太平公主号"从深沪拖行到厦门的船员。

徐毅："太平公主号"从深沪拖行到厦门的船员。

张二帅："太平公主号"从深沪拖行到厦门的船员。

东南卫视台长梁章林，副台长洪雷、孙原、陈加伟、林立航等，为"太平公主号"项目友情提供启动资金，全力给了影像记录与传播支持。

曾焕光：厦门在地艺术家，为"太平公主号"友情提供 20 吨闽南老建筑石构件作为压舱石。

留典芳：友情安排飞鹏工业有限公司赠送气胀式救生衣、充气床垫、防水袋，个人赠送钓鱼竿等渔具。

陈毅东：风向风速仪、测深仪、综合导航显示器赠送人。

潘文艺：友情安排吉联科技有限公司为王杨的"太平公主号"三维建模提供技术与财务支持。

刘丽英：时任《厦门晚报》记者，最早关注和报道"太平公主号"复原工程的媒体朋友。

陈一鸣：时任《南方周末》编辑，受《华夏地理》杂志社委派采写报道"太平公主号"复原工程。

参考书目

第一章　诏安

姚楠、陈佳荣、丘进:《七海扬帆》，中华书局(香港)有限公司，1990年。

[澳大利亚] 尼克·伯明翰:“组合型边架独木舟的艏艉结构”，《跨湖桥文化国际学术研讨会论文集》，329—338页，杭州市萧山跨湖桥遗址博物馆编，文物出版社，2012年。

第二章　“金华兴号”

魏军:《隔离带》，新译中文出版社，2010年。

福建省水产局编:《福建省渔船图集》，福建人民出版社，1962年。

中国海洋渔船图集编审工作组编:《中国海洋渔船图集》，上海科学技术出版社，1960年。

香港渔农处编:《香港渔业发展历史》，1990年。

［英］李约瑟:《中国之科学与文明》,第 11、12 册 (原书第四卷 29 航海技术),陈立夫主译,台湾商务印书馆,1980 年。

Derek Maitland, *Setting Sail*, South China Morning Post, 1986.

Artur Carmona, *Lorchas, Juncos e outros barcos usados no sul da China*, Museu e Centro Estudos Maritimos de Macau, 1990.

第三章　月港

［英］C.R. 博克舍编:《十六世纪中国南部行纪》,何高济译,中华书局,1990 年。

［荷］邦特库:《东印度航海记》,"中外关系史名著论丛",中华书局,1982 年。

洪惟仁:《16、17 世纪之间吕宋的漳州方言》,《历史地理》第三十辑,215 — 238 页,上海人民出版社,2015 年。

Henning Klöter, *The Language of the Sangleys: A Chinese Vernacular in Missionary Sources of the Seventeenth Century*, Brill, Leiden and Boston, 2011.

Ng Chin-Keong, *Trade and Society: The Amoy Network on the China Coast, 1683-1735*. Singapore University Press, 1984.

第四章　"厦门号""伏波 II 号"

Ivon A. Donnelly, *Chinese Junks and Other Native Craft*, Kelly &

Walsh, Shanghai, 1924.

　[英] I.A. 唐涅利：《中国木帆船》，"海交史研究丛书（一）"，福建省泉州海外交通史博物馆编，海洋出版社，2013 年。

Alfred Nilson, *The Story Of The Amoy*, n.p.n.d., 1924.

　[美] 约书亚·史洛坎：《孤帆独航绕地球》，麦倩宜译，重庆出版社，2007 年。

　[英] 约瑟夫·康拉德：《康拉德小说选》，袁家骅、赵启光译，上海译文出版社，1985 年。

François de Pierrefeu, *Les Confessions de Tatibouet(about the Fou Po travels)* , Editions Plon, Paris, 1939 (Au delà des horizons lointains 2).

Eric de Bisschop, *The Voyage of the Kaimiloa*, London, 1940 (translated from French: Kaimiloa: *D'Honolulu à Cannes par l'Australie et Le Cap*, *à bord d'une double pirogue polynésienne*, Editions Plon, Paris, 1939[Au delà des horizons lointains 1]).

Eric de Bisschop, *Tahiti-Nui*, New York, 1959 (translated from French: Cap à l'Est: *Première expédition du Tahiti-Nui*, Paris, Plon, 1958).

Hans K. Van Tilburg, *Chinese Junks on the Pacific*: *Views from a Different Deck*, University Press of Florida, Gainesville, 2007.

第五章　东山、厦门、深沪、惠安、闽侯

Tim Severin, *The Brendan Voyage*, Hutchinson, 1978.

［英］提姆·谢韦仑：《皮革轻舟勇渡大西洋》，郑明华译，重庆出版社，2006 年。

Tim Severin, *The Sinbad Voyage*, Hutchinson, 1983.

［英］提姆·谢韦仑：《辛巴德航海记》，刘继抗、舒晓、栗健译，海洋出版社，1986 年。

Tim Severin, *The Jason Voyage*: *The Quest for the Golden*, Fleece, 1985.

Tim Severin, *The Ulysses Voyage*: *Sea Search for the Odyssey*, Hutchinson, 1987.

Tim Severin, *The China Voyage*, Little, Brown & Co., 1994.

Tim Severin, *The Spice Islands Voyage*, *in Search of Wallace*, Little, Brown & Co., 1997.

［明］陈侃：《使琉球录》，嘉靖间原刊本，国立北平图书馆影印，重印收录于《台湾文献丛刊》第 287 种（第 1 册），台湾银行经济研究室编印，1970 年。

［明］高澄：《操舟记》，附见于萧崇业《使琉球录》之造舟，万历间原刊本，重印收录于《台湾文献丛刊》第 287 种（第 2 册），台湾银行经济研究室编印，1970 年。

［明］萧崇业：《使琉球录》，万历间原刊本，重印收录于《台湾

文献丛刊》第 287 种（第 2 册），台湾银行经济研究室编印，1970 年。

［明］夏子阳：《使琉球录》之"使事纪"，国立中央图书馆抄本，重印收录于《台湾文献丛刊》第 287 种（第 3 册），台湾银行经济研究室编印，1970 年。

［清］徐葆光：《中山传信录》，成书于 1719 年，重印收录于《台湾文献丛刊》第 306 种，台湾银行经济研究室编印，1972 年。

［清］周煌：《琉球国志略》，成书于 1756 年，重印收录于《台湾文献丛刊》第 293 种，台湾银行经济研究室编印，1971 年。

阮任艺：《闽古道：福建古驿道行走记录》，海潮摄影艺术出版社，2008 年。

G. R. G. Worcester, *The Junks & Sampans of The Yangtze*, Shanghai Statistical Department of The Inspectorate General of Customs, Shanghai, 1947.

L.Audemard, *Les Jonques Chinoises*, (1957; 1959; 1960; 1962; 1963; 1965; 1969; 1970a; 1970b.) Museum voor Landen Volkenkund en Maritiem Museum Prins Hendrik, Rptterdam. 奥德马的手稿现藏于巴黎国家海事博物馆。

［清］佚名：《福建沿海航务档案》（嘉庆朝），福建师范大学图书馆抄本，收录于陈支平主编《台湾文献汇刊》第五辑第十册，九州出版社、厦门大学出版社，2005 年。

第六章　海滨东区 25 号

［明］宋应星:《天工开物·舟车》第九卷，重印收入于《续修四库全书》子部，上海古籍出版社，2002 年。

François Edmond Pâris, *Le voyage de la Favorite*, Musee de la Marine, Paris, 1992.

H. Warington Smyth, *Mast and Sail in Europe and Asia*, John Murray, 1906.

［英］艾蒂安·席高特:《席高特中式帆船田野调查手稿》，中译本即将出版。

James Hornell, *Water Transport: Origins and Early Evolution*, Cambridge University press, 1946.

G. R. G. Worcester, *A Classification of the Principal Chinese Seagoing Junks (south of the Yangtze)*, Shanghai Statistical Department of The Inspectorate General of Customs, Shanghai, 1948.

G. R. G. Worcester, *The Junkman Smiles*, Chatto and Windus, 1959.

G. R. G. Worcester, *The Floating Population in China*, Vetch and Lee Limited, 1970.

Joseph Needham, *Science and Civil.isation in China*, the Part 3 of Volumne IV (sections 28, 29), The Chinese Contribution to Navigation and Seagoing, with the collaboration of Wang Ling and Lu Gwei-Djen, Cambridge University Press, 1971.

［日］大庭修：《唐船图考证》，朱家骏译，"海交史研究丛书（一）"，福建省泉州海外交通史博物馆编，海洋出版社，2013年。

杨熺：《中国古代的船舶》，《大连海运学院学报》，1957年02期。

杨熺：《中国古代的海运活动》，《大连海运学院学报》，1958年01期。

田汝康：《17—19世纪中叶中国帆船在东南亚洲》，上海人民出版社，1957年。

陈希育：《中国帆船与海外贸易》，厦门大学出版社，1991年。

周世德：《雕虫集：造船·兵器·机械·科技史》，地震出版社，1994年。

王冠倬：《中国古船图谱》，生活·读书·新知三联书店，2000年。

Marine History Researchers's Association of SNAME: *Proceedings of International Sailing Ships History Conference*, Shanghai，1991.

［明］杨英：《从征实录》，原为抄本，民国二十年（1931）中央研究院历史语言研究所影印，重印收录于《台湾文献丛刊》第32种，台湾银行经济研究室编印，1958年。

［明］黄叔璥：《台海使槎录·赤嵌笔谈》，卷一海船，卷二武备，重印本收录于《台湾文献丛刊》第4种，台湾银行经济研究室编印，1957年。

［清］陈良弼，《水师辑要》之"各船式说"，《续修四库全书》史部政书类第 860 种，上海古籍出版社，2002 年。

［清］佚名：《闽省水师各标镇协营战哨船只图说》，乾隆年手抄本藏于柏林国立图书馆，影印本藏于福建省福龙中国帆船发展中心，2005 年。

［清］佚名：《钦定福建省外海战船则例》，乾隆年木刻本，原书部分藏于南京大学图书馆，重印收录于《续修四库全书》史部第 858 册，上海古籍出版社，2002 年；另一部分藏于台湾"中央研究院"历史语言研究所，重印收录于《台湾文献丛刊》第 125 种，台湾银行经济研究室编印，1961 年。

第七章 "太平公主号"

［元］周达观：《真腊风土记校注》，夏鼐校注，中华书局，2000 年。

［元］汪大渊：《岛夷志略校释》，苏继顾注解，中华书局，1981 年。

［意］马可·波罗口述：《马可波罗游记》，鲁思梯谦笔录，陈开俊等译，福建科学技术出版社，1981 年。

福建省泉州海外交通史博物馆编：《泉州湾宋代海船发掘与研究·修订版》，海洋出版社，2017 年。

［挪威］托尔·海尔达尔：《孤筏重洋》，朱启平译，湖南人民出版社，1981 年。

［挪威］托尔·海尔达尔：《复活节岛的秘密》，王荣兴等译，重

庆出版社，2005年。

[挪威]托尔·海尔达尔：《太阳号草船远征记》，李平译，重庆出版社，2006年。

[挪威]托尔·海尔达尔：《绿色安息日》，赵惠群译，重庆出版社，2005年。

金健人编：《中韩海上交往史探源：中韩跨海竹筏漂流学术探险研究报告》，"韩国研究丛书之三十三"，学苑出版社，2001年。

第八章　完成与未完成

许路、贾浩：《船舶遗存重构的实验考古学方法》，《水下考古学研究》，中国国家博物馆水下考古研究中心编，科学出版社，2012年。

插页六

福建赶缯战船复原三维视觉模型

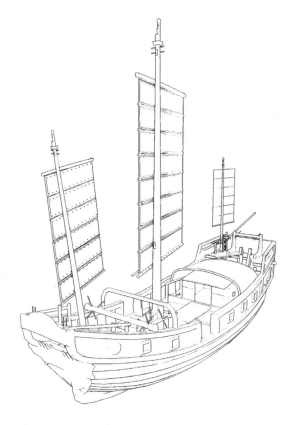

视觉创意设计：许心宇

截图设计与处理：卢成龙

VR 模型由中国科学院自动化研究所视觉中心开发，并保留知识产权。

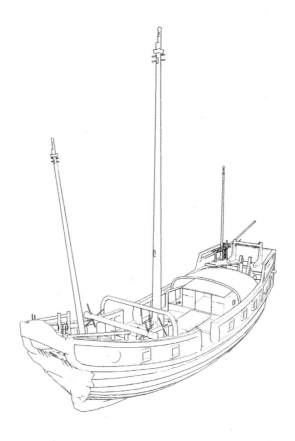

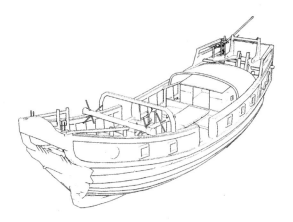

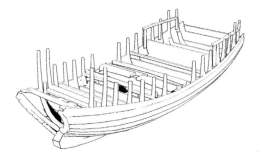

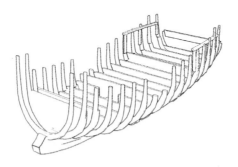

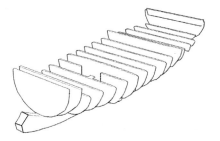

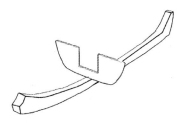

图书在版编目（CIP）数据

造舟记 / 许路著 . -- 北京 : 北京联合出版公司，
2022.7
ISBN 978-7-5596-6081-7

Ⅰ . ①造… Ⅱ . ①许… Ⅲ . ①纪实文学－中国－当代
Ⅳ . ① I25

中国版本图书馆 CIP 数据核字（2022）第 049801 号

造舟记

作　　　者: 许　路
出 品 人: 赵红仕
策　　　划: 乐府文化
责任编辑: 管　文
责任印制: 耿云龙
定稿编辑: 乔　阳
特约编辑: 李伟为
营销编辑: 云　子
封面插画: 火　本
装帧设计: 别境 Lab

北京联合出版公司出版
（北京市西城区德外大街 83 号楼 9 层　100088）
北京联合天畅文化传播公司发行
北京美图印务有限公司印刷　新华书店经销
328 千字　787 毫米 ×1092 毫米　1/32　18 印张
2022 年 7 月第 1 版　　2022 年 7 月第 1 次印刷
ISBN 978-7-5596-6081-7
定价: 98.00 元